Mila Ilbach

Der Preis der Magie

Pandoras Fluch

Feigenbach Verlag

MILA ILBACH

DER PREIS DER MAGIE

Pandoras Fluch

Für Regina

FEIGENBACH VERLAG

Bibliografische Information der Deutschen Nationalbibliothek: Die Deutsche Nationalbibliothek verzeichnet diese Publikation in der Deutschen Nationalbibliografie; detaillierte bibliografische Daten sind im Internet über dnb.dnb.de abrufbar.

Originalausgabe 2023

c/o Fakriro GbR / Impressumsservice
Bodenfeldstr. 9, 91438 Bad Windsheim
Tel: 0531 - 12 88 77 73, kontakt@feigenbach-verlag.de

Lektorat: Ulrike Weinhart
Korrektorat: Susann Pacher
Einband- und Umschlaggestaltung: Milena Dettenbach
Einband- und Umschlagmotive: Adobe Stock
Satz: Milena Dettenbach
Herstellung: Booksfactory
ISBN 978-3-949530-06-7

www.milailbach.de

Für die,
die die Magie in sich
noch nicht gefunden haben.

Sie ist da.

- PROLOG -

Mit geschlossenen Augen machte Helena einen tiefen Atemzug am weit geöffneten Fenster. Die Luft, die sie einsog, schmeckte nach Herbst, nach bunten Blättern, einem Rest Sonnenwärme und Wind aus weiter Ferne. Sie fing eine rote Haarsträhne ein, die sich aus ihrem eilig gebundenen Dutt gelöst hatte, und schob sie sich hinter die Ohren.

»Miss?«, krächzte eine erschöpfte Stimme hinter ihr.

Helena zuckte fast unmerklich. Sie kniff Augenlider und Lippen zusammen, ehe sie sich umdrehte. Zögernd trat sie an das Krankenbett heran, gefangen in einem inneren Kampf aus *Ich schaffe es nicht mehr, hierherzukommen* und *Ich kann sie nicht alleinlassen*. Behutsam griff sie nach der Hand, die sich ihr entgegenstreckte. Sie drückte sie sanft und lächelte, auch wenn ihr in ihrem ganzen Leben nie etwas so schwergefallen war.

»Miss«, wiederholte die Frau in dem Bett. Der Glanz in ihren Augen war verschwunden. Ihr Blick hielt sich nicht an Helenas Gesicht fest, sondern wanderte durch den Raum, auf der Suche nach etwas, woran er sich festhalten konnte. Etwas, das ihr bekannt vorkam.

»Ich bin es doch, Mum, Helena«, flüsterte Helena, auch wenn sie wusste, dass es nichts nützte. Ihre Mutter war nicht da. Zumindest nicht die Mutter, die wusste, wen sie vor sich hatte. Vor

Helena saß jemand, der vor fünf Jahren – viel zu früh – eine Diagnose erhalten hatte, die das Leben der beiden für immer verändert hatte.

»Nein!« Ihre Mutter schüttelte den Kopf. »Meine Helena ist noch ein Baby.« Sie hörte mit dem Kopfschütteln gar nicht wieder auf.

Helena unterdrückte das Brennen in ihren Augen, blinzelte die Tränen weg, die sich darin bildeten. »Ich bin hier«, erklärte sie noch einmal.

»William?«

Säure schoss Helenas Rachen hinauf. Sie zwang sich, den Geschmack herunterzuschlucken, drückte fester die Hand ihrer Mutter. »Dad ist weggegangen, Mum. Weißt du noch? Da war ich noch ganz klein.«

Der Kopf ihrer Mutter schwang hin und her, fast so, als würde sie ihn nicht selbst steuern. In ihren Augen machte sich Angst breit. »William«, flehte sie. »Mein Liebling, geh nicht.« Tränen flossen die blassen Wangen der Frau hinab, die viel zu jung dafür war, ihr eigenes Kind nicht mehr zu erkennen. Viel zu jung, um vergessen zu haben, dass ihr Mann sie und ihre Tochter im Stich gelassen hatte.

»Hast du Hunger?«, lenkte Helena eilig ab und griff nach dem Tablett, das eine der Pflegerinnen vor einigen Minuten gebracht hatte. »Es gibt heute« Angewidert blickte sie auf den Brei, von dem sie nicht zu sagen vermochte, was er beinhaltete, »eine Überraschung.« Das traf die Wahrheit mehr als alle Vermutungen, die sie hätte anstellen können.

»Helena muss es wissen«, flüsterte ihre Mutter, ohne auf Helenas Frage zu reagieren. »Sagen Sie es Helena.«

Helena zog die Augenbrauen zusammen. »Was muss ich wissen?« Warum fragte sie überhaupt? Ihre Mutter hatte sie seit Tagen nicht mehr erkannt. Wer wusste schon, was sie als Nächstes von sich geben, welchen Geist aus der Vergangenheit sie beschreiben würde? Und wer wusste schon, mit welcher Geschichte diese verdammte Krankheit ihr noch versuchen würde, das Herz aus der Brust zu reißen?

»Zaubern.« Ihre Mutter erstarrte. »Zaubern … Vielleicht kann sie zaubern, mein kleines Baby.«

Helena stellte das Tablett wieder auf dem Beistelltisch ab. »Ich schüttle dir das Kissen etwas auf. Komm.« Langsam trat sie einen Schritt vor, streckte den Arm nach dem Rücken ihrer Mutter aus, um ihr aufzuhelfen, und zuckte zusammen, als sich deren Hand ungewöhnlich fest um ihren Unterarm schloss.

»Helena?« Die Erkenntnis ließ ihre Stimme zittern.

Helena riss die Augen auf. Ihre Brust bebte. Sie hatte Angst, in das Gesicht ihrer Mutter zu sehen. Rief sie nur nach ihrem Kind oder war ihr Geist gerade …? Helena sah ihr in die Augen und erkannte ein klares Funkeln darin. Eines, das sie seit Tagen nicht mehr darin gesehen hatte. »Ja«, schluchzte sie. »Ich bin es.« Sie bemühte sich, ihrer Mutter ihr schönstes Lächeln zu schenken und war überrascht, wie wenig Kraft es sie kostete. Wie mühelos dieses Lächeln in ihrem Gesicht entstanden war. »Hörst du? Ich bin bei dir.«

»Sei deinem Dad nicht böse«, sagte ihre Mutter.

Helena schluckte schwer. »Dad ist mir egal. Nur du und ich zählen, okay? Wir sind das Team.«

Die Lippen ihrer Mutter bebten. »Er war ein guter Mann.«

»Er ist mir egal, Mum!«

Wieder rannen Tränen über die Wangen ihrer Mutter. »Wo ist sie?«

Helena spürte den Stich in ihrem Herzen, den die Frage ihrer Mutter verursacht hatte, sah die Leere, zu der ihr eben noch wacher Blick zurückgekehrt war. Sie fürchtete sich vor der Frage. Aber mehr noch vor der Antwort. »Wer?«

»Helena.«

-1-

Tut mir ehrlich leid.« Der Mann, den Helena noch nie zuvor gesehen hatte, drückte ihre Hand. Sie starrte auf seine Brust und nickte. War das ein Schokoladenfleck auf seinem Jackett? Als er gegangen war, war sie sich nicht sicher, ob sie seinen Worten etwas erwidert oder nur stumm genickt hatte. Sie hob den Blick und beobachtete die bekannten und unbekannten Gesichter der Personen, die sich in ihrem Wohnzimmer versammelt hatten. Auf dem Kaminsims stand ein gerahmtes Bild ihrer Mutter, in dessen rechter unterer Ecke ein schwarzes Schleifchen fixiert war. Rechts und links von dem Foto lehnten kleine Karten. Von knappen Beileidsbekundungen bis hin zu peinlichen und teilweise unsensiblen – wenn auch gut gemeinten – Sprüchen war alles dabei. Unangenehm persönlich, obwohl sie die Hälfte der Menschen hier im Raum in ihrem Leben noch nie gesehen hatte.

»Hey.« Ein Arm legte sich sanft um Helenas Schultern und drückte sie behutsam an sich. Sarah, ihre beste Freundin, hatte versprochen, ihr während der Trauerfeier keine Sekunde von der Seite zu weichen. Ihre Freundin war für sie wie eine große Schwester, so sicher fühlte sie sich in Sarahs sanfter Umarmung. Sarah hatte ihr langes blondes Haar zu einem Dutt hochgebunden und ein dezentes Make-up aufgelegt. *Trauer-*

tauglich. Das war das Wort, das Helena durch den Kopf ging. Man konnte weinen, ohne dass es verwischte, hatte Sarah erklärt, als sie Helena am Morgen geschminkt hatte. Selbst der schwarze Hosenanzug, den Sarah trug, nahm ihr nichts von ihrer porzellanpuppenhaften Perfektion.

Und Helena? Sie fühlte sich in ihrem altmodischen, schwarzen Kleid wie ein peinlicher Abklatsch von Wednesday Addams. Nur eben mit feuerroten statt schwarzen Haaren.

»Mein aufrichtiges Beileid. Ihre Mutter war eine ganz wundervolle Frau«, sagte eine Nachbarin, die ihre Hand schüttelte und Helena in die Gegenwart zurückholte.

Ohne ein weiteres Wort zog Helena ihre Hand zurück und löste sich aus der Umarmung ihrer Freundin. Sie lief die Treppe des Reihenhauses, in dem sie aufgewachsen war, nach oben und schlug die Tür ihres Zimmers hinter sich zu. Wie Wackelpudding fühlten sich die Knie an, als sie an der Tür nach unten glitt, bis sie schließlich auf dem Boden saß und in Richtung Fenster starrte. *Gottverdammte Beileidsbekundungen.* All diese Fremden in ihrem Zuhause, die ihr jetzt erzählten, wie traurig sie über den Tod ihrer Mutter waren. Nur wenige von ihnen hatten in den vergangenen sechs Jahren auch nur ein einziges Mal nach dem Wohlbefinden ihrer Mutter gefragt. Wer war zu Besuch gekommen, nachdem sie aufgehört hatte zu arbeiten, weil sie verwirrt durch das Büro gelaufen war und ihren eigenen Arbeitsplatz nicht mehr wiedergefunden hatte? Niemand. *Heuchler, allesamt.*

Ihr Zimmer, aus dem sie niemals ausgezogen war, wirkte plötzlich viel kleiner als sonst. Die Wände, die sie liebevoll geschmückt hatte, um der Trauer hin und wieder für ein paar

Minuten entfliehen zu können, erdrückten sie jetzt. Sie legte die Stirn auf die Knie und die Arme um ihre eng angezogenen Beine. Rote Strähnen klebten an den Wangen, von denen sie erst jetzt bemerkte, dass sie mit Tränen benetzt waren. Sie kramte eine Packung Taschentücher hervor und schnäuzte sich geräuschvoll die Nase, ehe sie die Strähnen mit den Fingerspitzen zurückkämmte. Dann klopfte es an der Tür.

»Helena?« Sarahs helle Stimme klang durch das schwere Holz. »Soll ich die Leute wegschicken?« Schweigen. »Helena?«

Sie schob sich an der Wand hoch, öffnete die Tür und ließ Sarah ein. »Bin ich ein grässlicher Mensch, weil ich ihre Trauerbekundungen nicht hören will?«

Sarah lächelte traurig und schüttelte den Kopf. »Nein. Du hast ein Recht darauf, deine Trauer so zu spüren, wie du es tust. Wenn es dir zu sehr wehtut, dich mit diesen Leuten zu unterhalten, schicke ich sie weg.«

Helena schüttelte den Kopf. Sie öffnete die Tür und strich sich mit der freien Hand ihr schwarzes, knielanges Kleid gerade. »Nein. Sie sind für meine Mum gekommen. Besser spät als nie, oder wie auch immer«, sagte sie und wischte sich die letzten Tränen aus dem Gesicht.

Sarah schmunzelte. »Du bist tapfer, Süße.«

Zurück im Wohnzimmer studierte Helena die Gesichter der Leute. Sie alle taten so, als hätten sie ihre überstürzte Flucht nicht bemerkt und blickten peinlich berührt und vor allem auffällig beiseite. Helena war vollkommen verheult, aber wie hätte es auch anders sein sollen? Es war außer der Tochter der Verstorbenen niemand da, den sie hätten bemitleiden können. Das arme Mädchen! Waise mit nur dreiundzwanzig Jahren und jetzt musste sie sich auch noch allein um die ganzen Formalitäten kümmern.

Ja, arme kleine Waise, dachte Helena. Helena mit den roten Haaren oder irgendwie so. Nur dass sie keinen Kirschbaum besaß, in dem sie die Nacht verbringen und sich in einen Palast hineinträumen konnte. Wie gern wäre sie jetzt einfach in der rührenden Geschichte um das Waisenmädchen Anne versunken.

Helena griff nach einem der Champagnergläser. Sie hatte sich bisher davor gescheut, eine Rede zu halten. Von Fremden angestarrt zu werden, während sie etwas Nettes über ihre Mutter sagte und sich bemühte, nicht loszuheulen. Mit einem kleinen Löffel, den sie eilig vom Buffet gegriffen hatte, schlug sie zaghaft gegen den Rand des Glases und wartete, bis die Gäste sich trauten, ihr wieder in die Augen zu sehen. Peinlich.

Sie räusperte sich. »Vielen Dank, dass Sie alle gekommen sind«, begann sie. »Ich bin sicher, meine Mutter hätte sich gefreut, zu sehen, wie viele Menschen an ihrem viel zu frühen Tod Anteil nehmen.« *Auch wenn kaum einer von euch Idioten an ihrer Krankheit Anteil genommen hat*, dachte sie, und musste sich bemühen, ihre Wut nicht auszusprechen. »Sie sagte immer, wie wichtig es sei, einen Abdruck im Leben anderer zu hinterlassen. Nun, ihren größten Abdruck hat sie in meinem Leben hinterlassen. Sie hat mir beigebracht, wie wichtig es ist, seine Liebe mit anderen zu teilen. Gutherzig zu sein, auch dann, wenn man selbst wenig Güte erfährt. Zu helfen, auch dann, wenn man vieles aus eigener Kraft schaffen muss. Und sie hat mich gelehrt, selbstständig zu sein und auf meine innere Stärke zu vertrauen.« Helena atmete einmal tief durch. »Als mein

Vater uns verließ – da war ich drei Jahre alt – dachte ich, dass es mein Untergang sei. Aber dieser Gedanke war vollkommen unsinnig: Meine Mutter hatte so viel Liebe in sich, dass sie mich für zwei geliebt hat.« Zitternd hob sie das Glas und hoffte, dass niemand bemerkte, wie ihre Hand bebte. »Auf meine Mutter.«

Die Gäste hoben ihre Gläser an. »Auf Catherine«, sagten einige, während andere stumm nickten.

Helena kippte den Inhalt des Glases hinunter und unterdrückte den Würgereiz, den die kohlensäurehaltige Flüssigkeit bei ihr auslöste. Mit zusammengekniffenen Lidern und einer Hand vor dem Mund stand sie da und atmete tief ein und aus. Dass Sarah sie mitleidig beobachtete, konnte sie sich denken, auch ohne die Augen zu öffnen. Plötzlich spürte sie jemanden zu ihrer Rechten.

»Miss Cunningham?« Es war die Stimme eines alten Mannes, des Notars, mit dem sie erst vor wenigen Tagen telefoniert hatte.

Sie verkniff sich einen bissigen Kommentar und öffnete die Augen. Bei ihm hatte ihre Mutter ihren letzten Willen hinterlegt. Nicht nur, dass er sich überflüssigerweise selbst zu dieser Feier eingeladen hatte, nun wollte er auch noch ein Gespräch mit ihr anfangen? Sie lächelte halbherzig. »Mr. Brook.«

»Verzeihen Sie, dass ich in ihre Trauerfeier hereinplatze. Es ist nur so, dass ihre Mutter mich damit beauftragt hat.«

Helena stockte der Atem. »Meine … Mutter hat sie …?«

Er nickte und schob sich mit zittriger Hand die Brille zurecht. Großer Gott. Wie alt war der Mann? Helena lächelte dennoch und bemühte sich, freundlich zu sein. Und wenn das nicht gelang, hoffte sie, dass er ihren genervten Blick auf ihren Kummer schieben würde.

»Sie wollte …« Er fummelte in seinem Jackett herum, als Sarah, die Helenas Hilfe suchenden Blick bereits gedeutet hatte, ihr zur Seite eilte.

»Hören Sie«, unterbrach Helena ihn. »Können wir das nicht nächste Woche klären, wenn wir alles wegen des Hauses fertig machen. Ich …?« Sie stockte, als sie den Brief sah, den Mr. Brook ihr hinhielt. *Helena* stand auf dem beigefarbenen Umschlag, in der weich geschwungenen Handschrift ihrer Mutter.

»Sie hat ihn vor einiger Zeit geschrieben und mich gebeten, ihn Ihnen auf der Trauerfeier zu überreichen.«

Helena spielte nervös mit den Fingern, während sie den Umschlag anstarrte, den sie nicht zu berühren wagte. Waren das wirklich die letzten Worte ihrer Mutter? Etwas, das sie geschrieben hatte, damit Helena sich womöglich weniger einsam fühlte, jetzt, da sie doch allein war? Sie schluckte schwer und griff mit zitternden Händen nach dem Umschlag.

»Ich danke Ihnen.«

Drei quälend lange Stunden später waren die Gäste verschwunden. Auch Sarah hatte sich verabschiedet. Sie hatte Helena zwar angeboten zu bleiben, doch das hatte sie dankend abgelehnt. Welchen Sinn würde es haben, sich weiter daran zu gewöhnen, dass jemand neben ihr lag, während sie sich in den Schlaf weinte? Sarah war fast zwei Wochen bei ihr geblieben, aber langsam musste Helena der Realität ins Auge sehen. In dem Zuhause, das sie bisher mit ihrer Mutter geteilt hatte, war sie nun allein. Ihr Blick schweifte über das Buffet, das ein mit ihrer Mutter befreundeter Caterer aufgebaut hatte. Er war einer der wenigen, die sich wenigstens hin und wieder nach ihrer Mutter erkundigt hatten. So hatte er auch gewusst, dass es mit ihr zu Ende ging, und hatte angeboten, ein kleines Buffet für die Trauerfeier zusammenzustellen. Helenas Blick fuhr über den halb aufgegessenen Pudding, die halb volle Suppenterrine, die Reste von Brot. Die Champagnergläser waren allesamt benutzt – getrunken hatten sie alle. Helena streckte den Arm nach einer ungeöffneten Champagnerflasche aus, öffnete sie und nahm einen großen Schluck direkt aus der Flasche. Dann wanderte sie ziellos durch das Zimmer.

Ihre Schritte führten sie zu dem Foto ihrer Mutter, das über dem Kamin stand. Nachdenklich betrachtete sie das Bild, das Lächeln ihrer Mutter, den wachen Blick in ihren Augen. In den letzten Monaten hatte sie den nicht mehr gesehen. Sie kämpfte gegen die Gedanken an, die sie zwangen, den Brief auf dem Kaminsims anzusehen. Sie hatte ihn dort abgelegt und in den letzten Stunden alles dafür getan, nicht an ihn denken zu müssen. Wer wusste schon, was dort drinnen stand? Sie war ganz sicher nicht bereit gewesen, noch einmal vor all diesen Fremden zu weinen oder auf ihr Zimmer zu rennen wie ein kleines Kind. Sie schämte sich, dass es überhaupt passiert war, und ein zweites Mal hätte sie nicht ertragen. Mit der Champagnerflasche in der einen und dem Brief in der anderen Hand ging sie zu der Couch, die gegenüber vom Kamin stand. Einen Fernseher besaßen sie nicht. Als Kind hatte Helena das immer furchtbar wütend gemacht, weil sie bei all den Gesprächen der Mädchen auf dem Schulhof über Fernsehserien und Realityshows nicht hatte mitreden können. Doch ihre Mutter hatte immer gesagt, dass alle Unterhaltung, die ein

Mensch brauche, in Büchern zu finden sei, und dass das Fernsehen nur die Fantasie erdrücke. Irgendwann war auch Helena bei den gemeinsamen Leseabenden vor dem Kamin derartig in den fernen Welten ihrer Bücher versunken, dass sie ihren kindlichen Zorn über den fehlenden Fernseher vergessen hatte. Und jetzt? Sie starrte in die Flammen, die immer wieder aufloderten. Jetzt saß sie mit einer Flasche Alkohol und den geschriebenen Abschiedsworten ihrer toten Mutter hier. Sie nahm einen kräftigen Schluck, kniff die Lider zusammen und stellte die Flasche beiseite, um den Brief zu öffnen, ehe der Mut sie wieder verließ. Sie öffnete den Umschlag, nahm den Brief und einen winzigen Schlüssel heraus, den ihre Mutter ihm beigelegt hatte. Da standen sie: die letzten Worte ihrer Mutter.

Meine kleine Helena,

diesen Brief werde ich einem Notar geben, was bedeutet, dass ich nicht mehr bei dir sein werde, wenn du ihn liest.

Vor ein paar Tagen haben die Ärzte mir gesagt, warum ich in den letzten Wochen so verändert wirke und so häufig Dinge vergesse und verlege. Ich hoffe, dass meine Krankheit dir niemals das Gefühl geben wird, ich würde dich nicht genügend lieben, nur weil ich mich nicht an dich erinnern kann. Glaube mir: Auch wenn ich dich nicht mehr erkenne, lebt in mir immer ein kleiner Teil, der genau weiß, dass du es bist, mein kleines Mädchen. Der Mensch, der mir gezeigt hat, wie unendlich erfüllend es ist, zu lieben und geliebt zu werden.

Aber, Baby, das ist nicht der Grund, warum ich dir diesen Brief schreibe. Ich möchte, dass du weißt, dass auch dein Vater dich über alles geliebt hat. Helena, ich konnte dir die Wahrheit nicht sagen, weil ich Angst hatte, was du tun könntest, wenn du sie kennst. Es stimmt, er war eines Tages einfach fort, ist ohne ein Wort gegangen. Aber ich weiß, dass er uns nie ohne einen guten Grund verlassen hätte. Ein paar Tage vorher hat er mich gebeten, dir etwas in seinem Namen zu vermachen, wenn der Tag kommen sollte, ab dem ich nicht mehr bei dir sein und dich beschützen kann.

Auf dem Dachboden sind lose Bretter, in der hinteren rechten Ecke, hinter dem guten Geschirr von Grandma. Du kannst sie anheben und wirst darunter eine kleine Kiste finden. Sie hat deinem Vater gehört. Ich habe diesem Brief den Schlüssel beigelegt, der sie öffnet. Dein Vater hat mir nicht gesagt, was sich in der Kiste befindet. Ich kann dich nur bitten, vorsichtig mit dem zu sein, was darin auf dich wartet. Dein Vater war anders, als du ihn dir womöglich vorgestellt hast. Du bist anders, als du denkst. Perfekt! Nur anders. Doch jetzt, da ich krank bin, bin ich froh, es dir nie gesagt zu haben. Ich habe Angst, dass du mit diesem Wissen dein Glück aufs Spiel gesetzt hättest, um mir zu helfen.

Mein Baby, ich liebe dich. Und auch dein Vater hat dich mehr als alles andere auf dieser Welt geliebt. Du bist unsere Sonne, meine Helena. Und die wirst du immer sein. Unser Hoffnungslicht.

In Liebe
Mum

Helena las den Brief ein zweites und ein drittes Mal. Das erste Mal stürzten ihr die Tränen in einem Schwall aus den Augen. Beim zweiten Mal schaffte sie es, lediglich leise zu schluchzen, und beim dritten Lesen waren die Tränen versiegt. Sie schüttelte den kleinen Schlüssel in ihre Hand und betrachtete ihn eingehend. Er war dunkelgrau, das Silber angelaufen. Helena nahm einen weiteren kräftigen Schluck aus der Champagnerflasche, stellte sie geräuschvoll ab und erhob sich, ehe sie es sich womöglich wieder anders überlegte.

Sie konnte sich nicht erinnern, wann sie den Dachboden das letzte Mal betreten hatte. Ihre Mutter hatte dort altes Zeug gelagert. Dinge, die man sicher eines Tages gebrauchen könnte. So hatte sie zumindest gesagt, und Helena hatte sich darüber lustig gemacht. Als Kind hatte sie sich davor gefürchtet, auf den Dachboden zu klettern, weil die Lampe in der Nähe der Treppe nicht ausreichte, um den ganzen Raum zu beleuchten. Sie glaubte, sich zu erinnern, wie sie ihrem Vater einmal nach hier oben gefolgt war und er sie wieder nach unten geschickt hatte. Vielleicht füllte aber auch nur ihre Fantasie die Lücke, die er hinterlassen hatte.

Die Treppe quietschte grässlich schrill, als Helena sie mit einem Stab, an dessen Ende ein Haken befestigt war, herunterzog und aufklappte. Das nächste Mal würde sie die Scharniere ölen, beschloss Helena. Dann wiederum, wie oft würde sie schon auf den alten Dachboden gehen? Sie hielt sich an einer der Treppenstufen fest und atmete tief durch. In der Hoffnung, dass ihre Mutter die Dinge, die sie dort oben lagerte, in Kisten und unter Decken verstaut hatte, stieg sie die Treppe hoch. Eine Ausstellung von allem Krimskrams, den Helena mit ihr verband, würde sie jetzt nicht verkraften. Zögernd lugte sie in den düsteren Raum hinein. Mondlicht fiel durch eines der Dachfenster. In dem Licht funkelten Staubkörnchen, die von dem Durchzug aus dem Flur aufgewirbelt worden waren. Fast schicksalhaft beleuchtete das Mondlicht die hintere rechte Ecke des Raumes, die Stelle, die ihre Mutter in dem Brief beschrieben hatte. Helena schaltete das einzige Licht auf dem Dachboden ein. Die Glühbirne flackerte ein paar Mal auf und erhellte dann den unmittelbaren Raum um sie herum. In die hinterste Ecke drang ihr Licht kaum vor, genauso wie in ihrer Erinnerung. Helena sah sich um und erschauderte. Ihre Mutter hatte einen Großteil der Sachen, die sie hier oben gelagert hatte, tatsächlich mit Decken bedeckt. Dennoch zeichneten sich darunter klare Linien ab. Kleiderständer, Koffer, Helenas Kinderbett – all das hatte hier oben sein staubiges Lager gefunden. *Man könnte es ja noch gebrauchen*. Helena schmunzelte, wenn auch nur zaghaft.

In der hinteren Ecke angekommen tastete sie vorsichtig mit den Zehenspitzen nach den Brettern, die ihre Mutter gemeint haben könnte. Nichts. Nichts. Dann: ein Quietschen und Knarzen. Sie beugte sich nach unten und griff nach dem Brett, das das Geräusch verursacht hatte. Tatsächlich war es nicht festgenagelt und ließ sich ohne Weiteres anheben. Auch das Brett rechts davon. Darunter – weiter wie durch einen Scheinwerfer vom Mond beleuchtet – lag eine kleine Kiste. Sie war nur wenig breiter und länger als ein DIN-A4-Blatt, dafür jedoch gut eine Handlänge hoch, aus dunklem Holz und mit zahlreichen Schnitzereien verziert. Obwohl sie alt aussah, hatte kein Holzwurm sich an sie herangewagt. Die Kiste wirkte nahezu unberührt von der Zeit und doch gleichzeitig so, als hätte sie bereits mehrere Jahrzehnte, vielleicht sogar Jahrhunderte überdauert. Als sie sie anhob, war Helena überrascht. Sie war um ein Vielfaches schwerer, als sie erwartet hatte. Wie ein Backstein lag sie in ihren Händen, bis Helena damit zu dem Lichtschein der Glühbirne zurückkehrte und sie neugierig betrachtete.

Warum hinterließ ihr Vater, der vom einen Tag auf den anderen verschwunden und sie und ihre Mutter im Stich gelassen hatte, ihr überhaupt irgendetwas? Sie sah sich auf dem Dachboden um. Was hatte er noch hiergelassen, um sie und vor allem ihre Mutter quälend daran zu erinnern, dass er ohne ein Wort der Begründung aus ihrer beider Leben verschwunden war? Helena holte den Schlüssel aus ihrer Hosentasche hervor und steckte ihn in das Schloss. Ein leises Zischen erklang, als würde Luft aus einem Reifen abgelassen werden, was Helena einen Moment innehalten ließ. Dann drehte sie den Schlüssel und die Kiste öffnete sich mit einem Klicken. Als sie den Deckel anhob, verstand sie, warum die Kiste so schwer war. Das massive Holz, das schützte, was im Inneren der Kiste verborgen lag, war sicher zwei Zentimeter dick. Helena legte die Stirn in Falten. Warum stellte man eine Kiste aus so dickem

Holz her? Wäre ein Safe nicht die bessere Variante gewesen, wenn der Inhalt kostbar war? Sie stellte die Kiste behutsam auf dem Boden ab und holte den einzigen Gegenstand hervor, der darin lag: ein Buch.

»Was zur …« Ihr Vater hatte ihr *ein Buch* hinterlassen? Sie studierte den Ledereinband, der mit goldenen Verzierungen geschmückt war. Die offensichtlich in Handarbeit gebundenen Papierränder wirkten uralt, teilweise regelrecht zerfleddert und brüchig. Ob sie das Buch überhaupt öffnen konnte, ohne dass es zwischen ihren Fingern zu Staub zerfiel? Wäre das nicht einer der schlimmsten Tage in ihrem Leben, hätte sie über die Ironie gelacht, dass ihr »Runaway Dad« ihr *ein Buch* hinterlassen hatte, das auch noch zwischen ihren Fingern zu zerfallen drohte. Auf dem Buchdeckel kein Titel, keine Nennung des Autors, nur ein paar Zeichen, die Helena noch nie zuvor gesehen hatte. *Sicher eine Art künstlerische Verzierung*, dachte sie. Sie schlug das Buch in der Mitte auf, doch auch im Inneren fanden sich lediglich die gleichen merkwürdigen Symbole, die weniger nach einer Schrift aussahen als mehr nach einem Code für Geheimagenten oder nach einem Rätsel in der Knobelecke, mit dem sich Zeitungsleser das Wochenende versüßten.

»Witzig, Arschloch«, knurrte sie und wollte das Buch gerade schließen, als sie etwas zu hören glaubte. Ein Flüstern, Murmeln, Tuscheln. Sie blickte sich auf dem Dachboden um. Ihr Herz setzte einen Schlag aus und ein eisiger Schauer kratzte über ihren Rücken wie Fingernägel auf einer Schultafel. War hier jemand? Das Flüstern wurde lauter. Als würde sie die Präsenz eines Geistes neben sich spüren, drehte sie den Kopf langsam wieder in Richtung Buch. Nein, das war nicht möglich.

Und doch kamen die unverständlichen Worte genau aus dieser Richtung. Sprach das gottverdammte *Buch* mit ihr? Sie schlug es erschrocken zu und zeitgleich verstummten die Stimmen. Helena spürte eine eisige Kälte an ihren Wangen und ihre Fingerspitzen fühlten sich taub an, obwohl sie noch immer das Buch in ihren Händen hielt. Was zur Hölle hatte ihr Vater ihr da nur hinterlassen? Nein. Nein, sie steckte das Buch zurück in die Kiste, schloss sie ab und schob sie wieder in ihr hölzernes Grab. Dann eilte sie in Richtung Treppe. Gar nichts hatte er ihr hinterlassen, dachte Helena, als sie die Leiter hinabkletterte. Nichts außer Wunschträumen, dass er eines Tages zurückkehren und ihr sagen würde, wie sehr es ihm leidtat, dass er verschwunden war, dass er ihre Kindheit, ihre Jugend verpasst hatte. Das Buch hatte nicht mit ihr gesprochen! Bücher konnten nicht sprechen! Die Falttreppe knallte in die Decke des Flurs zurück und der Krach hallte als dumpfes Echo im ganzen Haus wider.

»Bücher können nicht sprechen!«, sagte Helena laut zu sich selbst. Dann starrte sie auf den Schlüssel in ihren Händen. Doch was hatte da auf dem Dachboden …? Sie brach den Gedanken ab. Stimmen. Sie lächelte traurig. Die Gespräche der Fremden in ihrem Wohnzimmer, die mitleidigen Blicke. Und dann das glückliche Gesicht auf dem Foto ihrer Mutter. Sie glaubte, die Stimme ihrer Mutter zu hören, die beruhigend auf sie eingeredet hatte, wenn es ihr nicht gut ging. Sie musste sich die Stimmen auf dem Dachboden eingebildet haben. So einfach war es. Sie waren nur eine Mischung aus Trauer, Wut und Alkohol. Dem Champagner, in dem sie den Schmerz hatte ertränken wollen.

Und doch: Warum hatte ihr Vater ihr ein so merkwürdiges Buch hinterlassen?

-2-

Eine Woche später betrat Helena zum ersten Mal seit fast einem Monat das Verwaltungsgebäude des Imperial College, in dem sie in der Sportabteilung arbeitete. Ihr Herz klopfte wild bei dem Gedanken an ihre Kollegen. Sie betete, dass man sie nicht anstarren oder schlimmer noch, fragen würde, wie es ihr ging. Was sollte sie schon darauf antworten? Sie hatte in den letzten Tagen Stunden damit zugebracht, vor dem Spiegel im Flur zu stehen und den Satz »Es geht mir gut. Lieb, dass du fragst« einzustudieren. Und das mit einer nur fünfzigprozentigen Erfolgsquote. Immerhin schaffte sie es die Hälfte der Zeit, dass ihr nicht sofort Tränen in die Augen schossen. Vielleicht sollte sie das schon einmal als Trainingserfolg verbuchen. Mit ihrer Chipkarte öffnete sie den gesicherten Bereich, betrat den Fahrstuhl und fuhr in die Abteilung, die für alle sportlichen Belange verantwortlich war. Sarah saß bereits an ihrem Schreibtisch links von Helenas und tippte mit schwer konzentrierter Miene auf ihrer Tastatur, die mit beeindruckender Lautstärke klackerte. Sie schob sich die Brille hoch, die sie üblicherweise nur zur Bildschirmarbeit trug, und schlug schließlich entnervt auf die Tischplatte.

»Dieses verdammte Update!«, meckerte Sarah und sprang von ihrem Stuhl auf. »Daniel, stell das Programm wieder richtig ein! Dauernd machst du irgendwelche Updates am System, die kein Mensch außer dir ver…«

Erst jetzt bemerkte sie Helena, die mit perplexem Gesichtsausdruck im Büroeingang stehen geblieben war und sich erst wieder bewegte, als Sarah ihr freundlich zuwinkte. »Süße! Mein einziger Lichtblick an diesem Tag!«

Daniel sah Sarah wenig begeistert an. »Nur weil Helena jetzt reinkommt, musst du nicht das Engelchen spielen«, stichelte er.

»Vielleicht *ist* sie ja ein Engelchen«, entgegnete Helena und ließ sich von Sarah in eine Umarmung ziehen.

Sie trug wieder einen ihrer feinsten Blazer, diesmal in Pastellblau, der ihre blond gelockte Mähne perfekt betonte. Das Erstaunliche an Sarah war, dass sie sich immer so stylte, dass sie jederzeit an einer wichtigen Konferenz hätte teilnehmen können, während Daniel, durch und durch Sportler, es wohl als Zumutung empfand, *keine* Jogginghose zu tragen, und daher häufiger in Kapuzenpullover und Schlabberhose zur Arbeit erschien.

Helena wandte den Blick zu Daniel und studierte seinen Gesichtsausdruck. Jap. Er haderte damit, ob er fragen sollte, wie es ihr ging. Eigentlich sollte er alles von Sarah wissen. Immerhin lebten die beiden zusammen.

»Ich habe geübt, auf Fragen zu antworten«, erklärte Helena. »Also teste mich.« Sie zwinkerte ihm zu.

Daniels Gesicht wurde blasser, sein Mund stand ein Stück offen, bevor er sich wieder fing. »Wie … äh … Wie geht es dir?« Mit der rechten Hand strubbelte er durch sein Haar.

»Gut. Lieb, dass du fragst.« Helena zählte die Sekunden. Drei. Zwei. Eins. Keine Tränen! »Jedenfalls …« Sie blickte auf ihren

Schreibtisch und beugte sich zu ihren Schubladen hinunter, die sie eine nach der anderen aufzog. »Scheiße … Wo sind die …?«

»Wir haben die Bewerbungen für dich durchgearbeitet«, unterbrach Sarah sie eilig. »Wir dachten, dass es schöner ist, wenn du am ersten Tag keinen schwankenden Stapel von Papier auf deinem Schreibtisch hast.«

Helena spürte, wie ihre Wangen heiß wurden. »Das war nett von euch. Danke. Dann lade ich euch aber nachher ins Eastside ein.«

»Ich bin raus«, erklärte Daniel. »Meine Mannschaft hat am Samstag ein wichtiges Spiel und ich kann nicht beim Training fehlen.«

»Schade.« Helena sah Sarah erwartungsvoll an. »Aber du kannst?«

»Drinks auf dich? Hallo? Natürlich kann ich!«

Als sie das Verwaltungsgebäude verließen, hakte sich Sarah augenblicklich fest bei Helena unter. Die kühle Luft des Spätherbstes ließ Helena frösteln und so gingen sie, wie Schulfreundinnen eng aneinander gekuschelt, quer über Prince's Gardens zum Eastside. Drinnen war es brechend voll, wie üblich am frühen Abend. Studierende tummelten sich in der einen Ecke des Bar-Restaurants, während weiter vorne Familien mit ihren Kindern saßen. In einer anderen Ecke war eine Gruppe von Kollegen aus einer Nachbarabteilung tief in Gespräche verwickelt. Einer von ihnen hielt seine Kreditkarte in die Luft und bat die Kellnerin, Nachschub zu bringen. Der Bass dröhnte gerade so laut, dass man sich noch unterhalten konnte, ohne schreien zu müssen, aber doch laut genug, um den Gesprächen am Nachbartisch nicht folgen zu können. In der Nähe des Fensters entdeckte Sarah ein Pärchen, das seinen Tisch zwischen zwei Palmen soeben verließ und zog Helena an der Hand hinter sich her.

»So, erzähl«, forderte Sarah, bevor Helena überhaupt die Jacke ausgezogen hatte, und sah sie mit einem in Erwartung getränkten Funkeln in den Augen an.

Helena legte den Kopf schräg. »Was denn?«

»Der neue Song, an dem du arbeitest?«, erinnerte Sarah sie.

Helena schnaufte und senkte den Blick auf die Tischplatte. »Der Song ist … eigentlich ist er idiotisch.«

»Was? Ich liebe deine Songs! Das ist überhaupt nicht idiotisch! Zu blöd, dass wir am Samstag nicht dabei sein können.« Sie verzog die Lippen zu einem Schmollen. »Worum geht es denn in dem Song?«

»Um meinen Vater«, gestand Helena. Sie dachte darüber nach, warum sie Sarah überhaupt davon erzählt hatte. Sie wusste, dass Sarah nicht zu dem *Open Mic* kommen konnte, bei dem sie auftreten würde, und, im Grunde genommen, zweifelte sie selbst noch daran, ob es wirklich eine gute Idee war, ihren neuen Song vorzustellen.

Sarah legte die Speisekarte, die sie noch eben ganz genau studiert hatte, auf den Tisch zurück. »Um deinen Vater?«

»Ich sags ja: Es ist bescheuert«, erklärte Helena noch einmal.

»Nein, gar nicht. Wie kommst du gerade auf deinen Vater? Du hast seit Jahren nicht von ihm gesprochen.«

Eine lange Freundschaft verband Helena mit Sarah. Sie hatten sich in der Mittelstufe der Schule kennengelernt, einander zwei Wochen lang angefeindet, weil Sarah Helena als Freak und Helena Sarah als Barbie bezeichnet hatte. In einem hitzigen Hockey-Match hatten sie sich gegenseitig die Nase gebrochen und sich am Nachmittag ein Zimmer im Krankenhaus geteilt. Helena wusste nicht mehr, ob es an den Schmerzmitteln gelegen hatte oder an der absurden Situation, doch plötzlich waren Freak und Barbie beste Freundinnen. Dass sie vieles verband, hatten sie erst mit der Zeit erfahren, zum Beispiel waren beide von ihren Vätern im Stich gelassen worden und mit der Zeit mit ihren jeweiligen Müttern zu einem Powerduo herangewachsen. Vielleicht war es Helena darum immer leichtgefallen, sich Sarah anzuvertrauen. Sarah war eine der wenigen, die wirklich verstand, wie sich die Ablehnung anfühlte, wenn der eigene Vater ohne ein Wort der Erklärung verschwunden war. Gut, in Sarahs Fall hatte er vorher noch das Bankkonto abgeräumt. Aber das war nicht der Punkt.

»Helena?« Sarah sah Helena erwartungsvoll an und wies mit dem Kopf auf die Kellnerin, die Helena inzwischen ungeduldig beobachtete.

»Und was möchten *Sie* trinken?«

»Oh … äh …« Helena überflog überflüssigerweise die Karte und entschied sich dann für einen Strawberry-Caipirinha, den sie hier immer trank. Die Kellnerin nickte und verschwand in Richtung Bar.

»Also?«

Helena hatte keine Ahnung, was Sarah gefragt hatte. War sie wieder so tief in ihren Gedanken versunken gewesen? Sie versuchte es auf gut Glück: »Meine Mutter hat mir einen Brief hinterlassen, in dem sie erklärt, dass mein Vater nicht freiwillig gegangen ist und dass er mich geliebt hat. Angeblich.«

»Krass«, kommentierte Sarah. »Was meint sie mit ›nicht freiwillig‹?«

»Und das ist noch nicht das Krasseste.«

»Sondern?«

Helena seufzte und sah sich um, so als hätte sie Sorge, dass jemand sie beobachten könnte. Dann beugte sie sich über den Tisch. »Er hat mir einen Schlüssel für eine Kiste auf dem Dachboden hinterlassen.«

»Und was war drin?«

»Das ist es ja: Es war ein Buch mit einer total seltsamen Schrift. Ich kann es überhaupt nicht lesen. Ich habe so was noch nie gesehen.«

Sarah lachte. »Uh. Vielleicht war er ein Zauberer und hat dir seine gesammelten Werke der Zauberei hinterlassen. Und jetzt bist du reich«, mutmaßte sie. Ihr Hass auf einen Vater, der die Familie mittellos zurückgelassen hatte, war spielend leicht herauszuhören.

Helena erschauderte, als Sarah von Zauberei sprach. Wieder dachte sie an die Stimmen, die sie aus dem Buch hatte sprechen hören. Waren sie wirklich da gewesen? In den Tagen nach der Trauerfeier hatte sie angefangen, einige alte Sachen von ihrer Mutter wegzupacken. Eigentlich fehlte ihr die Kraft, schon jetzt Abschied von all den Dingen zu nehmen, die ihrer Mutter gehört hatten. Gleichzeitig ertrug sie den Gedanken nicht, in einem Mausoleum zu leben. Ihre Mutter würde nicht zurückkommen, egal, wie sehr Helena es sich wünschte, daher hatte sie kistenweise Sachen auf den Dachboden gebracht. Natürlich nur für den Fall, dass man das eine oder andere doch mal brauchte. Und ja, sie hatte wegen dieses Gedankens ein wenig schmunzeln müssen. Aber das Buch hatte sie nicht noch einmal angerührt.

»Glaubst du an Magie?«, entfuhr es Helena und die Kellnerin, die gerade die Getränke vor ihnen abstellte, sah sie irritiert an.

Sarah lachte verlegen. »Schön wärs. Dann könnte ich meinen Taugenichts von Vater aufspüren und die zehntausend Pfund zurückverlangen, die er meiner Mutter gestohlen hat.«

Helena grinste und stieß mit Sarah an. »Danke für die Sache mit den Bewerbungsunterlagen.«

Sarah machte eine wegwerfende Geste. »Nicht der Rede wert. Du hättest das Gleiche für mich getan.« Sie hielt inne. »Wieso fragst du?«

»Was?«

»Wieso du fragst, ob ich an Magie glaube.«

Helena senkte den Blick. »Keine Ahnung, ich … ich glaube, ich habe zu viel getrunken, nachdem du und die Gäste die Trauerfeier verlassen haben.« Sarah sah sie fragend an. »Ich bin auf den Dachboden gegangen, um nach dieser Kiste zu suchen und als ich das Buch daraus aufgemacht habe, hatte ich das Gefühl, Stimmen zu hören.« Sobald sie die Worte ausgesprochen hatte, wurde ihr klar, dass es ein Fehler gewesen war. Sie legte die Hand an die Stirn. »Tut mir leid.«

»Hey.« Sarah griff nach ihrer Hand, nahm sie behutsam herunter und drückte sie. »Ist okay. Das ist eine beschissene Zeit für dich. Aber ich bin da, okay? Wir sind Schwestern.«

Helena lächelte dankbar.

Zwei Stunden und ebenso viele Caipirinhas später schlenderte Helena mit ihrem Rucksack über der Schulter durch den Hyde Park. Die Sonne war längst untergegangen und die wenigen Sterne, die mit den Lichtern der Stadt konkurrierten, funkelten am nachtblauen Firmament. In der heutigen mondlosen Nacht wirkten sie wie winzige Glühwürmchen. An normalen Abenden hätte Helena sich über diesen Anblick gefreut. Sie hätte es genossen, den Weg entlangzuschlendern und den Straßenlärm weit hinter sich zu lassen. Doch heute Nacht … Das Gespräch mit Sarah hatte die Erinnerungen an das merkwürdige Buch ihres Vaters wieder geweckt. Als sie den Round Pond erreicht hatte, blieb sie stehen. Die Schwäne und Enten, die sich normalerweise auf dem Teich aufhielten, hatten sich längst in ihre Nachtquartiere zurückgezogen. Langsam näherte sie sich dem Wasser, legte ihre Tasche auf die Bank und setzte sich. Vielleicht war es der Alkohol, der sie die bittere Kälte vergessen ließ. Oder aber das Funkeln der Sterne, deren Spiegelungen unbeirrt auf dem Wasser tanzten.

Helena fuhr herum, als hinter ihr etwas knackte. Sie sah zu den Büschen, die wenige Meter entfernt waren und verengte die Lider zu Schlitzen. War dort jemand? Ihre rechte Hand klammerte sich um den Griff ihres Rucksacks. Wieder beugte sie sich ein Stück vor.

»Hey!«, rief sie. »Machen Sie nichts Dummes. Der See wird kameraüberwacht.« Zwischen den Büschen hörte sie Blätter rascheln. *Ein Hund?* Sie konnte nicht wirklich erkennen, was das Geräusch verursachte, und doch weckte es ein merkwürdiges Gefühl in ihrem Inneren. Wie eine weit entfernte Erinnerung fühlte sich der Schauer an, der sie ergriffen hatte. Dabei waren es doch nur Schatten, oder nicht? Schatten und Wind. *Ja, das muss es sein.* Dass die Nacht absolut windstill war, ignorierte sie geflissentlich. Zumindest so lange, bis ein Zischen sie von der Bank hochschnellen ließ. Helena spürte ihren Puls bis in den Hals. Ihre Arme kribbelten und sie erinnerte sich krampfhaft daran, nicht ihren Rucksack loszulassen.

»Das ist kein Witz, klar?«, rief sie noch einmal und machte einen Schritt nach vorn.

Ein Schrei wie eine Mischung aus Frauen- und Männerstimmen zugleich, zerberstendem Glas und brechenden Ästen grölte aus der Dunkelheit in ihre Richtung. Ehe sie einen einzigen klaren Gedanken fassen konnte, was da auf sie zukommen könnte, rannte Helena los. Binnen kürzester Zeit war sie am Kensington Palace und rannte daran vorbei, ohne sich auch nur für einen einzigen Moment nach hinten umzusehen. Ihre Beine fühlten sich mit jedem Meter, den sie hinter sich brachte, wackliger an. Es war das gleiche Gefühl wie damals, wenn man als Kind so schnell rannte, bis das Gefühl in den Beinen unsicherer wurde und man stehen bleiben musste. Genau dieses Gefühl trieb sie bis an den Rand des Parks unter eine Laterne, an der ein Hinweisschild zur Videoüberwachung angebracht war. Erst jetzt wagte sie, sich umzudrehen. An ihrem Rücken lief der Schweiß herab, ihr Gesicht brannte und ihr Puls raste derart, dass er ihr in den Ohren schmerzte.

»Was zur Hölle …?« Sie sah sich um, konnte jedoch weit und breit niemanden erkennen. Immer noch außer Atem wischte sie sich über das Gesicht. Ihre Beine kribbelten ungewohnt, als sie das unmittelbare Licht der Laterne verließ und weiter in Richtung Straße ging. Bis zu ihrem Haus waren es keine zehn

Minuten mehr – jedenfalls nicht bei dem Tempo, mit dem sie unterwegs war.

Ihr Zuhause war ein einfaches Reihenhaus, genau zwischen Hyde und Holland Park gelegen. Bis zur nächsten U-Bahn-Station wären es nur wenige Minuten zu Fuß, doch in den vergangenen Jahren hatte sie die langen Spaziergänge am Morgen und am Nachmittag durch den Hyde Park lieben gelernt. Nun ja, bis auf diesen gerade eben. Mit immer noch zittrigen Händen fummelte sie den Schlüssel ins Schloss, entsperrte die Tür und schlug sie eilig wieder hinter sich zu. Die beiden Schlösser, die ihre Mutter zur Sicherheit hatte anbringen lassen, klickten leise, als sie sie drehte. Erst jetzt spürte Helena, wie ihr Atem und ihr Puls sich allmählich beruhigten, und es gelang ihr, ihre Gedanken einigermaßen zu sortieren. Was war das für ein seltsamer Schrei gewesen? Sie stockte. Verdammt. Was, wenn jemand ihre Hilfe gebraucht hätte und sie einfach weggelaufen war? Nein … Nein. Es hatte nicht nach einem Hilferuf … Wieder brach sie den Gedanken ab. Sie kam sich lächerlich vor, überhaupt so etwas zu denken, doch … Genau genommen, hatte es nicht einmal menschlich geklungen. Helena hob den Blick in Richtung Wohnzimmerfenster. Ein Luftzug bewegte die vorhängende Gardine sanft. Ein Luftzug? Helena lief zu dem Fenster, riss es nach unten und verriegelte es. Hatte sie es offengelassen? Normalerweise kontrollierte sie die Fenster, bevor sie das Haus verließ – immerhin lebte sie inmitten von London und nicht in irgendeinem Nest auf dem Land. Sie sah sich im Wohnzimmer um. Hatten die Möbel im Licht der Straßenlaterne schon immer solch scharfe Schatten an Wände und Decke gezeichnet? Und hatte der Schatten des Baumes vor dem Fenster schon immer wie mit unzähligen Fingern auf das Fensterbrett gefasst? Oder war das erst jetzt so? Jetzt, da sie hier alleine war?

-3-

Der Wecker auf ihrem Nachttisch klingelte schrill und unerbittlich, während Helena sich unter ihrer Decke hervorgrub und blind nach dem Feind neben ihrem Bett tastete. Ihre Fingerspitzen erreichten ihn und schalteten ihn aus. Sie hatte sich schon während ihrer Schulzeit abgewöhnt, die Schlummer-Taste zu drücken. Viel zu oft hatte das damals dafür gesorgt, dass sie zu spät zum Unterricht erschienen war. Ihre Mutter hatte oft schon früh morgens gearbeitet, um am Nachmittag mehr Zeit für Helena zu haben, und so war sie beim Aufstehen meist auf sich gestellt gewesen.

Begleitet von einem gequälten Stöhnen drehte sie sich auf die Seite und ließ ihre Nase unter der Decke hervorblitzen. Die kühle Luft kroch durch den entstandenen Spalt unter ihre Decke und ließ sie frösteln. Sie gab sich einen Ruck, warf die Decke von sich, setzte sich blitzschnell auf und streckte sich.

»Heute wird ein guter Tag«, beschloss sie laut und versuchte, ihre Stimme fest und überzeugt klingen zu lassen. Sie musste nach vorn schauen! Ihre Mutter würde nicht zurückkehren, aber sie durfte auch nicht mit Füßen treten, was sie von ihr gelernt hatte, indem sie sich jetzt hängen ließ. Helena stand auf, warf sich einen Pullover und eine Jogginghose über und ging nach unten in die Küche, um sich etwas zum Frühstück zuzubereiten. Der Plan für den Tag war einfach: aufräumen, kochen, zum Sport gehen und dann ihre Nervosität in den Griff bekommen, um am Abend beim *Open Mic* zu singen. Einmal im Monat fand in ihrer Lieblingsbar in Notting Hill eine solche Veranstaltung statt, bei der alle, die ein Instrument spielten und einigermaßen singen konnten, sich mit selbst geschriebenen Songs auf die Bühne wagten. Und obwohl Helena nie eine große Karriere als Musikerin angestrebt hatte, genoss sie es doch, ihre Songs mit anderen Menschen zu teilen. Oft genug hatte sie Abende mit neuen Bekannten und Freunden verbracht, die sich von einem ihrer Songs angesprochen gefühlt hatten.

Im Erdgeschoss sprang sie das Chaos der letzten Woche an. Erst jetzt begriff Helena, wie tatkräftig Sarah sie in den zwei Wochen nach dem Tod ihrer Mutter unterstützt hatte. Die Tage waren an ihr vorbeigeschwommen. Wie in Trance hatte sie diese kaum wahrgenommen. Sie erinnerte sich an Tee und warme Mahlzeiten, aber kaum daran, wie diese zustande gekommen waren. Diese Woche, die erste Woche, in der sie auch wieder arbeiten gegangen war, hatte sie nach dem Tod ihrer Mutter allein im Haus verbracht. Und offenbar hatte sie sich so sehr daran gewöhnt, dass Sarah ihr die Hausarbeit abgenommen hatte, dass sie nach deren Rückkehr in ihre eigene Wohnung zwischen leeren Joghurtpackungen und Chipsresten auf der Küchentheke Platz zum Kochen suchen musste. Gut, kochen war auch etwas übertrieben: Sie hatte es auf der übervollen Theke fertiggebracht, sich ein Sandwich zu schmieren.

Bewaffnet mit Handschuhen, einem Arsenal an Reinigungsmitteln und Mülltüten verbrachte Helena jetzt die ersten drei Stunden des Vormittags damit, das Haus wieder auf Vordermann zu bringen. Als sie endlich mit allem fertig war, haderte sie mit dem Gedanken, sich ein paar Nudeln zu kochen, verwarf die Idee jedoch auf der Stelle wieder, weil sie hinterher wieder würde aufräumen müssen. Sie würde sich einfach am Nachmittag auf dem Weg zum Sport etwas kaufen. Mit einem erschöpften, wenn auch zugleich erleichterten Stöhnen ließ sie sich rückwärts auf das Sofa sinken, faltete die Hände hinter dem Kopf zusammen und schloss die Augen. Sie genoss die Ruhe, die auf seltsame Art und Weise durch den Lärm der schleudernden Waschmaschine im Keller unter ihr verstärkt wurde. Sie liebte dieses Geräusch, die Vibrationen, die durch den Boden hindurch zu spüren waren. Sobald sie als Kind gelernt hatte, wie man eine Waschmaschine bediente, hatte sie sich um die Wäsche gekümmert. Sie hatte die Maschine am späten Nachmittag eingeschaltet und geduldig darauf gewartet, dass ihre Mutter durch die Tür kam und …

Helena öffnete die Augen und starrte an die leere Decke. Nichts und niemand würde jetzt kommen. Nicht ihre Mutter und ganz sicher nicht ihr Vater, der verdammte Taugenichts. Sie hatte die gesamte Woche über erfolgreich jeden Gedanken an den Dachboden und das, was sie dort gefunden hatte, verdrängt. Doch jetzt, da sie nicht arbeiten musste und der *Open Mic Abend*, an dem sie ihren neuen Song spielen würde, immer näher rückte, kreisten ihre Gedanken wieder um ihren Vater. Sie versuchte, sich an sein Gesicht zu erinnern und seine Augen, wie sie abends über sie gewacht hatten, bis sie eingeschlafen war. Egal, wie oft sie gefragt hatte: Ihre Mutter hatte ihr niemals gesagt, warum ihr Vater gegangen war. Im Gegenteil. Sie hatte immer Witze darüber gemacht. *Er ist ein Geheimagent*. Oder: *Er ist Arzt in einem armen Land. – Er hat einen Mord mitangesehen und muss sich verstecken. – Er hat sein Gedächtnis verloren und jetzt eine neue Familie ganz weit weg, die ganz traurig wäre, wenn er sie verließe*. Diese letzte Lüge hatte immer am meisten wehgetan. Und doch hatte sich ein Teil von Helena immer gewünscht, dass eine dieser Lügen wahr war. Denn alles war besser als der Gedanke, dass er einfach von ihr und ihrer Mutter die Schnauze voll gehabt hatte und mit einer anderen Frau durchgebrannt war, um ein neues Leben zu beginnen.

Ihre Gedanken kehrten zu dem Brief zurück. Zu den letzten Worten ihrer Mutter, und dass sie schon wieder eine neue Lüge erfunden hatte, um seine Abwesenheit in ihrem Leben zu entschuldigen. Helena knabberte auf ihrer Unterlippe. Aber was, wenn das keine Lüge war? Schwindelte man denn noch, wenn man wusste, dass man schwer krank war und dass es mit einem zu Ende ging? Was, wenn es *wirklich* einen nachvollziehbaren Grund gegeben hatte, warum er gegangen war? Vielleicht hatte gehen müssen? Was, wenn in dem Buch ein Hinweis darauf verborgen war, was wirklich mit ihm passiert war? Sie erinnerte sich an eine schwere Hand, die behutsam ihren Kopf streichelte, bis sie eingeschlafen war. Zu schwer für die Hand ihrer Mutter. War es die Hand ihres Vaters, an die sie sich erinnerte? Vor ihren Augen blitzte das Ende einer Rutsche in Elefantenform auf, auf der sie als kleines Kind gern gerutscht war. An deren Ende streckten sich ihr zwei starke Hände entgegen. Waren es seine? Ein Gesicht dazu sah sie nicht. Oder spielten ihre Erinnerungen ihr einen Streich, um ihr das Gefühl zu geben, dass er einmal, vor vielen Jahren, an ihrem Leben Anteil genommen hatte?

»Wieso bist du abgehauen?«, flüsterte sie in die Stille hinein. Es nützte nichts. Sie würde noch einmal auf den Dachboden gehen und sich der Kiste und dem darin liegenden Buch stellen müssen. Mit einem Ruck erhob sie sich vom Sofa und machte sich auf den Weg nach oben. Warum hätte ihr Vater ihr etwas hinterlassen sollen, das sie nicht einmal entziffern konnte? Irgendetwas musste es doch mit dem Buch auf sich haben. Es musste eine Möglichkeit geben, den Inhalt zu entschlüsseln. Bestimmt hatten ihr ihre Sinne bezüglich der geheimnisvollen Stimmen an dem Abend der Trauerfeier einen merkwürdigen Streich gespielt. Vielleicht hätte sie die Kiste nicht ausgerechnet an diesem Abend öffnen sollen. Sie zog die Falttreppe mithilfe einer Stange aus der Decke, hängte die Stange zurück an ihren Platz und klappte die Treppe vollends auf. Die Stufen knarzten bei jedem Schritt laut.

Sie betrat den Dachboden, der seit ihrem letzten Besuch seltsam unheimlich wirkte. Vielleicht lag es daran, dass sich zu ihren eigenen Kindersachen Stück für Stück auch Kleidungsstücke und Bücher ihrer Mutter gesellt hatten. Aber vielleicht lag es auch an dem alles erdrückenden Gefühl, dass etwas mit dem Buch, das ihr Vater ihr hinterlassen hatte, nicht stimmte. *Bücher können nicht sprechen*, erinnerte sie sich noch einmal. Und doch schlug ihr Herz mit jedem Schritt in Richtung Ecke, in der die Kiste unter dem Holzboden versteckt lag, ein wenig schneller. Ihre Finger kribbelten, als sie sich zu den Holzbrettern hinabbeugte, um die Kiste wieder hervorzuholen. Sie musste es einfach wissen. Sie musste. Vielleicht hatte sie sich das alles eingebildet. Sie war weiß Gott nicht betrunken gewesen, als sie am Abend nach der Trauerfeier hier hochgekommen war. Doch was, wenn es doch nur der Alkohol gewesen war, der ihren Blick getrübt hatte? Es musste so sein. Sie steckte den Schlüssel in das Schloss und öffnete den Deckel.

»Verdammt«, entfuhr es ihr, als sie die fremden Zeichen auf dem Buchdeckel erkannte. Die hatte sie sich also augenscheinlich *nicht* eingebildet. Sie füllte die Lunge mit einem tiefen Atemzug und blies die Luft geräuschvoll wieder aus. Dann schlug sie das Buch in der Mitte auf. Auch hier war alles wie beim ersten Mal: Die Zeichen waren weiterhin unleserlich. Aber immerhin hörte sie keine Stimmen. Das verbuchte sie als halben Erfolg. Nur halb, weil es ihr nun zweifelsfrei bewies, dass sie am Abend der Trauerfeier doch betrunken gewesen sein musste. Sie hielt das schwere in Leder gebundene Buch auf der linken Hand. Mit den Fingerspitzen der rechten strich sie behutsam über die fremden Zeichen und Symbole, die die Seiten zierten. Sie konnte nicht einmal sagen, welche Leserichtung zur Entzifferung angedacht war. So perfekt waren die Zeichen gesetzt, dass sie wie in einem Sudoku-Rätsel sowohl rechts und links als auch nach oben und unten identische Abstände aufwiesen. Helena drehte das Buch in verschiedene Richtungen. Ob sie etwas übersah? Sie blätterte durch die Seiten, hoffte, dass irgendwo vielleicht doch etwas stand, das sie lesen konnte. Plötzlich schwebte ein kleiner Zettel zu Boden. Das Papier war, im Gegenteil zu dem Papier des Buches, strahlend weiß und darauf war eine Adresse notiert: *Artillery Passage – Elly*. Ob ihr Vater ihn hineingelegt hatte? Sie kannte seine Schrift nicht, daher war es ihr unmöglich, das genau zu bestimmen. Weder die Adresse noch der Name sagten ihr jedenfalls irgendetwas. Helena wendete den Zettel. Die Rückseite war leer. Mit einem leisen Seufzen stopfte sie ihn in ihre Hosentasche und studierte wieder die fremdartigen Schriftzeichen und Symbole.

»Du willst mich doch ver…« Sie brach den Satz ab. *Nein! Das war nicht möglich*. Zuerst dachte sie, sie würde es sich einbilden. Sich einbilden, dass erneut ein Gewirr aus fremdartigen Stimmen in ihr unbekannten Sprachen aus den Seiten hervordrang. Aber nein. Sie bildete es sich nicht ein. Das Buch, das *verdammte Buch*, sprach mit ihr! Ihre Finger krampften sich um die Buchränder, während ihr Blick untrennbar mit den fremden Zeichen verschweißt war. Die Stimmen wurden lauter. Immer lauter, bis plötzlich ein alles andere erdrückender Schrei einer Männerstimme ihr entgegenbrüllte. Eine Stimme, die so verzerrt wirkte, als sei sie von jemandem, den man im Tower seit Stunden quälte und bei lebendigem Leibe auseinandernahm. Ohne es kontrollieren zu können, schrie sie selbst der Stimme entgegen, warf das Buch mit voller Wucht in die gegenüberliegende Ecke des Dachbodens und rannte in Windeseile zur Falttreppe. Ungeschickt stolperte sie die Stufen hinab, rutschte auf der letzten ab und stürzte mit dem Rücken auf den Boden. Sie keuchte und starrte benommen an die Decke. *Zaubern*. Das Wort kam ihr wie von selbst in den Sinn. Auf keinen Fall! Nein! Ihre Mutter hatte wirres Zeug gesprochen. Es gab keine gottverdammte Zauberei! Sie rappelte sich eilig auf, ließ die Treppe jedoch aufgeklappt. Sie brauchte einen Schluck Wasser. Oder vielleicht eine eiskalte Dusche, irgendetwas, das sie wieder beruhigen würde. Das Buch hatte sie angebrüllt!

Die Treppe zum Dachboden immer im Blick ging sie seitwärts die Stufen nach unten und hielt plötzlich inne, als sie von unten Geräusche hörte. War dort jemand? Ihr Atem stockte, während ihre Finger sich fester um das Geländer klammerten. Ihre Halsschlagader pochte heftig, während ein Schauer über ihre Kopfhaut kroch und sie durchschüttelte. Hätte ihr Mund sich nicht so ausgetrocknet angefühlt, hätte sie etwas gerufen. Wieder knackte etwas im Erdgeschoss. *Großartig.* Auf ihrem Dachboden war ein Buch mit Eigenleben und im Erdgeschoss ein Einbrecher? Sie beugte sich über das Treppengeländer, um einen Blick auf die Haustür werfen zu können. Sie stand offen! Helena schnappte nach Luft, presste sich mit dem Rücken eng an die Wand und ging so leise wie möglich nach unten. Sie kannte die Stufen auf den Zentimeter genau, wusste exakt, wo sie hintreten musste, um kein Knarzen zu verursachen. Immerhin hatte sie sich oft genug spät abends in das Haus zurückgeschlichen – oder hinausgeschlichen –, als sie als Jugendliche heimlich mit Sarah feiern gegangen war. Doch jetzt? Sie kam auf der letzten Stufe an und sah, dass der Wind die Tür hin- und herbewegte.

Alle Anspannung fiel von ihr ab. »Dummkopf«, schalt sie sich selbst. Sie musste vergessen haben, die Tür wieder abzuschließen, nachdem sie den Müll hinausgebracht hatte. Sie lachte über ihre eigene Schreckhaftigkeit und ging zum Hauseingang. Als sie die Türe gerade wieder schließen wollte, knarzte der Holzfußboden hinter ihr.

»Gott sei Dank, es geht Ihnen gut«, sagte eine Männerstimme.

Helena fuhr mit einem Schrei herum. Ihr Herzschlag, der sich eben erst wieder einigermaßen beruhigt hatte, trommelte wie wild in ihren Ohren. »Wer zur Hölle sind Sie?« Ihre rechte Hand war auf ihre Brust geschnellt.

Vor ihr stand ein Mann, der mindestens zwei Köpfe größer und nur wenig älter war als sie. Seine Haut war dunkelbraun mit einem warmen Unterton. Seine Statur ähnelte der eines Profibasketballspielers, drahtig, wendig und muskulös. Er trug sein Haar an den Seiten kurzrasiert, während es auf seinem Kopf einige Zentimeter nach oben gewachsen war. Sein rechtes Ohr zierte ein silberner Ohrring. Mit halb offenem Mund kratzte er sich am Hinterkopf. »Ich äh … Entschuldigen Sie bitte, dass ich einfach in Ihr Haus eingedrungen bin. Ich wollte Sie nicht erschrecken. Ich habe einen Schrei gehört und Ihre Tür stand offen. Da wollte ich nachsehen, ob alles in Ordnung ist.« Seine Stimme war tief und warm.

Seine Antwort klang logisch. Dennoch! »Und wer *sind* Sie?« Helena ließ den Türknauf nicht los, jederzeit bereit, die Tür aufzureißen und um Hilfe zu schreien, sollte es nötig werden.

Er streckte ihr die Hand hin. »Alastair Halligan«, stellte er sich höflich vor.

Helena schüttelte innerlich den Kopf. *Er ist in mein Haus eingedrungen*, erinnerte sie sich aufgebracht und wollte ihm gerade etwas entgegnen, als er weitersprach.

»Ich bin neben Ihnen eingezogen.« Er deutete auf das anliegende Reihenhaus zu seiner Rechten. »Sie haben bestimmt den Umzugswagen vor zwei Tagen gesehen«, fügte er rasch hinzu.

»Oh …« Die Falten auf Helenas Stirn verschwanden langsam. »Tut mir … Tut mir leid, dass ich Sie gerade so angefahren habe. Ich … Ich dachte, ich hätte die Tür zugemacht.« Sie nahm seine Hand und drückte sie behutsam. Seine Haut fühlte sich ungewöhnlich weich an. Seidenweich fast. Benutzte er Handcreme? Als sie zu ihm aufschaute, bemerkte sie sein warmherziges Lächeln und ließ seine Hand eilig wieder los. »Ich, ähm … Ich war auf dem Dachboden und habe mich … Da war … eine Maus.«

»Die Tür stand einen Spaltbreit offen«, erklärte Alastair. Dann grinste er frech. »Nun, wenn Sie wieder über eine Maus stolpern sollten, melden Sie sich. Ich habe ein paar Lebendfallen. Nicht töten, ja? Und, entschuldigen Sie bitte, dass ich einfach reingekommen bin. Ich war einfach besorgt.«

Er zwinkerte ihr zu und wollte sich gerade auf den Weg zur Tür machen, als Helena vorsichtig seinen Oberarm berührte. Verdammt, war er muskulös. Hitze stieg in ihre Wangen und sie ließ ihn sofort wieder los. Was war nur in sie gefahren? »Helena Cunningham.«

»Bitte?«

»Ich … äh … Ich heiße Helena.«

Er lächelte und irgendetwas an seinem Lächeln ließ sie für einen Moment das Buch auf ihrem Dachboden vergessen. »Dann sagen Sie bitte einfach Alastair.«

»Möchten Sie vielleicht noch einen Kaffee? Erst erschrecke ich Sie und dann maule ich Sie auch noch an. Ein Entschuldigungskaffee ist das Mindeste.«

Alastair warf einen raschen Blick auf seine Uhr und nickte. »Ein wenig Zeit habe ich noch.«

Helena atmete erleichtert auf und bedeutete ihm, ihr zu folgen. Die Küche war ein schmaler Raum, der gerade genug Platz für eine L-förmige Theke und einen kleinen Frühstückstisch bot. Das schmale, aber hohe Fenster am Ende des Raumes spendete genügend Licht, sodass man zur richtigen Tageszeit darauf verzichten konnte, die Deckenleuchte einzuschalten. Jetzt war der ideale Zeitpunkt. Die ersten Sonnenstrahlen trafen auf den Tau am Fensterrahmen und glitzerten. Die Kaffeemühle heulte geräuschvoll auf, während Helena zwei Tassen auf das Gitter stellte und die Kaffeeausgüsse des Vollautomaten darauf ausrichtete. »Woher kommen Sie?«,

»Bitte duzen Sie mich. Sonst komme ich mir so alt vor.«

Helena grinste. »Gern.«

»Ich bin aus Bath. Dort aufgewachsen«, erklärte er locker, während er sich in der Küche umsah. »Du wohnst hier ganz allein?«

Helena sah ihn verunsichert an. Zu erzählen, dass ihre Mutter gerade gestorben war und ihr das Haus noch nicht einmal offiziell gehörte, war wohl kein besonders guter Einstieg. »Dasselbe könnte ich dich fragen. Das Haus nebenan ist doch fast genauso groß.«

»Eine Etage weniger«, korrigierte er.

»Dafür mit Dachgarten«, stichelte sie. »Du hast sicher viel Glück gehabt, das Haus zu bekommen. Ich habe den Makler bestimmt mit über zwanzig Anwärtern davor stehen sehen.«

Alastair hob die Schultern und nahm mit einem Lächeln die Tasse Kaffee entgegen, die Helena ihm nun hinhielt. »Mein neuer Arbeitgeber hat für mich gebürgt. Das hat wohl einen ganz zuverlässigen Eindruck gemacht.«

»Wirklich? Wo arbeitest du?«

Alastair trank einen Schluck des Kaffees und ließ sich Zeit damit, auf ihre Frage zu antworten. »Bei Lyle and Grol. Ich bin Architekt«, erklärte er schließlich und hob den Blick, um ihr in die Augen zu sehen.

Verdammt, waren diese Augen blau. Es war, als würde man in pures Pigment schauen. Und obwohl sie nahezu unnatürlich blau waren, wirkte nichts an ihnen kalt. Im Gegenteil. Es war, als würde Helena in Augen schauen, die sie schon einmal gesehen hatte. Seltsam vertraut. Ihre Nasenspitze juckte merkwürdig, desto länger sie in diese Augen starrte.

»Helena?«

»Hm?«

»Was du arbeitest, habe ich gefragt.«

Hitze stieg in Helenas Wangen und sie versuchte, das Pochen in ihrer Brust zu ignorieren. »Ich … Ich arbeite am Imperial College in der Verwaltung.« Sie hob ihre Kaffeetasse an und trank einen Schluck.

Alastair nickte.

»Ich … Also, falls du heute Abend noch keine Pläne hast: Ich spiele in einer Bar. Gitarre und Selbstgetextetes. Vielleicht hast du Lust vorbeizukommen.« Verdammt, warum war sie so nervös? Der Typ war gerade eben in ihr Haus eingedrungen. Okay, fairerweise musste sie zugeben, dass sie geschrien hatte, als würde sie gleich überfallen werden. Streng genommen, zeugte es von Anteilnahme und Zivilcourage, dass er nach ihr hatte sehen wollen. Dann wiederum …

»Klingt nach einem Plan.«

Helena erstarrte, als die strahlend blauen Augen sie direkt ansahen. »Wirklich?«

Alastair nickte. »Klar. Schick mir die Adresse von deinem Gig aufs Smartphone. Ich gebe dir meine Nummer.« Er griff nach einem Notizblock, der am Kühlschrank hing, und nutzte den Stift, der an einem Band daneben baumelte, um seine

Nummer darauf zu notieren. »Ich werde den Nachmittag im Büro verbringen, um mich wenigstens bei ein paar meiner neuen Kollegen vorzustellen. Aber am Abend komme ich gern vorbei.«

»G-gut«, stotterte Helena nervös und nahm den Zettel an, den er ihr hinhielt.

In einem letzten Zug leerte er seine Kaffeetasse und stellte sie in die Spüle. »Also dann«, sagte er und machte sich auf den Weg in Richtung Haustür.

»Also dann«, wiederholte sie seine Worte und ging ihm hinterher. Er warf ihr einen letzten Blick – gepaart mit einem Lächeln – zu und zog dann die Tür hinter sich zu.

»Wahnsinn.« Das Wort hatte gerade ihre Lippen verlassen, da schreckte sie auf. Mit beiden Händen schlug sie sich leicht auf die Wangen. »Was ist denn los mit dir?« Helena blieb keine Zeit, sich weiter Gedanken darüber zu machen, was Alastair in ihr ausgelöst hatte. Sie hatte sich fest vorgenommen, nach mittlerweile über einem Monat endlich wieder zum Sport zu gehen. Und darauf würde sie wegen einer spontanen Begegnung sicher nicht verzichten. Eilig lief sie nach oben, um sich umzuziehen. Sie war spät dran und damit würde sie immerhin ein wenig Zeit einsparen. Doch als sie die Daumen in die Hosentaschen schob, um den Stoff von ihren Beinen zu schieben, hielt sie plötzlich inne. *Der Zettel.* Sie holte das Stück Papier hervor, das zwischen den Seiten des Buches auf dem Dachboden herausgefallen war. »*Artillery Passage – Elly*«, las sie erneut, dachte noch einmal darüber nach, ob ihr die Adresse und der Name irgendetwas sagten. Doch nichts. Sie wusste ja nicht einmal, ob sich diese *Artillery Passage* überhaupt in London befand. Ungeduldig kramte sie ihr Smartphone unter der Bettdecke hervor – in den letzten Wochen hatte sie zum besseren Einschlafen immer ein Hörbuch angeschaltet – und tippte die Nummer in Maps ein. Die Artillery Passage lag in der City of London. Sie warf einen Blick auf die obere linke Ecke des Displays. 13:17 Uhr. Wenn sie zum Sport gehen wollte, würde sich jetzt sofort auf den Weg zur U-Bahn-Station machen müssen. Oder aber sie ging der Sache mit dem Buch auf den Grund und machte sich auf den Weg zur Artillery Passage.

»Elly«, flüsterte sie. »Elly …«

-4-

Die Artillery Passage war eine winzige Seitengasse inmitten der Innenstadt. Sie war unglaublich eng und wirkte, als wäre sie bereits jahrhundertealt. Die Backsteine der verschiedenen Reihenhäuschen reichten von dunklen Rot- und Brauntönen bis hin zu gelblichen Nuancen. Jeder Laden hier könnte aus einem magischen Roman stammen, aus dem Zauberer ein und aus gingen, um ihre Zauberstäbe oder magischen Tiere zu erstehen. Die Fensterrahmen waren in verschiedensten Farben gestrichen, Efeuranken kletterten an den hohen Mauern in Richtung Sonne und der schmale Durchgang, den Helena auf höchstens zwei Meter schätzte, bot gerade genug Platz für die zu den Seiten ausgestreckten Arme der alten Laternen, die des Nachts die Straße erhellen würden. Die Gasse wirkte regelrecht verwunschen und Helena hätte es nicht gewundert, wenn plötzlich eine Familie mit einer Eule in einem Käfig aus einem der Geschäfte getreten wäre und glücklich über den Familienzuwachs dem Verkäufer zugewunken hätte.

Sie hob den Blick und studierte die verschnörkelten Worte der alten Ladenschilder. Hier hatte sich jede Art von Business eingerichtet, das sie sich nur vorstellen konnte. Zwischen verschiedenen winzigen Bars und Restaurants tummelten sich eine Parfümerie, ein Schneider, ein Immobilienmakler, zwei Cafés, ein Lampendesigner, ein Zahnarzt und … Helena blieb stehen: *Elly's Books and Papers*. Ob es das war? Andererseits: Wie groß war die Chance, dass es hier mehrere Ellys gab? Sie studierte die Fensterrahmen, die wohl einmal schwarz gewesen waren und nun eher schmutzig gräulich daherkamen. Von allen Lädchen in der Artillery Passage wirkte *Elly's Books and Papers* zweifellos am meisten vernachlässigt. Es sah nicht so aus, als würde sich jemand um das Geschäft kümmern. Helena beugte sich etwas vor und lugte durch eines der Fenster, die lange nicht mehr geputzt worden waren. Der Laden war größer, als sie es, gemessen an der schmalen Front, erwartet hätte. Antike Bücherregale standen dicht an dicht gereiht, wirkten, als wären sie fest in das Mauerwerk verbaut. Die Bücher darin sahen ebenfalls aus, als hätte sich lange niemand mehr darum gekümmert. Der Boden war über und über vollgestellt mit Kisten, eingerollten Papieren, Kartons und natürlich weiteren Büchern, die in meterhohen Türmen den Durchgang versperrten.

Helena drückte die Umhängetasche mit dem Ellenbogen näher an ihren Körper. Sie hatte das Buch mitgenommen, vorher aber fest mit einer Schnur verknotet, um auf jeden Fall zu verhindern, dass das verdammte Ding mitten in der U-Bahn plötzlich losbrüllte und sie zur Attraktion für alle Touristen und Londoner machte, die das zweifelhafte Vergnügen hatten, mit ihr im selben Abteil zu sitzen. Sie legte ihre linke Hand auf die Türklinke. Schrille Glöckchen kündigten ihren Besuch an. Der Geruch von altem Papier und Staub drang in ihre Nase. Helena nieste und wirbelte damit eine ungeheuer große Staubwolke auf, die bisher den Bücherturm vor ihr bedeckt hatte. Sie zog die Nase hoch und sah sich weiter um. Arbeitete hier niemand?

»Hallo?«, rief sie in Richtung einer offenen Tür am Ende des Raumes. »Kundschaft!«

Ein Rumpeln ertönte. »Ich bin gleich bei dir, Kindchen!«, rief eine Frauenstimme aus dem Hinterraum.

Es polterte erneut im Hinterzimmer. So laut, dass Helena befürchtete, das *Gleich* würde sich in ein *Nie* wandeln. Sie ging ein paar Schritte zu dem Raum und lugte durch den Türrahmen in das Halbdunkel, das sich ihr dahinter offenbarte. »Geht es Ihnen gut?«

»Ja, ja …«, stöhnte die Frauenstimme von eben. Die Frau lag begraben unter zwei Dutzend Büchern und kämpfte sich mühsam zwischen Ledereinbänden und losen Papieren hervor. »Ich räume gerade auf.«

Helena verkniff sich einen Kommentar und lächelte stattdessen höflich. In Gedanken klopfte sie sich für diese Leistung auf die Schulter. Etwas so Schlampiges wie diesen Laden hatte sie in ihrem Leben noch nicht gesehen. Sie hielt der Frau eine Hand hin und half ihr auf. Helena war etwas kleiner als sie, was nichts Ungewöhnliches war. Mit ihren knappen einen Meter vierundsechzig schaute sie zu den meisten Menschen in ihrem Umfeld auf. Die Haare der Frau waren dunkelbraun, jedoch durchzogen von zahlreichen grauen Strähnen. Sie kämmte das lose Haar mit den Fingern zusammen und band es zu einem Pferdeschwanz hoch. Ihre Haut wirkte erstaunlich straff, was es für Helena schwierig machte, ihr Alter zu schätzen. Nur ihre Augen, die hatten etwas Ungewöhnliches. So ein strahlendes, auffälliges Grün hatte Helena noch nie an einem Menschen gesehen. Sie leuchteten ihr förmlich entgegen. Ob das an dem schwachen Licht hier lag?

»Ich habe mich schon gefragt, wann du herkommst«, erklärte die Frau und sah Helena erwartungsvoll an.

»Wie bitte?« Helena starrte sie perplex an. »Sie wissen …« Sie legte den Kopf schräg. »Kennen wir uns?«

Die Frau lachte. »Du hast mich natürlich vergessen. Ist schon eine Ewigkeit her. Ich bin Elisabeth. Aber sag einfach Elly«, sagte sie.

Dann ging sie langsam voraus in den Laden, wischte beiläufig über eine Kommode, die von vergleichsweise wenigen Büchern bedeckt war, und blies den Staub von ihren Fingern. Ihr knöchellanger, dunkelbrauner Rock umspielte eine schmale Figur, ebenso wie das altmodische, rüschenverzierte Hemd, das Elisabeth in den Rock gestopft hatte. Auf ihrer Brust prangte ein in Silber gefasster, schwarzer Edelstein, wie eine kleine Brosche. *Heilige Scheiße.* Hatte Helena beim Betreten des Ladens eine verdammte Zeitreise gemacht? Sie sah sich zum Schaufenster um. Nein, die Passanten draußen wirkten allesamt ziemlich modern.

»Keine Angst. Ich laufe nur im Laden so rum«, warf die Frau ein, indem sie Helenas nicht laut gestellte Frage beantwortete. Sie schmunzelte, während sie Helena von oben bis unten musterte. »Schön, dich endlich zu sehen, Helena.«

»Woher wissen Sie, wie ich heiße?«

»Also wirklich!« Die schräge Frau setzte eine Brille auf, die ebenfalls mindestens aus dem viktorianischen Zeitalter stammen musste, und schob sie auf dem Nasenrücken nach oben. »Ich kann mir kaum vorstellen, dass du den Weg aus Notting Hill gekommen bist, um mir diese Frage zu stellen«, scherzte sie, und deutete auf Helenas Tasche, die sie immer noch an sich gedrückt hatte. Die Tasche! Ihre Mutter hatte ihren Namen in die obere rechte Ecke gestickt, nachdem sie sie ihr in der Mittelstufe geschenkt hatte. Helena lachte gezwungen. »Alles klar. Wird das hier so eine Sherlock-Holmes-Nummer?« Sie zwinkerte der Frau zu. »Ich weiß nicht, woher sie das mit Notting Hill wissen, aber …«

»Ich bin deine Tante, Kind. Dein Vater, William, war mein Bruder.«

Medusa persönlich hätte sie ansehen können – Helena wäre dadurch kaum schneller versteinert. Bruder? Sie senkte abwesend den Blick und machte dann auf dem Absatz kehrt. Wenn das stimmte, hatte sie dieser Frau nichts zu sagen. »Ich … Ich habe mich in der Adresse geirrt.«

»Helena, bitte warte!«

Sie fuhr blitzschnell auf ihrem Absatz herum und zeigte mit dem Finger auf die merkwürdige Frau. »Nennen Sie mich nicht Helena! Ich kenne Sie überhaupt nicht.« Ihre Stimme bebte. Helena wusste nicht, ob ihre Wangen so brannten, weil sie feuerrot angelaufen oder weil ihr jegliche Farbe aus dem Gesicht gewichen war.

Nur eines wusste sie genau. Ihr Blut kochte!

»Hele…«, setzte die Frau beschwichtigend an, wurde jedoch sofort wieder unterbrochen.

»Nein! Nein, Sie nennen mich nicht beim Vornamen, verstanden? Ich …« Ihre Augen brannten. »Wie können Sie es wagen?« Sie schüttelte den Kopf, die Finger fester um den Schultergriff ihrer Tasche geklammert. Am liebsten hätte sie ihrer angeblichen Tante das verdammte Buch an den Schädel geworfen, damit sie in einen ihrer verwahrlosten Bücherstapel fiel und einfach darauf liegen blieb, bis irgendein anderer Irrer ihr wieder aufhalf. »Ich habe keinen Vater, klar? Und wenn Sie allen Ernstes hier, ein paar Meilen von meinem Haus entfernt ihren bescheuerten Bücherladen haben und sogar wissen, wie ich heiße und wo ich wohne, warum sind Sie dann nie … haben uns nicht …« Ihre Stimme krächzte verräterisch. »Sie haben nicht das Recht, so zu tun, als würden wir uns kennen.«

Die Frau nahm einen tiefen Atemzug und senkte den Blick. »Ich verstehe, dass du aufgebracht bist.«

»Nichts verstehen Sie!«

»Doch, Helena. William hat mich genauso zurückgelassen wie dich.« Sie hob den Blick, um Helena wieder in die Augen zu sehen. »Er hat damals nicht nur dich und deine Mutter verlassen.«

»Oh, bitte«, spie Helena aus. »Soll ich jetzt mit Ihnen Mitleid haben, oder was? Ich war drei Jahre alt!«

»Er bat mich, Abstand von dir und deiner Mutter zu halten. Und ich habe lediglich seinen Wunsch respektiert.«

»Was?« Helena war kurz davor, der Frau den Kopf abzureißen.

Die machte einen Schritt auf Helena zu, blieb jedoch augenblicklich stehen und hob beide Hände, als Helena im gleichen Zuge einen Schritt nach hinten in Richtung Tür machte. »Er musste gehen, um dich und deine Mutter zu beschützen, Helena. Und er hatte Sorge, dass du, wenn du zu früh davon erfährst, was wirklich dahintersteckt, vielleicht leichtsinnig handeln könntest.«

Helena schüttelte den Kopf. »Ich habe dieses saudumme Rätselraten satt.« Mit zitternden Fingern fummelte sie an dem

Verschluss ihrer Umhängetasche herum, holte das Buch hervor und warf es Elisabeth vor die Füße. »Behalten Sie das dämliche Ding. Ich will gar nichts von ihm haben.« Sie drehte sich um und öffnete die Tür, um zu gehen. Ein heftiger Luftzug riss ihr die bereits geöffnete Tür aus der Hand und ließ sie wieder zuknallen. Es klickte, als ob ein Sperrmechanismus betätigt worden war.

Helena drehte den Knauf hin und her und zerrte an der Tür, doch sie öffnete sich nicht. Sie versuchte durch kontrolliertes Atmen, den immer schneller werdenden Herzschlag in ihrer Brust zu beruhigen. Ein Blick zurück zeigte ihr, dass die Frau beide Hände in Richtung der Tür ausgestreckt hatte. »Was ist das für ein Trick?«

Elisabeth legte den Kopf schräg. »Magie, Helena.«

Helena lachte. »Ja, okay. Ich würde dann jetzt gern gehen.« Es musste einfach ein starker Durchzug gewesen sein. Das war alles. Wieder zerrte sie an der Tür. Diesmal heftiger. Die Tür war wie zubetoniert und die Leute, die draußen an dem Schaufenster vorbeigingen, bemerkten nicht einmal, dass sie wie ein Irre daran herumruckelte, um aus dem Laden zu entkommen. Als sie sich zu Elisabeth umdrehte, sah sie, dass die sich zu dem Buch hinabgebeugt und es aufgehoben hatte.

»Das hat … er … dir vermacht?«

Helena lachte. »Sie können es gern behalten. Ich weiß sowieso nicht, was das sein soll.«

»Helena!«

»Hören Sie auf, mich zu duz…«

»Nein, du hörst jetzt auf, junge Dame!« Die Härte in der Stimme ihrer angeblichen Tante ließ Helena zusammenzucken.

Sie hatte die Lautstärke nicht anheben müssen, allein der Ton hatte ausgereicht. »Du weißt überhaupt nicht, was deinem Vater widerfahren ist, und bist so hart und entschlossen dabei, ihn mit jeder Faser zu verurteilen. Er hat dir ein Geschenk gemacht. Er hätte alles gegeben, um bei dir bleiben zu können.« Ihre Stimme bebte.

»Ist er tot?«, keifte sie, wohl wissend, dass das nicht der Fall war. Dann hätte ihre Mutter sich nicht zwanzig Jahre lang all die Märchen ausdenken müssen.

»William war nicht so einfach totzukriegen.«

»Schade«, zischte Helena mit zu Schlitzen verengten Augenlidern. Es tat so verdammt weh, dieses Wort auszusprechen. Sie schämte sich dafür und gleichzeitig war der Gedanke, dass er tot sein könnte, die einzige Möglichkeit, die seine Abwesenheit in ihrem Leben irgendwie erträglich machte. »Das wäre wenigstens eine akzeptable Entschuldigung«, setzte sie als Erklärung, mehr für sich selbst, hinzu. Dann drehte sie sich zu der Tür um und legte die Hand auf den Knauf. »Was auch immer Sie damit gemacht haben: Diese Tür geht jetzt auf oder ich fange an zu schreien.«

Zuerst geschah nichts. Eine alles betäubende Stille umschlang Helena und diese merkwürdige Frau, mit der sie in einem Raum stand. Dann klickte das Türschloss und die Tür sprang auf. Ohne zurückzublicken, stürmte Helena nach draußen. Sie rannte die schmale Gasse entlang und stieß auf dem Weg zur Hauptstraße sicher gegen ein halbes Dutzend Schultern. An einer Ampel angekommen, blieb sie schließlich stehen. Außer Atem beugte sie sich vor und stützte die Hände auf ihre Knie, den Oberkörper weit nach vorn gebeugt. Sie starrte auf den kalten Asphalt und zählte die Kaugummis, die darauf festgetreten waren.

»Zaubern?«, keuchte sie das Wort, das ihre Mutter an jenem Tag so verzweifelt geflüstert hatte. Erst jetzt fiel es ihr ein. Hektisch tastete sie ihre Tasche ab und drehte sich erschrocken zu der Gasse um, aus der sie gekommen war. Sie hatte das Buch tatsächlich dort zurückgelassen. Mit einem Schritt bewegte sie sich wieder darauf zu, hielt dann jedoch inne. *Nein!* Nein, das verdammte Buch konnte bei dieser seltsamen Frau bleiben. Ihrer Tante, ha! Sollte die sich doch an den Resten erfreuen, die ihr Vater ihr, Helena, hinterlassen hatte. Vielleicht konnte sie auf diese Weise ihr persönliches Märchen aufrechterhalten und so tun, als wäre ihr Bruder, Helenas Vater, wirklich aus gutem Grund gegangen. Sie würde es jedenfalls nicht glauben. Nicht mehr.

Die Luft in der Bar war trüb und stickig. Über die Theke wurde ein Bierkrug nach dem anderen geschoben und rauschte über das raue, schwarz gewordene Holz. Es war eine dieser traditionellen Bars, in denen der in die Jahre gekommene Parkettboden selbst über den Lärm hinweg hörbar knackte. Jeder Fleck darauf erzählte eine Geschichte. Lampen mit grünen, gläsernen Schirmen hingen tief über den Tischen, einige Grüppchen spielten Poker, ein paar Herren erzählten einander schmutzige Witze und hier und da saß jemand, der aussah, als hätte ihn sein Online-Date versetzt. Ein Mann bestellte lautstark »den vierten Scotch des Abends« und die Gruppe Freundinnen, die einen Junggesellinnenabschied feierte, hatte augenscheinlich längst aufgehört, ihre Drinks zu zählen. Auf der Bühne, die immer am letzten Samstag des Monats provisorisch aufgebaut wurde, stand ein junger Mann und spielte Gitarre. Helena vermutete, dass er sich entweder in die Bar geschmuggelt hatte oder deutlich jünger aussah, als er es tatsächlich war.

Ungeduldig trommelte sie mit den Fingern auf der Gitarre auf ihrem Schoß herum. Das Bier, das Roger – einer der Barkeeper – ihr ausgegeben hatte, stand kaum angerührt neben ihr. Zweimal hatte sie daran genippt, die Schlucke vor Nervosität jedoch kaum herunterbekommen. Warum zum Teufel war sie so nervös? Sie liebte es, auf dieser Bühne zu stehen. Sie blickte in die zahllosen Gesichter. Wenn sie früher einen neuen Song gespielt hatte, war ihre Mutter immer vorbeigekommen. Sie hatte in der hintersten rechten Ecke der Bar gestanden und mit strahlenden Augen in Richtung Bühne geschaut. Sie hatte nicht gewollt, dass es Helena peinlich war, wenn ihre Mum ihr zujubelte und doch … Sie hatte immer am lautesten geklatscht. Und Helena hatte sich nie dafür geschämt. Ihre Mutter war ihr größter Fan gewesen.

»Helena?« Der Besitzer der Bar, der den Abend stets moderierte, sah sie erwartungsvoll an, genauso wie die Leute, die darauf warteten, dass sie endlich loslegte. Eilig sprang sie von ihrem Stuhl auf und stieg auf die Bühne. Roger, der Helena schon seit Jahren kannte, stellte ihr eilig einen Barhocker hin. Er war sicher doppelt so alt wie sie, verheiratet und Vater einer kleinen Rasselbande. Heimlich hatte Helena sich vorgestellt, ihr Vater wäre ein wenig wie Roger gewesen: herzlich, fürsorglich und vor allem anwesend. Sie nahm auf dem Hocker Platz und rückte das Mikro auf die richtige Höhe. Erst jetzt, da sie freien Blick auf die Leute vor der Bühne hatte, erkannte sie einige Gesichter wieder. Ein paar ältere Damen, die sie immer wieder hier an deren Stammtisch gesehen hatte, jubelten fröhlich, als sie Helena sahen. Ihre Mutter hatte Stunden an deren Tisch verbracht. Am Ende des Abends hatte sie immer gesagt, wie sehr sie hoffte, später selbst einmal in so einer Runde mit alten Freundinnen zu sitzen und auf ein wundervolles Leben zurückblicken zu dürfen.

»Ich danke Ihnen«, sagte Helena und atmete tief durch. Sie würde nicht weinen. Ihre Mutter war schon lange nicht mehr hierhergekommen. Es wäre nicht möglich gewesen. Das letzte Mal war sie verwirrt zur Tür gegangen, weil sie vergessen hatte, warum sie hier war. Damals hatte sie Helena zum ersten Mal nicht mehr erkannt. Helenas Finger krampften sich bei der Erinnerung so fest um die Gitarre, dass das Metall der Saiten schmerzhaft in ihr Fleisch schnitt. Sie leckte sich über die Lippen und rückte näher an das Mikrofon. »Ich habe heute einen neuen Song dabei, den ich … den ich gern meiner Mutter widmen würde.« Ein Mann pfiff. »Viele von Ihnen haben sie kennengelernt.« Helena wagte es nicht, in die Menge zu blicken. »Vor einem Monat ist sie gestorben.« Ihre Augen brannten, als hätte sie sich beim Kochen mit Peperoni-Fingern ins Auge gefasst. Also hielt sie sie geschlossen. Die Menge wurde ruhiger. »Und ich … würde heute Abend gern noch einmal für sie singen.«

»Auf Catherine!«, rief eine Männerstimme. Helena sah auf und nacheinander hoben Menschen ihre Gläser. Menschen, von denen sie wusste, dass ihre Mutter sich mit ihnen unterhalten hatte. Menschen, die sie schon öfter bei ihren Auftritten gesehen hatte. Und Menschen, die vielleicht einfach ihren Mut, so kurz nach dem Tod ihrer Mutter eine Bühne zu betreten und über sie zu sprechen, bewunderten.

»Danke«, sprach sie heiser in das Mikrofon. Der Raum verstummte. Selbst in der hintersten Ecke war keine Stimme mehr zu hören. Es war so leise, selbst das knackende Parkett gab keinen Laut von sich. Helena spielte die ersten Akkorde, fühlte sich in den Song hinein. Mit geschlossenen Augen bewegte sie den Oberkörper in weichen Bewegungen vor und zurück. Dann sang sie. Sang von der Abwesenheit eines Menschen, davon, jemanden zu vermissen, den sie nicht kannte. Sie sang davon, gehalten zu werden, von Armen, die fremd waren, eine Stimme zu hören, die sie nicht kannte, und Augen zu sehen, die im Schatten lagen. Und dann sang sie vom Aufgefangenwerden, von einer Stimme, die Lieder sang, Augen, die strahlten und von einem Herzschlag, der eins war mit ihrem.

Als der letzte Akkord verstummt war, herrschte für einen Moment völlige Stille. Helena hatte die ganze Zeit über die Augen geschlossen gehalten, aus Furcht, jemand könnte sie bemitleiden. Mitleid war das, was beim Erzählen ihrer Geschichte gewöhnlich aus den Augen der Menschen schrie. So viel hatte sie in den wenigen Wochen seit dem Tod ihrer Mutter gelernt. Stille.

Plötzlich klatschte jemand. Ein einzelnes Paar Hände durchbrach die Stille. Der Schall drang aus der hintersten, rechten Ecke der Bar, dem Stammplatz ihrer Mutter. Sie hob den Kopf an, um nachzusehen. Andere Hände stimmten in das Klatschen ein. Doch über all die Köpfe hinweg spähte sie in die Ecke ihrer Mutter und sah Alastair.

»Tut mir leid zu hören, dass deine Mum gestorben ist.« Alastair stellte sein Bier vor Helena ab. Seine schwarze Lederjacke knirschte und ließ Helena wohlig erschaudern. Sie liebte dieses Geräusch und wusste selbst nicht einmal, warum. Die beiden hatten sich an einen der wenigen freien Tische gesetzt, nachdem Helena freundlich die vielen Drinks ausgeschlagen hatte, die zahllose Gäste ihr spendieren wollten.

Sie trank einen winzigen Schluck und stellte das Glas sanft wieder ab. »Es war gut so. Sie hat am Ende sehr gelitten.« Sie schluckte die Tränen zusammen mit einem weiteren Schluck Bier hinunter und zwang sich ausgelassen, vielleicht sogar heiter zu wirken.

»Was hatte sie?«, fragte Alastair.

Verdammt, warum klang seine Stimme so wohlig warm? Helena räusperte sich. »Alzheimer.«

Alastairs Augen weiteten sich.

»Darüber spricht nie jemand, aber es trifft eben nicht nur alte Menschen«, erklärte sie, ehe er die Frage stellen konnte.

»Verstehe. Und du hast dich um sie gekümmert?«

Sie beobachtete den Schaum auf dem Bier, der Bläschen für Bläschen zerplatzte. »Ich habe mich um sie gekümmert, ja. Zumindest so lange, bis ich es nicht mehr ausgehalten habe.« Helena verzog das Gesicht. »Irgendwann ging es einfach nicht mehr. Ich hatte nicht die Kraft, sie zu pflegen und …« Ihre Hände klammerten sich fester um das Glas.

Sie sah aus dem Augenwinkel, wie Alastair für einen Moment die Hand hob und in ihre Richtung bewegte, sie dann jedoch eilig wieder zurückzog. »Du musst mir nichts erzählen, wenn es dich quält.«

Helena nickte, kramte ein Taschentuch aus ihrer Handtasche hervor und schnäuzte sich so leise wie möglich die Nase. »Wie war dein erster Tag mit der neuen Arbeit?«

Alastair hob die Schultern. »Unspektakulär. Ich habe ein paar Leute getroffen und von meinem Chef einen Stapel mit Berechnungen erhalten, die ich gegenprüfen soll. Statik und so. Wird wohl eine Weile dauern, bis ich wirklich selbst etwas entwerfen darf.«

»Ist deine Familie in Bath geblieben?«

In Alastairs Gesicht regte sich nichts. Er trank einen Schluck von seinem Bier. »Nein«, sagte er dann.

Helena hob fragend eine Augenbraue. »Nein?«

»Ich habe keine Familie mehr.« Seine Stimme wirkte ungewöhnlich emotionslos, leer gefegt. Keine Trauer oder irgendein anderes Gefühl war herauszuhören, das erklärt hätte, warum dieser Satz so kühl ausgesprochen worden war.

»Ich wollte dir nicht zu nahe treten«, sagte Helena.

Alastair schüttelte den Kopf. »Nein, ist schon gut. Meine Eltern und meine jüngere Schwester sind vor ein paar Jahren bei einem Busunglück ums Leben gekommen.«

Helenas Augen weiteten sich. »Das … Das tut mir schrecklich leid.«

Alastair hob die Schultern. »Ist schon lange her. Ich komme klar.«

Helena erschauderte bei der Gefühllosigkeit in seinen Worten. Ob sie auch eines Tages so über den Tod ihrer Mutter sprechen würde? Ob sie den Satz »Danke, es geht mir gut« so routiniert beherrschen würde, dass man ihr glaubte, sie würde gar nichts mehr dabei spüren? Wollte sie das überhaupt? »Na ja, dann«, sagte sie eilig. »Dann kannst du dir ja jetzt alle Freiheiten nehmen, nicht wahr?«

Er lachte. Helena hätte schwören können, dass sie spürte, wie seine Brust bei der Tiefe seiner Stimme vibrierte, und blieb mit dem Blick an seinen Lippen hängen. Diesen breiten, vollen … Verdammt, was dachte sie denn da? Innerlich ohrfeigte sie sich für den Gedanken.

»Ich weiß ehrlich gesagt gar nicht, wo ich anfangen soll«, scherzte er. »Kann man zu viel Freiheit haben?«

»Warst du denn früher schon mal in London? Ich könnte dir die Touristen- oder die Insider-Version einer Stadtführung geben.« Helena lehnte sich ein Stück vor und sah Alastair herausfordernd in die Augen.

Alastair tat es ihr gleich. Und lächelte. »Meine kleine Schwester und ich sind ab und zu übers Wochenende hierhergekommen. Sie liebte die Museen. Sie war ein richtiger kleiner Nerd. Am liebsten mochte sie das London Science Museum. Sie wollte immer Astronautin oder Pilotin werden.«

»Na dann war das Science Museum ja perfekt zum Schnuppern geeignet. Seid ihr mal in dem Fly 360° gefahren?«

Alastair schmunzelte. »Du meinst geflogen?« Er zwinkerte ihr zu. Seine Freude bei der Erinnerung wirkte jedoch verhalten. »Sind wir. Das war fast schon ein Ritual. Ich weiß nicht, wie ihr das nicht langweilig werden konnte.«

»Machst du Witze? Sich in einer Jet-Simulation dreihundertsechzig Grad um die eigene Achse zu drehen? Das kann gar nicht langweilig werden.«

Alastairs Gesichtsausdruck verdunkelte sich für den Bruchteil einer Sekunde und er sah an Helena vorbei. Unruhig drehte er den schwarzen Ring an seinem Daumen hin und her. Sie wandte sich nach hinten um, um in die Richtung zu schauen, in die sein Blick ging. Da war nichts, außer einer Gruppe Männer, die angetrunken mit der Musik aus den Lautsprechern mitgrölte. »Alles in Ordnung?«, fragte Helena, während sie sich wieder zu ihm umdrehte.

Als hätte sie ihn aus einer Aufgabe herausgerissen, die seiner vollen Konzentration bedurfte, brach sein Blick von dem unsichtbaren Punkt im hinteren Teil des Lokals ab und er sah sie wieder an.

»Ja, alles in Ordnung. Ich kann nur nicht länger bleiben.« Seine Stimme wirkte ungewohnt angespannt.

Helena warf einen raschen Blick auf ihre Armbanduhr. »Ich muss ohnehin langsam nach Hause. Ich wollte morgen noch ein wenig im Haus für Ordnung sorgen.«

Alastair erhob sich rasch von seinem Stuhl, so als hätte er geradezu darauf gewartet, dass sie gehen wollte. »Ich bin mit dem Wagen hergekommen. Ich nehme dich mit«, sagte er und seine Stimme wirkte wieder sanft. Von der plötzlichen Ernsthaftigkeit zuvor war nichts übrig geblieben und doch war etwas in seinem Blick verändert. Erkannte sie Unsicherheit darin? Sorge vielleicht?

Helena lächelte dankbar. »Das ist nett von dir.«

Als sie eine knappe Stunde später in ihrem Bett lag, starrte Helena im Dunkel der Nacht an die Decke, an der noch immer die leuchtenden Sternchen klebten, die ihre Mutter dort angebracht hatte, als sie ein kleines Kind gewesen war und sich im

Dunkeln gefürchtet hatte. Deren Leuchten beruhigte sie noch heute, wenn sie nachts grübelnd in ihrem Bett lag und nicht einschlafen konnte. Wie kam es, dass ihre Gedanken schon wieder um diese Frau kreisten, obwohl Helena den Abend so angenehm verbracht hatte? Elisabeth. War sie wirklich die Schwester ihres Vaters? Und warum hatte sie sie nie besucht? Und vor allem … Bei diesen Gedanken legte Helena sich auf die Seite, zog die Decke bis zu ihrer Nasenspitze und schob den rechten Arm unter ihr Kopfkissen. Die Ladentür war nicht abgeschlossen gewesen! Sie war uralt, hatte vermutlich geklemmt und ihre eigene Nervosität hatte ihr Übriges getan. Zauberei gab es schließlich nicht.

-5-

Helena hatte den Vormittag damit zugebracht, sich in stundenlanger Arbeit um die Besitztümer ihrer Mutter zu kümmern. Sie hatte zwischen verschiedensten Kleidungsstücken, Büchern, geschnitzten Figuren, Schmuck und Medikamenten abgewogen, was sie behalten, spenden oder schlicht und ergreifend wegwerfen würde. Sie hatte zu viele Sendungen über Menschen gesehen, die nach Jahren des Hortens endlich den Entschluss gefasst hatten, ihr Leben wieder in den Griff zu bekommen. Und sie wollte um keinen Preis in zwanzig Jahren allein in ihrem übervollen Wohnzimmer sitzen, nur weil sie sich nicht von all den Dingen trennen konnte, die sie an ihre Mutter erinnerten. Und doch hatte sie sich den grünen, ausgeleierten Pullover übergeworfen, den ihre Mutter zu Hause am liebsten getragen hatte. Der Rollkragen stand Helena bis zum Kinn. Hin und wieder hob sie ihn an, um daran zu schnuppern. Sie wusste nicht, ob es tatsächlich so war oder ob sie es sich nur einbildete, doch sie hätte schwören können, dass noch ein Rest des Duftes ihrer Mutter daran hing, obwohl sie ihn seit mehr als zwei Jahren nicht mehr getragen hatte. Wenn sie ihn trug, fühlte es sich ein klein wenig so an, als würde Helena sich in einer Umarmung ihrer Mutter durch das Haus bewegen. Nun stand sie also vor einem der zahllosen Bücherregale und be-

trachtete die unzähligen Bücher, überflog deren Klappentexte, um zu entscheiden, welche sie noch lesen würde.
Plötzlich klingelte es an der Tür. Helena zuckte zusammen. »Post?«, flüsterte sie, erinnerte sich dann jedoch daran, dass es Sonntag war. »Einen Moment!«, rief sie in Richtung Tür, stellte die Bücher auf dem Wohnzimmertisch ab und eilte in den Flur. Ohne durch den Spion zu sehen, riss sie die Tür auf. Dann erstarrte sie.

»Guten Morgen, Liebes.« Elisabeth stand, diesmal tatsächlich in zeitgemäßer Kleidung vor ihrer Tür. Sie lächelte warmherzig. Allein dafür hätte Helena ihr am liebsten die Augen ausgekratzt. Sie schüttelte fassungslos den Kopf und war gerade im Begriff, die Tür zu schließen, als sie einen Gegendruck verspürte. Elisabeth hatte einen Schritt nach vorn gemacht, ohne dabei die Türschwelle zu übertreten, und stemmte ihre Hand gegen das Türblatt. »Ich möchte nur mit dir reden, Helena. Bitte!«

Helena schnaubte durch die Nase. Einen Moment lang dachte sie darüber nach, ob sie Elisabeth durch die Straße jagen sollte. Der Effekt würde jedoch wohl eher nicht der sein, dass man Elisabeth im Auge behielt, sondern eher, dass man Helena für verrückt erklärte. »Dann sprechen Sie.«

»Darf ich reinkommen?«

Helenas Augenlider verengten sich. »Nein.«

»Ich kann dir das nicht hier draußen erklären, Helena.«

Helenas Fingerspitzen klammerten sich um den Türgriff. Schließlich trat sie jedoch einen Schritt zur Seite und deutete auf das Innere des Hauses. Hinter Elisabeth knallte sie die Tür ins Schloss – ihr *Gast* sollte ruhig merken, wie unwillkommen er war – und folgte ihr in das Wohnzimmer, das zu ihrer Schande dem *Books and Papers* momentan sehr ähnelte. Überall lagen Stapel von Papieren und Büchern, die sie bis eben noch zu ordnen versucht hatte.

Elisabeth schmunzelte. »Dein Vater war auch unordentlich. Liegt wohl in der Fa…«

»Wir sind keine Familie«, unterbrach Helena sie barsch und verschränkte die Arme vor der Brust. »Also? Was wollen Sie? Und fassen Sie sich kurz.«

Elisabeth schob behutsam einen Ordner, der auf dem Sofa lag, beiseite und setzte sich unaufgefordert. Aus der Tasche, die über ihrer Schulter hing, holte sie das Buch hervor, das Helena am Vortag in ihrem Laden liegen gelassen hatte. »Zunächst einmal wollte ich dir das hier zurückbringen. Es ist deins.« Sie hielt Helena das Buch hin.

Helena focht einen inneren Kampf aus, in dem es zu entscheiden galt, ob sie trotzig mit verschränkten Armen stehen bleiben oder das Buch entgegennehmen sollte. Am Ende gewann, zu ihrer eigenen Schande, das Buch. Sie streckte einen Arm aus und drückte es an ihre Brust. Das Leder des Einbandes wirkte warm unter ihren Fingern. Auf irgendeine Art und Weise sogar vertraut.

»Sonst noch etwas?«, fragte sie und deutete mit einer Hand auf die Unordnung in dem Raum. »Es sieht hier nämlich nicht immer so aus und ich würde gern fertig werden.«

»Es tut mir leid, was deiner Mutter zugestoßen ist.«

»Aha«, kommentierte sie knapp. Warum tat diese Fremde in ihrem Haus so, als ob sie sich auch nur im Entferntesten für Helena interessierte? Wenn dem so gewesen wäre, hätte sie sich in den letzten zwanzig Jahren wenigstens einmal melden können.

»Du solltest dich setzen, Helena«, schlug Elisabeth vor. Ihre Stimme wirkte gefasst, so als würde sie sich auf eine schwer verdauliche Nachricht vorbereiten.

»Ich stehe gern. Danke. Ich habe auch nicht vor, hier festzuwachsen. Sie gehen ja sicher gleich wieder.«

Elisabeth lächelte. Ihr Lächeln wirkte seltsam fremd und verletzt zugleich. Sie sah in Richtung Kamin. Helena hatte ihn vorhin erst gereinigt und neues Holz aufgestapelt, um später den Abend vor dem Feuer verbringen zu können, wenn sie mit der Hausarbeit fertig war. »Kalt hier, nicht wahr?« Elisabeth machte eine weiche Bewegung mit der Hand.

»Mir ist warm ge…«

Zu Helenas Linken sprang das Feuer im Kamin wie durch Geisterhand an. Das Buch in ihren Armen fiel mit einem dumpfen Laut zu Boden und sie starrte in die Flammen, die bereits das gesamte Holz erfasst hatten. »Wie zur Hölle …?«, stammelte sie.

»Ich sagte ja, dass du dich setzen solltest.«

Helena hätte dem Wunsch niemals freiwillig nachgegeben. Doch nach den Erlebnissen der letzten Tage – einem Buch, das sie anschrie, einer Tür, die sich nicht öffnen ließ, und einem Feuer, das sich von selbst entzündete –, wurden ihre Knie nun doch weich. Sie sank auf den grünen Samthocker zwischen Sofa und Kamin nieder und starrte zwischen dem Feuer und Elisabeth hin und her. »Wie haben Sie das gemacht?«

Elisabeth legte den Kopf leicht schräg und sah Helena erwartungsvoll an. So erwartungsvoll und nachsichtig wie ein minderbegabtes Schulkind, das man aufgefordert hatte, eins und eins zusammenzuzählen.

Helena lachte verkrampft. »Nein«, widersprach sie der unausgesprochenen Antwort ihrer Tante. »Nein, nein, nein!« Sie schüttelte den Kopf. »Ich meine den Trick. Was ist Ihr …«

»Helena, du weißt, dass es kein Trick ist«, warf Elisabeth nun ein. »Es ist genau das, wofür du es hältst, nämlich Magie.«

Helenas Mund klappte halb auf. Für einen Moment war sie wie festgefroren. Ihr Herz schlug ungewohnt ruhig angesichts Elisabeths Worten, ihr Atem ging langsam, ihr Blick war starr. Magie? Sie überlegte angestrengt, ob ihr in ihrer Kindheit seltsame, unerklärliche Dinge geschehen waren, konnte die Frage jedoch mit guten Gewissen verneinen. Magie hatte in ihrem ganzen Leben noch nie eine Rolle gespielt.

Elisabeth deutete mit dem Finger auf das am Boden liegende Buch, das daraufhin wie von unsichtbarer Hand gehoben auf Helena zuschwebte, und sanft auf ihrem Schoß landete. »Dein Vater hat dir sein *Grimoire* hinterlassen, Helena.«

»Sein was?«, krächzte sie und starrte auf das Buch.

»Sein Grimoire. Das ist ein Buch, in dem das magische Wissen unserer Familie zusammengetragen wurde. Wir sind eine besonders alte Familie von Magiern, die bis in die Antike zurückgeht. Nicht jedes Grimoire ist so dick wie dieses. Und nur wenige so mächtig.« Elisabeth sagte das voller Stolz. »Nur dem oder der Erstgeborenen steht es zu, das Grimoire zu lesen und weiterzugeben. Und wie es aussieht, hat dein Vater dir das seine vermacht.«

Helena blieb sprachlos. Während sie es nicht fertigbrachte, auch nur ein einziges Wort zu sprechen, wurde ihr Kopf von

Tausenden Gedanken geflutet. Einer davon war wilder als der andere und sie fragte sich, ob das hier gerade wirklich geschah. Vielleicht war sie nicht in der Artillery Passage gewesen. Vielleicht träumte sie das hier alles nur.

»Du kannst es ruhig glauben.«

Helena blinzelte. »Sie sitzen hier und erzählen mir, dass mein Vater ein Zauberer …«

»Magier«, korrigierte Elisabeth entschieden.

»Von mir aus. Sie erzählen mir, dass mein Vater ein *Magier* war und mir sein«, sie starrte auf das in Leder gebundene Buch in ihrem Schoß, »sein Zauberbuch hinterlassen hat.«

»Grim…«

»Ich weiß, dass es Grimoire heißt, gottverdammt noch mal!«, keifte Helena, ehe Elisabeth sie noch einmal korrigieren konnte. Eine tiefe Falte erschien zwischen ihren Augenbrauen. »Ich verstehe das nicht. Er ist abgehauen. Hat uns verlassen. Warum sollte er mir jetzt etwas vermachen?«

Elisabeths rechter Mundwinkel hob sich zu einem müden Lächeln. »Er ist nicht abgehauen, Helena.« Sie atmete tief durch und sah in Richtung Kamin. Das Licht der Flammen spiegelte sich in ihren Augen, ließ sie funkeln und brachte das leuchtende Grün darin noch mehr zur Geltung. »Hast du schon einmal von der Büchse der Pandora gehört?«

»Von dieser griechischen Sage? In der Büchse waren alles Schlechte auf der Welt und die Hoffnung, oder nicht?«

Elisabeth nickte. »Die Erde war ein magischer, unbefleckter Ort, bis die Büchse der Pandora geöffnet wurde und alle schrecklichen Laster, Krankheiten, Naturkatastrophen aus ihr hervorquollen. Seitdem war die Welt von Schatten und Angst getrübt.«

»Was hat das mit dem Verschwinden meines Vaters zu tun?«

»Was die Menschen nicht wissen, ist, dass die Büchse ein zweites Mal geöffnet wurde. Vor fast dreitausend Jahren waren Magier nichts Besonderes. Es gab sie überall. Menschen suchten bei ihnen Rat. Es waren Orakel, Wunderheiler, Nixen, Feen …« Elisabeths Stimme hörte sich an, als schwelge sie in einem weit entfernten Traum. »Aber nachdem die Büchse das erste Mal geöffnet worden war, hatte man sie rasch geschlossen, bevor die Hoffnung in die Welt gelangen konnte. Also beschlossen mächtige Magier und Magierinnen die Büchse, die von den Göttern geschmiedet worden war, mithilfe von Magie ein weiteres Mal zu öffnen und die Hoffnung daraus hervorzuholen. Doch kaum hatten sie es geschafft, hatte die Büchse der Pandora ihren Preis gefordert und die Magie verschlungen.«

»Okay. Märchenstunde. Ich weiß immer noch nicht, was das mit meinem Vater zu tun hat?«, verlangte Helena zu wissen. Orakel, Wunderheiler, Nixen und Feen? Nichts davon passte in die Welt, in der sie aufgewachsen war. Ihre Welt hatte ihren – sehr weltlichen – Zauber verloren, als ihr Vater sie und ihre Mutter im Stich gelassen hatte. Und noch mehr, als ihre Mutter gestorben war.

»Mit der Magie war das Schattenreich entstanden, das den Spiegel zu unserer Welt bildet. Alles, was du hier erlebst, existiert dort in umgekehrter Form. Dort gibt es noch Magie, doch es ist auch eine zerstörte, zerbrochene Welt ohne Hoffnung.«

»Weil die Hoffnung hier ist?« Helena sah Elisabeth wenig beeindruckt an und doch haderte sie damit, ob sie den Worten ihrer Tante glauben konnte. Sie hätte sie zu gern als Irre abgestempelt und aus dem Haus geworfen. Aber dass der Kamin über keinen versteckten Schalter verfügte, der das Feuer von fern entzündete, wusste sie nach zwanzig Jahren in diesem Haus – ebenso, dass Bücher nicht schweben konnten.

Elisabeth nickte. »Weil die Hoffnung hier ist«, bestätigte sie. »Als du ein Kind warst, drohte die Büchse erneut geöffnet zu werden. Mit ihr wäre die Magie wieder in ihrer natürlichen Form – unbegrenzt – in die Welt zurückgekehrt, aber sie hätte als Preis die Hoffnung zurückgefordert. Dein Vater hat das verhindert und ist …« Sie schloss die Augen und schluckte schwer. Die Finger ihrer beiden Hände in ihrem Schoß ineinandergeschoben, rang sie sichtlich um Worte. »Dein Vater hat das verhindert und ist dadurch ein Teil des Schattenreichs geworden. Er verhindert von dort aus, dass die Büchse jemals wieder von bösen Händen geöffnet werden kann.«

»Mein Dad hat die Welt gerettet. Ach so.« Helenas Stimme klang alles andere als beeindruckt. Im Gegenteil. Spätestens jetzt war sie sicher, in einem sehr merkwürdigen Traum gefangen zu sein, der ihr einreden wollte, dass ihr Taugenichts von Vater ein Superzauberer war, der die Welt vor dem Verlust der Hoffnung und der völligen Zerstörung gerettet hatte. Sie schüttelte den Kopf. Schließlich hielt sie sich die Hand vor den Mund, um sich selbst davon abzuhalten, unkontrolliert loszulachen. Sie hatte das Gefühl, den Verstand zu verlieren. *Alles klar … Jetzt ist es so weit. Jetzt werde ich verrückt.*

»Es ist wahr«, beharrte Elisabeth und setzte sich ein Stück auf dem Sofa vor. Sie hob ihre Tasche auf den Schoß und kramte darin. Schließlich holte sie einen winzigen Gegenstand hervor und hielt ihn Helena hin. Helena streckte die Hand danach aus und griff nach dem Lederbändchen, an dem ein winziges

Amulett hing. Es war ein Kristall, der schwarz war und zugleich seltsam durchsichtig.

»Was ist das?«

Elisabeth deutet auf das Buch in Helenas Schoß und Helena erstarrte, während ihre Finger das Bändchen umklammerten. Die Schrift auf dem Buchdeckel ergab plötzlich Sinn. Sie riss den Kopf hoch und sah Elisabeth an. »Was hat das zu bedeuten?«

»Die Grimoires sind durch einen mächtigen Zauber geschützt, damit nur Berechtigte sie lesen können, also Menschen, die Magierfamilien angehören. In den Händen von einfachen Menschen könnten sie entsetzlichen Schaden anrichten. Also gehört zu jedem Grimoire ein Artefakt, das es erst möglich macht, es zu lesen.«

»Warum ist das Artefakt zum Grimoire meines Vaters in deinem Besitz?«

Elisabeth leckte sich über die Lippen. »Er wollte, dass ich es dir gebe, wenn die Zeit gekommen ist.«

Helena sah sie fragend an. »Was für eine Zeit?«

»Wir können deinen Vater zurückholen, Helena.«

Helena senkte den Blick und blätterte in dem Buch. Die unlesbaren Zeichen waren normalen Buchstaben gewichen, die Texte ergaben einen Sinn. So viel Sinn zumindest, wie ein Buch voller magischer Sprüche für eine Nicht-Magierin wie Helena ergeben konnte. »Und damit sollen wir meinen Vater zurückholen?«, fragte sie zweifelnd.

Elisabeth nickte. »Wir müssen in das Schattenreich gelangen und dort die Büchse der Pandora finden.«

»Wir müssen die Büchse der Pandora finden«, wiederholte Helena mit ungläubiger Stimme. »Und dann?«

Elisabeth seufzte. »Die Büchse der Pandora existiert in unserer Welt und im Schattenreich. Das bedeutet, wir müssen sie sowohl hier als auch dort öffnen, um deinen Vater zurückzuholen.«

»Woher weißt du das?« Ihre Tante senkte den Blick, woraufhin Helena ungläubig lachte. »Du weißt es gar nicht sicher, nicht wahr?«

Elisabeth schüttelte den Kopf. »Es kann gar nicht anders sein! Dein Vater hat es geschafft, in das Schattenreich zu gelangen, als sie Büchse vor vielen Jahren für einen kurzen Moment offenstand. Das heißt, dass er den Zugang in das Schattenreich geschlossen haben muss, als er die Büchse schloss.«

»Und wie genau sollen wir dann in das Schattenreich gelangen?« Helena klappte das Buch zu und umklammerte es fester mit den Fingern. Sie lachte verkrampft. »Ich kann ja nicht mal …« Sie stockte, als sie an das Wort dachte, das ihre Mutter so verzweifelt geflüstert hatte. Ob sie das gemeint hatte? »Ich kann nicht zaubern.«

Elisabeth zeigte mit dem Finger auf das Buch. »Das ist dein Schlüssel zu der Magie unserer Familie.«

»Ich verstehe das nicht. Du hast gesagt, die Magie sei in das Schattenreich verbannt worden. Aber du hast doch scheinbar noch deine Magie«, widersprach Helena.

Elisabeth nickte. »Das Grimoire …« Sie dachte über ihre Worte nach. »Das Grimoire stellt eine Art magischer Verbindung zur Büchse der Pandora her. Die wiederum stellt eine Verbindung zum Schattenreich her. Dadurch ist es, als würdest du mit dem Grimoire eine Verbindung zu deiner Magie aufbauen. Dein Körper würde sich sozusagen wieder daran erinnern, wozu er imstande war und sich die Magie aus dem Schattenreich zurückholen.«

»Also muss ich diesen Wälzer hier durcharbeiten.«

»Nein!« Elisabeth hatte die Augen weit aufgerissen. Ihr Körper hatte sich von einer Sekunde zur nächsten kerzengerade aufgerichtet. Helena bemerkte, wie Elisabeths Hände in ihrem Schoß zitterten.

»Magie kommt immer zu einem Preis. Nähere dich ihr langsam, Helena.«

»Was für ein Preis?«

»Das wirst du früh genug erfahren. Ich möchte, dass du gut darüber nachdenkst. Dein Vater hat nie geplant, im Schattenreich zu bleiben. Er wollte immer zu dir und deiner Mutter zurückkehren und ich bin sicher, dass wir es zusammen schaffen, ihn zurückzuholen. Aber du musst es wirklich wollen. Denn der Weg wird gefährlich werden.«

»Du sagst, dass das alles gefährlich sei, und willst mir nicht einmal sagen, was der Preis sein soll, den ich bezahlen muss?«

Elisabeth sah sie eindringlich an. »Ich will nur, dass du nicht überstürzt handelst. Ich weiß, dass du einen starken Willen hast. Immerhin …« Sie lächelte ein entfernt, fast trauriges Lächeln. »Immerhin habe ich dich hin und wieder beobachtet. Aber es ist meine Aufgabe, dich zu beschützen. Vertraue mir, wenn ich sage, dass ich es dir zur rechten Zeit sagen werde.«

Helena biss sich auf die Unterlippe. Warum hatte ihre Mutter erwähnt, dass Helena möglicherweise zaubern könne? Hatte sie wirklich gewollt, dass Helena einen Weg fand, ihren Vater zurückzuholen? Warum hatte sie ihr dann nicht schon längst die Wahrheit erzählt und Helena erlaubt, ihren Mann zurückzuholen, während sie noch lebte? Helena schluckte schwer und schloss die Augen. »Ich muss darüber nachdenken.«

Sie sah das Gesicht ihrer Tante nicht, hörte jedoch das Lächeln in ihrer Stimme, als diese ihr antwortete. »Tu das. Komm einfach zu mir, wenn du dich entschieden hast, in Ordnung?«

Helena nickte. Dann hörte sie, wie ihre Tante sich von dem Sofa erhob und in Richtung Haustür ging.

»Elisabeth?«, fragte sie laut und sah zu ihrer Tante. »Warum hast du Magie? Du sagtest, dass nur der Erstgeborene das Grimoire erhält.«

Elisabeth blieb in der geöffneten Haustür stehen. Sie lächelte traurig. »Dein Vater war mein Zwillingsbruder. Ich war zwar die Erstgeborene, aber …« Sie holte tief Luft. »Weil ich eine Frau bin, hat unser Vater mich nicht als würdig erachtet und meinem Bruder das Buch vermacht. Aber dein Vater war ein guter Mann und belegte das Artefakt mit einem Zauber, der auch mich das Grimoire lesen ließ. Jetzt, da er jedoch im Schattenreich ist, wirkt sein Zauber nicht länger. Mir bleibt zwar die Magie von damals, aber das Grimoire kann ich nicht mehr lesen.«

Hinter ihr fiel die Tür beinahe geräuschlos ins Schloss. Zwillingsbruder. Elisabeth war die Zwillingsschwester ihres Vaters.

Dann betrachtete Helena das Feuer im Kamin, das noch immer loderte. Ihr Blick wirkte leer. Ein Gedanke ließ sie die Hand nach den Flammen ausstrecken. Immer näher kam sie den flackernden Spitzen, der Hitze an ihrer Haut und … Es zischte. Sie zog die Hand zurück, drückte sie an ihren Bauch und beugte sich vor. »Scheiße …« Sie träumte nicht. Sie betrachtete die winzigen Bläschen, die sich auf drei Fingern ihrer linken Hand gebildet hatte. Das alles war wirklich echt gewesen.

Helena bemühte sich, ihre linke Hand möglichst wenig zu bewegen, was nicht leicht war mit einem Buch auf dem Schoß, das sicher zwei Kilo wog. Ihre Haut brannte wie verrückt und auch die Wundsalbe machte es kaum erträglicher. Gleich nachdem sie ihre Hand ins Feuer gehalten hatte – welcher Teufel hatte sie nur geritten? –, hatte sie ihre fragwürdige Entscheidung bitter bereut. Welcher Wahnsinnige prüfte, ob er träumte, indem er seine Hand ins Feuer steckte? Sie hätte sich selbst dafür ohrfeigen können. Mit der heilen Hand.

Mit dem Aufräumen war sie seit Elisabeths Besuch nicht mehr sonderlich weit gekommen. Zwar hatte sie es versucht, doch jeder Gedanken kreiste nur noch um das, was Elisabeth ihr gesagt hatte. War ihr Vater wirklich da draußen irgendwo? Oder eher gesagt, in einer parallelen Welt? Sie ließ sich mit einem Seufzen auf dem Sofa nieder und betrachtete das Buch ihres Vaters. Im Kamin hatte sie etwas Holz nachgelegt und so loderten die Flammen, die beinahe ausgegangen waren, allmählich wieder auf und ließen das Holz knacken und knistern.

Helena griff nach dem Buch ihres Vaters und las den Titel auf dem Buchdeckel: *Gefahr droht denen, die von Gier getrieben nach der Macht greifen.*

Nun, es war weniger ein Titel als vielmehr eine Warnung. Sie ging den Satz mehrfach in ihrem Kopf durch. Elisabeth hatte gesagt, dass die Magie ihren Preis forderte. Wie sollte dieser Preis aussehen? Sie runzelte die Stirn und blätterte durch die ersten Seiten. Auf ihnen fand sie, anders als sie es erwartet hatte, nicht nur Zaubersprüche, sondern auch Zutatenlisten für Tränke, Ritualbeschreibungen und Anweisungen für Handbewegungen, die kombiniert mit den entsprechenden Gedanken dazu führen sollten, dass sie Dinge bewegen oder verändern konnte. Mit einer solchen Gedanken-Bewegungskombination musste Elisabeth das Feuer zum Brennen gebracht haben. Helena betrachtete eine Kerze, die auf dem Esstisch am Ende des Raumes zu ihrer Linken stand. Sie streckte die Hand in Richtung der Kerze aus und richtete den Blick wieder auf die aufgeschlagene Seite vor ihr.

»Und jetzt?« Aufmerksam las sie die Beschreibung, drehte und wendete die Hand wie beschrieben und … nichts. Der Docht fing kein Feuer. Wie zur Hölle hatte ihre Tante einen ganzen Holzstapel im Kamin angezündet, wenn sie es nicht einmal bei einer mickrigen Kerze schaffte? Sie blätterte zurück zum Anfang des Buches und entdeckte die Seite, die erklärte, warum es nicht funktionierte: Sie sollte etwas von ihrem Blut opfern, um eine Verbindung zu ihren Kräften herzustellen.

Helena runzelte die Stirn. Blut opfern? Nannte man so was nicht üblicherweise *Schwarze Magie*? Da schlachtete man doch unschuldige Tiere und Menschen oder opferte deren Blut. Sie erschauderte bei dem Gedanken daran und schlug das Buch zu. War das der Preis, von dem Elisabeth gesprochen hatte? Ihr Blut? Oder würde der Preis steigen, bis sie Blut von anderen brauchte? »*Gefahr droht denen, die von Gier getrieben nach der Macht greifen*«, wiederholte sie die Worte auf dem Buch ihres Vaters.

-6-

Sonnenstrahlen trafen ihre Nase und kitzelten sie. Mühsam drehte Helena sich auf dem Sofa um, auf dem sie eingeschlafen sein musste, während sie in dem Buch gelesen hatte. Sie öffnete die Augen, gähnte genüsslich und streckte Arme und Beine. Wie viel Zeit sie wohl noch bis zur Arbeit hatte? Mit gerunzelter Stirn richtete sie sich auf und drehte sich zu der Uhr an der Wand um.

»Scheiße!«

Wie vom Blitz getroffen sprang sie von dem Sofa auf, hechtete die Treppe nach oben – mit jedem Schritt zwei Stufen auf einmal – und riss die Tür zu ihrem Zimmer auf. Sie war viel zu spät dran! Gottverdammt! Mit hüpfenden Bewegungen schlüpfte sie in ihre Hose. Bei dem Versuch, sich gleichzeitig die Socken anzuziehen und ins Bad zu gelangen, stolperte sie beinahe die Treppe hinunter, fing sich jedoch gerade noch an dem Geländer auf.

»Mist, Mist, Mist!«, fluchte sie weiter und stürmte eine knappe Viertelstunde später aus dem Haus. In ihrem Rucksack hatte sie eine frische Bluse und Deo. Sie riss ihr Smartphone aus der Hosentasche und öffnete die App des Nahverkehrs. War ja klar gewesen: Ausgerechnet heute streikten die Tube-Fahrer. Sie würde also zur Arbeit laufen müssen. Sie rannte die Straße hinab und fröstelte in der Luft des Spätherbstes, die seltsam feucht und eisig zugleich geworden war. Erst als sie, ohne sich richtig umgesehen zu haben, an den Straßenrand trat und ein schwarzer Wagen eine Vollbremsung hinlegte, sog sie erschrocken Luft ein. Sie hatte ihn nicht kommen hören. Diese verdammten E-Fahrzeuge! Sie waren für die Umwelt sicher großartig, aber Helena war sich sicher, dass sie bei ihrer Unaufmerksamkeit eines Tages von einem überfahren werden würde. Ihre Hände berührten die Motorhaube. Ihre Augen waren weit aufgerissen. Als sie den Blick hob, erkannte sie den Fahrer, dem sie vor das Auto gelaufen war.

Mit einem surrenden Geräusch verschwand das Fenster in der Wagentür und Alastair beugte sich ein Stück weit raus. »Hast du es eilig?« Helena nickte aufgeregt. »Dann steig ein. Ich fahr dich.«

Helena ließ sich das nicht zweimal sagen. Wenn sie Glück hatte, konnte sie es so vielleicht noch schaffen, ohne dass jemand bemerkte, dass sie zu spät dran war! Ihr Abteilungsleiter war morgens meist auf einem Meeting, sodass sie ihn häufig erst sah, wenn er aus der Besprechung zurückkam.

»Wohin musst du?«

»Imperial. Exhibition Road. Einfach so nah dran, wie du kannst.« Sie schnallte sich eilig an und Alastair fuhr los. »Ich danke dir!«

Sie bemerkte, wie er auf die Uhr auf dem digitalen Display lugte. »Zehn Uhr. Hast du gut geschlafen?«, neckte er und Helena wurde in ihrem Sitz kleiner.

»Ich hatte gestern Besuch und war danach noch ziemlich lange wach«, erklärte sie. Das war eine Erklärung, die sie

Alastair präsentieren konnte, nicht jedoch ihrem Boss, falls er ihr Fehlen doch bemerkt haben sollte. Er mochte einer der warmherzigsten Menschen sein, die sie kannte, und hatte er ihr in den vergangenen Monaten so einiges durchgehen lassen. Es war daher wirklich an der Zeit, dass sie sich am Riemen riss. Ihre Arbeitsmoral war ihr immer wichtig gewesen. Doch diesen hohen Standard aufrechtzuerhalten, hatte einfach nicht funktioniert, weil das Leben ihr und ihrer Mutter so übel mitgespielt hatte.

Unauffällig sah sie zu Alastair hinüber. Er hatte ausgeprägte Wangenknochen, als hätte ein Künstler sein Gesicht in Marmor gemeißelt. Und seine Hände! Seine Finger glichen denen eines Pianisten: lang, schlank und gepflegt. Ihr Herz klopfte ungeduldig, während sie ihn studierte.

Als sie an einer Ampel zum Stehen kamen, sah Alastair sie ebenfalls an. Erst als er wieder sprach, fiel ihr auf, dass sie ihn nicht nur angestarrt, sondern er es auch noch bemerkt hatte. »Eine schöne Kette«, stellte er fest und grinste.

Helenas Augen weiteten sich und sie fasste sich um den Hals. Richtig. Sie hatte das Amulett am Abend nicht abgenommen. »Nicht kitschig?« Normalerweise hasste sie diese Steinchen, die dem Träger nach der entsprechenden Seite im Internet entweder Glück oder Gesundheit oder immerwährende Liebe bringen sollten. Ob Alastair jetzt dachte, dass sie irgendein Voodoo-Kristallkugel-Energie-Nerd war? Die Ampel schaltete auf Grün und Alastairs Blick löste sich erst von dem schwarzen Stein, als ein Wagen hinter ihm ungeduldig hupte. Entschuldigend hob er die Hand und fuhr los.

»Nein. Nicht kitschig«, urteilte er.

»Ist ein Geschenk von meiner« Sie zögerte. Konnte man einen Menschen, den man gerade erst getroffen hatte, wirklich als seine *Tante* bezeichnen? Natürlich war Elisabeth, streng genommen, ihre Tante. Sie waren blutsverwandt. Aber sie war nicht einmal sicher, ob sie ihren Vater einfach als Dad bezeichnen würde, wenn sie ihn sehen würde. Er war doch ein Fremder für sie. »Von meiner Tante«, sagte sie dennoch, auch wenn sie selbst hörte, dass nur wenig Überzeugung in ihrer Stimme gelegen hatte.

»Verstehe.«

Okay. Er fand die Kette hässlich. Sie selbst fand sie hässlich. Das konnte man auch als Gemeinsamkeit sehen.

»Ich wollte ihr eine Freude machen. Sie hat sie mir gestern vorbeigebracht. Soll wohl meinem Dad gehört haben«, erklärte Helena, als Alastair gerade nach rechts in die Exhibition Road abbog.

Sie liebte diese Straße. Die riesigen steinernen Villen rechts und links erinnerten an eine andere Zeit. Säulen, ausladende Balkone und blitzblank geputzte Fassaden und Fenster zeugten davon, wie stolz die Besitzer auf ihre Häuser waren. Der Herbst hatte die Blätter in den Baumkronen in Gold- und Rottönen gefärbt. Und die Straße war nicht einfach langweilig grau asphaltiert, sondern mit hellen Steinen gepflastert, die ein Muster bildeten. Das moderne gläserne Gebäude des Imperial Colleges war wunderschön, reflektierte das Sonnenlicht wie ein Diamant, und doch stand es wie ein Fremdkörper aus der gediegenen, leicht verstaubten Pracht der Straße hervor.

Schließlich kam Alastairs Wagen vor dem modernen Bauwerk zum Stehen.

»Ich danke dir. Du rettest mir den Hals«, sagte Helena, während sie schon die Tür öffnete, bereit, herauszuspringen, um in das Gebäude zu laufen.

»Helena?« Alastairs linke Hand löste sich von dem Lenkrad, sodass er sich Helena zuwenden konnte.

»Ja?«

»Hast du heute Abend schon Pläne?«

Ihre Augen weiteten sich überrascht. »Pläne?«

»Ich würde dich gern zum Essen einladen.«

Hitze schoss in Helenas Wangen. »Ich, äh … ja. Also nein. Ich habe keine Pläne«, stammelte sie. Er wollte sie zum Essen einladen? Ein *Date*?

»Hättest du Lust? Sagen wir acht Uhr?« Sein rechter Mundwinkel hob sich zu einem sanften Lächeln. Einen Moment lang stockte Helena. Denn obwohl seine Augen lächelten, konnte sie dieses Funkeln, das dazugehörte, wenn man sich über etwas freute, nicht darin sehen. Und doch konnte sie nichts dagegen tun, dass ihr Herz sich beinahe überschlug. Ihre linke Hand krampfte sich um den Rucksack auf ihrem Schoß.

Schließlich schaffte sie es, zu nicken. »Gern.«

Helena eilte den langen Flur entlang, der zu ihren Büros führte und drückte ihre Chipkarte gegen die Einlassschranke, die augenblicklich klickte und sie hindurch ließ. Sie öffnete den Reißverschluss ihrer Jacke um einige Zentimeter und wedelte sich mit der Hand frische Luft zu. Trotz des eisigen Winters hatte sie in Alastairs Auto nach all den Aufregungen des frühen Morgens tatsächlich zu schwitzen begonnen. Sie wollte gerade die Tür zu ihrem Büro öffnen, als sie jemanden hinter sich laufen hörte. Sie drehte sich um und … »Alastair?«

Alastair wirkte etwas außer Puste, hielt ihr jedoch ihren Schal hin. »Den hast du im Auto liegen lassen«, erklärte er und reichte ihr den schwarzen Stoff.

Helena nahm ihn nur zögerlich an. »Danke«, sagte sie. »Aber wie bist du ins Verwaltungsgebäude reingekommen?«

Alastair sah sie einen Moment lang überrascht an. »Ach«, er zeigte mit dem Daumen hinter sich. »Da war ein Mann, der mich durchgelassen hat. Ich habe ihm gesagt, dass du deinen Schal vergessen hast, und da sagte er mir, wo ich dich finde.«

»Ah.« Sie lächelte verlegen. »Das war wirklich sehr nett von dir. Danke noch mal.«

Sie spielte nervös mit dem Stoff zwischen ihren Fingern, wusste nicht so recht, was sie sagen sollte.

Alastair räusperte sich eilig. »Also dann, ich muss mich aufmachen. Sonst komme *ich* noch zu spät.« Er zwinkerte ihr zu, machte kehrt und schlenderte den Gang zurück.

Helena blickte auf den Schal, lächelte verlegen und wandte sich dann in Richtung der Büros, um weiterzugehen.

»Sag mal …« Sarah sah Helena verwundert an, als die ihren Rucksack eilig in die Ecke feuerte und sich in ihren Schreibtischstuhl warf, während sie gleichzeitig den Einschaltknopf ihres PCs drückte.

Helena warf ihre Jacke über ihre Rückenlehne des Stuhls. »Tut mir leid, ich weiß, ich habe verschlafen.«

»Ja, äh …« Sarah musterte ihre Freundin mit hochgezogener Augenbraue. »Ich weiß, dass du auf *shabby chic* stehst, aber einen BH hättest du zur Arbeit wenigstens anziehen können.«

Helena blickte an sich herunter. »Scheiße«, zischte sie und wurde augenblicklich rot. War sie wirklich dermaßen kopflos aus dem Haus gerannt? Oh Gott, ob Alastair es bemerkt hatte? Verdammt, verdammt, verdammt.

»Die neuen Sportuniformen sind am Samstag geliefert worden«, sagte Sarah und deutete in Richtung des Lagerraums. »Da sind auch Sport-BHs dabei.«

Helena sprang von ihrem Stuhl auf und lief in den Lagerraum. Fünf Minuten später kehrte sie zurück, in einen dunkelblauen Sport-Hoodie gekleidet, der das Logo des Imperial College trug. Einen der Sport-BHs hatte sie ebenfalls eilig angezogen. So sah es wenigstens danach aus, als wolle sie die neuen Uniformen zur Schau stellen. Und wirklich alles war besser, als dass womöglich jemand durch ihr weißes Shirt mehr gesehen hatte, als ihr lieb gewesen wäre.

Alastair hatte es doch nicht bemerkt, oder doch? Sie dachte angestrengt darüber nach. Nein, sie hatte den Reißverschluss ihrer Jacke erst heruntergezogen, als sie das Hauptgebäude betreten hatte.

»Und?« Sarah sah sie nicht an, tippte stattdessen etwas auf ihrem Computer. Immer wieder verglich sie ihre Eingaben in der Tabelle mit den Angaben auf einem der Papiere vor sich.

»Und was?«, gab Helena als Echo zurück.

»Na, wie lief es mit dem neuen Song? Du hast dich gar nicht mehr gemeldet.«

»Oh … tut mir leid. Der Song ist gut angekommen, denke ich, also … viele haben geklatscht.« Helena lächelte bei der Erinnerung an den Abend. Lächelte bei der Erinnerung daran, wie viele Menschen ihre Mutter gemocht hatten. Sie waren vielleicht keine Freunde gewesen, aber sie erinnerten sich an sie und hatten ihre fröhliche, herzliche Art zu schätzen gewusst.

»Aber?« Sarah bedachte sie von der Seite mit einem skeptischen Blick.

Helena seufzte. »Kein aber, es ist nur …« Sie knabberte auf ihrer Unterlippe herum, während sie nervös mit den Fingerspitzen auf der Tastatur trommelte. »Ich habe in diesem Buch, von dem ich dir erzählt habe, einen Zettel mit einem Namen und einer Adresse gefunden. Also bin ich da am Samstag hingegangen.«

»Was für eine Adresse?«

»Ich dachte, es wäre nur ein Buchladen und dass mein Vater das Buch vielleicht dort gekauft hat. Tatsächlich aber ist die Besitzerin …«, Helena lachte, weil sie selbst wusste, wie absurd das Ganze klang. »Sie ist die Zwillingsschwester meines Vaters.«

Sarahs Mund klappte auf. »Wie bitte?«

»Das ist doch bescheuert, oder? Mein Vater haut ab, hinterlässt mir ein seltsames Buch und dann ist da drin ein Hinweis auf eine Zwillingsschwester?«

Sarah hob die Augenbrauen an. »Seltsamer Typ.«

Sarah hatte weitersprechen wollen, wurde aber von dem lauten Rollen eines Servierwagens unterbrochen, der in die Mitte des Büros geschoben wurde. Nigel, der Leiter der Abteilung, sah Sarah und Helena erwartungsvoll an. »Auf euch zwei habe ich gesetzt.«

Helena inspizierte den Servierwagen, den Nigel so stolz vor sich herschob. Auf drei Etagen lagen Obst, Gemüse und gesunde Snacks, drapiert wie auf einem Werbefoto für gesunde Ernährung. Helena und Sarah sahen einander verzweifelt an.

Bitte nicht, flehte der Blick aus Sarahs Augen. Helena konnte sich nur zu gut vorstellen, dass ihr Blick das Gleiche sagte.

»Ihr zwei«, begann Nigel, »werdet das große Vergnügen haben, im Rahmen des Healthy-Campus-Projects ein bisschen durch die Abteilungen zu gehen und unsere geschätzten Mitarbeiterinnen und Mitarbeiter dazu zu animieren, sich einen gesunden Snack für zwischendurch zu gönnen.«

Allein das Hauptgebäude hatte mehrere Etagen und zahllose Abteilungen. Sie würden bis in den Nachmittag damit zu tun haben, überall hinzugehen und ihre Kolleginnen und Kollegen bei der Arbeit zu stören, um ihnen einen Apfel zu geben.

Sarah klimperte liebenswürdig mit den Wimpern. »Wir müssen noch die Tabellen für die Stipendienbewerber fertig machen.« Ihre Stimme klang zart, fast zerbrechlich. Helena beneidete Sarahs Schauspielkünste, wusste jedoch auch, dass Nigel eine harte Nuss war, die man nicht so einfach knacken konnte.

»Das macht ihr danach, Mädels. Übrigens …« Er deutete auf Helenas Kleidung und hob den Daumen. »Die neue Uniform ist spitze. Sarah, zieh dir zum Verteilen auch eine an. Wir müssen Teamgeist verbreiten.«

Helena sah aus dem Augenwinkel, wie Sarahs linkes Auge zuckte. Sie hasste schlabbrige Sportpullover und Jogginghosen. »Klar, Boss«, sagte sie und zwang ein Lächeln auf ihre Lippen.

Fünf Stunden, zahllose Treppen, Büros, Fahrstuhlfahrten, bei denen Helena jedes Mal schlecht wurde, und eine Mittagspause später, ließen sich Helena und Sarah in ihre Stühle fallen.

»Von wegen Teamgeist und Healthy-Campus«, stöhnte Sarah. »Das war schlimmer, als die Stände beim Sportfest zu betreuen.«

Helena schrubbte einen der Äpfel an ihrem Ärmel sauber und biss genüsslich hinein. »Ich fand es gar nicht so schlimm. Hast du gesehen, wie sich alle gefreut haben?«

Sarah atmete tief durch und beschloss augenscheinlich, Helenas Einwand zu ignorieren. »Okay, also noch mal, damit ich alles richtig verstanden habe: Deine Tante sagt, dass dein Dad in diesem Schattenreich feststeckt und ihr ihn zusammen vielleicht dort rausholen könnt?« Natürlich hatte Helena ihr in den fünf Stunden jedes Detail über die Begegnung mit ihrer Tante erzählt, immer dann, wenn sie sicher gewesen war, dass niemand zuhörte. Außer ihrer Freundin Sarah konnte sie es niemandem erzählen. Aber sie musste ganz einfach mit jemandem darüber sprechen.

»Hört sich an wie bei *Jumanji*. Wahrscheinlich kommt er da als verrückter Irrer wieder raus, der in der Zivilisation gar nicht mehr funktioniert.«

»Sarah!« Helena lachte. Sarah stimmte in das Lachen ihrer Freundin ein. »Ist doch so. Komm schon, Helena. Das glaubst du doch nicht wirklich, oder?«

»Aber sie hat den Kamin angezündet!«

»Ja, und Bühnenzauberer zersägen Frauen und lassen sie in der Luft schweben. Wer weiß, was die Alte da für einen Trick im Ärmel hatte, und weil sie geübt darin ist, hast du es nicht bemerkt. Ich meine …« Sarah starrt Helena in die Augen. »Sie hat superaltmodische Kleidung getragen, hast du gesagt. Wenn das kein Ruf um Hilfe ist, dann weiß ich auch nicht.«

Helena seufzte. »Aber ich kann das Buch auf einmal lesen.«

Sarah schüttelte den Kopf. »Wahrscheinlich hat sie es ausgetauscht. Lass mal die Kette weg. Dann wirst du sehen, dass du es noch immer lesen kannst. Dein Vater hat dir irgendeinen Mist hinterlassen und die Alte spielt sein Spielchen mit.«

Helena senkte den Blick. Hatte Sarah womöglich recht? Elisabeth hatte das Buch bei sich gehabt und ihr zurückgebracht. Sie versuchte, sich daran zu erinnern, ob sie den Buchdeckel gesehen hatte, bevor sie das Buch wieder an sich genommen hatte. Vielleicht hatte Elisabeth es wirklich einfach gegen ein Buch getauscht, das in gewöhnlichen Buchstaben auf Englisch verfasst war. Sie stutzte. Das Buch war uralt. Wie konnte es überhaupt auf Englisch geschrieben sein? Sie lachte über ihre eigene Naivität. »Du hast sicher recht.«

»Sag ich ja.« Sarah zwinkerte ihr zu. »Also dann. Auf, auf. Wir haben noch eine Menge Arbeit vor uns.«

Als Helena am späten Nachmittag endlich wieder zu Hause ankam, hätte sie sich am liebsten direkt auf das Sofa geworfen. Doch gleich, nachdem sie die Tür hinter sich geschlossen hatte, fiel ihr die Begegnung am Morgen mit Alastair ein. Sie hatte den ganzen Tag nicht weiter darüber nachgedacht. Doch gerade jetzt, da der Abend gekommen war, erinnerte sie sich daran. Sie hatte einem Date mit Alastair zugesagt. Ob sie ihre Haare eindrehen sollte? Ein Kleid tragen? Sie wusste ja gar nicht, wo sie hingehen würden. Alastair fuhr ein teures Elektro-Auto, daher würde er sie wohl nicht in einen Imbiss einladen. Also ein Kleid. Elegant? Leger? Frech? Verdammt. Passte sie in ihre Kleider? Der Stress und der Schmerz über die Krankheit ihrer Mutter hatten in den vergangenen Jahren, insbesondere aber den letzten Monaten, dazu geführt, dass sie kaum Appetit gehabt hatte. Sie ging eilig die Stufen nach oben und öffnete ihren Kleiderschrank. Dort rupfte sie ein halbes Dutzend Kleider heraus – mehr besaß sie nicht – und begutachtete den Stoffhaufen auf ihrem Bett. Zwei Kleider, die eindeutig für einen Sommerspaziergang unter Ladys im Hyde Park, jedoch ganz sicher nicht für einen Restaurantbesuch geeignet waren, sortierte sie gleich aus. Ebenso das schwarze Kleid, das sie zu der Trauerfeier getragen und versehentlich ebenfalls herausgelegt hatte. Nun waren es nur noch drei: ein dunkelblaues, eng anliegendes Kleid mit einem zarten Spitzenstoff rund um Oberkörper und Arme, ein hellgrünes Kleid, das im Wind flatterte, und ein hellbeiges Kleid, das sie kurzerhand ebenfalls aussortierte. Es war ein Date, keine Hochzeit. Sie entschied sich also für das dunkelblaue, packte den Rest zurück in den Schrank und machte sich auf den Weg ins Bad. Wann hatte sie sich eigentlich zuletzt geschminkt? Nein! Sie schüttelte den Kopf. Sie würde keinen Narren aus sich machen, um auf ein Date zu gehen. Alastair wusste, wie sie aussah. Und spätestens heute Morgen musste er verstanden haben, dass sie im Zweifelsfall wenig Wert auf ihr Make-up setzte. Doch immerhin konnte Helena sich dazu durchringen, ihre Haare mit dem Lockenstab etwas einzudrehen.

Als sie vor dem Spiegel stand, fiel ihr Blick auf die Wanduhr. Sie war viel zu früh fertig. Bis acht Uhr waren es noch drei Stunden. Sie seufzte und sah sich im Wohnzimmer um. Vielleicht sollte sie noch etwas aufräumen. Oder aber Ihr Blick fiel auf das Grimoire ihres Vaters.

»Ich muss total bescheuert sein.«

-7-

Nun stand sie hier, vor *Elly's Books and Papers*. Über ihrer Schulter hing ihre Tasche mit dem Grimoire ihres Vaters. Die Läden in der Passage hatten bereits geschlossen und so konnte Helena nur hoffen, dass Elisabeth im Laden war und sie ungestört miteinander sprechen konnten. Eigentlich hatte sie nach ihrem ersten Besuch hier beschlossen, diesen Laden nie wieder zu betreten – wer wusste schon, ob Elisabeth sie beim nächsten Mal nicht wieder einschließen würde. Doch sie wusste auch, dass sie nur dann Antworten bekäme, wenn sie aufhörte, vor Elisabeth davonzulaufen, und ihr Fragen stellte.

Das Schild an der Tür war auf *geschlossen* gedreht. Dennoch drückte Helena den Griff nach unten, in der Hoffnung, dass Elisabeth vielleicht noch nicht abgeschlossen hatte, aber die Tür regte sich nicht. Aus dem Hinterzimmer drang ein flackerndes Licht, wie von einer Kerze. Helena klopfte an die Glasscheibe der Tür und hoffte, dass Elisabeth sie hören würde. Die Telefonnummer des Ladens kannte sie nicht. Als sich nach einer Weile nichts tat, klopfte sie noch einmal, diesmal etwas lauter.

Ein großer Schatten wurde von der Kerze an die Wand gezeichnet und wenige Augenblicke später stand Elisabeth im Türrahmen des Hinterzimmers. Auf ihrem Gesicht machte sich ein Lächeln breit und sie eilte zur Tür, um Helena zu öffnen.

Die Glöckchen über dem Eingang klingelten laut und sobald Helena eingetreten war, schloss Elisabeth mit dem Schlüssel, der in der Tür steckte, wieder ab.

»Diesmal ohne Magie?«, scherzte Helena.

Elisabeth schmunzelte. »Nun, ich möchte dir eine faire Chance geben zu fliehen, falls es dir wieder zu viel wird.« Sie zwinkerte ihr zu. »Komm mit. Ich muss noch ein paar Sachen wegräumen, dann beantworte ich dir deine Fragen.«

Elisabeth ging voraus in das Hinterzimmer und Helena erkannte, woran ihre Tante gearbeitet hatte. In feinster Handarbeit band sie ein altes Buch, dessen Seiten insgesamt sehr alt, aber noch stabil wirkten. Verschiedene Leder lagen auf dem Arbeitstisch und in den Regalen. »Du bindest Bücher?«, fragte sie neugierig.

»Von etwas muss man ja leben. Wahrsagerei ist nicht mehr so beliebt wie früher.«

Helena stockte. »Du hast von Wahrsagerei gelebt?«

Elisabeth lachte. »Das war ein Scherz, Kind.«

Sie bedeutete Helena in den Laden zurückzugehen und blies im Vorbeigehen die Kerze aus. »Also? Was sind deine Fragen.«

»Wer hat gesagt, dass ich Fragen habe?« Als sie den unbeeindruckten Blick ihrer Tante sah, seufzte Helena. »Okay. Also, ich habe in dem Buch meines Vaters gelesen, nachdem du gegangen bist. Und du sagtest, dass es mir dadurch meine magischen Kräfte geben würde.«

»Richtig.«

»Also habe ich versucht, eine Kerze anzuzünden. Ich meine … das ist ja wohl eindeutig ein Downgrade zum Kamin. Aber es hat nicht funktioniert.«

»Hast du eine Verbindung zu deinem Grimoire hergestellt?« Ihre Stimme klang ernst.

»Was für eine Verbindung?« Helena ahnte natürlich, wovon Elisabeth sprach. Doch sie wollte es aus ihrem Mund hören. Ihre Antwort erhielt sie jedoch nicht in Worten. Stattdessen hielt Elisabeth ihr ihre linke Hand hin, über deren Handfläche eine lange, weiße Narbe lief.

»Das mache ich nicht«, stammelte Helena.

»Puh«, machte Elisabeth, atmete genervt aus, und ging zu einem ihrer Bücherstapel. »Dann weiß ich nicht, was du hier willst.«

Helenas Gesichtsausdruck entgleiste. »Oh, Entschuldigung. Bin ich es nur wert, hier aufzutauchen, wenn ich mir die Hand aufschlitze?«

»Dein Vater hat dir seinen kostbarsten Besitz vermacht. Und du bist in der Lage, ihn aus seinem Gefängnis zu befreien. Du willst dafür nicht einmal ein so kleines Opfer bringen?« Elisabeth schüttelte den Kopf.

Helenas Blick schweifte durch den Laden. Die Stimmung dieser Frau schwankte wahrlich von einer Sekunde auf die nächste. Was sollte sie denn tun? Sich zu schneiden wirkte wie ein merkwürdiges Initiationsritual und das Buch dazu wie eine Anleitung zur schwarzen Magie. Und vielleicht hatte Sarah ja recht und Elisabeth war einfach nur eine Trickbetrügerin. »Ich weiß doch noch gar nicht, ob Magie wirklich echt ist. Ich meine … Okay, du hast den Kamin angemacht. Aber vielleicht hast du es irgendwie … anders …« Sie rang nach Worten. Bei dem Versuch, das Feuermachen so darzustellen, als hätte es sich dabei um einen Trick gehandelt, wie Sarah gemutmaßt hatte, kam sie sich plötzlich unfassbar dumm vor. Sarah war nicht dabei gewesen! Es konnte ganz unmöglich ein einfacher Trick gewesen sein. »Okay«, setzte sie also noch einmal neu an. »Ich verstehe es noch nicht. Du sagtest, dass mein Vater in diesem Schattenreich festsitzt. Nehmen wir an, ich tue es und stelle mit meinem Blut eine Verbindung zu meinem Grimoire her. Wie können wir ihn dann dort rausholen?«

»Nun, wir müssen herausfinden, wie dein Vater es geschafft hat, das Schattenreich zu betreten. Das Schattenreich dürfte ja, im Grunde genommen, gar nicht existieren. Es gibt also keine Anleitung dazu, wie man dorthin gelangen kann. Aber dein Vater war wahrlich ein großer Magier, er hatte viele Freunde und muss irgendwie einen Weg gefunden haben. Wenn eine von uns also das Schattenreich betritt und die Büchse der Pandora dort öffnet, während die andere hierbleibt, um sie hier zu öffnen, sollten wir die Verbindung zwischen den Welten wiederherstellen.« Ihre Stimme klang zuversichtlich, auch wenn ihr Blick weniger überzeugt wirkte.

»Aber?«

Sie zögerte. »Es gibt einen Haken.«

Helena runzelte die Stirn. »Und der wäre?«

Elisabeth schluckte schwer. »Schattenwanderer.« Elisabeths Stimme erbebte bei dem Wort.

»Wer sind die?«, fragte sie zögerlich.

»Schattenwanderer sind …« Elisabeth suchte nach den richtigen Worten, tippte mit den Fingern ihrer rechten Hand auf einem Buchrücken herum und sah in Richtung Boden. Dann richtete sie den Blick wieder auf Helena. »Sie sind dämonische Wesen, die Magier verschlingen. Sie ernähren sich von unserer

Magie und verschlingen uns dafür komplett. Wenn sich zu viel Magie an einem Ort sammelt, werden sie davon angezogen.«

Helena starrte ihre Tante wortlos an, obwohl sie sich sicher war, dass ihr Blick Bände sprechen musste.

»Oh, keine Angst«, versicherte Elisabeth ihr daher auch sofort. »Die meisten Schattenwanderer können von einem geübten Magier problemlos außer Gefecht gesetzt werden.«

»Aber?«, hakte Helena nach.

»Momentan wimmelt es in der Stadt von ihnen.«

Helena runzelte die Stirn. »Was meinst du?«

»Schattenwanderer halten sich dort auf, wo sich besonders viel magisches Potenzial bündelt, wie ich sagte. Also an Orten, an denen besonders viele Magier sind oder …« Sie sah Helena erwartungsvoll an.

»Pandoras Büchse.«

Elisabeth nickte. Dann sah sie auf einmal in Richtung des Schaufensters. Etwas in ihrer Haltung hatte sich verändert. Ihr Rücken wirkte gestreckter, ihre leuchtend grünen Augen waren aufmerksamer. Wie ein Raubtier, das plötzlich Witterung aufgenommen hatte, sah sie in angestrengt Richtung Fenster. Ihre Schritte führten sie langsam näher an die Scheibe heran, von dort lugte sie seitlich in die Gasse. Von einer Sekunde auf die andere wurde ihr Gesicht fahl.

»Helena! Hinter den Tresen! Schnell!«, zischte sie und eilte auf Helena zu.

»Was? Was ist denn? Ich …«

Elisabeth riss Helena am Arm hinter sich her, drückte sie hinter dem Tresen nach unten und hielt ihre Schulter fest. »Nicht bewegen.«

»Elisabeth, du machst mir Angst«, flüsterte sie. Doch als Helena den Blick in Richtung Fensterfront hob, wusste sie, warum Elisabeth sie plötzlich so mit sich gerissen hatte. Vor dem Fenster stand ein schattenartiges Ungetüm, mehr als zwei Meter groß. Es hatte keine menschliche Form, keine Arme, Beine und keinen Hals. Stimmen drangen aus seiner Richtung an Helenas Ohren und sie erschauderte, als sie sich daran erinnerte, diese Stimmen schon einmal gehört zu haben – damals im Hyde Park am See. Hatte ein Schattenwanderer sie beobachtet?

Das Ungetüm zog eine dunkle, schmierige Lache am Boden entlang hinter sich her. Sie schlug Bläschen und glänzte im Mondschein. Von seinen Seiten tropfte die Flüssigkeit ebenfalls herunter und befleckte den Boden. Doch als würde die Erde die Spur in sich aufsaugen, verschwand die Lache nach einigen Sekunden wieder im Nichts. Helena verengte die Lider, in der Hoffnung, die Flüssigkeit besser sehen zu können.

»Scheiße … ist das …?«

»Blut«, flüsterte Elisabeth und drückte Helena weiter an der Schulter nach unten.

»Wessen Blut?«

»Das der Magier, die er verschlungen hat.«

Ein einzelner Finger zeigte aus dem Körper des Schattenwanderers hervor. Er tippte an die Fensterscheibe und es hörte sich hart an, als ob ein Knochen gegen das Glas gestoßen wurde. *Tack. Tack. Tack.* Ein leises Knacken ertönte, dann fiel der Finger zu Boden, gefolgt von einem zerfressenen Arm. Helena wollte schreien, wurde jedoch von Elisabeth daran gehindert, indem sie ihr den Mund zuhielt. »Keinen Ton!«, zischte sie. »Hier, hinter dem Tresen, kann er uns nicht sehen. Nur hören und fühlen. Noch sind wir weit genug weg, um von ihm bemerkt zu werden.«

Das Wesen machte sich kleiner, blähte sich dafür jedoch in die Breite auf und als es sich wieder aufrichtete, ertönte ein Schreien. Für Helena bestand kein Zweifel mehr: Es war ein Schattenwanderer gewesen, der sie damals beobachtet hatte. Ohrenbetäubend laut grölten die zahllosen Stimmen aus dem Inneren des Wesens, das immer kleiner wurde, je länger es schrie. Helena und Elisabeth hielten sich die Ohren zu. Mit einem ungeheuren Knall zersprangen die Glasscheiben der Fensterfront und abertausende Scherben fielen klirrend zu Boden. Dann geschah eine Weile nichts.

Ein Passant schlenderte die Gasse entlang und bemerkte weder die zerbrochene Scheibe noch den Schattenwanderer, der hoch aufgebäumt vor dem zerbrochenen Fenster stand. Er stellte den Kragen seines Mantels auf und beschleunigte seinen Gang etwas. Mehr nicht. Helena rümpfte die Nase, als ein Windstoß ihnen den Geruch entgegenwehte, der von dem Schattenwanderer ausgehen musste. Es roch nach verfaulten Abfallresten und – Helena presste die Lider fest zusammen und atmete ruhig – Verwesung. Ganz eindeutig nach Verwesung. Sie erinnerte sich an einen Ausflug, den sie als Kind mit ihrer Mutter durch den Wald gemacht hatte. Dabei hatten sie einen toten Fuchs entdeckt, seine Eingeweide hingen heraus und Maden labten sich an den Resten seines Leichnams. Dieser stechende, bittere Geruch des Todes hing auch an dem Schattenwanderer. Sie schob Elisabeths Hand, die wohl zur Sicherheit immer noch auf ihrem Mund lag, eilig beiseite, und als eine Gänsehaut ihren gesamten Körper einnahm.

»Ich will hier weg«, flüsterte sie.

Elisabeth schüttelte energisch den Kopf. »Wenn wir uns bewegen, strahlen wir mehr Energie aus. Dann findet er uns.«

Helenas Atem ging schneller. Ihre Augen brannten und, ohne es zu bemerken, zupfte sie an der Nagelhaut ihres Daumens herum. Verdammt noch mal! Was hatte sie sich nur dabei gedacht, hier aufzutauchen? Sie wusste doch noch gar nichts über Magie! Wie sollte sie einen gottverdammten Schattenwanderer besiegen? War Elisabeth stark genug, um es allein mit ihm aufzunehmen? Sie sah zu ihrer Tante, deren Blick fest auf dem Schattenwanderer haftete. Ihre Lippen bewegten sich und doch hörte Helena die Worte nicht, die darüber huschten. Sie suchte den Blick ihrer Tante, doch die ließ den Schattenwanderer nicht eine Sekunde aus den Augen. Erst jetzt bemerkte Helena, dass die Augen ihrer Tante, die normalerweise unglaublich grün leuchteten, glühten.

»Elisabeth?«

Noch einmal kreischte der Schattenwanderer. Dann presste er sich mit seinem gesamten Gewicht gegen den Fensterrahmen. Das Blut quoll noch stärker als zuvor aus unzähligen Poren seines geschwollenen Körpers. Arme und Beine in verschiedensten Größen und Hautfarben pressten sich an seinen Seiten durch das zerborstene Fenster. Einige fielen ab, andere wurden zurück nach innen gezogen. Mit einem nass-dumpfen Aufschlag fiel das Monstrum vom Fensterbrett zu Boden. Die blutige Lache unter ihm versickerte und das Wesen richtete sich wieder auf.

»Wenn ich sage, dass du laufen sollst, rennst du in das Hinterzimmer. In der linken Ecke ist eine Tür. Die führt zu der hinteren Gasse. Du läufst weg, hast du mich verstanden?«, flüsterte Elisabeth, ohne den Blick auch für eine Sekunde von dem Schattenwanderer zu nehmen. Der wiederum näherte sich in gefährlicher Geschwindigkeit dem Tresen, hinter dem Elisabeth und sie kauerten.

»Ich kann dich doch nicht …«

»Du tust, was ich sage!«, zischte Elisabeth. Noch ehe der Schattenwanderer den Tresen erreicht hatte, sprang sie auf. Zwischen ihr und ihm leuchtete ein grünes Siegel mit einem Durchmesser von mehr als zwei Metern auf. Es erinnerte Helena an alte Runen, die sie einmal in alten Gemäuern mit ihrer Mutter gesehen hatte. Der Schattenwanderer kam abrupt zum Stehen und dann – obwohl er sich bis eben träge bewegt hatte – sprang er aus dem Stand behände gegen eines der deckenhohen Bücherregale und klammerte sich daran fest. Rote Augen leuchteten aus der Mitte seines Körpers hervor – wenn man den unförmigen Klumpen so nennen wollte – und fixierten Elisabeth.

»Lauf!«, brüllte die. Helena sprang aus ihrer geduckten Haltung auf, warf sich die Tasche über ihre Schulter und rannte in Richtung Hinterzimmer. Dabei stolperte sie über einen halbhohen Bücherstapel, den sie übersehen hatte und keuchte, als sie auf dem Knie landete. Aus dem Laden hörte sie wildes Krachen, splitterndes Holz, zerbrechende Vitrinen, Geschrei, das nicht einer menschlichen Kehle entsprungen war. Schritte rannten eilig davon und kamen wieder näher. Immer im Wechsel.

Helena rappelte sich auf, keuchte noch einmal, bei dem Versuch, ihr schmerzendes Knie anzuwinkeln. »Scheiße«, entfuhr es ihr. Sie blickte auf das Knie hinab, mit dem sie auf dem harten Steinboden aufgeschlagen war. Blut rann an ihrem Schienbein hinab. Doch ihr blieb keine Zeit, sich darauf zu konzentrieren. Ihr Herzschlag überschlug sich beinahe und trommelte in ihren Ohren, als würde er sie anfeuern, sich zu beeilen. Elisabeth hatte ihr gesagt, dass sie verschwinden sollte. Sie kaufte ihr gerade unter Einsatz ihres eigenen Lebens Zeit, und die sollte Helena auf keinen Fall verschwenden. Doch als sie ihre Hand gerade nach dem Türgriff ausstreckte, hörte sie einen Schrei aus dem Laden. Elisabeths Schrei, der so verzweifelt klang, dass er sie innehalten ließ. Wie ein Blitzschlag durchfuhr sie die eisige Kälte des Schreies hinter ihr. Sie konnte Elisabeth doch nicht allein lassen!

»Nicht mit mir, du hässliches Biest!« Elisabeths Stimme krächzte. Helenas Hand klammerte sich um den Schulterriemen ihrer Tasche. Verdammt. Sie konnte Elisabeth nicht einfach ihrem Schicksal überlassen! Kalter Schweiß rann ihren Nacken hinab und ihr wurde schwindelig. Unbeabsichtigt blickte sie noch einmal auf ihr Knie hinab. Blut.

»Elisabeth!«, rief Helena. Ihre Stimme zitterte. Sie musste ihrer Tante doch irgendwie helfen können!

»Verschwinde endlich, Kind!«, schrie Elisabeth noch einmal verzweifelt.

»Nein.« Helena sprach das Wort so leise, dass Elisabeth es unmöglich gehört haben konnte. Wieder krachte es aus dem Vorraum. Helena kramte das Buch aus ihrer Tasche hervor, schlug es auf der Seite auf, auf der von dem Blutritual die Rede war, und las. Sie sollte ihre Hand mit ihrem Blut benetzen und damit die vordere Seite des Buchumschlags berühren und dann eine Formel nachsprechen. Also folgte sie der Anweisung.

»*Kriv my Kriv. Gyve my Kriv na teb. Sain ov my tryst. Sain ov my fillin*«, las sie die Worte leise vor. Und mit jedem Wort kostete es sie mehr und mehr Kraft, sie auszusprechen. Sie betete, dass sie keinen Fehler begangen und sich und Elisabeth dadurch noch mehr in Gefahr gebracht hatte. Doch dann plötzlich fühlte es sich an, als würde der Buchumschlag mit ihrer Haut verschmelzen. Er brannte sich durch ihr Fleisch, bis zu ihren Muskeln und Nerven hindurch. Ihr Blick verschwamm. In ihren Ohren pochte es wie wild. Und ihr Herz hämmerte derartig gegen ihren Brustkorb, dass sie glaubte, er würde zerspringen. Dann war da auf einmal nichts. Stille. Ihr Herzschlag beruhigte sich. Er war gar derartig ruhig, dass man hätte meinen können, dass der Kampf, der sich im Laden abspielte, sie gar nichts anging. Sie sah und hörte wieder normal. Mit dem Buch auf der Hand trat sie näher an den Lichtkegel, der durch die Tür in das Hinterzimmer drang. Sie schlug das Buch auf und suchte der Stelle, die von dem Feuer sprach. Wieder las sie die Worte, die für sie nach wie vor keinen Sinn ergaben. Doch wenn sie jetzt nicht einschritt und Elisabeth unterstützte … sie wollte sich gar nicht ausmalen, was dann passieren würde. Mit fest entschlossenem Blick trat sie in den Ladenraum. Elisabeth lag reglos am Boden, der Dämon über sie gebeugt. Blut troff auf ihre Tante hinab und ein Bündel aus fremden Händen und Armen quoll aus dem Wesen hervor. Sie streckten sich nach ihrer Tante aus.

»Hey!«, brüllte Helena quer durch den Raum. »Fettsack!«

Das Wesen machte eine schwerfällige Bewegung und sah zu ihr hin. Als wollte sie der Bestie gebieten, stehen zu bleiben, streckte sie ihr die Handfläche entgegen und sprach.

»*Ogan un teb. Ogan wav teb. Ogan shol byrn teb.*« Ihr Arm schmerzte, so als würden Tausende feiner Nadeln unter ihrer Haut entlangschaben und sich bis zu ihrer Hand vorarbeiten. Sie verzog das Gesicht, kämpfte darum, die Fassung zu bewahren, als das Wesen auf sie zustürzte. Sie fühlte keine Angst. Nein. Sie wollte Elisabeth retten. Egal, um welchen Preis. Die Frau mochte sich bisher nicht um sie gekümmert haben, aber verdiente es ganz sicher nicht, so zu sterben. Und Helena war kein verdammter Feigling! Die Bestie war gerade im Begriff über sie herzufallen, als sie schlagartig versteinerte. Das Rot ihrer Augen glühte gefährlich. Wieder ertönte das Schreien aus ihrem Inneren und wie durch Magie – Helena war fassungslos – glühte die Haut des Wesens, bis einzelne Flammen aus dem Inneren der Bestie hervorschlugen. Die zahllosen Arme und Hände, die aus seinem Körper hingen, schlugen nach den Flammen. Dann stürzte er kreischend aus dem zerborstenen Fenster, hinterließ eine lange, blutige Spur und verschwand im Dunkel der Nacht. Helenas Atem ging heftig.

Fassungslos starrte sie auf das viele Blut am Boden, das wieder auf magische Art und Weise verschwand. Sie blinzelte, als sie begriff, was gerade passiert war. Sie! Sie hatte das Biest vertrieben, die Flammen hervorgerufen. Ihre Hand und ihr Arm schmerzten noch immer, auch wenn das stechende Gefühl langsam verebbte.

»Hel…« Elisabeth hustete.

»Elisabeth!« Helena stürzte zu ihr. Ungeachtet ihrer Wunde ließ sie sich auf die Knie fallen und schob einen Arm unter den Rücken ihrer Tante, um ihr aufzuhelfen. »Geht es dir gut?« Was für eine Frage! Elisabeths Stirn zierte eine hässliche Platzwunde und ihr Blick wirkte benommen. »Wir müssen dich in ein Krankenhaus bringen.«

Elisabeth schüttelte mühsam den Kopf. »Nein, kein … Kein Krankenhaus.« Mit aller Kraft, die sie noch zur Verfügung hatte, zog sie sich an einem Regal hoch. »Du hättest weglaufen sollen«, schimpfte sie und hangelte sich an den Regalen entlang in Richtung Tresen, oder besser zu dem Holzhaufen, der einst der Tresen gewesen war.

»Und dich sterben lassen? Niemals!«

»Und warum nicht?« Elisabeth schrie ihre Wut heraus. In ihren Augen sammelten sich Tränen. »Eben noch wolltest du nichts mit Magie zu tun haben und jetzt hast du dich in einer leichtsinnigen Kurzschlussreaktion mit deinem Grimoire verbunden. Du bist eine blutige Anfängerin, Helena, du hättest hierbei sterben können!« Ihre Stimme bebte.

»Aber …« Helena sah Elisabeth verwundert an. »Ich wollte dich retten.«

Elisabeth ließ sich auf einen kleinen Hocker sinken. Sie drückte ihre rechte Hand auf die Platzwunde an ihrer Stirn, zog sie zurück und lachte. »Verdammt noch mal.«

Helena schwieg.

»Dein Vater ist dort drüben. Und ich kann ihm einfach nicht helfen. Und jetzt sind diese Schattenwanderer hier und machen alles nur noch schwieriger.«

Helena stutzte. »Ist mein Vater in Gefahr?«

Elisabeth hob den Blick. Erst nach einer langen Pause, sprach sie. »Alles Magische, egal, wie schön oder düster, von dem du jemals gelesen oder gehört hast, ist dort gefangen und wartet nur darauf, zu entkommen.«

Helenas Blick wurde leer. »Also muss er um sein Leben fürchten.« Elisabeth atmete hörbar ein und stieß den Atemzug geräuschvoll wieder aus. Als sie nach vorn sank, hielt Helena sie bei den Schultern. »Du solltest wirklich in ein Krankenhaus gehen.«

»Nein, bring … Bring mir einfach etwas von meinem Tee. Mir geht es gleich besser. Ist nur eine Platzwunde.«

Helena haderte mit sich, stand jedoch schließlich auf und ging in das Hinterzimmer. Sie schaltete das Licht ein – warum auch immer ihre Tante lieber bei Kerzenschein arbeitete – und sah sich um. Tatsächlich stand dort eine große Henkeltasse mit Tee. Der war zwar nicht mehr warm, roch aber nach der Sorte Hexentrank, die mit Sicherheit jede Krankheit heilen konnte, vermutlich auch diejenigen, von denen man noch nicht einmal etwas wusste. Sie brachte Elisabeth die Tasse und reichte sie ihr, woraufhin die sie in einem kräftigen Zug leerte. Dann sah sie sich in den zerstörten Resten ihres Ladens um. Das Heulen einer Sirene hallte wie ein Echo durch die schmale Passage und ließ Helena zusammenzucken. Kurz darauf wurde die Gasse von blauen Lichtern erfasst, die die sonst rötlichen Wände in rhythmisches Blau tauchten. Der Polizeiwagen hielt abrupt vor Elisabeths Laden und zwei Männer sprangen heraus. Einer hielt eine Waffe.

»Hier spricht die Polizei!«, rief der Fahrer durch das Mikrofon.

»Der Einbrecher ist weg, ihr verdammten Schnarchnasen!«, keifte Elisabeth und grinste schräg, als Helena sie verdattert ansah. »Irgendeinen Spaß muss man sich ja erlauben dürfen«, flüsterte sie ihrer Nichte zu.

Der Mann senkte die Waffe.

-8-

Der Weg nach Hause hatte sich deutlich länger angefühlt als sonst. Sowohl die Menschen an der U-Bahn-Station als auch die im Wagen hatten Helena besorgt angestarrt. Sie selbst fand, dass ihr Knie nicht mehr so schlimm aussah, nachdem zwei Sanitäter, die im Gefolge der Polizisten angerückt waren, sowohl sie als auch Elisabeth versorgt hatten. Als die Sanitäter vorschlugen, Elisabeth ins Krankenhaus zu fahren, hatte die sich vehement geweigert, und auch Helenas Angebot, die Nacht über bei ihr zu bleiben, hatte sie abgelehnt. Helena stieß einen zitternden Atemzug aus, als sie die drei Treppenstufen vor ihrem Haus nach oben stieg. Verdammt, tat das weh!

»Helena?« Alastair lugte aus dem Fenster seines Hauses.

Erst jetzt wurde ihr bewusst, dass sie Alastair versetzt hatte. Sie hob das Handgelenk, um auf ihre Armbanduhr zu sehen. Zweiundzwanzig Uhr!

»Scheiße«, zischte sie leise, dass nur sie es hören konnte.

Die Eingangstür von Alastairs Haus wurde aufgerissen. In sein Gesicht stand eine Sorge geschrieben, die sie so intensiv nicht erwartet hätte.

»Was ist passiert? Dein Knie … Du blutest.« Er senkte den Blick und schaute auf ihr bandagiertes Knie. Ob er gesehen hatte, wie heftig sie humpelte? Es fühlte sich jetzt schon dick an und der Sanitäter hatte ihr geraten, es zu Hause zu kühlen. Helenas Mund fühlte sich ungewöhnlich trocken an.

»Ich … Ich wollte noch …« Sie schloss die Augen und nahm einen tiefen Atemzug, um sich etwas zu beruhigen. »Ich … Ich wollte eigentlich nur für ein paar Minuten zu meiner Tante. Sie hat einen Laden in der Stadt. Und …« Ihr Atem ging zitternd.

All die Erinnerungen an das, was geschehen war, stürzten jetzt wie Mauern eines maroden Hauses über ihr zusammen. Ihre Knie wurden weich. Alastair legte einen kräftigen Arm um ihre Taille und begleitete sie zu ihrer Tür. Helena wollte nicht lügen, aber sie konnte einem fast Fremden wohl kaum diese Story erzählen. Sarah hätte sie sich ohne Zögern anvertraut. Aber sie wusste doch, im Grunde genommen, nichts über Alastair. Er würde doch glauben, dass sie ihn erst versetzt hatte und jetzt absichtlich eine absurde Lüge erfand, damit er sich ihr nicht mehr näherte.

»Da kam ein Einbrecher und hat den Laden verwüstet.«

Alastair sah sie besorgt an. »Ein Einbrecher? Geht es deiner Tante gut?«

Helena nickte. »Ja, wir sind mit dem Schrecken davongekommen.«

Alastair blickte streng auf ihr Knie und sah Helena dann wieder an. »Wollte der Typ etwas Bestimmtes?«

Uns, dachte Helena, entschied sich jedoch für eine andere Antwort.

Sie hob die Schultern. »Sie restauriert alte Bücher. Gut möglich, dass ein paar davon teure Sammlerstücke sind, die sich auf dem Schwarzmarkt gut verkaufen lassen.«

»Verstehe. Ich bin froh, dass es dir gut geht.«

Helena lächelte blass, kramte ihren Schlüssel aus ihrer Jackentasche hervor und schloss die Tür auf. »Möchtest du noch kurz mit reinkommen? Ich meine …« Tränen stiegen ihr in die Augen. *Scheiße*. Heulte sie jetzt vor Alastair? »Ich wollte dich wirklich nicht versetzen.«

Er schmunzelte. »Hast du nicht. Ich weiß ja jetzt, dass du keinen Rückzieher gemacht hast.«

Helena schüttelte den Kopf. »Das hätte ich nicht gemacht. Ich hatte mich ehrlich auf den Abend mit dir gefreut.«

»Ist das so?«

Sie nickte. Dumme Frage, natürlich war das so! In den letzten Jahren hatte sie sich ausschließlich um ihre Mutter gekümmert. Und gearbeitet. Das letzte Mal, als Sarah es geschafft hatte, Helena in einen Club mitzuschleppen, war schon Monate her, und sie hatte sich auf dieses Stückchen Normalität inmitten des Chaos, das jetzt auf andere Art Einzug in ihr Leben hielt, gefreut.

Sie sah an sich selbst hinab, und stellte fest, dass ihr Kleid ruiniert war. »Setz dich doch schon mal. Ich ziehe mir nur schnell etwas anderes an.«

»Ich leg die ins Wohnzimmer, ja?«, sagte er, und hob ihre Tasche von ihrer Schulter.

»In Ordnung.«

»Brauchst du Hilfe mit der Treppe?«

Helena schüttelte den Kopf. »Nein, schon gut, danke. Mach … Mach es dir einfach bequem. Ich komme gleich wieder.« Sie sah nicht zu ihm zurück, während sie sich an dem Geländer die Treppe hochzog. Das Stechen in ihrem Knie war zum Verrücktwerden – die Sanitäter waren von einer Prellung ausgegangen.

In ihrem Zimmer schlüpfte sie eine Jogginghose und einen warmen Pullover. Sie hatte sich einen ersten Abend mit Alastair definitiv anders vorgestellt. Aber nichts in der Welt würde sie dazu bringen, jetzt das nächste Kleid anzuziehen, nur damit sie präsentabel wirkte.

Sie schlurfte in das Bad und warf sich zwei Handvoll Wasser ins Gesicht. Ihr Make-up war ohnehin verwischt gewesen, also konnte sie es auch abwaschen, um etwas weniger wie ein böser Clown auszusehen. Wenige Minuten später humpelte sie die Treppen hinunter und kniff die Augen bei jeder Stufe zusammen. *Verdammt noch mal.* Wieso war sie überhaupt gestürzt? Okay, im Hinterzimmer ihrer Tante stand vieles im Weg, dennoch war Helena üblicherweise nicht so tollpatschig. Als sie das Wohnzimmer betreten wollte, erstarrte sie. Im Kamin brannte ein Feuer und auf dem Kaffeetisch standen zwei Teller mit je einem Stück Lasagne und zwei kleine Schüsseln mit grünem Salat. Aus zwei Tassen stieg heißer Dampf, der Kamillenduft im Raum verbreitete.

»Was ist denn das?«, fragte Helena verdattert.

Alastair sah sie verlegen an. »Ich habe heute Lasagne gebacken. Also selbst gemachte. Ich hatte den Eindruck, dass dir das mehr gefallen würde, als aufwendig auszugehen.« Helenas Augen weiteten sich. Und wie ihr das gefiel! Allerdings kam sie sich im nächsten Moment noch mieser vor.

Alastair hatte extra für sie gekocht und sie hatte ihn versetzt! Um ihre Tante zu besuchen, die sie nicht leiden konnte, und von einem Ungetüm angegriffen zu werden, das aussah, als wäre es direkt der Hölle entwachsen. »Es tut mir leid, dass ich den Abend so vermasselt habe.«

Alastair schüttelte den Kopf und hielt ihr ein Kühlkissen hin. »Komm, setz dich.«

Helena machte es sich auf dem Sofa bequem, während Alastair auf der anderen Seite des Kaffeetischs auf einem Kissen auf dem Boden saß. »Wir können doch aber auch am Esstisch essen«, schlug Helena vor.

Alastair winkte entschlossen ab. »Ungewöhnlicher Abend – ungewöhnliche Sitzposition. Mir gefällt es«, scherzte er. Wieder erreichte das Lächeln seine Augen nicht wirklich. Vielleicht war es genau das: Er war gar nicht abgestumpft nach dem Tod seiner Familie, er war einfach nur gut darin geworden, seinen Schmerz zu überspielen.

»Mir gefällt es auch«, gab sie leise zu und nahm den Teller auf ihren Schoß.

»Sag mal, was ist eigentlich in deiner Tasche drin?«

Helenas Augen weiteten sich. »Wie?«

»Na, die wiegt doch locker zwei Kilo«, ergänzte er und gabelte ein großes Stück Lasagne auf.

Sie zögerte. »Ach das … Ich … hab eines der Bücher von meiner Tante mitgenommen.«

»Noch zwei davon und du hättest den Einbrecher locker damit in die Flucht schlagen können«, scherzte Alastair trocken.

Etwas in seiner Stimme ließ Helena erschaudern. Ob er spürte, dass sie ihn anlog? »Darf ich dich etwas fragen?« Helenas Blick verharrte auf der Lasagne. »Als du hierhergezogen bist, hast du dich da nicht gefragt, was ist, wenn es die falsche Entscheidung war?« Sie hob zaghaft den Blick und sah ihn an.

Er erwiderte ihren Blick mit seinen strahlend blauen Augen. »Nein«, entgegnete er kühl. »Ich wusste, dass das Leben hier anders sein würde als in Bath. Wenn man sich für etwas Neues entscheidet, setzt man sich immer dem Risiko aus, dass einem nicht gefällt, was man dann findet. Aber das sollte einen nicht davon abhalten, es zu versuchen.«

Helena nickte. »Da hast du wohl recht.« Sie zwang sich zu einem Lächeln und aß einen weiteren Happen der Lasagne. »Die ist wirklich gut«, erklärte sie und hielt sich die Hand vor den halb vollen Mund.

»Also?«

»Also was?«

»Was macht dir Sorgen?« Seine Augen funkelten neugierig.

Helena schob die Augenbrauen zusammen und sah ihn verwundert an. »Wie kommst du darauf, dass ich mir Sorgen mache?« Sie lockerte ihre Stirn ein wenig.

»Du fragst *mich*, ob ich Angst hatte, eine falsche Entscheidung getroffen zu haben. Also macht dich etwas nachdenklich.«

Wie schaffte er das?

War sie so einfach zu durchschauen? Helena nahm noch einen Happen, kaute nachdenklich und stellte den Teller schließlich vor sich ab. »Das ist kein gutes Date-Gespräch, wenn ich ehrlich sein soll. Ich hätte nicht fragen sollen. Entschuldige bitte.«

Er beugte sich vor und grinste verwegen. »Jetzt hast du aber gefragt. Also?«

Sie atmete tief durch, gab sich dann jedoch einen Ruck. »Mein Dad hat uns verlassen, als ich noch klein war. Meine Tante glaubt, dass sie weiß, wo wir ihn finden können und möchte, dass wir gemeinsam nach ihm suchen.«

Seine Augen weiteten sich. »Wow«, kommentierte er. »Und das macht dir Angst?«

Sie schüttelte den Kopf, während sie in den Kamin sah. »Nein, anfangs wollte ich das einfach nicht. Jetzt ist es mehr …« Sie brach den Satz ab, um die Augen für einen Moment zu schließen. »Ich bin so wütend auf ihn.« Sie öffnete die Augen wieder. Ihre Wangen brannten und ihre Kehle fühlte sich trocken an. »Kannst du dir das vorstellen? Ich meine, der Mann ist einfach weggegangen. Er war nicht da, als ich den ersten Tag in die Schule gegangen bin, nicht, als ich mein Abschlusszeugnis bekommen habe, und auch nicht, als meine Mum gestorben ist. Und jetzt erfahre ich, dass er da draußen irgendwo ist. Was soll ich denn zu ihm sagen, wenn ich ihn treffe?«

»Genau das?«, schlug Alastair vor. Er trank fast beiläufig einen Schluck seines Tees. »Vielleicht gibt es eine gute Erklärung dafür, warum er gegangen ist.«

Helena lachte spöttisch. »Sagt meine Tante auch.«

»Vielleicht hat sie ja recht.«

»Du bist schon abartig optimistisch, weißt du das?«

Alastair schmunzelte. »Oder ich glaube einfach, dass wir den Menschen in unserem Leben ihre Fehler verzeihen sollten, solange wir noch können. Irgendwann ist es zu spät und dann tragen wir diese Last, uns nie mit ihnen ausgesprochen zu haben, den Rest unseres Lebens mit uns herum.«

»Gesprochen von jemandem, der etwas mit sich herumträgt?«, vermutete sie.

Alastair nickte. »Mein Vater und ich haben uns früher viel gestritten. Eigentlich fast jeden Tag. Er wollte, dass ich einmal in seine Fußstapfen trete. Aber das, was sein ganzes Leben ausgemacht und erfüllt hat, hat mich einfach nicht interessiert, und so habe ich mich mit jeder Faser dagegen gesträubt, ihm seinen Wunsch zu erfüllen.« Er trank einen weiteren Schluck seines Tees. »An dem Tag als er, meine Mutter und meine Schwester verunglückt sind, hatten wir uns mal wieder richtig gefetzt. Also habe ich gesagt, dass ich wohl erst meine Ruhe vor ihm haben werde, wenn er endlich tot ist.« *Scheiße*. Das war heftig.

»Ich kann mich also nie bei ihm entschuldigen und ich kann ihm nie sagen, dass ich ihm verzeihe, dass er so hart zu mir gewesen ist und dass ich es natürlich nicht so meinte, wie ich es gesagt habe.« Seine Stimme wirkte gefasst – trotz der ungeheuerlichen Offenbarung.

»Es tut mir wirklich leid.«

Alastair hob die Schultern. »Was ich sagen will, ist, dass du deinen Vater suchen und die Wahrheit herausfinden solltest. Vielleicht stellst du fest, dass es etwas an ihm gibt, das dich verstehen lässt, warum er so gehandelt hat.« Er hob den rechten Mundwinkel zu einem schrägen Lächeln an. »Die Ironie ist, dass ich nun doch in die Fußstapfen meines Vaters getreten bin.«

Helenas Augen weiteten sich. »Also war er Architekt.«

Alastair antwortete ihr nichts, sondern trank stattdessen einen Schluck von seinem Tee. Dann warf er einen Blick auf seine Uhr. »Es ist schon ganz schön spät«, stellte er fest. »Ich denke, ich werde mich mal auf den weiten Weg nach Hause machen.« Er stand auf und nahm seinen und Helenas leeren Teller.

»Habe ich etwas Falsches gesagt?« Helena war – überrascht von seinem plötzlichen Aufbruch vom Sofa – aufgestanden und sah ihn verständnislos an.

»Nein, gar nicht«, versicherte er ihr. »Ich bin nur müde. Wollen wir am Wochenende noch mal in Ruhe zusammen einen Kaffee trinken?«

Helena nickte. »Sehr gern.«

Nachdem Alastair gegangen war, ließ Helena die Badewanne einlaufen, hielt aber das Knie aus dem heißen Wasser heraus. Der Schock, den sie nach all der Aufregung erwartet hatte, blieb aus. Stattdessen starrte sie vor sich hin, fühlte sich seltsam taub. Es war, als wäre ihre Furcht zusammen mit dem Schattenwanderer in der Dunkelheit verschwunden. Sie sah auf ihre Hände. Hatte sie dieses Monster damit wirklich dazu gebracht, von innen heraus zu brennen? Sie dachte wieder an die Worte ihrer Tante. Dachte daran, dass ihr Vater im Schattenreich möglicherweise in jeder Sekunde solchen Gefahren ausgesetzt war. Wenn alles Magische, egal, ob gut oder böse, tatsächlich dort festsaß, lebte er dann überhaupt noch? Sie hatte erwartet, dass der Gedanke, dass ihr Vater tatsächlich tot sein könnte, sie gleichgültig zurücklassen würde, dass ihr nach all der Zeit egal war, ob er in Gefahr war. Sie schloss die Augen, hielt sich die Nase zu und tauchte für einen Moment unter Wasser. Das hatte sie schon als Kind getan. Sie hatte sich vorgestellt, dass die Wasseroberfläche eine für Gedanken und Gefühle undurchdringbare Mauer bildete. Und immer, wenn sie auf ihren Vater wütend gewesen war, hatte sie ein Bad genommen, war untergetaucht und hatte sich vor ihren Gefühlen und den Gedanken an ihn versteckt. Als sie wieder hochkam, wischte sie sich den Schaum von der Stirn und aus den Augen.

All das Grübeln würde nichts helfen. Sie stieg aus der Wanne, schlüpfte in ihrem Bademantel und ging nach unten ins Wohnzimmer. Auf der Couch lag ihre Tasche mit dem Grimoire. Als sie sich setzte, holte sie das Buch, das sich schwerer anfühlte als zuvor, daraus hervor. Wenn sie lernen wollte, die Schattenwanderer zu vertreiben und ihren Vater aus dem Schattenreich zu befreien, sollte sie ihre Zeit nicht mit Grübeln über die Vergangenheit verschwenden, sondern musste sich der Zukunft zuwenden. Was auch immer dieser ominöse Preis für Magie war, sie würde ihn zahlen müssen. Wie hoch konnte er schon sein?

-9-

Helena und Sarah saßen in dicke Mäntel gehüllt im Hyde Park auf einer der Bänke neben einem Denkmal. Eigentlich hatten sie ihrer Mittagspause spazieren gehen wollen, aber weiter als bis hierher war Helena nicht gekommen, wegen der Schmerzen in ihrem Knie.

Vier reich verzierte Säulen trugen einen mit Gold bestückten Baldachin. Unter ihm stand die Statue, die Queen Victoria in Gedenken an ihren Ehemann hatte anfertigen lassen. Ebenso wie den Rest der zahllosen steinernen Figuren, Malereien, und Bronzestatuen, die an und um den Baldachin herum aufgestellt waren. Helena und ihre Mutter hatten Stunden damit verbracht, sich jedes Detail genau anzusehen. Rund um das Denkmal führte ein breiter Spazierweg, der von Bäumen gesäumt und wenige Meter von der Straße entfernt war. »Kann ich dir etwas erzählen und du versprichst, mich nicht für wahnsinnig zu halten, sondern mir zu glauben?«

Sarah biss gerade genüsslich in ihr Pausensandwich, nickte jedoch. »Natürlich«, sagte sie mit vollem Mund und leckte sich etwas Mayonnaise vom Finger. »Das weißt du doch.«

Helena senkte den Blick. »Meine Tante hat wirklich magische Kräfte.«

Sarah hörte für einen Moment auf zu kauen, zwang sich dann jedoch, den Bissen herunterzuschlucken, den sie im

Mund hatte. Sie ließ ihre Hände mit dem Sandwich auf ihren Schoß sinken. »Helena ...«, setzte sie an und Helena konnte schon an ihrem Namen hören, dass Sarahs Stimme vor Mitleid triefte. Sie hasste das und doch machte es sie bei Sarah nicht wütend, so wie es bei anderen Leuten der Fall gewesen wäre. Stattdessen sah sie Sarah fest in die Augen.

»Es ist kein Trick, Sarah.« Helenas Stimme bebte. »Ich war gestern Abend bei ihr im Laden. Und da kam dieses riesige ...« Sie kämpfte darum, die richtigen Worte zu finden. Wie beschrieb man einen Schattenwanderer, ohne dass das Gegenüber einen für völlig verrückt hielt? »Es war eine riesige, dunkle Kreatur, Sarah.« Ihr Herz trommelte wild in ihrer Brust. Endlich! Es war noch da. So ruhig, wie es nach der gestrigen Nacht geschlagen hatte, war sie schon besorgt gewesen, dass die Magie etwas damit zu tun gehabt hatte.

Sarah schob die Augenbrauen streng zusammen und sah Helena wortlos an.

»Sarah, bitte. Du musst mir das glauben.«

»Hör zu, ich weiß, dass das mit deiner Mutter unglaublich schwer für dich war.« Sie legte ihr Sandwich beiseite, rieb sich die Krümel von den Handflächen und griff dann nach Helenas Händen. »Aber, was du gerade machst, tut dir nicht gut. Das weißt du.«

»Es ist wirklich so! Du hast versprochen, mir zu glauben.« Helenas Stimme zitterte. Sie konnte aber selbst hören, dass sie wie ein trotziges Kleinkind klang, das darauf bestand, den Mann im Mond persönlich getroffen zu haben.

»Süße, ich weiß, was ich dir versprochen habe. Aber du erzählst mir hier gerade etwas von Magie und Monstern in der Nacht.« *Scheiße*. So wie Sarah das sagte, klang es wirklich bescheuert. Helena fragte sich, warum sie ausgerechnet jetzt damit angefangen hatte. Es wirkte, als habe sie über den Tod ihrer Mutter den Verstand verloren und würde sich jetzt Magie wünschen. Wahrscheinlich fürchtete Sarah, dass sie als Nächstes eine weiße Taube opferte, um ihre Mutter von den Toten zurückzuholen. »Sieh mal …« Sarah drückte sanft Helenas Hände. »Ich verstehe das total. Ich kann mir gar nicht vorstellen, wie ich an deiner Stelle drauf wäre. Ich habe deine Mutter auch unheimlich gern gehabt. Überleg mal, wie oft ich bei euch übernachtet habe und wie gern ich mit euch in den Urlaub gefahren bin. Ich vermisse sie auch. Aber deine Mum hat jahrelang sehr tapfer gekämpft. Wir müssen – du musst – jetzt akzeptieren, dass sie jetzt nicht mehr da ist.« Sie schüttelte den Kopf. »Helena, deine Mum würde wollen, dass du *glücklich* bist und dich jetzt nicht in Fantasien verrennst.«

»Ich denke mir das nicht aus, Sarah!« Tränen trübten Helenas Blick. Warum, verdammt, fühlte sich der Schmerz immer noch so heftig an? Genauso wie in dem Moment, in dem man sie angerufen und ihr gesagt hatte, dass ihre Mutter nicht mehr am Leben war? Ihre Knie hatten unter ihr nachgegeben, als sie die Nachricht erhalten hatte. Doch Sarah war da gewesen und hatte sie gestützt. Vermutlich war es deshalb so schmerzhaft, dass Sarah ihr nicht glaubte. Helena starrte vor sich ins Nichts, während ihr Herz in einen Sprint zu verfiel.

Sarah ließ Helenas Hände behutsam los, nahm im Aufstehen ihr Sandwich und klopfte sich die Krümel vom Schoß. »Ich glaube, wir sollten langsam zurück zum Büro gehen.« Ihre Stimme wirkte seltsam kühl, entfernt sogar.

Helena hob den Blick und sah ihrer Freundin nach, die langsam ein, zwei Schritte ging. »Also glaubst du mir nicht?«

Sarah blieb stehen, drehte sich jedoch nicht zu ihr um. »Ich *kann* das nicht glauben, Helena.«

Mit einem flauen Gefühl im Magen und einem Brennen in der Brust betrat Helena am späten Nachmittag ihr Zuhause. Ihre Augen brannten. Einige Zeit später saß sie mit einer Tüte Chips, die sie bereits zur Hälfte vertilgt hatte, auf dem Sofa und wartete auf die bestellte Pizza. Sie konnte Sarah nicht böse sein. Wie auch? Sie hätte es wahrscheinlich selbst nicht geglaubt, wenn ihre beste Freundin versucht hätte, ihr weiszumachen, dass sie nachts von einem Monster überfallen worden war. Es war ein Wunder, dass Sarah nicht versucht hatte, ihr einzureden, dass es nur ein Fremder gewesen war, den sie im Dunkeln für ein Monster gehalten hatte, weil sie sich derartig erschrocken hatte. Oder ihr geraten hatte, einen Psychologen aufzusuchen.

Den Rest des Arbeitstages hatten die beiden jedenfalls kein Wort mehr miteinander gewechselt. Daniel hatte immer wieder mit Small Talk versucht, die Stimmung aufzuheitern, aber Sarah war nur einsilbig darauf eingegangen, und ihre Einsilbigkeit hatte wiederum Helena die Sprache verschlagen. Vielleicht glaubte sie, dass Helena nicht nur verrücktspielte, sondern sie obendrein anlog? Wieder füllten sich ihre Augen mit Tränen.

Ihr Blick fiel auf das Grimoire, das mittlerweile auf dem Kaffeetisch festgewachsen zu sein schien. Und doch fühlte sie sich anders, verändert, während sie es ansah. Was war los mit ihr? Helena wischte sich mit einer Hand müde über das Gesicht, als es an der Tür klingelt. Sie wühlte sich unter ihrer Decke hervor und rief: »Komme!« Gern hätte sie sich eingeredet, dass es keinen Schmerz gab, den Pizza nicht zu heilen vermochte. Aber ein Loch in der Seele, verursacht durch einen verschwundenen Vater, eine tote Mutter und eine beste Freundin, die einem das Unglaubliche einfach tatsächlich nicht glauben wollte, konnte wahrscheinlich selbst die größte Vier-Käse-Pizza inklusive Käserand nicht stopfen.

Helena riss die Tür auf. »Sarah?«, stammelte sie fassungslos.

»Es tut mir leid.« Sarah stand in eine Jogginghose und dicke Winterjacke gekleidet vor ihrer Haustür. Über der Schulter hing ihr Rucksack, der randvoll gepackt war. »Es war scheiße von mir, dich da an der Bank stehenzulassen und zu sagen, dass ich dir nicht glauben kann. Was auch immer du gesehen hast, ob es nun passiert ist oder nicht: Es beschäftigt dich und es wäre meine Aufgabe als deine beste Freundin gewesen, dir wenigstens zuzuhören. Aber ...« Sie kämpfte mit Tränen. »Aber ich bin jetzt da. Also, wenn ich darf.«

Helena lächelte und schloss Sarah in eine innige Umarmung. Dann bedeutete sie ihr reinzukommen. »Möchtest du etwas trinken? Wasser? Tee?«

»Hast du Wein?«

»Willst du vielleicht erst mal etwas essen?«

Sarah sah Helena skeptisch an. Die Tränen in ihren Augen waren einem schelmischen Grinsen gewichen. »Kommt drauf an: Hast *du* gekocht?«

Helena sah sie beleidigt an. »Quasi.«

»Es zählt nicht, dass du den Lieferdienst *selbst* angerufen hast.«

»Du bist verdammt pedantisch, weißt du das?«

Die beiden maßen einander mit ernsten Blicken. Schweigen. Dann brachen sie gleichzeitig in Lachen aus.

»Okay, ja«, gestand Helena. »Ich habe Pizza bestellt.«

»Gut, dann nehme ich erst mal einen Tee.«

Wenige Minuten später hatten die beiden sich auf dem Sofa unter die Decke gekuschelt. In den Händen hielten sie einen dampfenden Tee, dessen Kräuterduft sich angenehm im Raum verteilte. Doch obgleich die beiden gerade noch gelacht hatten, spürte Helena, dass Sarah offensichtlich nicht recht wusste, was sie sagen sollte.

»Lass mich den Anfang machen«, sagte Helena und stellte die Tasse auf dem Kaffeetisch ab.

Sarah sah sie erwartungsvoll an.

»Ich weiß, dass du glaubst, ich spinne. Also lass mich dir beweisen, dass es nicht so ist.«

»Es mir beweisen?« Sarah zog skeptisch eine Augenbraue nach oben. »Wie willst du das denn beweisen?«

Helena atmete tief durch und deutete mit einem Kopfnicken auf die Kerzen, die hinter Sarah auf dem Esszimmertisch standen. »Sieh hin.« Sie atmete tief ein und aus. Verdammt. Sie hatte zwar weiter in dem Grimoire gelesen. Doch seitdem sie in ihrer Wut den Schattenwanderer angezündet hatte, hatte sie nicht noch einmal versucht, mithilfe von Magie ein Feuer zu entzünden. Was, wenn sie dabei das Haus in Brand steckte? Gleichzeitig versuchte sie, sich daran zu erinnern, dass es ausschließlich der Schattenwanderer war, der gebrannt hatte. Sie hatte ihn zum Brennen bringen wollen und es war geschehen. Ihre Lippen bewegten sich, formten die Worte aus dem Grimoire. Sarah hatte sich zu dem Esstisch umgedreht und Helena konnte sich denken, dass sie es nur ihr zuliebe tat.

Sie konzentrierte sich auf die Kerze am rechten Kopfende des Tisches und streckte die Hand in ihre Richtung aus, während sie den Spruch ein weiteres Mal wiederholte.

Erst geschah nichts. Doch dann: Da! Da war es! Dieses seltsame Stechen unter ihrer Haut. Es war, als würde die Magie wie ein Feuer darunter entlangkriechen, bis sie über ihre Handfläche ihren Körper verließ und …

»Leck mich am …« Sarah riss den Kopf herum. »Wie hast du das gemacht?«

Helenas Hand zitterte, als sie sie wieder herunternahm. Die Kerze brannte. Doch warum war es so anstrengend gewesen? Den Schattenwanderer anzuzünden, hatte sie nicht halb so viel Kraft gekostet.

»Helena! Sag jetzt!«, forderte Sarah.

Helena blinzelte. »Magie. Ich habe dir gesagt, dass ich nicht verrückt bin.«

»Aber …« Sarah drehte sich noch einmal zu der Kerze um. Sie schob die Decke von sich, stand auf und ging langsam zu dem Esstisch. Mit einer Hand hob sie den silbernen Kerzenständer vom Tisch und fasste mit der anderen darunter, zur Sicherheit auch unter alle anderen, deren Kerzen nicht brannten. Es war wie bei einer Show, in der ein Teilnehmer aus dem Publikum prüfen durfte, dass der Zauberer keine Tricks benutzt hatte. Sie stellte den Kerzenständer wieder ab. »Das heißt, dass …« Sarah riss die Augen erschrocken auf. Man konnte ihr ihre Gedanken ansehen, ja sie regelrecht hören. »Wurdest du wirklich angegriffen?«

Helena nickte. »Ja, ich wurde wirklich angegriffen, Sarah.«

Sarah legte eine Hand auf ihren Mund. Ihr Gesicht wirkte fahl. »Und ich habe dir nicht geglaubt«, stellte sie entsetzt fest. »Helena, ich …«

»Du musst dich nicht entschuldigen.« Helena lächelte. »Ich weiß selbst, wie bescheuert das für dich geklungen haben muss. Dass ich dir das ausgerechnet im Park zwischen zwei Bissen Sandwich erzählt habe, war kein gutes Timing.«

»Und … kommt das Ding wieder? Ich meine, wird es wieder versuchen, dich anzugreifen?«

Helena senkte den Blick. »Gut möglich. Meine Tante sagte, dass sie sich von Magie ernähren und dafür Magier verschlingen.« Sie kniff die Augen zusammen, als das Geräusch des an das Schaufenster klopfenden Fingers in ihrem Inneren widerhallte. Ein Schütteln durchfuhr sie. Nicht Angst, sondern Ekel ließ sie erschaudern.

Sarah starrte sie fassungslos an. »Das Ding will dich *verschlingen*?«

»Keine Angst.« Helena versuchte zu lächeln. »Ich habe es schon einmal erfolgreich vertrieben. Es wird sich so schnell nicht zurücktrauen.« Sie sagte das mit deutlich mehr Selbstvertrauen, als sie selbst fühlte.

Sarah biss sich auf die Unterlippe. »Und … Und was jetzt?«

Helena zögerte. Sie hatte Sarah bewiesen, dass sie nicht verrückt war, dass es Magie wirklich gab. Doch allmählich wusste sie nicht mehr, was sie sich dabei gedacht hatte. Sie konnte Sarah einerseits nicht nur die halbe Wahrheit auftischen. Andererseits: Sie wusste gar nicht, ob diese Dinge zum Weitererzählen gedacht waren. Was, wenn sie Sarah mit all diesen

Informationen in Gefahr brachte? Nein. Nein, Sarah konnte Schattenwanderer nicht sehen. Umgekehrt interessierten diese sich nicht für sie. Was sollte also passieren? »Ich will meinen Dad zurückholen.«

»Was meinst du mit zurückholen?«

»Meine Tante sagt, dass es eine Welt gibt, die so etwas wie ein Spiegel zu unserer Welt ist. Nur dass dort alle Magie gefangen ist, genauso wie alle magischen Wesen und Ungeheuer, die man aus Mythen und Sagen kennt. Und …«

»… dein Vater.«

Helena nickte.

»Und wie willst du ihn zurückholen? Ich meine …«, Sarah drehte sich zu der Kerze auf dem Esstisch um, so als wolle sie sich versichern, dass sie tatsächlich noch brannte. »Ich habe gesehen, wie du das Gesicht verzogen hast, um die Kerze anzuzünden. Wie willst du damit in eine andere Welt gelangen?«

Helenas Gesichtsausdruck verfinsterte sich. »Du hast schon einmal von Pandoras Büchse gehört, oder nicht?«

Sarah schob die Augenbrauen zusammen. »Natürlich.«

»Die müssen wir sowohl hier als auch im Schattenreich, so nennt man diese andere Welt, finden und öffnen.«

Helena bemerkte, wie Sarah sie ansah, als hätte sich gerade ein Vogel auf ihrem Kopf entleert.

»Okay, also hör zu: Ich habe dieses Buch von meinem Vater bekommen, richtig?«

Sarah nickte.

»Und dieses Buch stellt eine Art Verbindung zu *der* Büchse der Pandora her. Und die wiederum hat eine Verbindung zum Schattenreich. Und dort soll mein Vater sein. Wenn meine

Tante und ich einen Weg in dieses Schattenreich finden und dort die Büchse der Pandora öffnen, können wir zusammen mit meinem Dad wieder zurückkommen.«

Sarahs Mund stand einen Moment offen. Dann fing sie sich wieder. »Äh … das ist aber die gleiche Büchse, aus der angeblich Tod, Krankheiten und Verderben gekommen sind, ja?«

»Ja.« Helenas Stimme war leiser als sonst.

Einen Moment lang schwiegen die beiden Freundinnen einander an. Als Sarah jedoch plötzlich nach Helenas Händen griff, hob die den Blick. Sarah lächelte verkrampft. »Und du musst ins *Schattenreich* und dort deinen Dad und die Büchse finden, ja?«

Helena seufzte. Sie wusste ja selbst, dass sich das völlig verrückt anhören musste. Dennoch nickte sie.

Ihre beste Freundin seufzte laut, so als hätte sie sich gerade zu einer unbeschreiblichen Dummheit überreden lassen. »Okay.«

»Okay was?« Helena sah sie verwundert an.

»Lass uns diese Büchse finden.«

»Wa…? Sarah, ich will dich da nicht mit reinziehen.«

Sarah schmunzelte. »Du hast doch aber erzählt, dass dieser Passant, der an dem Laden deiner Tante vorbeigelaufen ist, gar nicht auf das Monster reagiert hat. Dass er gar nicht gesehen hat, dass etwas nicht stimmte. Und das Monster bemerkte ihn auch nicht, richtig?«

Helena sah sie fragend an.

»Ich bin keine Magierin. Wenn ich also uninteressant für dieses Ding bin, kann ich doch Nachforschungen betreiben oder mich dem Gegenstand nähern, ohne angegriffen zu werden, richtig?«

»Das ist vermutlich gefährlich«, warf Helena ein.

Sarah schüttelte entschieden den Kopf. »An dem Tag, an dem du mir die Nase gebrochen hast, wusste ich, dass mit dir befreundet zu sein, gewisse Risiken birgt.«

Helenas Mund klappte auf. »Du hast mir zuerst mit dem Hockey-Schläger …«

Sarah hielt ihr scherzend die Hand vor den Mund. »Sch, sch, sch. Sarah ist da.« Sie lachte. Dann nahm sie ihre Hand wieder von Helenas Mund. »Wir haben versprochen, immer füreinander da zu sein, komme, was wolle. Also lass mich für dich da sein bei diesem Abenteuer. Lass uns die Büchse der Pandora finden. Vielleicht verbirgt sich darauf ein Hinweis, wie man in das Schattenreich gelangt.«

Helena sah ihrer besten Freundin fest in die Augen. »Nur unter einer Bedingung.«

Sarah erwiderte ihren Blick geduldig. »Wenn es irgendwie gefährlich werden sollte, spielst du nicht die Heldin, sondern haust ab, klar? Ich … ich will dich nicht auch noch verlieren.«

Sarah lächelte, sagte jedoch nichts.

Als es plötzlich an der Tür klingelte, rissen beide die Köpfe herum. Helena schmunzelte. »Das dürfte dann wohl die Kraftnahrung für die Recherche sein.«

Sarah grinste breit. »Keine Minute zu früh.«

-10-

Das Klingeln des Telefons riss Helena aus dem Schlaf. Sarah drehte sich auf die andere Seite und wickelte sich in den Rest der Decke, von der Helena in der vergangenen Nacht ohnehin nicht viel gehabt hatte.

»Wer ruft denn so früh an? Es ist mitten in der Nacht«, stöhnte Sarah und drückte sich das Kopfkissen aufs Ohr.

Helena beschloss, ihre Beschwerde unkommentiert zu lassen, und machte sich zügig auf den Weg nach unten, wo der Festnetzanschluss stand. Die Nummer war nicht im Telefonbuch eingespeichert, kam aber zweifelsfrei aus London. »Helena Cunningham am Apparat.«

»Ich habe den idealen Ort gefunden, um dich zu trainieren«, posaunte Elisabeth mit, wie Helena fand, viel Elan für die frühe Tageszeit.

»Trainieren?«

»Ja. Wenn wir deinen Vater aus dem Schattenreich holen wollen, musst du deine Kräfte besser kontrollieren können. Denn die Büchse allein wird uns nicht helfen. Wir müssen auch herausfinden, wie sie uns ins Schattenreich bringt. Außerdem wimmelt es in der City inzwischen von Schattenwanderern. Wir müssen sie etwas rauslocken.«

Helenas Augen weiteten sich. »Wo willst du denn mit mir hin?«

»Ach …« Elisabeth ließ ihre Stimme unbeschwert klingen. »Ein unscheinbares kleines Industriegebiet am Stadtrand.«

Kein Einwand hatte Elisabeth davon abgebracht, sich zu einem späteren Zeitpunkt zu treffen. Wie so oft am Samstagmorgen war die Central Line dermaßen überfüllt, dass Helena die erste halbe Stunde der Fahrt im Stehen verbrachte. Müde hing sie an einer der Stangen, die sie mit ausgestrecktem Arm gerade so erreichte, bis sie sich schließlich zum Waggonende durchgekämpft hatte, wo sie einen freien Platz am Fenster entdeckt hatte. Sie drückte die Tasche, in der sie das Grimoire trug, eng an ihre Brust. Wie lange es wohl dauern würde, bis sie dieses Ding nicht mehr permanent mit sich herumschleppen musste? Ein älterer Herr, der ihr gegenübersaß, lächelte sie freundlich an. Helena lächelte zurück.

Eine gute Dreiviertelstunde und zwanzig Minuten Fußmarsch später brummte die Navigation ihres Smartphones und ließ sie aufschauen. Schon eine geraume Zeit lief sie durch ein heruntergekommenes Industriegebiet, eine Halle verfallener und düsterer als die nächste. Zahlreiche Scheiben waren eingeschlagen, Türen hingen an einzelnen Scharnieren und es roch, als hätte man beschlossen, die Hallen – so wie sie waren – zu verlassen, egal, ob dort vorher Metall oder Lebensmittel gelagert worden waren. Was hatte Elisabeth sich dabei gedacht, diesen Platz für ein Training auszuwählen? Was immer auch Training bedeuten sollte.

Nun stand sie also vor einer dieser Lagerhallen. Der Asphalt auf dem Parkplatz war aufgebrochen und Unkraut wucherte aus den Ritzen. Die graue Fassade, an der einst ein Schriftzug geprangt hatte, sah jetzt danach aus, als hätte man willkürlich Farbe an einige Stellen geworfen, an andere nicht, und abgewartet, was passieren würde.

»Helena!« Elisabeth winkte ihr aus einer offenstehenden Tür zu. »Hier bin ich!«

Helena beeilte sich, zu ihrer Tante zu gelangen. Hinter sich hörte sie ein Scharren und ein Krachen und fuhr herum. Ein Blech war von einem Stapel Müll gerutscht und zu Boden gefallen. »Verdammt noch mal!« Sie wandte sich Elisabeth zu. »Gab es keinen gemütlicheren Ort? Vielleicht eine Drogenhöhle? Oder ein Mafiaversteck?«

Elisabeth zog eine Augenbraue hoch und bedeutete Helena, in die Halle zu gehen. »Tut mir leid, dass ich dir nicht den Buckingham Palace bieten kann. Wir müssen eben darauf achten, dass man uns nicht bemerkt. Und wir haben nicht viel Zeit.«

»Warum haben wir nicht viel Zeit?«

»Nun … Zwei Magierinnen konzentrieren eine Menge magischer Energie auf sich, und noch mehr, wenn sie trainieren. Die Schattenwanderer werden nicht lange brauchen, um uns aufzuspüren. Wir werden also vielleicht eine Stunde bleiben und dann verschwinden wir von hier.«

»Moment.« Helenas Augen hatten sich zu schmalen Schlitzen verengt. »Ich bin über eine Stunde unterwegs gewesen. Und das, um eine knappe Stunde zu trainieren?«

»Weniger, wenn du nicht aufhörst, zu diskutieren«, konterte Elisabeth mit einem Lächeln.

»Fein.«

Helena legte die Tasche auf dem Boden ab und sah sich um. Die Halle war größtenteils leer geräumt worden und es roch nach altem Fisch. Der Boden war fleckig – Helena wollte gar nicht wissen, wovon diese Flecken stammten – und hier und da hingen von den Decken noch Haken an Ketten.

Elisabeth schlug die Hände zusammen und grinste breit. »Gut. Wie weit hast du im Grimoire gelesen?«

Helena beugte sich eilig zu ihrer Tasche hinab, kramte das Buch hervor und suchte nach der Seite, die sie zuletzt gelesen hatte. »Ich weiß nicht …«, murmelte sie, während sie durch die Seiten blätterte. »Diese ganzen Sprüche ergeben überhaupt keinen Sinn.«

»Wie bitte?«, fragte Elisabeth spitz.

Sie senkte das Buch für einen Moment. »Ist es denn eine vernünftige Sprache? Klingt für mich nach willkürlich aneinandergereihten Silben.«

Elisabeth lächelte gezwungen. »Es ist eine Sprache. Also?«

»Hier.« Helena zeigte auf die Seite, die sie zuletzt gelesen hatte. Es ging darum, den Wind zu kontrollieren. Das erste Kapitel, wenn man es so nennen wollte, hatte sich ausschließlich mit Feuermagie beschäftigt.

Elisabeth kratzte sich am Hinterkopf, blickte mit zusammengeschobenen Augenbrauen auf die Seite. »Kind … ich habe kein Artefakt«, erinnerte sie Helena.

»Und?«

»Ich kann es nicht mehr lesen.«

Helena stöhnte leise, las jedoch noch einmal die Seite. »Es geht darum, den Wind dazu zu bringen, die Richtung zu wechseln. Steht zumindest so in der Erklärung.«

Elisabeth nickte. »Hast du schon etwas über Bannzauber gelernt?« Sie deutete Helenas Schweigen als ein Nein und bedeutete ihr, das Buch wieder in die Tasche zurückzulegen. »Kannst du dich daran erinnern, wie der Schattenwanderer auf einmal stehen geblieben ist, als er versucht hat, uns anzugreifen?«

»Natürlich. Da ist dieses … hm … Muster in der Luft erschienen.«

»Das Siegel eines Bannzaubers. Er wirkt wie eine unsichtbare Wand. Nun … unsichtbar, abgesehen von dem Siegel. Die Stärke eines Bannfeldes ist abhängig von der eigenen magischen Stärke und der des Gegners, der sich einem in den Weg stellt.«

»Abhängig von der magischen Stärke des Gegners?« Helena senkte nachdenklich den Blick. »Dann wirkt der Bannzauber nicht gegen Nicht-Magisches?«

Elisabeth schmunzelte. »Nicht schlecht, aber auch nicht ganz richtig. Er wirkt tatsächlich nicht gegen nicht-magisches Leben. Sehr wohl aber gegen Gegenstände.« Sie ging einige Meter weiter zu einem Haufen Schutt. Sie beugte sich hinab, hob einen Ziegel auf und warf ihn Helena zu. Helena streckte dem Ziegel eilig die Hände entgegen und fing ihn auf.

»Wirf ihn nach mir«, befahl Elisabeth. Sie sah Helena herausfordernd an.

Die wiederum betrachtete ihre Tante mit weit aufgerissenen Augen. »Machst du Witze? Ich schmeiße dir doch keinen Ziegel an den Kopf.«

»Denkst du, dass die Schattenwanderer vor dir Halt machen werden, weil du gute Erziehung hast?«

Helena schnaubte. »Was hat das denn miteinander zu tun?«

»Das letzte Mal war es nur einer. Sie sind aber häufig in Gruppen unterwegs. Wenn wir wieder von ihnen überrascht werden, wird es nicht ausreichen, dass du einmal mit ein bisschen Glück einen angezündet hast. Du hast noch nicht ausreichend Kontrolle über deine Magie. Sie werden dich rupfen wie ein Huhn und verschlingen.«

Helenas Herz pochte wild.

Die Bilder des Schattenwanderers blitzten vor ihrem inneren Auge auf. Sie hatte selbstverständlich *nicht* vor, von so einer Bestie verschlungen zu werden. Nach einem letzten Blick auf Elisabeth nahm sie einen tiefen Atemzug, holte aus, und warf den Stein. Vor Elisabeth fiel er krachend auf den Boden, schwebte aber anschließend wie von Zauberhand nach oben und raste ohne Vorwarnung auf Helena zu. Sie sprang einen Schritt zur Seite und hörte, wie der Ziegel in die Wand hinter ihr einschlug. Entsetzt sah sie Elisabeth an.

»Gehts noch?«

»Du sollst werfen! Ich denke, du bist Sportlerin. Etwas mehr Kraft, wenn ich bitten darf.«

»Was soll es denn bringen, dass ich dich mit Steinen bewerfe? Ich dachte, du willst mir hier etwas beibringen? Wenn wir mit unserer Gegenwart tatsächlich Schattenwanderer anlocken und kaum Zeit haben, können wir dann mal endlich anfangen?«, keifte Helena diesmal. Sie hatte keine Lust auf diese verdammten Spielchen. Sie war bereit. Sie war hergekommen, um etwas zu lernen. Sie wollte … Ihr Herz schmerzte … Sie wollte ihren Vater kennenlernen.

»Fein.« Elisabeth trat vor Helena, nahm ihre Hände und drehte sie mit den Handflächen nach unten. »Leg die Daumen aneinander. Deine Hände bilden einen Vogel.« Helena folgte ihrer Anweisung. »Gut und jetzt sprich mir nach.« Elisabeth ließ Helenas Hände los und zu Helenas Überraschung hörte man die Worte, die Elisabeth sprach. »*Protyc mi. Ut temnina, wis lait et sila.*«

»Warum kann ich das hören?«

Elisabeth schob die Augenbrauen zusammen. »Was meinst du?«

»Im Laden konnte ich deine Worte nicht hören. Als ich …« Sie zögerte. Durfte sie Elisabeth sagen, dass sie sich Sarah anvertraut hatte? Was, wenn es ihr nicht erlaubt war, mit jemandem, der kein Magier war, über ihre Magie zu sprechen? »Ich konnte deine Worte im Laden nicht hören.«

»Da warst du deinen Bund mit dem Grimoire noch nicht eingegangen«, erklärte sie. »Nur die, die im Bund mit einem Grimoire stehen, können die Worte hören, die darin niedergeschrieben sind. So eine Art …«, Elisabeth schmunzelte, »Kopierschutz für Fremde.« Sie zwinkerte ihr zu. »Also nochmal: *Protyc mi. Ut temnina, wis lait et sila.* Das bedeutet so viel wie: Beschütze mich mit Licht und Kraft vor der Dunkelheit.«

Helena versuchte, die Worte zu behalten und bemerkte, wie sie ihre Lippen synchron zu Elisabeths mitbewegte. Sie leckte sich über die Lippen und ging die Wörter noch einmal im Kopf durch. »*Protyc mi. Ut …*«

»*Temnina, wis lait et sila.*«

»*Protyc mi. Ut temnina, wis lait et sila.*«

Die beiden Frauen sahen einander an. Nichts geschah. Elisabeth atmete tief durch. »Du musst es so oft wiederholen, bis sich das Siegel vor dir formt. Nimm die Hände näher an deinen Körper. Das hilft am Anfang etwas. Es zieht zwar auch den Bannwall näher zu dir, macht allerdings das Beschwören einfacher.«

Helena zog ihre Hände näher zu sich. Diesmal schloss sie jedoch die Augen und sagte den Vers erneut auf. Allmählich kehrte wieder das Kribbeln in ihre Hände zurück, das sie auch gespürt hatte, als die den Schattenwanderer in Brand gesteckt oder die Kerze angezündet hatte. Wie ein Haufen feiner Nadelstiche wanderte etwas unter ihrer Haut entlang bis zu ihren Fingerspitzen. Als sie die Augen öffnete, sah sie das Siegel, das auch vor Elisabeth erschienen war, als sie den Schattenwanderer abgewehrt hatte. Nur dass das ihre blau statt grün wie das ihrer Tante war. Selbst mit dem Artefakt und der Verbindung zu ihrem Grimoire konnte sie es nicht lesen und doch ging ein unerklärliches Gefühl von Wärme und Sicherheit davon aus.

Sie jubelte. »Es funktio…« Das Zeichen war verschwunden. Helena ließ die Hände sinken.

»Du musst dich auf deine Magie konzentrieren«, mahnte Elisabeth und ihre Stimme klang strenger als bisher.

»Aber du hast doch auch dabei gesprochen«, warf Helena enttäuscht ein.

»Ich mache das auch schon seit vierzig Jahren.«

Als Helena den Blick senkte, kippte sie ein Stück zur Seite. Ihre Knie fühlten sich wie Wackelpudding an. »Woah!«

Elisabeth legte blitzschnell einen Arm um ihre Taille und stützte sie. »Es ist ein durchaus anspruchsvoller Bannzauber. Normalerweise würde man ihn einer so jungen Magierin nicht so früh beibringen.«

Helena legte zaghaft eine Hand auf Elisabeths Schulter und blinzelte einige Male, bis das Wabern des Bildes vor ihren Augen verschwunden war. »Und warum machen wir es dann?«

Elisabeth sah sie vorwurfsvoll an.

»Die Stadt wimmelt praktisch vor Schattenwanderern. Ein so hohes Aufkommen habe ich in meinem ganzen Leben nicht gesehen.«

»Und?«

»Das heißt, dass wir höchstwahrscheinlich nicht die Einzigen sind, die die Büchse öffnen wollen.« Elisabeth löste ihren Arm sachte von Helena, versicherte sich jedoch vorher, dass sie ihr Gleichgewicht wiedergefunden hatte. Dann machte sie einen Schritt zurück und verschränkte die Arme vor ihrer Brust. »Ich habe dir gesagt, dass sie dort auftauchen, wo sie besonders viel magische Energie verspüren. Zwei Magierinnen allein reichen jedoch unmöglich aus, um so viele Schattenwanderer nach London zu locken. Und auch wenn London eine große Stadt ist und es allerhand magischer Gegenstände geben sollte, so sollten wir doch nicht genug Energie ausstrahlen, um eine Horde von ihnen hierherzubringen. Irgendetwas Stärkeres muss sich in der Stadt befinden.«

»Also glaubst du, dass mehr Magier als gewöhnlich in der Stadt sind und dass sie die Schattenwanderer anziehen?«, schlussfolgerte Helena. »Aber ich verstehe das nicht. Die Schattenwanderer wollen Magier verschlingen. Warum sollten sie sich so an London festfressen?«

Elisabeth atmete tief durch. »Ich denke, dass die Büchse der Pandora hier in der Stadt ist. Vielleicht wollen sie hier sein, wenn sie geöffnet wird. Im Schattenreich ist so viel Magie gefangen, dass sie allein der Gedanke, dorthin zu gelangen, anziehen muss.«

Helena atmete tief durch, legte ihre Hände zusammen und sah Elisabeth an. »Gut, dann, lass uns weitermachen!« Ihre Tante lächelte ruhig. Sie öffnete die Lippen, um etwas zu sagen, als ein grässlicher Schrei erklang.

Helena riss den Kopf herum. »Schattenwanderer?«

Elisabeth machte ein paar Schritte in Richtung Hinterausgang der Halle. Sie schloss die Augen, kniff die Lider regelrecht zusammen, als würde sie sich angestrengt auf etwas konzentrieren. Dann schlug sie sie schlagartig wieder auf. »Sie sind schon nahe.« Auf dem Absatz machte sie kehrt und ging mit zügigen Schritten auf Helena zu. Bei ihr angekommen, packte sie sie am Arm und zog sie hinter sich aus der Halle.

Helena befreite ihren Arm aus dem Griff ihrer Tante und lief zurück zu der Stelle, an der sie noch eben trainiert hatten, um ihr Grimoire zu holen. Als sie sich zu dem Buch hinunterbeugte, um es aufzuheben, tropfte neben ihr Blut auf den Boden. Ein nass-sabbernder Atem gluckerte durch die Luft. Wie aus einer verwundeten Kehle kam ein kratziges Gewirr aus Stimmen, direkt vor ihr. Helena schluckte schwer und blickte auf den Schattenwanderer. Nur wenige Zentimeter trennte sie von ihm. Das Maul, das sie bis eben in der unförmigen, blutüberströmten Masse des Monsters nicht hatte erkennen können, öffnete sich. Zum Vorschein kamen drei Reihen spitzer Zähne und eine Zunge, die sich wie die einer Schlange aus seinem Mund schlängelte und nach Helenas Wange ausstreckte. Wie mit Widerhaken bestückt, zerrte das nasse Fleisch an ihrer Haut und hinterließ ein schmerzhaftes Brennen. Der faulige Geruch, der ihr aus dem Maul entgegenströmte, ließ Helena würgen. Sie versuchte, ruhig zu atmen, weil sie sich daran erinnerte, was Elisabeth im Laden gesagt hatte: Wenn sie sich bewegte, würde sie mehr Energie ausstrahlen und für das Monster leichter erkennbar sein. Sie löste die Fingerspitzen von ihrem Grimoire, das noch immer am Boden lag, und führte stattdessen ihre andere Hand so langsam sie konnte näher heran. Sie konnte kaum fassen, wie ruhig sie blieb. Dabei erinnerte sie sich genau daran, mit welcher Panik sie bei ihrer ersten Begegnung mit einem Schattenwanderer geflohen war. Sie schloss die Augen und sagte den Bannzauber auf wie ein Mantra, das ihr Kraft verlieh. Das Kribbeln unter ihrer Haut war stärker als je zuvor.

Ohne Vorwarnung schrie der Schattenwanderer. Noch lauter als der andere vor ein paar Tagen in Elisabeths Laden. Dessen Schrei hatte schon damals Glas zerspringen lassen. Diesmal trieben die Töne Helena Tränen in die Augen. Dennoch versuchte sie angestrengt, sich weiter auf den Bannzauber zu konzentrieren. Verdammt! Sie konnte von Glück reden, wenn sie hinterher noch hören konnte. Sie öffnete die Augen, als das Nadelstechen in ihre Fingerspitzen gezogen war, riss die Hände hoch und stieß sie gemeinsam mit dem Bannzauber dem Schattenwanderer entgegen. Als hätte sie ihn mit einem Katapult beschleunigt, flog das Wesen bis an die hintere Wand der Halle und hinterließ eine tiefe Delle in dem Blech.

»Helena, lauf!«, schrie Elisabeth ihr von der Tür aus entgegen.

Helena griff nach ihrem Grimoire und rannte auf Elisabeth zu, ohne sich ein weiteres Mal nach dem Monster umzusehen. Hinter ihr fielen krachend Regale um. Erst als sie bei

Elisabeth angekommen war, drehte sie den Kopf und sah, wie der Schattenwanderer, der sich zuvor so träge bewegt hatte, wie ein Raubtier auf die beiden zuschoss, als würden die vielen unterschiedlichen Arme und Beine aus seinem Körper treten und ihn beschleunigen. Elisabeth zog Helena aus der Tür und schlug sie blitzschnell vor dem Schattenwanderer zu. Gerade noch rechtzeitig. Eine tiefe Beule wurde in das Metall geschlagen, gefolgt von einem ohrenbetäubenden Schrei aus dem Inneren der Halle.

»Schnell, schnell, schnell!« Elisabeth rannte los, so schnell sie es in ihrem Alter konnte, dicht gefolgt von Helena, die noch immer humpelte. Sie hörte, wie Krallen über den Steinboden hinter ihnen kratzten. Helena sah nach hinten: Die Bestie jagte ihnen nach. Mit einem Mal kam ihr der Weg zwischen den verlassenen Lagerhallen schmaler, beengter vor. Und doch: Etwas in ihr ließ sie innehalten. Sie blieb stehen, wirbelte herum, streckte die Hände vor sich aus und sprach noch einmal die Worte, die sie gelernt hatte. Der Schattenwanderer setzte zu einem mächtigen Sprung an und prallte gegen die unsichtbare Barriere, die sich im Bruchteil einer Sekunde vor ihm gebildet hatte.

»Elisabeth!«, schrie Helena. »Mach was!« Verdammt noch mal! Sie hatte sich die Seiten des Grimoire durchgelesen, ohne sich die darin niedergeschriebenen Worte zu merken. Hätte sie sich an den Spruch erinnert, mit dem sie den Schattenwanderer neulich angezündet hatte, hätte sie längst etwas anderes getan, als ihn mit unsichtbaren Wänden noch mehr zu reizen.

»Komm her!«, rief Elisabeth ihr zu und Helena rannte los, ging hinter ihrer Tante in Deckung, die sich bereits zu dem

Schattenwanderer umgedreht hatte. Elisabeth streckte dem Wesen beide Hände entgegen und sprach. Helena erinnerte sich. Es war der Feuerspruch, den sie auch benutzt hatte. Der Schattenwanderer verharrte in seiner Position, als wäre er versteinert. Helena beobachtete Elisabeth. Auf deren Stirn bildeten sich Schweißperlen. Ihre Haut wurde bleicher mit jeder weiteren Sekunde, in der sie den Spruch wiederholte. Helena stellte sich neben sie, streckte die Hand ebenfalls aus und hielt mit der anderen Hand die ihrer Tante. Für einen Moment löste Elisabeth ihre Konzentration von dem Schattenwanderer und warf ihrer Nichte einen kurzen Blick zu. Dann richteten sie beide ihre Aufmerksamkeit wieder auf den Schattenwanderer. Kreischend zog sich das Monster zusammen. Flammen sprühten aus seinen Seiten, Stück für Stück riss der blutüberströmten Körper auf. Ein letzter Schrei, dann brach das Wesen in sich zusammen und wurde von den Flammen verschlungen.

Diesmal waren es Elisabeths Knie, die nachgaben. Doch Helena fing sie auf. Sie war überrascht, wie wenig ihre Tante wog. Ob sie genug aß? Helena schüttelte eilig den Kopf – das war nun wirklich nicht ihr Problem. »Wir haben es geschafft!« In ihrer Stimme wog Stolz.

»Er ist tot.« Elisabeth keuchte, während sie sich mühsam wieder aufzustellen. »Wir sollten gehen, bevor noch mehr von denen auftauchen.«

Helena stützte Elisabeth, während sie den Weg weiter in Richtung Hauptstraße gingen. Immer wieder sah sie sich um, versicherte sich, dass sie nicht wieder überrascht werden würden. Elisabeth war ruhiger geworden. Ob sie einfach darauf vertrauen sollte, dass kein weiterer Schattenwanderer in der

Nähe war? Die beiden Frauen hatten gerade die Haltestelle erreicht, als ein Bus vor ihnen stoppte. Sie stiegen ein und setzten sich auf eine der freien Bänke. Dann herrschte Stille. Zum ersten Mal seit der Begegnung mit dem Schattenwanderer in der Lagerhalle atmete Helena auf.

Verdammt. Erst jetzt begriff sie, wie nah er ihr gekommen war. Sie erschauderte noch einmal bei der Erinnerung an die Zunge, die über ihre Wange geleckt hatte. Eilig holte sie ihr Smartphone aus ihrer Jackentasche, schaltete die Kamera ein und drehte die Ansicht. Mit den Fingerspitzen strich sie über ihre Wange, die aussah, als wäre sie mit dem Gesicht voran auf den Asphalt geknallt.

»Ist nicht schlimm.«

Elisabeths Stimme ließ sie aufhorchen. »Ich werde jetzt aber nicht zu einem dieser Viecher?«

Ihre Tante schmunzelte. »Nein. Was die haben, ist nicht ansteckend.«

Helena blies einen hörbaren Luftstoß aus und schloss für einen Moment die Lider.

»Das war sehr mutig von dir«, bemerkte Elisabeth.

»Wohl eher unüberlegt. Obwohl du mich gewarnt hast, dass er nicht weit weg ist, bin ich zurückgelaufen, um mein Grimoire zu holen.« Helena lachte über ihre Dummheit. Verdammt. Sie wäre jetzt tot, wenn es ihr nicht gelungen wäre, den Bann zu wirken.

Elisabeth wog neben ihr den Kopf nach links und rechts. »Vor dir liegt ein sehr langer Weg. Aber du bist nicht dumm.«

Helena legte ihre Hand auf ihre Brust, so als würde sie ihren Herzschlag beruhigen wollen. Sie zögerte einen Moment lang.

Dann griff sie nach der freien Hand ihrer Tante und drückte sie sanft.

Elisabeth öffnete die Augen und sah Helena verwundert an.

Helena lächelte. »Wir finden ihn. Ich werde alles tun, um ihn zurückzuholen.«

-11-

Zwei Tage später stieg Helena am späten Nachmittag am Piccadilly Circus aus und presste sich durch die Menge von Touristen. Sie alle machten Bilder von dem berühmten halbrunden Bildschirm, der an einer Rundung eines Gebäudes angebracht war. Den Duft, der zwischen den Häusern bis hierher zog, beachteten sie nicht. Dabei verpassten sie ein kulinarisches Highlight Londons: die Chinatown. Von der New Yorker Chinatown wurde immer wieder gesprochen, doch die Londoner Variante war weitgehend unbekannt. Unzählige Nachmittage hatten Helena und Sarah nach der Schule dort verbracht und entweder neidisch durch die Schaufenster auf die Köstlichkeiten der Restaurants gestarrt oder sich von ihrem Taschengeld Bao Buns gekauft: gedämpfte Teigtaschen, die wahlweise süß oder deftig gefüllt waren.

Helena betrat die Wardour Street und sog den süßen Duft der Speisen ein. Sie dachte daran, wie gern sie mit ihrer Mutter hierhergekommen war, um an ihrem Geburtstag in einem der Restaurants essen zu gehen. Nun, ihre Mutter war nicht da, aber das würde Helena nicht davon abhalten, sich heute etwas Besonderes zu gönnen. Eng in ihre Jacke gewickelt, ging sie an den zahllosen Schaufenstern und Ständen vorbei, an denen besonders um diese Jahreszeit eine Vielzahl an landestypischen

Speisen angeboten wurde. Schließlich blieb sie an einem Stand stehen, der Bao Buns mit süßer Füllung anbot. Sie kramte in ihrem Portemonnaie, während die Schlange vor ihr sich langsam weiter schob. Der Dampf tanzte unterdessen durch die Winterluft.

»Helena?«

Die vertraute Stimme ließ sie herumfahren. »Alastair!«

Er lächelte freundlich. »Wusste ich doch, dass du es bist.« Er deutete auf den Stand. »Lass mich dich einladen.« Er bestellte zwei Portionen der kleinen Teigtaschen und hielt Helena eines der Pappschälchen hin. »Hast du Lust auf einen Spaziergang? Am Fluss?«

Sie lächelte verlegen. »Klar.«

Nach ein paar Minuten erreichten sie die Themse und gingen an deren Ufer entlang in Richtung Notting Hill. Es war weit und sie würden früher oder später die U-Bahn nehmen müssen. Doch jetzt genoss Helena zunächst die kühle Luft und die Tatsache, dass sie für ein paar Minuten durch angenehme Gesellschaft davon abgelenkt wurde, über den nächsten Schattenwanderer nachdenken zu müssen. Und wann der über sie herfallen würde.

»Und? Bist du schon bei der Suche nach deinem Vater vorangekommen?«

So viel zur Ablenkung. Sie seufzte leise und zog ihre Hände in ihre Ärmel zurück. Kaum zu glauben, wie schnell der späte November sich in einen eisigen Winter verwandelt hatte. »Noch nicht so richtig. Meine Tante geht ein paar Anhaltspunkten nach. Viel haben wir bisher nicht.«

Etwas Warmes legte sich um ihren Hals. Helena zuckte zusammen und blickte nach unten, dann zu Alastair. Ihre Fingerspitzen tasteten nach dem dunkelroten Schal, den Alastair bis eben um seinen Hals geschlungen und nun stattdessen ihr umgelegt hatte. »Aber dann frierst du doch!«, bemerkte sie.

»Du zitterst doch schon«, entgegnete er mit einem Lächeln und ging weiter. Helenas Wangen fühlten sich trotz der Kälte plötzlich ein Stück wärmer an und sie vergrub verlegen die Lippen unter dem Schal. Einen Moment lang spielte sie mit den schwarzen Fransen und studierte das golden schimmernde Emblem, das in die rechte Ecke eines der Enden gestickt worden war.

»Danke«, murmelte sie durch die Wolle hindurch und blickte auf den Fluss, dessen Wasserspiegel deutlich niedriger war als sonst. Der Schal roch nach einem Aftershave, das gleichzeitig herb und frisch war. Eine angenehme Mischung.

»Ist demnächst wieder Open Mic in der Bar von neulich?«

Alastairs Frage ließ sie aufhorchen. »Na ja, in zwei Wochen erst. Das findet nur einmal im Monat statt. Warum? Willst du wieder hingehen?« Sie schmunzelte und stieß ihn sanft von der Seite an. Er kräuselte die Lippen und hob die Schultern. »Vielleicht. Wenn die Sängerin von neulich wieder dabei ist, komme ich wohl vorbei.«

»Schon möglich«, sagte Helena und grinste.

»Hast du einen neuen Song?«

»Ich denke nicht, dass ich im Moment dazu kommen werde, einen neuen zu schreiben.«

Er schob die Augenbrauen zusammen. »Zu viel auf der Arbeit oder die Sache mit deinem Vater?«

Sie hob zwei Finger zur Antwort und schwieg einen Moment lang. »Ich habe das Gefühl, dass meine Tante unheimlich viel Engagement in dieser Sache von mir erwartet. Aber ich weiß nicht, ob ich das leisten kann, was sie von mir will.«

»Was will sie denn?«

Helena schüttelte entschieden den Kopf. »Nicht so wichtig. Lass uns über etwas anderes reden.« Sie zwang sich zu einem Lächeln, hob den Blick und sah die Sorge, mit der Alastair sie beobachtete. Warum sah er sie eigentlich so an? Im Grunde genommen, kannten sie einander doch kaum. Und doch machte seine Nähe sie nervös. Er hatte nach ihr gesehen, als sie sich auf dem Speicher erschreckt hatte. Sie hatten sich an dem Abend in der Bar ausgezeichnet verstanden. Er hatte sie in ihrer Not zur Arbeit gefahren, ihr verziehen, dass sie ihn versetzt hatte, obwohl er für sie gekocht hatte. Sie senkte den Blick. Irgendwie war er seit seinem Einzug nebenan oft für sie da gewesen, wenn sie ihn gebraucht hatte.

»Alles in Ordnung?«

»Ja, alles in Ordnung«, erklärte sie rasch und ging dann neben ihm weiter. »Sag mal … darf ich dich etwas Persönliches fragen?«

»Natürlich.«

»Du hast deine Familie verloren. Hast du …« Sie seufzte tonlos. »Hast du dir jemals gewünscht, die Trauer nicht fühlen zu müssen? Dass sie einfach …« Helena blickte in die Ferne. »Dass sie einfach verschwindet?« Wäre es so nicht einfacher? An ihre Mutter zu denken und sich an all die schönen Momente mit ihr zu erinnern, ohne traurig zu sein? Würde sie dann nicht nur noch die Freude spüren?

»Habe ich.« Seine Stimme klang ungewohnt kühl. »Aber unsere Trauer macht uns menschlich, findest du nicht?«

Helena sah ihn fragend an.

»Wenn du keine Trauer spüren würdest, wenn du an deine Mutter oder deinen Vater denkst, müsstest du dich irgendwann fragen, ob sie dir wirklich etwas bedeutet haben. Wir betrauern doch, was wir verloren haben, weil es uns etwas bedeutet hat. Wenn der Tod deiner Mutter oder das Verschwinden deines Vaters dir nicht mehr traurige Gefühle entlocken würde als«, er sah sich um und grinste schließlich »als eine Ratte, die in der Themse ertrinkt, was macht das dann aus dir?«

Sie senkte den Kopf. Ihr Mund fühlte sich trocken an und ein schauriges Gefühl machte sich in ihrem Magen breit. *Verdammt. Verdammter Mist.* Sie kniff die Lider zusammen und atmete leise durch.

»Wie kommst du gerade auf diese Frage?«

Sie hob den Blick und betrachtete einen Moment lang das unglaubliche Blau von Alastairs Augen. »Der Tod meiner Mutter ist erst so kurz her und an einigen Tagen geht es mir gut, an anderen gar nicht. An manchen wiederum fühle ich mich wie in Watte gepackt«, sie lächelte, »Und dann wünschte ich mir, dieses In-Watte-gepackt-Sein würde einfach nie wieder aufhören.«

Er nickte. »Ich weiß genau, was du meinst.«

Helena lächelte traurig, schlang die Arme um sich und rieb mit den Händen lange darüber. Alastair streckte neben ihr einladend einen Arm aus. Einen Moment lang zögerte sie, trat dann jedoch einen Schritt näher an ihn heran. Sein Arm zog sie näher an seine Seite und von einer Sekunde auf die nächste wurde ihr wärmer. Ihr Herz klopfte wild in ihrer Brust, gleichzeitig hatte sie das Gefühl, ihr Körper hätte sich versteift. Seit wann war sie so nervös? Vielleicht war es, weil Alastair sie verstand. Sarah konnte ihr beistehen, aber sie wusste nicht, wie es war, am Abend allein zu sein, weil es niemanden mehr gab, der auf sie wartete. Alastair wusste es. Sie lächelte, sah ihn jedoch nicht an.

Einige Minuten später bogen sie in die Exhibition Road ein. Die Laternen waren bereits angeschaltet worden und erleuchteten die Straßen, die zu dieser Jahreszeit so früh schon in Dunkelheit getaucht waren. Noch immer hielt Alastair seinen Arm um Helena, als sie plötzlich stehen blieb. Das Science Museum war hell erleuchtet und die Banner flatterten aufgeregt im Wind, so als würden sie vorbeigehende Passanten auf sich aufmerksam machen wollen.

Helena hob den Kopf an, um Alastair anzusehen. Sein Blick haftete auf dem Eingang. Ob er an seine Schwester dachte? »Willst du reingehen?«, fragte sie vorsichtig.

Alastair sah sie überrascht an. »Ich weiß nicht.« Seine Stimme war leiser als sonst. »Ich war das letzte Mal mit meiner Schwester hier. Mit Liana.«

»Ein schöner Name.«

Er lächelte. »Lass uns reingehen. Sie würde mich wahrscheinlich einen Kopf kürzer machen, wenn sie wüsste, dass ich ihren Lieblingsort nie wieder besuche.«

Helena schmunzelte, während Alastair sein Portemonnaie hervorkramte und zehn Pfund in eine der Spendenboxen in der Eingangshalle warf. Helena liebte die Museen der Stadt. Das Science Museum stellte eine beeindruckende Vielzahl an menschlichen Erfindungen und Forschungsgebieten aus: Hier trafen Astronomie, Biochemie, Luft- und Raumfahrt, Mikroskopie, Fotografie, Fahrzeuge aller Art und noch vieles mehr aufeinander. Dennoch hatte Helena im Science Museum vergleichsweise wenig Zeit verbracht, während sie vom Natural History Museum gleich nebenan gar nicht genug bekommen konnte. Oft genug ging sie während ihrer Mittagspause einfach ein paar Minuten in einer der Abteilungen spazieren und sah sich die Exponate an. Als Kind hatte sie davon geträumt, Archäologin zu werden, später dann irgendwann Tierärztin und dann … Dann war ihre Mutter krank geworden.

Als Helena bemerkte, dass Alastair nicht mehr neben ihr herging, blieb sie stehen und sah sich um. Alastair stand vor einem Schaufenster und blickte stumm auf das Exponat: eine Puppe in einem Astronautenanzug, die in einer nachgestellten Mondlandschaft knapp über dem Boden schwebte. Langsam näherte Helena sich Alastair und betrachtete den Astronauten, der die amerikanische Flagge festhielt. Auch ohne ein Gesicht, das man unter dem Anzug hätte erkennen können, ließ einen die Szene förmlich den Stolz des Teams spüren, das damals wohl den Mond betreten hatte. Helena zögerte einen Moment lang, strich dann jedoch behutsam über Alastairs Arm.

»Sie konnte hier stundenlang stehen und über die Mondlandung sprechen«, sagte er. »Und sie wollte unbedingt Buzz Aldrin kennenlernen.«

Helena lächelte. »Schön, dass sie sich für dieses Thema so begeistern konnte.«

Er nickte. In seinem Gesicht bemerkte Helena keine Gefühlsregung und gleichzeitig glaubte sie zu spüren, dass es ihn innerlich fast zerriss, weil der Traum seiner kleinen Schwester sich nie erfüllen würde.

»Weißt du, lange Zeit war ich einfach nur wütend auf meine Eltern und meine Schwester.«

»Wütend?« Helena sah ihn überrascht an.

Alastair nickte schwach. »Ich war wütend, weil sie einfach ohne mich gegangen sind.« Er senkte den Blick und hob ihn nach kurzer Zeit wieder, um Helena in die Augen zu sehen. »Ich hatte das Gefühl, ich hätte jetzt die Pflicht, alles zu erreichen, was ich mir vorgenommen habe, weil ich der bin, der noch lebt und seine Pläne umsetzen kann. Ich war fest davon überzeugt, ich würde sie enttäuschen, wenn ich das Leben, das ich noch habe, nicht in vollen Zügen nutze.«

Helena drückte sanft seinen Arm. »Ich bin mir sicher, dass du sie nie enttäuschen könntest.«

Alastair nickte, zwang sich dann jedoch zu einem blassen Lächeln. »Ich möchte doch lieber nach Hause gehen.«

Er wandte sich abrupt von ihr ab. Helena versuchte, mit ihm Schritt zu halten, schaffte es dann aufzuschließen und verließ gemeinsam mit ihm das Museum. Eine Zeit lang wechselten die beiden kein Wort miteinander. Sie verstand seinen Wunsch nach Ruhe; danach, dass man ihn nicht bemitleidete für das, was seiner Familie widerfahren war. Schließlich war Mitleid auch ihr ein Gräuel und all die gut gemeinten und vermeintlich tröstlichen Worte konnten den Schmerz, der schwer auf ihren Schultern wog, nun einmal nicht fortwischen.

Vor ihrem Haus angekommen, blieb Alastair stehen. »Weißt du …«, begann er. »Wegen dem, was du vorhin gesagt hast: Ob das Leben nicht leichter wäre ohne Trauer.« Er nahm einen kurzen, aber tiefen Atemzug. »Ich habe mir lange Zeit eingeredet, dass der Tod meines Vaters mir egal ist, dass ich mich besser fühle, jetzt, da er fort ist. Aber das hat nur dafür gesorgt, dass ich mich noch schuldiger fühle.« Helena erschauderte. »Fühle, was auch immer du fühlst, Helena. Das ist ein Tal, durch das du musst, aber auch der einzige Weg, um zu heilen. Glaub mir.«

Sie nickte. »Ich werde es versuchen«, versprach sie.

Alastair streckte die Hand nach ihrer aus, drückte sie sanft, ohne ihr dabei in die Augen zu sehen. Dann wandte er sich von ihr ab und verschwand in seinem Haus. Einen Moment lang stand sie einfach in der Kälte und starrte reglos auf Alastairs geschlossene Haustür.

Helena ging zwischen den verlassenen Lagerhallen entlang. Hin und wieder drehte sie sich in die Richtungen um, aus denen Geräusche kamen. Sie wusste, dass es nur der Wind an den Metallgerüsten war, der ihren Sinnen einen Streich spielte. Normalerweise hätte sie nichts und niemand auf der Welt dazu bringen können, in solcher Dunkelheit zwischen diesen Hallen entlangzugehen. Noch dazu, wo sie und Elisabeth hier vor wenigen Tagen einem Schattenwanderer entkommen waren. Doch noch war keines der Ungeheuer hier. Nichts, das auf sie lauerte und sie verschlingen wollte. Ihr Herzschlag ging seltsam ruhig. Ihre Finger krampften sich allein der Kälte wegen zusammen, sodass sie sie eilig in ihre Jackentasche schob und weiter auf die Halle zuging, in der sie und Elisabeth zuvor trainiert hatten, wenn man das hatte Training nennen können.

Vor der Halle blieb Helena stehen. Sie wartete darauf, dass dieser Ort eine gewisse Unruhe in ihr wecken würde. Doch stattdessen betrachtete sie nur ihren Atem, der wie weiße Wölkchen aus ihrem Mund trat und in der eisigen Luft gefror. Die Angst, die sie eigentlich spüren sollte, wurde von einer fremdartigen Leere eingenommen, die ihre Sinne betäubte. All die Ungeheuer in der Nacht, vor denen sie sich als Kind gefürchtet hatte, wirkten bedeutungslos, wie weggeblasen. Sie betrat die Halle. Ohne das Licht der Sonne, das tagsüber durch die vielen Fenster trat, konnte sie kaum etwas erkennen. Sie erinnerte sich grob daran, wo die meterhohen Metallregale gestanden hatten, und erkannte deren Silhouetten nach einiger Zeit, nachdem sich ihre Augen an die Finsternis gewöhnt hatten. Weiterhin blieb aus, was Helena eigentlich erwartete: ihre Angst.

Sie schloss die Augen und legte ihre Hände so zusammen, wie Elisabeth es ihr erklärt hatte. Wie von selbst bewegten sich ihre Lippen und sie sprach die Wörter nach, die Elisabeth ihr vorgesagt hatte. Wie ein Mantra wiederholte sie sie immer wieder, bis sie spürte, dass etwas vor ihr leuchtete.

Sie öffnete die Lider einen Spaltbreit und tatsächlich erschien vor ihr das inzwischen wohlbekannte Siegel. Sie löste ihre rechte Hand von der Linken, um danach zu greifen. Doch im selben Moment zersprang es geräuschlos und löste sich in etwas auf, das zunächst wie Splitter aussah. Die wiederum zerfielen zu winzigen Kristallen, die verglühten, ehe sie den Boden berührten.

In der Ferne erklang ein lauter Schrei: das Kreischen eines Schattenwanderers. Und obwohl Helena sich perfekt an den Moment im Bücherladen erinnerte, in dem jede Faser ihres

Körpers nach den schützenden Armen ihrer Mutter geschrien hatte, war da jetzt … nichts. Auch als der Schattenwanderer sie hier angegriffen hatte, hatte sie keine Angst gespürt. Ekel, ja. Wut, vielleicht. Aber Angst? Sie blickte auf ihre Hände hinab. Sie waren ruhig. Kein Zittern oder Beben bewegte sie. Als ob sie vergessen hatte, wie es war, Angst zu fühlen. Stattdessen beherrschte sie ein Gefühl der Leere.

Das Kreischen kam näher.

Helena hatte nicht vor, sich dem Schattenwanderer zu stellen. Sie war nicht hergekommen, um zu kämpfen, sondern, um etwas zu prüfen. An dem Wesen, das angeblich dem Schattenreich entkommen war, hatte sie kein Interesse. Mit zügigen Schritten verließ sie die Lagerhalle in Richtung Bushaltestelle. Langsam ahnte sie, welchen Preis die Magie von ihr forderte. Und obwohl sie so manche Nacht damit verbracht hatte, sich zu wünschen, dass der Schmerz, die Wut und die Trauer über das Verschwinden ihres Vaters einfach aufhören würden, hatte sie nun zum ersten Mal den Eindruck, dass es vielleicht kein guter Wunsch gewesen war. Wie viel würde von ihr, würde von Helena übrig bleiben, wenn das, was sie vermutete, wirklich der Tauschpreis für ihre magischen Fähigkeiten war: ihre Gefühle.

-12-

Helenas Atem stockte, als sie vor Elisabeths Laden stand. Wie zur Hölle hatte sie den gewaltigen Schaden, den der Schattenwanderer verursacht hatte, derartig schnell reparieren lassen können? Die Fenster waren ausgetauscht und als sie durch das Glas spähte, waren auch die Regale wiederhergestellt. Es sah aus, als wäre nichts gewesen. Die Tür von *Elly's Books and Papers* schepperte laut, als Helena mit der Faust gegen den Rahmen klopfte. Sie presste ihre Nase noch einmal dicht an die Scheibe, um durch die Dunkelheit hindurch womöglich etwas erkennen zu können. Nichts. Da war niemand. Auch im Hinterzimmer brannte kein Licht, weder das einer Kerze noch einer Lampe.

Sie klopfte noch einmal, diesmal fester. Verdammt noch mal! Helena hatte geahnt, dass sie niemanden antreffen würde, wenn sie mitten in der Nacht vor dem Laden stand. Doch eine leise Stimme, tief in ihrem Inneren, hatte sie dennoch hoffen lassen, dass Elisabeth mit irgendeinem Buch oder vielleicht sogar der Suche nach ihrem Vater beschäftigt war und sie sie deshalb doch antreffen würde. Warum hatte sie sich nicht die Telefonnummer ihrer Tante geben lassen? Helena stöhnte genervt und trat einen Schritt von dem Laden zurück. In der Etage darüber brannte Licht. Wohnte jemand dort? Im Licht der Handytaschenlampe suchte sie den Türrahmen nach einer Klingel ab, die sie womöglich im Dunkel der Nacht übersehen hatte. Tatsächlich fand sich, kaum sichtbar, da längst durch Alter und Straßenstaub mit dem Türrahmen eins geworden, ein kleiner Druckknopf. Hektisch drückte sie darauf herum und betete, dass er überhaupt noch funktioniert. Über ihr knarzten geräuschvoll Scharniere, ein Fenster wurde geöffnet und ein Kopf lugte heraus.

»Helena?«

Helenas Kopf fuhr hoch. »Elisabeth! Ich will mit dir reden. Sofort!«, keifte sie ungeachtet dessen, dass möglicherweise in den oberen Etagen der Nachbarhäuser ebenfalls Menschen lebten.

Elisabeth schürzte empört die Lippen, nickte jedoch. »Ich komme runter. Moment.«

Helena verschränkte die Arme vor der Brust und tippte ungeduldig mit dem Vorderfuß auf den Boden. Entweder hatte sie einen gewaltigen Zuwachs an Mut erhalten, seitdem sie mit der Magie ihres Vaters in Berührung gekommen war, oder ihre Vermutung stimmte. Doch egal, was es war: Sie wollte jetzt sofort eine Antwort haben. Keine Spielchen mehr! Keine Geheimnistuerei!

Elisabeth schloss die Ladentür auf und trat einen Schritt zur Seite. »Dann hör jetzt aber auch mit diesem Krach auf, Helena. Es ist nach Mitternacht. Warum bist du nicht zu Hause in deinem Bett?« Elisabeth zog ihren dicken, braunen Hausmantel enger um ihre schmale Taille. Ihr Haar hatte sie mit großen Lockenwicklern eingedreht und auf der Nase trug sie eine Brille.

»Ich war in der Lagerhalle.« Helenas Blick traf den ihrer Tante.

»In der … Helena! Das ist gefährlich! Die Gegend wimmelt nur so vor Schattenwanderern! Was, wenn dich einer von ihnen bemerkt oder sogar angegriffen hätte?« Sie machte ein paar Schritte von Helena weg und bedeutete ihr, ihr nach oben zu folgen. Noch einmal zog sie den Mantel etwas fester, so als würde sie hier unten frieren. Nun, womöglich war dem auch so. Helena war sich nicht sicher. Immerhin war sie noch in ihren Wintermantel gekleidet und natürlich fühlte sich der Laden zunächst wärmer an als die Straße.

»Ich musste etwas prüfen.«

»Und was? Ob du vielleicht den Verstand verloren hast?« Die Treppen unter Elisabeths Füßen knarzten laut, so wie man es von denen eines besonders alten Hauses, wie diesem hier, erwartet hätte.

»Nein. Aber ob ich meine Angst verloren habe.«

Elisabeth blieb schlagartig mit dem Rücken zu Helena stehen. Ihre Tante stand zwei Stufen über ihr und umklammerte das Geländer so fest, dass ihre Knöchel weiß hervorstanden. Sie wandte sich wie in Zeitlupe nach Helena um, ihr Gesicht bleich wie die Wand. »Was hast du gesagt?«

Helena schob die Augenbrauen fester zusammen und sah ihre Tante herausfordernd an. »Ob ich meine Angst verloren haben könnte, will ich wissen«, wiederholte sie in der exakt gleichen Stimmlage wie zuvor.

Elisabeth nickte kaum merklich und bedeutete Helena, ihr zu folgen. In der ersten Etage des alten Hauses angekommen, sah Helena, dass Elisabeths Einrichtungsstil ihrer Wohnung sich deutlich von dem ihres Buchladens unterschied. Die Wände waren in einem weichen, cremefarbenen Ton gestrichen. Möbel hatte ihre Tante nur wenige, dafür sehr edle, alte Stücke aus Holz, die sie vermutlich für unerhörte Summen hatte restaurieren lassen, damit sie ihren alten Glanz weiterhin ausstrahlen konnten. Eine »Mad-old-Cat«-Lady war ihre Tante offenbar nicht, dafür hatte Helena Schwierigkeiten, den Überblick über die Anzahl von Pflanzen zu behalten, die von den Decken hingen, in Ecken standen oder klassisch auf Boden und Kommoden platziert waren. Ein wahrer Dschungel!

»Willst du einen Tee?« Elisabeth hob eine antik anmutende Teekanne mit chinesischen Malereien an, aus deren Ausguss Dampf trat.

Helena nickte stumm.

Als Elisabeth ihr jedoch die Tasse hinhielt, rührte sie sich nicht, sondern sah ihre Tante stattdessen herausfordernd an. Sie würde sich ganz sicher nicht von einer Tasse Tee besänftigen lassen! Sie wollte Antworten. Jetzt! Elisabeth stellte die gefüllte Tasse und die Kanne auf einem mahagonifarbenen Kaffeetischchen ab und faltete die Hände auf ihrem Schoß zusammen. »Was hast du von mir erwartet?«

»Äh …« Helena warf die Hände in die Luft. »Zum Beispiel, dass du weniger kryptisch bist, wenn es um diesen verdammten Preis der Magie geht? Ich meine, was ist damit? Zahle ich mit meinen Gefühlen? Wirklich?« Sie schluckte schwer, als sie an das Gespräch mit Alastair dachte. Was, wenn sie wirklich ihre Trauer einbüßen würde? Wäre das ein Segen oder ein Fluch? Würde es ihre Tage wieder erträglicher machen, wenn sie die Gedanken an ihre Mutter nicht zerreißen würden? Oder würde es sie nur noch tiefer in einen unsichtbaren Abgrund schubsen, wenn sie die Trauer nicht mehr spürte, die ihr bewies, wie sehr sie ihre Mutter geliebt hatte, und stattdessen eine erdrückende Leere in ihr zurückblieb?

»Und was hätte das geändert?« Elisabeths Blick verhärtete sich ein Stück weit.

Helena schnappte nach Luft. »Vielleicht hätte ich gern die Wahl gehabt, ob ich so ein Opfer überhaupt bringen will?« Sie trat einen Schritt näher an den Tisch heran, vor dem ihre Tante saß, zögerte, ließ sich dann jedoch auf einen grünen Samthocker nieder. »Ich habe meine Angst verloren. Schön. Erträglich. Aber, ich meine, was kommt denn als Nächstes?«

Elisabeth atmete ruhig, senkte jedoch den Blick. Ob sie es absichtlich vermied, Helena in die Augen zu sehen? War die Wahrheit so unerträglich? Würde sie überhaupt noch steuern können, ob ihre Gefühle bei ihr bleiben oder weiter verschwanden?

»Das Grimoire, nein, das Schattenreich, nimmt sich immer das Gefühl, das deine Seele dominiert. Es wählt aus Trauer, Angst, Wut, Freude, Liebe und Hass.«

Helenas Augenbrauen hoben sich. »Das meine Seele dominiert?« Sie grinste bitter. »Sollte das dann nicht die Trauer sein? Hätte das Schattenreich sich nicht die nehmen müssen?«

Elisabeth hob den Blick und sah Helena wieder in die Augen. »Ist es denn wirklich Trauer, was dich am meisten belastet hat? War es nicht vielmehr die Tatsache, dass du dich plötzlich allein gefühlt hast in der großen Welt und du Angst hattest, dass du immer mehr Menschen verlieren wirst, die dir etwas bedeuten?« Sie legte den Kopf schräg und sah ihre Nichte nachdenklich an. »Die Einsamkeit kann eine Angst in uns auslösen, die uns alles andere vergessen lässt. Ja, sie kann selbst andere Gefühle, die wir uns viel bewusster machen, verblassen lassen.«

»Du willst allen Ernstes behaupten, dass die Trauer über den Tod meiner Mutter, die mein ganzes Leben lang alles für mich bedeutet hat, weniger wiegt als meine Angst vor dem Alleinsein?« Sie spie die Worte ihrer Tante regelrecht entgegen.

»Helena, du kannst dich dagegen wehren, wenn du willst. Aber es ist die Wahrheit. Das Schattenreich nimmt sich deine stärksten Gefühle zuerst.« Nun goss sie sich selbst einen Schluck Tee in eine zweite Tasse und trank einen winzigen Schluck.

»Und wenn es sich die stärksten genommen hat? Geht das einfach weiter, bis ich gar keine Gefühle mehr habe?« Helena zögerte. Der schiere Gedanke daran hätte ihr Angst machen sollen, aber es war nicht so. Stattdessen waren da Wut und Trotz. Sie hätte am liebsten das Haus zusammengeschrien, so wütend war sie bei dem Gedanken, dass Elisabeth ihr etwas so Wichtiges verheimlicht hatte.

»Nein, so ist es nicht.« Elisabeth senkte die Tasse in ihren Händen auf ihren Schoß ab. »Dein Bund mit dem Grimoire und die Tatsache, dass du dir beim Lesen immer mehr Magie aneignest: Das nimmt dir deine Gefühle.«

»Wenn ich also einfach *nicht* weiterlese, dann nimmt mir auch niemand meine Gefühle weg«, schlussfolgerte Helena fast trotzig und verschränkte die Arme vor der Brust.

Elisabeth stellt ihre Tasse auf dem Tisch ab und hob den Blick, um Helena fest in die Augen zu sehen. »Wenn du *nicht* weiterliest, werden die Schattenwanderer trotzdem weiter nach dir suchen und versuchen, dir etwas anzutun. Und dein

Vater wird weiter im Schattenreich festsitzen. Ist es das, was du willst?« Ihre Stimme wirkte seltsam fremd und abwesend.

Helena sprang auf und bäumte vor Elisabeth auf. »Ich kann nicht glauben, dass mein Vater wollte, dass ich zu einer leeren, gefühllosen Hülle werde!«

»Das ist wahr. Aber dein Vater wollte eine Menge Dinge, um dich und deine Mutter zu schützen, die er letztlich nicht bekommen hat. Jetzt hör auf, dich wie ein trotziges Kind zu benehmen, und versuche stattdessen zu begreifen, dass du nur einen kleinen Preis dafür zahlst, dass wir deinen Vater zurückholen können.«

Helenas Brust hob und senkte sich deutlich sichtbar. Sie hatte sich fest auf die Unterlippen gebissen und sah ihre Tante aus zusammengekniffenen Lidern starr an. »Ich will meine Angst wiederhaben«, sagte sie dann.

Auch Elisabeths Augen verengten sich sichtbar. »Nun, da muss ich dich enttäuschen. Das ist gewissermaßen eine Einbahnstraße: Du bekommst deine Gefühle nur zurück, wenn du dich in das Schattenreich wagst. Denn dort ist der Wächter. Er ist es, der unsere Gefühle und die Magie bewacht.«

Helena lachte höhnisch. »Was für ein Wäch…? Ich soll also weiter Gefühle abgeben, damit …« Sie brach den Satz abrupt ab. Ihre Arme senkten sich wie von selbst und sie beobachtete ihre Tante. »Welche Gefühle hast *du* verloren?« Elisabeth hob den Kopf. Etwas in ihrem Blick hatte sich gewandelt. Dennoch schwieg sie. Helena presste ihre Zähne zusammen. Ihre Hände ballten sich zu Fäusten. »Welche?«

»Angst, Trauer, Wut …« Sie senkte den Blick und für einen Moment wirkte es, als würde sie sich schämen. »Freude.«

»Aber …« Helenas Mund fühlte sich von einer Sekunde auf die nächste trocken an. »Du hast mich gerade … du hast doch gerade gemeckert, weil ich unten so laut war.«

Elisabeth hob missbilligend eine Augenbraue an. »Das nennt man Erziehung, Kind. Es ist mitten in der Nacht und du hast auf der Straße gestanden und krakeelt.« Elisabeth sah sie nicht an. »Außerdem, wenn du deine Gefühle, wie ich, vor so langer Zeit verloren hast, lernst du, so zu tun, als wären sie noch da. Du weißt, welche Gefühle in gewissen Situationen von dir erwartet werden und spielst sie.«

»Wie ein Psychopath, oder was?«

»Ich hätte Schauspieler bevorzugt, aber nenn du es, wie du willst.«

Helena brachte kein Wort über die Lippen. Und doch war sie sich der Tatsache bewusst, dass sie kaum Angst davor hatte, ihre Gefühle zu verlieren. Es war nicht Angst gewesen, die sie hierhergebracht hatte – es war die Wut darüber, dass Elisabeth ihr gegenüber nicht aufrichtig gewesen war. Trauer, dass sie ihrer einzigen lebenden Verwandten nicht vertrauen konnte. Aber wenn Elisabeth das bereits alles aufgegeben hatte, warum war sie trotzdem bisher nicht selbst in der Lage gewesen, Pandoras Büchse zu finden, die das Portal zum Schattenreich öffnete? Hatten ihr diese Gefühle im Tausch so wenig Magie eingebracht oder war die Magie, die die Büchse schützte, so viel mächtiger als ihr Wunsch, sie zu finden?

Als hätte Elisabeth ihre Frage gehört, antwortete sie: »Als dein Vater verschwunden ist, hat er sein Artefakt mit einem Fluch belegt. Er wollte nicht, dass ich noch mehr von mir opfere. Er hat mir die Möglichkeit genommen, ihm zu folgen. Du bist die Einzige, die sein Artefakt nutzen kann. Er ging wohl davon aus, dass es keinen Fluch bräuchte, der dich schützt. Immerhin wusstest du nichts von der Magie unserer Familie.« Elisabeths Stimme wirkte seltsam leer. Müde, unbeteiligt sogar. So als hätte sie ihr Schauspiel endlich abgelegt, das sie so hatte tun lassen, als trauere sie oder sorge sich um ihren Bruder.

»Und jetzt denkst du, dass er wollte, dass wir zusammenarbeiten?«

Sie hob die Schultern. »Warum sonst hätte er mich zurücklassen sollen?« Sie schüttelte den Kopf. »Er war mein Bruder. Mein *Zwillingsbruder*. Er hat sich bestimmt nicht freiwillig entschieden, dort zu bleiben.«

Helena schob die Augenbrauen zusammen. »Aber, wenn mein Vater im Schattenreich gelandet ist, dann muss er einen Weg gefunden haben, um dorthin zu gelangen. Und dafür muss man doch garantiert mehr als ein x-beliebiger Kleinmagier sein, man muss vermutlich eine Riesenmenge Magie beherrschen. Ich meine, er hat eine andere Welt betreten. Heißt das …«

Elisabeth nickte. »Es war nichts mehr von ihm übrig, als er fortging, Helena. Er war nur noch eine gefühllose Hülle. Ich weiß nicht, was ihn noch geleitet hat. Vielleicht die Erinnerung daran, dass er euch einmal geliebt hat. Mehr kann es nicht gewesen sein.«

Helenas Augen brannten. Er hatte sie nicht mehr lieben können? Sein eigenes Kind? Seine Frau? Seine Zwillingsschwester? War er wirklich nur noch ein hohles Abbild seiner selbst gewesen, das sich von Erinnerungen leiten lassen musste?

»Bist du dir sicher, dass wir das Portal zusammen öffnen können?«, fragte Helena und sah ihre Tante ernst an.

Elisabeth hob die Schultern. »Was soll ich anderes tun, als es zu hoffen?« Sie seufzte. »Ich kann verstehen, wenn du der Meinung bist, dass du deinem Vater nichts schuldest. Du kannst dich nur daran erinnern, wie wichtig du ihm warst. Ich weiß es noch. Ich weiß noch, wie stolz er dich in deinem Kinderwagen durch halb London geschoben und auf jeder Parkbank irgendwelchen Leuten erzählt hat, wie wunderschön seine Tochter ist.«

Helena wischte sich über die Augen. Gewissermaßen war sie mit sich zufrieden, dass sie es geschafft hatte, gegen das Brennen darin anzukämpfen, und doch zerrte etwas in ihrem Inneren derartig schmerzhaft an ihrem Herzen, dass sie die Lippen zusammenpressen musste, um einen Schrei zu unterdrücken. »Ich muss gehen.« Sie erhob sich und ging auf die Treppe zu, die sie vor ein paar Minuten erst heraufgekommen war.

»Was wirst du tun?« Elisabeth war aufgestanden und ihr zu Tür gefolgt.

»Nachdenken.«

»Aber Helena …«

Helena fuhr auf dem obersten Treppenabsatz herum und hob den Zeigefinger. »Hör auf. Hör bitte auf, mich zu bedrängen! Wenn das nicht klappt, das heißt, wenn ich meine Gefühle aus dem Schattenreich nicht wieder mitbringe, könnte das mein Leben zerstören. Ist dir das eigentlich klar, oder hat der Mangel an Gefühlen auch deinen Verstand vernebelt? Ich kann mir nicht vorstellen, dass mein Vater *das* wollte, wenn er mich *wirklich* so sehr geliebt hat, wie du behauptest. Also lass mich in Ruhe darüber nachdenken, ob ich dieses Risiko eingehen will.«

Elisabeth nickte, sagte jedoch nichts weiter.

Und Helena stieg die knarzenden Treppen nach unten, verließ den Laden ohne ein weiteres Wort.

Zu Hause angekommen, ließ sie sich auf das Sofa im Wohnzimmer sinken und betrachtete das Grimoire, ohne es zu berühren. Hatte ihr Vater wirklich alles, was er einst gewesen war, aufgegeben, um Magie zu erhalten? Sie schob nachdenklich die Augenbrauen zusammen. War er so gierig nach Macht gewesen oder hatte es einen anderen Grund gegeben, der ihn dazu verleitet hatte, alle seine Gefühle aufzugeben?

»Warst du am Ende wirklich nur noch eine Hülle?«, flüsterte sie in die Stille des Raums. Jemand, der nicht mehr zu fühlen in der Lage war, konnte doch Entscheidungen nur noch vom Verstand geleitet treffen. Sie hatten nichts mehr mit Empathie zu tun. Zum Jucken von Helenas Nase gesellte sich ein Brennen in ihren Augen. »Was hast du gewusst, Mum? Warum hast du nicht einfach …« Sie kniff die Augen zusammen. »Warum hast du mir nicht einfach gesagt, er sei tot?« Sie sah das Grimoire mit allem Hass an, den sie in sich trug, so als könne sie auf diese Weise ihrem Vater klarmachen, wie verdammt wütend sie auf ihn war, wie traurig.

Den Schluchzer, der plötzlich aus ihrem Mund drang, konnte sie nicht unterdrücken, auch nicht die Tränen, die sich aus ihren Augen lösten. Zitternd legte sie sich die Hand vor den Mund, während sie ihren freien Arm vor ihren Bauch hielt und sich vorbeugte. Sie kniff die Lider zusammen. Doch sie konnte nichts gegen das Beben in ihrem Magen tun, das unruhig darin grummelte, seit sie Elisabeths Laden verlassen hatte.

»Was ist wirklich passiert, Dad?«, schluchzte sie dem Unbekannten entgegen, der hier bei ihr und nicht in irgendeinem Schattenreich sein sollte. Und doch, etwas in ihr wollte seine Antwort hören. Sie wollte wissen, was er sich dabei gedacht, warum er so viel, eigentlich alles, geopfert hatte, um mächtig genug zu sein, das Schattenreich betreten zu können. Sie streckte ihre zitternden Hände nach dem Grimoire aus und hob es mühsam auf ihren Schoß. Helena hatte den Eindruck, dass das Buch mit jedem Mal schwerer wurde. Und wer wusste schon, ob das nicht stimmte? Vielleicht war es die Aufgabe des Buches, seinen Besitzer daran zu erinnern, wie viel er bereits geopfert hatte, indem es immer schwerer und unhandlicher wurde. Noch konnte sie es mit einer Hand anheben. Aber vielleicht nicht mehr lange?

Helena hob den Kopf und sah sich die Bilder an, die auf dem Kamin standen. Fotos von ihrer Mutter, Fotos von ihr. Bilder, auf denen sie beide glücklich waren und lachten. Urlaube, Vergnügungsparks, ihre Einschulung, ihr Abschluss. Sie hob das Buch in ihrem Schoß an, um es behutsam gegen ihre Brust zu drücken, und näherte sich langsam dem Kamin, bis sie vor dem Bild ihrer Mutter stehen blieb, das kurz nach ihrer Diagnose aufgenommen worden war. Ihr Blick war darauf noch so klar. Sie strahlte, auch wenn in ihrem Inneren bereits eine Welt zusammengebrochen sein musste.

»Hey, Mum«, flüsterte Helena mit erstickter Stimme und drückte das Buch noch etwas mehr an sich. »Du hast gesagt, dass mein Dad ein guter Mann war.« Sie schluchzte und kniff die Lider zusammen, während ihre zitternden Hände sich fester um das Buch schlossen. »Ich hoffe, du hast recht, weil …« Sie erinnerte sich daran, ruhig zu atmen. Doch der Schmerz über das, was sie sagen wollte, wog wie Bleigewichte auf ihren Schultern. »… ich versuchen werde, ihn zurückzuholen. Dieses Buch, das er mir hinterlassen hat …« Ihre Brust bebte, während sie einen tiefen Atemzug nahm und die Nase geräuschvoll hochzog. »Es wird mich vielleicht sehr verändern. Ich will nur, dass du weißt, dass ich dich über alles liebe und dass … Dass es nichts mit dir zu tun hat, wenn ich nicht mehr traurig bin, dass du weg bist. Okay?« Ihr Blick trübte sich von den Tränen, als sie die Augen wieder aufschlug, um das Bild ihrer Mutter zu betrachten. »Ich hab dich lieb, Mum. Du fehlst mir so sehr. Ich wünschte, du wärst hier. Dann wäre das alles viel einfacher.«

Sie ließ sich langsam vor dem Kamin auf die Knie nieder, zögerte und führte dann eine sachte Bewegung mit der Hand aus. Ihre Lippen bewegten sich, doch die Worte waren so leise, dass selbst sie sie kaum hörte. Dann sprang eine Flamme zwischen den Holzscheiten empor.

Helena las den Titel auf dem Buchdeckel, der nun so viel bedeutungsschwerer auf sie wirkte: *Gefahr droht denen, die von Gier getrieben nach der Macht greifen.*

Nun, welche Wahl hatte sie? Sie öffnete das Buch und blätterte dorthin, wo sie zuletzt gelesen hatte. Sie hatte noch nicht versucht, den Wind umzuleiten. Feuer beherrschte sie jedoch einigermaßen. Zumindest hatte sie inzwischen zwei Schattenwanderer in Brand gesteckt, die Kerze vor Sarah entzündet und gerade eben mit dem Kamin keinerlei Probleme gehabt.

»Wie ein Pflaster, Helena. Schnell und mit einem Ruck«, flüsterte sie. Wenn sie sich Magie aneignete, würde sie ihre Gefühle verlieren. Doch wenn sie schnell genug war und gemeinsam mit Elisabeth die Büchse fand, auf der Pandoras Fluch lastete, würde sie das Portal öffnen und nicht nur ihre Gefühle, sondern auch ihren Vater zurückholen können. Dann würde sie auch ihre Antworten bekommen, diejenigen, auf die sie schon ihr Leben lang wartete. Sie griff nicht nach Macht – sie griff nach der *Wahrheit*. Und *die* war es, die nun ihren Preis forderte.

-13-

Als es am Samstagmorgen an ihrer Tür klingelte, riss Helena sie auf und strahlte Sarah entgegen. Die blickte sie verdattert an. Kein Wunder, denn auch Helena wusste, dass sie eigentlich traurig sein sollte. Ihre Mutter war immerhin gestorben. Aber … Herrgott noch mal. Warum sollte sie deswegen den ganzen Tag lang nur Trübsal blasen? Sarah öffnete den Mund, um etwas zu sagen, doch Helena unterbrach sie.

»Willst du Tee?«

Ganz offensichtlich konnte Sarah mit der plötzlichen guten Laune ihrer Freundin nichts anfangen. »Kaffee. Du willst bestimmt Kaffee. Ich mache dir einen. Ich brauche auch einen. Ich hab kaum geschlafen.« Ihre Müdigkeit hielt sie jedoch nicht davon ab, in einem Tempo zu reden, dass nur durch ihre gute Laune beflügelt worden sein konnte. Sie lachte und verschwand bereits in die Küche, ohne Sarahs Antwort abzuwarten. Sie summte, so wie sie es eigentlich schon den ganzen Morgen getan hatte, Songs, die sie und ihre Mutter geliebt hatten, und Songs, die sie selbst geschrieben hatte.

»Helena?« Sarah stand im Türrahmen der Küche. Unter ihrem Arm hielt sie ihr Tablet und eine grüne Mappe. Sie hatte die Augenbrauen streng zusammengeschoben und legte den Kopf schräg. »Hast du was geraucht?«

»Geraucht?« Helenas Augen weiteten sich. »Wie kommst du denn darauf?« Die Kaffeemaschine neben ihr heulte auf, machte eine kurze Pause und ließ dann den Kaffee in eine Tasse laufen, die Helena darunter platziert hatte. Sie stützte sich mit dem Ellenbogen auf der Theke ab und sah Sarah fröhlich an. »Darf ich keine gute Laune haben?«

Sarahs rechte Augenbraue zuckte leicht. »Na ja, doch … Es ist nur … Ich habe dich seit Jahren nicht mehr so erlebt.«

Helena schüttelte den Kopf, tauschte die Tassen und ließ die Maschine einen weiteren Kaffee aufbrühen. »Soll ich mich dafür entschuldigen, dass ich heute ausnahmsweise nicht heulend und einsam auf meinem Sofa sitze?« Scheiße. Helena hätte sich selbst eine Ohrfeige geben können. *Traurig, traurig, traurig! Du hast traurig zu sein!*, erinnerte sie sich selbst in Gedanken und atmete tief durch. Aber verdammt. Jetzt, da ihre Angst und ihre Trauer fort waren, fühlte sie sich wie eine Löwin, der man ihr Junges weggenommen hatte. Sie wusste, dass sie jeden auf der Stelle anfahren würde, der ihr dumm kam, und gleichzeitig fühlte sie sich stark genug, um es mit jedem aufzunehmen, weil eine Leichtigkeit in sie zurückgekehrt war, die sie seit der Diagnose ihrer Mutter nicht mehr verspürt hatte. »Tut mir leid«, fügte sie also hinzu, als Sarah sie vollkommen perplex anstarrte. »Ich will einfach versuchen, wieder positiver zu werden. Meine Mum würde nicht wollen, dass ich mich abkapsele und nur noch weine.«

»Das stimmt!« Sarah bemühte sich um ein Lächeln, auch wenn Helena genau verstand, dass die plötzliche Stimmungsschwankung ihre Freundin verwirren musste. Sie deutete auf die Mappe. »Was ist das? Und wofür das Tablet?«

Sarah sah verwirrt auf die Unterlagen unter ihrem Arm, so als hätte sie für einen Moment vergessen, warum sie hergekommen war, und sah dann wieder Helena an. »Ich habe versucht, ein wenig über die Büchse der Pandora herauszufinden. Einfach, um zu sehen, ob es eine klare Vorstellung davon gibt, wie sie auszusehen hat, oder ob es ein Muster gibt, wie sich die Vorstellung davon mit der Zeit verändert hat.«

Helena hob eine Augenbraue, nahm die beiden Kaffeetassen und reichte eine davon Sarah. »Wow. Und? Gibt es ein Muster?«

Sarah nahm die Tasse dankend an und trank eilig einen Schluck, während die versuchte, mit ihrer Freundin schrittzuhalten, die bereits in das Wohnzimmer vorauseilte und sich auf das Sofa fallen ließ. »Ein Muster nicht. Aber ich glaube, dass ich da vielleicht einer Sache auf der Spur sein könnte. Sieh mal!« Sarah schob den Kaffeetisch zwischen Sofa und Kamin beiseite. Dann öffnete sie die Mappe und holte einen Stapel Kopien von Fotos hervor und verteilte sie auf dem Boden zwischen Sofa und Kamin. »Was siehst du?«

Helena legte den Kopf schräg und machte sich einen Eindruck von den Ausschnitten. »Keine Ahnung. Eine Menge alter Bilder eben?«

Sarah sah sie unbeeindruckt an. »Ich weiß, dass du Kunst schon in der Schule nicht gemocht hast, aber kannst du es bitte mal versuchen?«

Helena streckte ihr die Zunge raus, sah dann jedoch noch einmal genauer hin. Langsam rutschte sie von dem Sofa und beugte sich über die Collage, die auf ihrem Boden verteilt lag. »Es sind fast immer Kisten oder kleine Truhen. Nur auf ein paar Bildern sieht man so etwas wie eine Urne.«

»Bingo!«

Helena sah Sarah fragend an. Sarah sammelte daraufhin diejenigen Bilder zusammen und legte drei Bilder von Urnen nebeneinander. »Wir sind von einer Büchse ausgegangen, aber das ist falsch. Es ist ein Übersetzungsproblem. Das Wort, das als Büchse übersetzt wurde, kommt von dem griechischen Wort *píthos* und das wiederum bedeutet Urne.«

»Dann ist die Büchse der Pandora also eher die Urne der Pandora?«

Sarah nickte aufgeregt. »Ich fühle mich wie Indiana Jones«, erklärte sie lachend und selbst Helena musste bei ihrem Vergleich schmunzeln.

»Dann müssen wir also eine Urne finden.«

»Richtig. Das dürfte aber wohl nicht einfach sein. Ich meine, wo fangen wir an?«

Helena grinste frech. »Sie ist in London. Ganz sicher.«

»Woher willst du das wissen?« Sarah sammelte die drei Bilder ein und legte sie zurück zu den anderen in ihre Mappe.

»Die Schattenwanderer, also diese Dinger, von denen mich neulich eines angegriffen hat, halten sich dort auf, wo besonders viel Magie konzentriert ist. Meine Tante sagte, dass sie sich nicht vorstellen kann, dass ein paar Magier in einer Stadt ausreichen, um solch eine Menge von Schattenwanderern anzuziehen.« Sie erklärte es beinahe nebenbei, als wäre es eine alltägliche Kleinigkeit und nichts, wovor man sich eigentlich zu Tode fürchten müsste.

»Also glaubst du, dass sie von der Büchse, also der Urne angezogen werden?« Sarah hatte die Augen weit aufgerissen.

»Es muss so sein.«

Sarahs Augen leuchteten entschlossen auf. »Dann müssen wir also nur noch die richtige Urne finden und auf gehts! *Mission Zurückbringen* beginnt!«

Helena lachte sanft, biss sich dann jedoch auf die Lippen. »Ich will aber zuerst etwas anderes tun.«

»Etwas anderes? Was denn?«

Stunden später am Abend, eine Flasche Wein, ein paar mit dem Lockenstab verbrannte Strähnen später hatten Helena und Sarah sich derartig fein rausgeputzt, dass man hätte meinen können, sie wären auf eine High-Society-Party eingeladen. Helena trug eine hautenge Jeans mit einem grünen Top und dazu einen taillierten langen schwarzen Blazer. Tatsächlich war sie fest entschlossen, an diesem Abend etwas zu unternehmen, das so ganz und gar nichts mit Magie oder der Suche nach ihrem Vater zu tun hatte. Sie stand vor dem Spiegel und zog gerade mit einem leuchtend roten Stift ihre Lippen nach, als ihr bewusst wurde, wie sehr sie das alles vermisst hatte. Sie wollte sich schick machen, feiern gehen! Tanzen! Sie wollte ihr Leben genießen! Verdammt, sie hatte Jahre damit zugebracht, sich zwischen ihrer Arbeit und der Unterstützung für ihre Mutter zu zerreißen. Ihre Freude war nicht echt. Das wusste sie. Wenn sie und Elisabeth es schafften, ihren Vater und ihre Gefühle zurückzuholen, würde auch der Schmerz zurückkehren, dessen war sie sich vollkommen bewusst. Und sie rief sich diesen Gedanken mit aller Kraft immer wieder ins Bewusstsein zurück. Aber die Freude, die Leichtigkeit, die sie jetzt in diesem Moment spürte, fühlte sich einfach zu gut an, um sie wieder in die Ecke zu drängen, nur um so zu *tun*, als würde sie trauern. Alastair hatte ihr Gedankenspiel abgelehnt. Er hatte gesagt, dass es ihr das Gefühl geben würde, sie hätte ihre Mutter nicht ausreichend geliebt, wenn sie nun nicht mehr trauern konnte. Aber das stimmte nicht, oder doch? Helena war durcheinander, aber dieser Moment, in dem sie sich wohlfühlen, feiern, es sich gut gehen lassen konnte, fühlte sich richtig an. Das würde sie tun, solange sie es noch konnte. Wer wusste schon, wann sie dem Schattenreich ihre Freude opfern musste, um mächtig genug zu werden?

Zusammen mit Sarah stolperte sie aus der Tür ihres Hauses. Das Taxi stand bereits vor der Tür. Als sie gerade einsteigen wollte, kam Alastair ihnen auf dem Fußweg entgegen.

»Hey!«, rief Helena ihm zu und bat Sarah eilig, einen Moment zu warten, um zu ihm gehen zu können. »Wie geht es dir?«

Alastair hob ob ihrer Aufmachung verwirrt eine Augenbraue. »Eh … gut? Und dir?« Er blickte an ihr vorbei zu Sarah, die ihm von der linken Seite des Taxis freundlich zuwinkte. Er winkte zurück. »Gehst du aus?«

»Ja! Komm doch mit!« Sie strahlte. Alastair sah wieder so verdammt gut aus. Sie trat einen Schritt näher an ihn heran und lächelte unschuldig. »Ich würde mich wahnsinnig freuen, wenn du mit uns feierst. Sarahs Freund wird auch kommen. Hast du Lust?«

Alastair schwieg einen Moment.

Sein grübelnder Blick ließ Helena ein Stück zurückweichen. »Es ist in Ordnung, wenn du nicht willst«, erklärte sie eilig und wurde rot. Der Wein und die überschwängliche gute Laune mussten sie völlig um den Verstand gebracht haben. Wie konnte sie ihm nur derartig aufdringlich begegnen? Bestimmt war es die Mischung aus Alkohol, der fehlenden Angst und der Trauer, die sie derartig enthemmt hatte. Doch egal, was es war: Sie musste sich mehr zusammenreißen.

Er hob sein Handgelenk und warf einen Blick auf seine Uhr. »Wohin fahrt ihr denn?«

»Ins Egg.«

»In *das* Egg?« Seine Augen hatten sich geweitet.

»Ja, das wird großartig. Daniel, also Sarahs Freund, kennt dort jemanden, der uns reinlässt. Also?«

Alastair schmunzelte und nickte anschließend. »Ist gut. Aber ich muss zu Hause noch etwas fertig machen und komme dann nach.« Er holte sein Smartphone aus seiner Jackentasche hervor. »Gib mir deine Nummer. Dann rufe ich dich an, wenn ich da bin.«

Helena musste sich zusammennehmen, um nicht vor Freude in die Luft zu springen. Alastair würde tatsächlich mit ihnen feiern kommen! Sie nahm sein Smartphone entgegen und tippte eilig ihre Nummer ein. »Du wirst es nicht bereuen. Ehrlich!« Sie drehte sich eilig um und lief zu Sarah zurück. »Wehe, du versetzt mich aus Rache für den Lasagne-Abend!«, rief sie ihm noch zu und stieg dann in den Wagen ein. Alastair winkte ihnen hinterher und Helena lehnte sich kichernd an Sarah. Ihr Herz schlug derartig wild in ihrer Brust, dass sie gar nicht glauben konnte, es bisher nicht so heftig gespürt zu haben, als sie in seiner Nähe war. Er sah dermaßen gut aus! Seine Stimme hatte sich in ihr ausgebreitet wie flüssiges Karamell. Er war freundlich, einfühlsam. Vielleicht war sie ohne ihre Trauer tatsächlich besser dran, wenn sie sie zuvor derartig blind gemacht hatte. Sie lachte, räusperte sich dann jedoch eilig.

»Und das war …?« Sarah sah Helena mit hochgezogenen Augenbrauen an.

»Alastair. Er ist vor Kurzem neben mir eingezogen«, antwortete sie und grinste dabei schelmisch.

Sarah sah sie schwer beeindruckt an. »Da hast du einen so heißen neuen Nachbarn und sagst deiner besten Freundin nichts davon?« Ihre Stimme klang empört, während sie über das ganze Gesicht grinste. »Und er kommt also mit uns feiern, ja?«

»Das will ich hoffen.«

»Na, ich bin mal gespannt auf diesen heißen neuen Nachbarn.«

Es hatte nur wenige Minuten gedauert, da waren Helena und Sarah von Daniel an der endlos langen Schlange vorbeigelotst worden. Seit fast einer Stunde wurden nur noch äußerst sporadisch Clubbesucher in das Gebäude eingelassen. Die draußen Wartenden hatten sich in ihre Mäntel und Jacken gewickelt und starrten entweder auf ihre Smartphones oder unterhielten sich mit ihren Freunden.

Nicht jedoch Helena und Sarah. Daniel kannte so ziemlich jeden guten DJ in der Stadt. Für ihn war es schon immer eine Kleinigkeit gewesen, ohne Wartezeit und häufig sogar kostenlos in Clubs zu gelangen. Sarah hatte ihr immer wieder von den ausschweifenden Partys erzählt und Helena hatte sich mehr als einmal gewünscht, Teil ihrer Unternehmungen zu sein. Nur dass sie es sich seit Jahren nicht mehr getraut hatte. Sie hatte nicht sicher sein können, dass ihre Mutter in der Zwischenzeit nicht das Haus abfackeln würde, weil sie den Herd angelassen hatte. Oder wieder, wie es schon einmal passiert war, beschließen würde nachts im See im Hyde Park schwimmen zu gehen. Also hatte sie ihr Privatleben auf Eis gelegt. Bis heute. Der Hauptraum des Clubs war brechend voll. Menschen standen eng gedrängt, tanzten wie in Trance zu der elektronischen Musik, die der DJ auflegte, und hielten dabei ihre Gläser hoch über ihre Köpfe. Helena schloss für einen Moment die Augen und genoss den Bass, der rhythmisch in ihren Eingeweiden wummerte. Sarah hielt die ganze Zeit über ihre Hand.

»Sollen wir uns erst mal etwas zu trinken besorgen?«, brüllte sie über den Lärm hinweg.

Helena öffnete die Augen und schrie ein knappes »Ja!« zurück.

Ohne einander loszulassen, kämpften die beiden sich bis zur Bar. Die bunten Lichter, die im Takt der Musik ununterbrochen die Position und die Farben wechselten, ergaben nicht nur ein aufregendes Muster, sondern wirkten regelrecht ekstatisch auf Helena.

»Drei Tequila!«, rief Sarah der Barkeeperin zu, die ihr schwarzes Haar an den Seiten zu zwei voluminösen Dutts zusammengebunden hatte. Daniel umarmte Sarah von hinten und schwang bereits aufgeregt zur Musik mit.

»Schön, dass du mitgekommen bist, Helena!«, rief er ihr zu.

Helena grinste frech, nahm ihren Tequila an und erhob ihr Glas. »Auf einen obergeilen Abend!«, schrie sie, stieß mit Sarah und Daniel an, die nun doch beide etwas verdattert dreinschauten. Sie leckte sich das Salz vom Handrücken, stürzte den Tequila herunter und biss mit zusammengekniffenen Lidern genüsslich in die Zitrone. »Auf gehts! Warum stehen wir noch hier rum?« Sie zog Sarah an der Hand mit sich. Ihr folgte wiederum Daniel. Zusammen schafften sie es, bis zur Mitte der Tanzfläche vorzudringen, wo der ohrenbetäubende Bass sie gleichmäßig von allen Seiten beschallte. Das Zusammenspiel von Bass und tanzenden Clubgästen ließ den Boden unter ihren Füßen vibrieren.

Ekstatisch.

So fühlte es sich an, zum ersten Mal nicht im Schmerz der letzten Jahre gefangen zu sein. Helena bewegte sich zu den elektronischen Beats, ließ sich von den Wellen treiben, von den Lichtern und den Menschen, die den Eindruck machten, als hätten sie keine einzige Sorge auf der Welt. Ihre Gedanken verschwammen in dem Rausch, den die Stimmung des Clubs in ihr auslöste. So sehr, dass sie für ein paar Minuten alles um sich herum vergaß.

Fast eine Stunde später vibrierte ihr Smartphone in ihrer Hosentasche. Sie versuchte, es zu ignorieren, wollte den Rausch der Feier nicht verlassen. Und ganz sicher wollte sie hier drin nicht telefonieren. Doch als das Vibrieren einfach nicht aufhören wollte, griff sie in ihre Hosentasche und prüfte das Display.

Alastair! Verdammt. Den hatte sie völlig vergessen.

Sie nahm den Anruf an, presste das Smartphone so dicht an ihr Ohr wie möglich und hielt das andere Ohr mit ihrer freien Hand zu. »Alastair!«, brüllte sie über die Musik hinweg in den Hörer.

»Hey! Ich bin drin, wo finde ich dich?«, fragte er und klang mit jedem Wort lauter, so als würde er versuchen, der Musik im Club entgegenzusteuern.

»Du bist drin?« Wie hatte er das geschafft? Helena warf einen überraschten Blick auf ihre Armbanduhr. Gut, sie waren seit einer Stunde hier. Aber die Gäste draußen, selbst die, die schon bis in die Nähe des Eingangs gewartet hatten, würden niemals vor Mitternacht reinkommen. Und Alastair, der doch erst vor Kurzem gekommen sein konnte, war nie und nimmer derartig schnell in den Club gelangt. »Bist du im richtigen Club?«, fragte sie lachend.

»Na, im Egg. Da sollte ich doch hinkommen, oder nicht?«

Sie horchte auf. »J-ja.« Dann schaute sie sich um. »Wir sind so ziemlich in der Mitte der Tanzfläche im untersten Floor.«

»Gut, bis gleich.« Er legte auf, ehe Helena etwas sagen konnte.

Sarah hob ein paar Mal die Augenbrauen und schmunzelte. »Machst du einen Move?«

Helena lachte. »Was denn für einen Move?«

»Hallo? Der Typ sieht richtig gut aus und steht doch auf dich. Der sah eindeutig zu beschäftigt aus, um feiern zu gehen. Und dennoch ist er hier.«

Helena lächelte verlegen. »Wir werden sehen.«

Kurze Zeit später berührte eine Hand ihre Schulter. Sie drehte sich um und ehe sie sich versah, drückte Alastair sie an sich.

»Wie bist du so schnell hier reingekommen?«, platzte es aus ihr heraus.

Alastair kratzte sich verlegen am Hinterkopf. »Ich kann ziemlich überzeugend wirken.«

Sarah, neben ihnen, grinste. »Du hast den Türsteher geschmiert«, schlussfolgerte sie frech. Alastair lachte, erwiderte jedoch nichts. Helena stimmte in sein Lachen ein. Er trug eine dunkle Jeans, darüber ein schwarzes Hemd, dessen oberste Knöpfe er nicht geschlossen hatte.

»Brauchst du Wasser?«, fragte er. Sein Blick wirkte seltsam besorgt.

Helena lachte. »Wasser? Ich will mich doch nicht waschen. Ich brauche einen Drink!« Alastair hob eine Augenbraue, schmunzelte jedoch gleichzeitig frech. Er tippte auf Sarahs Schulter und wartete, bis sie und Daniel ihn ansahen. Dann machte er eine Trinkbewegung. Die beiden nickten. Er hob den Daumen nach oben und verschwand in der Menge. Helena sah ihm hinterher, bis er zwischen den vielen fremden Gesichtern verschwunden war. Sarah griff nach Helenas Hand und zog sie zurück in den Takt der Musik. Kurze Zeit später kehrte Alastair mit vier Champagnergläsern zurück und verteilte sie an die drei. Helena war, als ob Alastair ungewöhnlich angespannt neben den dreien stand. Was war mit ihm? Er wirkte sonst immer so locker. Störte ihn etwas?

»Tanz mit mir!«, forderte sie ihn auf, griff nach seiner Hand, um ihn dazu zu bewegen, dem Takt der Musik zu folgen.

Tatsächlich ließ Alastair sich allmählich, wenn auch zaghaft, darauf ein. Helena stellte sich auf die Zehenspitzen und beugte sich ein Stück vor, um an Alastairs Ohr zu gelangen. Der wiederum beugte sich etwas hinab und legte eine Hand behutsam auf ihre Schulter.

»Es gibt eine Lounge, willst du dahin?«, rief sie. Vielleicht mochte er all den Lärm und Trubel in Wirklichkeit gar nicht.

Sie staunte ja selbst über sich, dass sie das alles so genießen konnte.

Alastair nickte und deutete mit einem Finger auf seine Ohren. »Ist nicht ganz meine Musik, sorry«, erklärte er, ließ sich dann jedoch von Helena in einen benachbarten Raum ziehen. Die Musik hier war deutlich leiser. Helena sah sich um, entdeckte ein Pärchen, das gerade von zwei Plätzen auf einem Rundsofa aufstand, packte Alastairs Hand und zog ihn eilig hinter sich her. Sie ließen sich in die plüschigen Sessel sinken. Auch die Luft war hier besser.

Helena atmete erleichtert auf. »Schon verdammt laut da drinnen«, gab sie zu und trank einen Schluck von ihrem Champagner, an dem sie vorhin nur genippt hatte.

»Extrem«, stimmte er zu.

Dann schwiegen sie. Helena leckte sich kurz über die Lippen und sah dann wieder Alastair an. »Schön, dass du gekommen bist.«

Er schmunzelte. »Wenn jemand derartig gute Laune hat, kann man doch nicht *Nein* sagen«, antwortete er. »Ist etwas Besonderes vorgefallen? Hinweise auf deinen Vater?«

Helenas Augen weiteten sich kurz. »Hinweise? Nein, aber das wird schon. Ich werde ihn finden, da bin ich mir sicher. Ich bin entschlossener denn je.«

Alastair lächelte dieses für ihn typische Lächeln, das nie seine Augen ganz erreichte. »Es ist schön, dich so ausgelassen zu sehen.«

Wie gern hätte sie ihn spüren lassen, wie befreit sie sich ohne ihre Trauer fühlte. Ob er dann vielleicht seine Meinung zum Thema ändern würde? Sie senkte den Blick. Dabei sah sie Alastairs linke Hand, die er auf seinem Bein abgelegt hatte. Sie wusste nicht, welcher Teufel sie ritt. Betrunken konnte sie nicht sein. Dafür hatte sie viel zu wenig Alkohol intus. War ihre grandiose Stimmung wirklich nur durch das Fehlen von Angst und Trauer bedingt? Sie streckte vorsichtig die Fingerspitzen nach seinem Handrücken aus und strich über seine Haut. Sie war beinahe so nervös wie damals kurz vor der Abschlussklausur, für die sie nicht gelernt hatte.

Alastair drehte seine Hand, und griff behutsam nach ihren Fingerspitzen und spielte sanft damit. Ein unbeabsichtigtes Lächeln zeichnete sich auf Helenas Lippen ab. Dann war Alastairs Atem direkt vor ihr. Sie hob den Blick, sah, wie er sie forschend ansah. Sie legte den Kopf ein Stück zur Seite und beugte sich vor. Ihre Lippen trafen auf seine und spätestens jetzt hatte Helena das Gefühl, gleich ohnmächtig zu werden, was natürlich nicht passierte. Alastair legte einen Arm um ihren Rücken und zog sie ein Stück näher an sich heran, während Helena mit den Fingern über seine Schultern fuhr, seinen Nacken entlang bis in sein Haar. Ihre Fingerspitzen strichen die krausen, kurzen Locken auf seinem Kopf. Sie ließ sich von dem Gefühl treiben, das wie ein warmer Schauer auf sie herabperlte und dann … Ein alles zerreißender Schrei kreischte durch die Hallen. Helena riss ihren Kopf herum in Richtung des Hauptsaals. Mit weit aufgerissenen Augen starrte sie durch die Tür in die Halle. Die tanzenden Clubgäste hatten nicht auf den Schrei reagiert. »Nicht hier«, flüsterte sie.

Wieder schrie ein Gewirr aus Stimmen in einer derartigen Lautstärke, dass es die Musik locker übertönte. Niemand um sie herum reagierte. Zeitgleich mit Alastair sprang sie von dem

Rundsofa auf, starrte in die Richtung, aus der der Schrei gekommen war. Sie wollte hinlaufen, wurde jedoch von Alastair zurückgerissen, der ihre Hand ergriffen hatte.

»Nicht!«, befahl er.

Helena sah ihn verwirrt an. »Du verstehst das nicht! Ich muss da rein!«

»Nein!« Sein Blick war starr auf sie gerichtet. Als ein weiterer Schrei ertönte, starrte er ebenfalls in Richtung Hauptsaal. Helenas Atem stockte. Konnte Alastair den Schattenwanderer etwa hören? »Wir müssen hier sofort weg«, sagte er.

»Was? Aber Sarah und Daniel …«

»Die haben nichts zu befürchten. Er will uns. Willst du ihn da drinnen bekämpfen?«

Uns? Helenas Gehirn war nicht in der Lage, die Neuigkeiten so rasch zu verarbeiten. Alastair packte sie an der Hand und sie stolperte ihm die ersten paar Schritte hinterher, bevor sie sich von ihm löste.

»Wohin?«, fragte sie gehetzt.

»Erst mal raus. Hier sind zu viele Menschen. Wenn er uns hier angreift, müssen wir uns verteidigen. Dabei könnten wir jemanden töten.«

Nach kurzer Zeit traten sie auf die Straße hinaus. Helenas Atem gefror augenblicklich in der eisigen Luft. Alastair sah sich hektisch nach allen Seiten um. Wieder ertönte hinter ihnen ein Schrei. Diesmal lauter als zuvor. Helena drehte sich zu dem Ausgang des Clubs um und erkannte das monströse Schwarz, um das herum sich eine blutige Lache ausbreitete. Der Blick des Schattenwanderers war auf sie gerichtet.

»Er will mich«, sagte sie.

»Er will *uns*. Komm jetzt.« Als sie sich nicht rührte, sondern fest auf das Wesen starrte, das sich den beiden in bedrohlicher Geschwindigkeit näherte, griff Alastair nach ihrer Hand, riss sie herum und zwang sie, zu rennen. Diesmal löste sie ihre Hand nicht aus seinem Griff, lief ihm stattdessen, so schnell es ihr nur irgendwie möglich war, hinterher. Sie stolperte, wäre beinahe gefallen. Doch Alastair ließ sie nicht los, zog sie weiter hinter sich her. Sie rannten über eine rote Ampel und wurden fast von einem der herannahenden Autos erfasst. Ein erbostes Hupen folgte ihnen. Der Autofahrer riss sein Fenster auf und schrie ihnen hinterher.

»Was … hast … du vor?«, protestierte Helena, deren Atem inzwischen ruckweise ging. »Laufen, bis das Vieh müde ist? Wir müssen ihn töten!« Alastair ließ ihren Einwand unkommentiert. Stattdessen rannte er mit ihr in eine schmale Gasse hinein, die sich hinter einer Abbiegung als Sackgasse entpuppte. Schlagartig blieb er stehen und Helena prallte gegen seinen Rücken.

»Scheiße«, knurrte Alastair und drehte sich um.

Der Schattenwanderer stand am Eingang der Gasse, die Zähne gefletscht. Zahllose Augen, die aus dem glänzend nassen Körper hervortraten, starrten in verschiedene Richtungen. Einige davon sahen sie an.

Helena hob die Hände, wie Elisabeth es ihr gezeigt hatte. »*Protyc mi. Ut temnina, wis lait …*« Verdammt. Wie ging der Spruch weiter?

»*… et sila*«, ergänzte Alastair eilig, hob ebenfalls seine Hände neben ihr an und wiederholte denselben Spruch, im Einklang mit Helena. Tatsächlich erschienen vor beiden die Siegel. Helenas Siegel war blau, das von Alastair leuchtete dagegen rot.

Aus den Augenwinkeln erkannte sie, wie Alastairs Gesicht sich verzog. »Was ist mit dir?«, rief sie besorgt, löste dabei versehentlich die Hände voneinander, wobei ihr Siegel augenblicklich zersprang. Blitzschnell legte sie sie wieder aneinander und stellte es erneut her. Das Brennen in ihren Armen verstärkte sich mit jeder Sekunde, in der sie das Bannzeichen aufrechterhielt.

»Hier stimmt etwas nicht!«, sagte Alastair und löste seinen Blick von dem Schattenwanderer, um nach hinten zu sehen. Er stöhnte auf. »Scheiße, da ist noch einer!« Alastair brach sein Siegel und gab Helena einen heftigen Stoß, während der Schattenwanderer von hinten bereits auf ihn zu sprang. Alastair schaffte es, einen Schritt zur Seite zu machen, konnte jedoch nicht verhindern, dass eine Reihe von Zähnen seinen rechten Arm gefährlich streifte und tiefe Schnitte in seinem Fleisch hinterließ. Helena blieb reglos stehen. Was war das? Sie sah fassungslos und doch starr auf die Szene. Alastair hielt seinen blutenden Arm, während der Schattenwanderer, der ihn angegriffen hatte, sich das Blut von den Zähnen leckte und sich neu positionierte.

Warum machte sie nichts? Alastair war in Gefahr! War es die fehlende Angst, die die Magie ihr genommen hatte, die sie auf einmal handlungsunfähig machte?

»Beschwör endlich ein Siegel, Helena!«, brüllte Alastair ihr zu und machte einen Satz nach links, um einem aus dem unförmigen Körper des hinteren Angreifers hervorschnellenden Arm auszuweichen. Der Schattenwanderer verfehlte ihn nur knapp. Sie sah sich um und griff nach einer leeren Dose, die neben einer Mülltonne lag. Eilig knautschte sie sie zusammen und warf sie auf den Schattenwanderer, der sich gerade vor Alastair aufbäumte, um zu einem finalen Stoß anzusetzen.

»Fettsack!«, brüllte sie, um das Monster von Alastair abzulenken.

Der erste Schattenwanderer, der sie seit dem Club verfolgte, hatte das Schauspiel bis eben beobachtet. Jetzt, da beide ihre Aufmerksamkeit zugewandt hatten, grinste Helena herausfordernd. »Ihr seid so was von hässlich!« Sie atmete tief durch, schloss die Augen, erinnerte sich angestrengt an alles, was sie im Grimoire gelesen hatte und was sie in dieser Situation anwenden könnte. Am präsentesten waren ihr die Feuerzauber. Damit hatten Elisabeth und sie den Schattenwanderer in der Lagerhalle getötet. Doch jetzt stand sie zwei von den Biestern gegenüber. Konnte sie es allein schaffen? Sie öffnete die Augen und sagte den Spruch auf. Ihre Haut brannte. In ihrem Kopf machte sich ein Donnern breit, das ihren Blick allmählich verschwimmen ließ. Ihre Stimme zitterte kraftlos.

Und dann gefror plötzlich alles. Helena hielt inne und betrachtete die beiden Bestien, die gerade im Begriff gewesen waren, über sie und Alastair herzufallen. Und jetzt hingen sie in der Luft, als wären sie festgefroren, völlig reglos. Selbst das Blut, das eben noch von ihren Körpern getropft hatte, war versteinert.

Alastair keuchte auf. Seinen verletzten Arm hielt er den Schattenwanderern entgegengestreckt. Jetzt presste er die Hand seines unverletzten Arms auf die Wunde, die inzwischen heftig blutete. »Wir müssen weg«, keuchte er. »Sofort. Ich kann das nicht lange aufrechterhalten.«

»Wie hast du …«, stammelte Helena fassungslos.

»Zeitzauber. Erkläre es dir später«, entgegnete er hastig. »Helena, wir müssen wirklich weg.«

»Wir müssen sie töten!«, protestierte sie entschieden. »Sie sind schutzlos. Das ist unsere Gelegenheit.« Sie hob die Hände an und konzentrierte sich auf den Feuerzauber, den sie in Erinnerung behalten hatte.

»Bist du irre?« Sein heftiger Vorwurf ließ sie augenblicklich zusammenzucken. »Du wirst hier gar niemanden töten!«, brüllte er sie an, wie sie es niemals von ihm erwartet hätte. Noch einmal blickte sie die blutüberströmten Bestien an, kämpfte noch mit ihrer inneren Stimme, die ihr gebot, sie zu vernichten. Alastair kämpfte sich keuchend an der Mauer hoch, ohne den ausgestreckten Arm herunterzunehmen.

Jetzt endlich eilte Helena an seine Seite. Sie zog ihren Blazer aus und wickelte ihn um seinen verletzten Arm. »Und jetzt?«

»Jetzt verziehen wir uns so schnell es geht. Lange kann ich den Zauber nicht aufrecht halten.«

-14-

Sein Arm wog tonnenschwer auf ihren Schultern, als Helena mit Alastair in den Eingangsbereich ihres Hauses stolperte. Sie hatten es geschafft, die Gasse zu verlassen und in ein Taxi zu steigen, ehe der Schrei eines der Schattenwanderer ertönte. Während der Taxifahrt hatte er immer mühsamer geatmet. Der Fahrer hatte immer wieder besorgt über den Rückspiegel nach hinten gesehen und Helena hatte ihm eingeredet, dass ihr Begleiter fürchterlich betrunken war und deshalb so röchelte.

Alastair löste ihren Blazer von seinem Arm und inspizierte die klaffenden Wunden, die die Reißzähne des Schattenwanderers hinterlassen hatte. Helena hörte ihn vor sich hinmurmeln, fluchen, vermutete sie, obwohl sie die genauen Worte nicht ausmachen konnte. Sie schaltete das Licht ein und sah erst jetzt, dass ihr Blazer komplett durchgeblutet war. Ein Schauer schüttelte sie. »Scheiße«, fluchte sie nun selbst und machte einen Schritt auf ihn zu. »Wir hätten einen Krankenwagen rufen sollen.«

Alastair lachte, während Schweißperlen von seiner Stirn rannen. »Nein«, keuchte er. »Die hätten nichts gesehen.«

Helena sah ihn fragend an. »Was meinst du damit?« Sie zeigte hektisch auf die tiefen Schnitte. »Das ist ja wohl offensichtlich!«

»Es ist nur für uns echt, Helena.« Als wäre die Kraft von einer Sekunde auf die nächste aus seinen Beinen verschwunden, sackte Alastair auf sein rechtes Knie, fasste an den Türrahmen und zog sich daran mühsam wieder hoch.

Helena war wie versteinert. »Was soll das denn heißen?« Sie schüttelte den Kopf. »Was ist daran bitte nicht echt?«

»Es ist eine Wunde, die ich von einem Wesen bekommen habe, das es nicht geben kann in unserer Welt. Was die Schattenwanderer berühren oder zerstören, ist nicht echt. Sie schaffen eine Illusion. Eine zweite Realität um sich herum und sie können uns Teil dieser Realität werden lassen. Aber sie ist nicht echt für Nicht-Magier.«

Helena erinnerte sich an den Passanten vor *Elly's Books and Papers*, der ungerührt von dem Bohei, das direkt neben ihm stattfand, an dem Laden vorbeigegangen war. Auch Elisabeth hatte sich vehement dagegen gesträubt, dass Helena einen Krankenwagen rief. War das der Grund gewesen?

»Aber … du blutest wie verrückt. Das bilde ich mir doch nicht ein.«

»Ja, aber ein einfacher Mensch würde mich nur irritiert ansehen und nicht verstehen, warum ich schwitze, als wäre es Hochsommer.« Er kniff die Lider zusammen und stöhnte noch einmal laut auf, während er in ihre Küche ging. Helena ging ihm hinterher, bereit, ihn aufzufangen, wenn er wieder besorgniserregend zur Seite schwankte. Am Waschbecken angekommen, drehte er das kalte Wasser leicht auf und hielt den Arm darunter. Sie beobachtete, wie Alastairs Schultern nach unten hingen und er die Augenlider konzentriert zusammenpresste. Die Muskeln an seinem Kiefer traten ungewöhnlich stark hervor, während er ruhig und gleichmäßig atmete. Das Wasser, das an seinem Arm herabfloss, färbte sich rot.

»Wir müssen dich doch irgendwie verarzten«, beharrte Helena.

Alastair deutete mit dem Kinn in Richtung Kamin. »Mach den bitte an. Aber benutz keine Magie. Du ziehst nur wieder einen von denen an.«

Helena zögerte einen Moment lang, drehte sich dann jedoch um und ging zu dem Kamin im Wohnzimmer. Sorgfältig legte sie einen Holzscheit auf den anderen. Hin und wieder sah sie zu Alastair, der das Wasser mittlerweile ausgedreht hatte und seinen Arm über dem Waschbecken hängen ließ. Alastair war also ein Magier! Hatte er die ganze Zeit über gewusst, dass sie auch eine war oder werden wollte? Sie hielt ein Feuerzeug an die Späne und beobachtete, wie die Flammen an dem Holz leckten, das sie darum herum aufgestapelt hatte.

Alastair kam zurück, in einer Hand hielt er ein langes Brotmesser, in der anderen einen Kochlöffel. Den Kochlöffel legte er neben sich ab und das Messer hielt er in die Flammen. Dann setzte er sich stöhnend neben sie auf den Boden und starrte in das Feuer. Um seinen Oberarm hatte er ein Geschirrtuch festgebunden.

Einige Minuten lang beobachteten die beiden schweigend die Flammen, die sich an dem trockenen Holz labten und es zum Glühen brachten. Das Knacken des Holzes und der Duft, der davon ausging, waren das einzige, das dem Raum so etwas wie Leben einhauchte.

»Seit wann wusstest du es?« Helenas Stimme klang seltsam leer.

»Wusste ich was?«

»Dass ich eine Magierin bin.«

Alastair lachte halbherzig. »Seitdem du dieses hässliche Artefakt getragen hast. Das Ding quillt geradezu über vor Magie«, scherzte er. Nachdenklich beobachtete er das Spiel der Flammen. »Und es passt nicht zu dir.«

Helena hob den Kristall um ihren Hals an und blickte durch ihn hindurch auf das Feuer. Alastair hob seine Hand und wackelte mit dem Daumen, an dem er seinen Ring trug. »Mein Artefakt.«

Helenas Augen weiteten sich. Wenn Alastair ein Magier war, dann hatte er diese Gabe vielleicht auch von seinem Vater übernommen. So musste es gewesen sein! Alastairs Vater war gar kein Architekt gewesen und sein Sohn hatte sich dagegen gesträubt, ein Magier zu werden. »Dein Vater wollte, dass du sein Grimoire übernimmst?«, mutmaßte sie. »War es das, worüber ihr euch vor seinem Tod gestritten habt?«

Alastair nickte. »Ich hätte auf diesen Scheiß wirklich getrost verzichten können.« Er drehte das Messer im Feuer. Allmählich wechselte das Metall seine Farbe. Ein leichter Schimmer von Rot zog sich hindurch. Was hatte er mit dem Messer … Helena brach den Gedanken ab.

»Warum hast du nichts gesagt?«

»Was hätte ich denn sagen sollen? *Oh mein Gott! Wie cool! Wollen wir Grimoires tauschen? Ich les deins und du meins?*« Er hatte seine Stimme gehoben und klang wie ein aufgeregtes Schulmädchen, das ihr Tagebuch mit ihrer besten Freundin tauschte. Und doch ließ eine seltsame Härte in dem Gesagten Helena zusammenzucken. Sie wusste, dass es der Schmerz war, der aus ihm sprach. Und doch … Schmerz. Er lachte nie. Nicht herzlich zumindest. Wenn er über seine Familie sprach, wirkte er seltsam weit entfernt. Und dann, als sie ihn gefragt hatte, ob er seine Trauer aufgeben würde … *Verdammt*. Hatte er die ganze Zeit gewusst, wovon sie gesprochen hatte? *Wusste* er, wie es war, ohne Trauer zu leben?

Helena öffnete den Mund, um ihn zu fragen, als Alastair das Messer aus dem Feuer zog und sich den Kochlöffel zwischen die Zähne klemmte. Er atmete geräuschvoll ein, hielt das Messer über die Wunde, schloss die Augen und …

Ein lautes Zischen erklang, das sich mit einem unterdrückten Schrei vermischte. Qualm kroch zwischen Messer und Fleisch nach oben und der Geruch verbrannter Haut schlug ihr entgegen. Eilig hielt sie sich den Handrücken an die Nase und hielt die Luft an. Gott, es roch schlimmer als der Schattenwanderer, der nur wenige Zentimeter vor ihr gestanden hatte. Es roch nach Tod.

Alastair schleuderte das Messer auf die Fliesen vor dem Kamin und ließ sich mit dem Rücken auf den Boden zurücksinken. Seine Augen hielt er weiter geschlossen, sein Gesichtsausdruck war verkrampft. »Eine magische Wunde verheilt sonst schlecht«, erklärte er, keuchte jedoch angestrengt. »Außerdem hört das beschissene Bluten auf.«

Er musste fürchterliche Schmerzen haben. »Warum hast du mich die verdammten Schattenwanderer nicht töten lassen? Es wären zwei weniger!«, keifte sie nun völlig aus dem Nichts. Die zwei konnten genauso gut noch immer hinter ihnen her sein. Nur dass Alastair momentan nicht so aussah, als könnte er in einem weiteren Kampf mit ihnen bestehen.

Er öffnete die Augen und drehte den Kopf leicht zur Seite. »Wie kommst du eigentlich auf die Idee, sie töten zu wollen?« Seine Stimme war ein Zischen.

Sie ballte die Hände zu Fäusten. »Meine Tante weist mich in die Magie ein. Sie hat gesagt, dass man die Schattenwanderer zerstören muss. Wir haben einen von ihnen verbrannt.«

Alastair war vorher schon leichenblass gewesen, aber jetzt verlor sein Gesicht noch mehr Farbe. Seine dunkle Haut wirkte fahl, seine Augen waren weit aufgerissen. Nach einer Weile wandte er den Blick von ihr ab und starrte an die Decke. »Sie hat dich einen Schattenwanderer töten lassen?«

»J-ja.« Warum schockierten ihn ihre Worte so sehr?

»Helena«, sagte er ruhig und drehte den Kopf zu ihr zurück. »Das sind Menschen!«

Ihr Herz setzte für einen Moment aus.

Auf wackligen Knien erhob sie sich von dem Boden und trat einige Schritte von Alastair zurück. »Wie kannst du … Das ist Unsinn! Du hast doch gesehen, was das für Bestien sind! Das sind Dämonen, die uns fressen wollen, um uns unserer Magie zu berauben!« Ihr Stimme wurde mit jedem Wort lauter. Sie hatte das Gefühl, wie eine Verrückte zu klingen. *Dämonen*, die einen fressen wollten!

Alastair kämpfte damit, sich ebenfalls vom Boden zu erheben, musste sich aber dann am Kaffeetisch aufstützen. »Ich weiß nicht, was deine Tante im Schilde führt, wenn sie dir solch einen Müll erzählt.« Er schüttelte verständnislos den Kopf. »Helena, Schattenwanderer sind Magier, die gar keine Gefühle mehr haben. Sie suchen nach dem, was sie verloren haben. Sie verschlingen Magier, in der Hoffnung, irgendwie ein Stückchen Menschlichkeit zurückzubekommen. Nicht ihrer Magie wegen.«

Sie wollten ihre Menschlichkeit zurück? Ihre Gefühle? Hatte Elisabeth sie wirklich belogen? Und warum? Warum hatte sie … Helena erstarrte. Ihr Vater! Elisabeth hatte gesagt, dass ihr Vater nur noch eine Hülle gewesen war. War er ein … Ihre Hände fühlten sich an, als hätte sie sie in eine Kühltruhe gehalten. Eisig kalt, fast taub waren ihre Fingerspitzen. Und dieses Gefühl zog sich von ihren Fingern über ihre Handflächen hinauf in ihre Arme und Schultern, bis es sich schließlich in ihrem ganzen Körper ausbreitete.

»Das sind … Menschen?«, presste sie erstickt hervor. Sie sah noch Alastairs Nicken, während die Welt um sie herum schwarz wurde und mit einem dumpfen Schlag auf dem Boden auftraf.

Als Helena wieder zu sich kam, lag sie auf dem Sofa. Alastair hatte eine Decke über sie gebreitet und saß, dem Feuer im Kamin den Rücken zugewandt, auf einem kleinen Hocker.

»Hey«, sagte er ruhig.

»Was ist passiert?«

»Du bist ohnmächtig geworden«, erklärte er und hielt ihr ein Glas Wasser hin. Helena streckte zitternd den Arm danach aus und trank einen Schluck. Richtig. Alastair hatte ihr gesagt, dass Schattenwanderer Menschen waren. Menschen, die all ihre Gefühle für die Magie aufgegeben hatten. Wenn das stimmte, war ihr Vater ebenfalls eines dieser Dinger. Ihr Herzschlag ging ruhig. Das war auch so gewesen, bevor sie ohnmächtig gewesen war. *Keine Angst und keine Trauer*, dachte sie mit einem tauben Gefühl in der Brust. Was bedeutete es, wenn ihr Vater ein Schattenwanderer war? Und was, dass sie einen Schattenwanderer … »Dann bin ich also eine Mörderin?«, Alastair antwortete nichts. Sie schob die Decke von sich, setzte sich auf und sah Alastair herausfordernd an. »Bin ich eine Mörderin?«, wiederholte sie.

Er atmete tief durch, suchte offensichtlich nach den richtigen Worten, entschloss sich dann jedoch dazu, den Kopf zu schütteln. »Ein Mord setzt immer eine böse Absicht voraus. Wenn deine Tante dich dazu gebracht hat, einen von ihnen zu töten, wusstest du doch gar nicht, was du tust.« Seine Stimme klang besänftigend, auch wenn der Inhalt seiner Worte sie nur wenig beruhigte. Im Gegenteil, sie wusste, dass die *alte* Helena komplett zusammengebrochen wäre, wenn ihr bewusst geworden wäre, dass sie einen Menschen getötet hatte. Doch diese *neue* Helena? Diese Helena war nur fassungslos und wütend darüber, dass ihre eigene Tante, die ihre Verbündete sein wollte, ihr schon wieder etwas Wichtiges verheimlicht hatte. Gott, dieses elende Weib konnte sich auf etwas gefasst machen! Helena stand von dem Sofa auf und ging in Richtung Tür.

Alastair ging ihr langsam hinterher. »Wohin gehst du?«

Helena zog sich mit hektischen Bewegungen ihren Mantel an und schlang einen Schal eng um ihren Hals. »Ich werde mir jetzt die Wahrheit holen.«

Alastair griff nach ihrer Hand. Ihr wütender Blick sprang ihm förmlich ins Gesicht. Als hätte er sich daran verbrannt, ließ er Helenas Hand wieder los.

Sie schloss die Augen und erinnerte sich daran, ruhig zu atmen. »Alastair«, begann sie, »diese Frau hat mir verschwiegen, dass ich mit meinen Gefühlen für Magie bezahle. Ich musste es selbst herausfinden. Und jetzt erfahre ich, dass sie mich dazu gebracht hat, einen Menschen zu töten. Ich meine …« Sie blickte sich in der Wohnung um. *Scheiße!* Sie wollte weinen! Alles in ihr, jede Erinnerung schrie, dass das ein Moment war, der sie an den Rand der Verzweiflung hätte bringen sollen! Und stattdessen stand sie hier, regte sich darüber auf, dass ihre Tante sie belogen und benutzt hatte. Sie hatte einen Menschen getötet, verdammt noch mal! Zählte denn das gar nicht?

»Werde ich auch zu einem dieser Dinger, wenn ich weitermache?« Alastair sah sie schweigend an. Helena legte den Kopf schräg, forderte ihn mit ihrem Blick auf, ihr zu antworten.

»Du wirst kein Schattenwanderer, Helena«, sagte er. Und doch bebte etwas in seiner Stimme. Eine weit entfernte Unsicherheit, die er merklich zu unterdrücken versuchte.

»Woher willst du das wissen?«

Alastair sah sie nicht an. »Weil ich das nicht zulassen werde.«

»Was ist von dir noch übrig?« Die alte Helena hatte Mitleid mit ihm gehabt, die Stimme der neuen Helena war kalt.

Alastair senkte den Blick, blieb jedoch stumm.

»Du kannst es nicht mehr, oder? Du kannst gar nicht mehr um deine Schwester trauern.«

Er schüttelte den Kopf. »Nein, sie ist nur eine blasse Erinnerung. Ein Mensch, der mir einmal etwas bedeutet hat. Manchmal sehe ich mir ein Foto von ihr an … und nichts passiert.«

Helena hielt den Atem an. »Und wir? Ich meine … das im Club?« Sie lachte, mehr über sich als über ihn. »Ich will da nicht zu viel reininterpretieren, aber hat dir der Kuss überhaupt etwas bedeutet?« Alastair wollte gerade antworten, als Helena ihn eilig mit den Händen abwehrte. »Lass es gut sein. Ich will es gar nicht hören.« Sie schüttelte den Kopf. »Ich muss gehen. Bleib hier, wenn du willst. Oder geh.« Sie hob die Schultern. »Es macht keinen Unterschied. Ehrlich.« Sie drehte sich um und öffnete die Tür. Die eisige Winterluft fuhr in das Haus und vertrieb in Windeseile die Wärme des Kamins.

Sie wollte gerade gehen, als Alastair ihren Arm packte. »Was willst du denn machen?«

»Ich will wissen, wie ich meine Gefühle zurückbekomme! Wenn mein Vater mich geliebt hat, hätte er niemals gewollt, dass ich so werde. Er hätte nicht riskiert, dass ich zu einem Schattenwanderer werde. Und wenn er mich nicht geliebt hat, ist er es ohnehin nicht wert, dass ich meine Gefühle für ihn aufs Spiel setze.« Sie riss ihren Arm aus Alastairs Griff und schlug die Haustür geräuschvoll hinter sich zu.

»Mach die Tür auf!« Helenas Stimme hallte wie ein Echo durch die schmale Gasse. In der Wohnung über *Elly's Books and Papers* brannte diesmal kein Licht, allerdings war es auch weit nach Mitternacht. Elisabeth musste einfach zu Hause sein. Aber den Luxus auszuschlafen, würde Helena ihr ganz sicher nicht gönnen. Sie drückte die Klingel wieder und wieder. Dennoch tat sich nichts. Die kalte Winterluft nagte an Helenas Wangen. Ein Windstoß kroch unter ihren Schal und ließ sie erschaudern. Sie sah in die Richtung, aus der er gekommen war. Dann atmete sie tief ein und aus, trat einen Schritt zurück und streckte ihre rechte Hand der Tür entgegen.

»*Wysduch go wea ti kaja.*« Das letzte Wort hatte gerade erst ihre Lippen verlassen, da zog ein weiterer, deutlich heftigerer Windstoß an ihr vorbei und krachte mit einer Gewalt gegen die Scheibe, die das Glas zerspringen ließ. Helena sah sich um. Lockte sie wirklich Schattenwanderer stärker an, wenn sie Magie nutzte? Immerhin hatte sie im Egg keine Magie genutzt und dennoch war einer von ihnen aufgetaucht. Vielleicht war es einfach die Tatsache, dass sie inzwischen Magie ausstrahlte. Oder aber … Sie blickte hinab auf ihr Artefakt. Miese Krähe! Wenn selbst Alastair die Magie gespürt hatte, die von dem Artefakt ausging, musste Elisabeth genau gewusst haben, dass es Helena womöglich in Gefahr bringen konnte.

Ihr Blut schoss brennend heiß durch ihre Adern. Sie streckte der Tür beide Hände entgegen und rief »*Wysduch go wea ti kaja*«, diesmal deutlich lauter. Tatsächlich hatte sie Mühe, dem kräftigen Windstoß standzuhalten, als er an ihr vorbei auf die Tür zuschoss. Mit einem lauten Krachen flog die Tür aus den Angeln und krachte gegen das gegenüberliegende Ende des Raumes. »Elisabeth!«, brüllte Helena und lief auf die Treppen zu. Über sich hörte sie eilige Schritte. Sie lief die knarzenden Treppen nach oben und blieb auf dem obersten Absatz stehen. Dort kam ihr Elisabeth entgegen, die sich scheinbar eilig in ihren Morgenmantel gewickelt hatte.

»Helena!« Ihre Stimme klang empört. *Verdammte Schauspielerin.* »Hast du den Verstand verloren?«

»Tu nicht so betroffen!«, keifte Helena. Ihre Schultern hoben und senkten sich mit jedem Atemzug. »Du hast mich einen *Menschen* töten lassen.« Sie spuckte ihrer Tante die Worte entgegen.

Diese machte einen Schritt zurück und sah Helena kühl an. »Ich weiß nicht, wovon du sprichst.«

»Der Schattenwanderer. Du hast behauptet, das seien Dämonen, die unsere Magie verschlingen wollen. Dabei sind es Menschen.« Elisabeth schwieg. »Stimmt es, oder stimmt es nicht?« Helena hob mahnend einen Finger. »Ich schwöre bei Gott, wenn du mich noch einmal anlügst oder mir Halbwahrheiten sagst …«

»Dann was?« Elisabeths Augen wirkten tot und leblos. »Was willst du tun, wenn ich dir nicht alles sage?« Sie hob eine Augenbraue. »Willst du dann mich in Flammen aufgehen lassen?«

Helena presste die Lippen fest aufeinander. »Zum Beispiel«, keifte sie, auch wenn sie genau wusste, dass sie dazu niemals in der Lage wäre. Und sie wusste, dass auch ihrer Tante das klar war.

»Ich habe dir gesagt, was du wissen musst, um deinen Vater zurückzuholen.«

»Du hast aber auch gesagt, dass er nur noch eine Hülle war! Warum sollte ich dir glauben, dass er in diesem Schattenreich lebt? Vielleicht ist er schon längst selbst zu einem Schattenwanderer geworden.«

»Ich habe dir vielleicht nicht die ganze Wahrheit gesagt, aber ich habe dich nicht belogen«, beharrte Elisabeth.

Helena schüttelte den Kopf. »Ich will meine Gefühle zurück. Sag mir wie und ich bin weg.«

Elisabeth verschränkte die Arme vor der Brust. Ihr Atem ging ruhig. »Siehst du, das ist genau die Sache: Ich habe dir bereits gesagt, dass die Magie in dem Schattenreich ist und dass du deine Gefühle nur dann zurückbekommst, wenn du dich dorthin wagst.« Helenas Augen weiteten sich. Es stimmte. Das hatte Elisabeth gesagt. Doch wenn dem wirklich so war, warum war ihr Vater dann niemals zurückgekehrt? Hätte er nicht seine Magie abgeben und wieder gegen seine Gefühle eintauschen können? Oder hatte er es ganz einfach nicht mehr gewollt, weil seine Erinnerungen nicht ausreichend Antrieb gewesen waren, wenn an ihnen keine Emotionen mehr hingen?

Helena schloss die Augen und atmete tief durch, um sich einigermaßen zu beruhigen. Ohne Erfolg. Als sie die Augen wieder öffnete, blickte sie in die leblosen, kühlen Augen ihrer Tante.

»Ich will, dass du dich künftig von mir fernhältst.«

»Helena, das ist lächerlich«, entgegnete Elisabeth tonlos.

»Nein! Nein, ist es nicht. Du verfütterst die Wahrheit stückchenweise an mich, wie es dir gerade passt. Ich kann dir nicht vertrauen.« Sie schüttelte den Kopf. »Ich glaube langsam, du kannst ohne Artefakt nicht stärker werden und hast nur darauf gewartet, dass ich einsam und verzweifelt genug bin, damit ich dir helfe.« Helena lachte spöttisch. »Versuch, die Büchse allein zu finden. Wir spielen nicht mehr im gleichen Team, Elisabeth. Ich werde meinen Vater suchen und Gott helfe dir, wenn ich herausfinde, dass du es gewesen bist, die ihn dazu gebracht hat, zu verschwinden.« Sie schüttelte den Kopf. »Dann lernst du eine andere Helena kennen.«

Elisabeth hob unbeeindruckt eine Augenbraue. »Ich wünsche dir viel Erfolg bei deinem Unterfangen. *Allein* wirst du es niemals schaffen.«

Helena hob die Hand und zeigte Elisabeth demonstrativ den Mittelfinger. »Wir sind hier fertig, *Tante*.« Sie spuckte ihr das letzte Wort wie eine Beschimpfung entgegen. Sie war nicht allein. Doch Elisabeth würde sie das definitiv nicht sagen.

Als Helena nach Hause zurückkehrte, war sie überrascht, Alastair noch vor ihrem Kamin anzutreffen. Er hatte Holz nachgelegt und es sich in der Zwischenzeit auf dem Sofa bequem gemacht. So bequem, wie man es sich wohl mit einem derart verletzten Arm machen konnte.

»Du bist noch hier?«, fragte sie überrascht.

Alastair sah nicht zu ihr, nickte stattdessen stumm und blickte auf die Tasse Tee in seinen Händen hinab. »Ich hätte dir sagen sollen, dass ich über dich Bescheid weiß. Wir hätten uns gegenseitig schützen können.«

Sie biss sich auf die Lippen und schwieg.

»Aber ich habe anfangs nur die Magie gespürt, die von deinem Artefakt ausging, und dachte, dass du dich vielleicht nicht auf sie eingelassen hast. Ich wusste nicht, ob du von dieser Möglichkeit, Magierin zu sein, schon gewusst hast, und hätte ich dich darauf angesprochen, hätte ich vielleicht schlafende Hunde geweckt. Ich wollte definitiv nicht, dass du dich in dieses Leben hineinstürzt.« Er seufzte stumm. »Rückblickend betrachtet, hätte ich verhindern sollen, dass du Magie anwendest.« Er wischte sich über das Gesicht, ließ die Augen jedoch geschlossen.

»Das lässt sich jetzt nicht mehr ändern.« Helenas Stimme klang unerwartet weich. Sie ging zu ihm hin und ließ sich langsam auf das Sofa sinken. Seufzend starrte sie in die Flammen. »Alastair, was weißt du über die Büchse der Pandora?«

Alastair zuckte zusammen. Er legte seine Hand auf die Wunde seines Arms und vermied es, Helena anzusehen. Lange Zeit sagte er kein einziges Wort.

Überlegte er, ob er ihr die Wahrheit sagen sollte oder nicht? In Helena brodelte noch immer die Wut nach dem Gespräch mit Elisabeth. Wie hatte diese Frau sie derartig an der Nase herumführen können? Wie viel von dem, was passiert war, hatte Elisabeth beeinflusst? Hatte sie die Schattenwanderer am Ende vielleicht sogar absichtlich angelockt? Helena kniff die Lider fest zusammen. Nein. Dermaßen leichtsinnig wäre Elisabeth wohl kaum gewesen. Immerhin war auch sie in Gefahr gewesen, als der Schattenwanderer sie beide angegriffen hatte.

»Nicht viel«, sagte Alastair plötzlich und Helena schaute auf, als seine Stimme sie aus ihren Gedanken holte. »Nur dass, sie noch einmal zu öffnen, angeblich die Magie wieder in unsere Welt hineinlassen würde. Warum fragst du?«

»Meine Tante behauptet, dass wir unsere Gefühle nur dann zurückbekommen, wenn wir die Büchse öffnen und sie uns aus dem Schattenreich zurückholen.«

Alastairs Hand krampfte sich fest um seinen Arm, ungeachtet des Schmerzes, den er sich selbst damit verursachen musste. Helena sah ihn diesmal besorgt an. »Alastair?«

Schlagartig ließ er seinen Arm los. »Was?« Er wirkte, als hätte sie ihn aus einem Gedanken gerissen, der ihn weit fortgetragen hatte.

»Hilfst du mir?«

»Wobei?«

»Ich kann dich ziemlich gut leiden«, gestand sie, schüttelte jedoch den Kopf. »Aber ich glaube nicht, dass viel von uns übrig bleiben wird, wenn die Schattenwanderer immer mehr und immer stärker werden. Und ich will meinen Vater finden. Hilfst du mir dabei, in das Schattenreich zu gelangen?«

Seine Augen weiteten sich. »Helena, das ist gefährlich. Was glaubst du, was dort auf dich wartet?«

Sie hob die Schultern. »Keine Ahnung.« Sie blickte zu dem Bild ihrer Mutter über dem Kamin. »Aber ich kann mich jetzt schon kaum noch daran erinnern, was mir all die traurigen Momente in meinem Leben wirklich bedeutet haben. Und ich habe Angst, dass am Ende nichts mehr von mir übrig bleibt.« Sie senkte den Blick kurzzeitig und drehte sich dann zu Alastair. »Ich war heute Abend richtig …«, sie suchte nach dem passenden Wort, »aufgedreht, ekstatisch. Ich hatte das Gefühl, dass nichts von dem, was in den letzten Wochen passiert ist, noch irgendeine Bedeutung für mich hatte. Das … kann doch nicht gesund sein.« Sie lachte. »Ich meine, ich kenne mich: Normalerweise würde ich hier wie ein heulendes Häufchen Elend sitzen und mich selbst bemitleiden, weil mein Dad abgehauen, meine Mutter tot und meine Tante eine selbstsüchtige Lügnerin ist.« Sie hob die Schultern. »Aber da ist nichts. Es lässt mich kalt. Und das will ich nicht. Ich will nicht, dass mir eines Tages alles egal ist.«

Alastair blies einen langen, schweren Atemzug aus und vergrub sein Gesicht für einen kurzen Moment in seinen Händen. Schließlich hob er den Kopf wieder an und nickte. »Ich helfe dir«, sagte er.

Und als hätte die Erschöpfung nach diesem langen Tag endlich die Oberhand ergriffen, lehnte Helena den Kopf an seine Schulter und schloss die Augen. »Danke«, hauchte sie.

-15-

Ein lautes, schnelles Klopfen ließ die Haustür erzittern. »Helena, mach auf!« Noch mal klopfte es. »Helena!« Mehrfach ertönte die schrille Klingel.

Helena blinzelte müde in das Sonnenlicht, das auf das Sofa schien. Ihr Kopf lag auf Alastairs Schoß, um ihre Beine war eine dicke Decke gewickelt. Alastair schlief tief und fest. Gott, wenn er aufwachte, würde er völlig gerädert sein. Wie hatte er so einschlafen können? Wieder klopfte es. Helena schob die Decke von ihren Beinen, erhob sich eilig und ging zur Tür. In dem Moment, in dem sie sie aufriss, startete Sarah gerade eine neue Trommeloffensive gegen die Tür. Geschickt wich Helena dem herannahenden Schlag ihrer Freundin aus.

Deren Gesicht war kreidebleich. »Bist du von allen guten Geistern verlassen?«, fauchte sie. »Ich war krank vor Sorge. Plötzlich waren du und Alastair verschwunden. Aber dann konnte ich dich den ganzen Morgen nicht erreichen. Geht es dir gut?« Ihr fast mütterlich-besorgter Blick wanderte an Helena herab.

»Tut mir leid. Mein Handyakku war bestimmt leer«, riet Helena. Einen Anruf hatte sie tatsächlich nicht bemerkt.

Im Wohnzimmer gähnte Alastair hörbar. Helena wandte den Kopf zu ihm und sah, wie er sich streckte, während er seinen verletzten Arm dicht an seinem Körper hielt. Er knackte hörbar mit seinem Nacken und drehte sich dann zu ihr und Sarah um. »Guten Morgen.«

Sarah klappte der Mund auf. Doch noch bevor sie ein einziges Wort sagen konnte, hatte Helena ihr bereits die Hand auf die Lippen gelegt. »Es ist nicht, wie du denkst«, sagte sie.

Sarah hob vielsagend die Augenbrauen und schob Helenas Hand von ihren Lippen. »Sondern?«

Helena blickte an Sarah vorbei. Elisabeth hatte bereits alles über sie gewusst, als Helena das erste Mal ihren Laden betreten hatte. Ob sie Helena nachspioniert hatte? War Sarah vielleicht sogar in Gefahr, wenn sie hier war? Sie zog ihre Freundin behutsam an ihrer Hand hinein und schloss die Tür hinter ihr ab. »Wir wurden gestern angegriffen.«

Sarah schob die Augenbrauen zusammen. »Von …« Sie verzog das Gesicht zu einer seltsamen Grimasse und blickte unauffällig zu Alastair. »Von einem Schattenwanderer?«, flüsterte sie.

»Alastair ist auch ein Magier. Du musst nicht flüstern.«

Alastair sah Helena entgeistert an. »Bist du verrückt geworden?«

»Was meinst du?«, fragte Helena ahnungslos und ging, gefolgt von Sarah, an ihm vorbei in die Küche.

Alastair erschien im Türrahmen. »Du hast einer Nicht-Magierin von uns erzählt?«

Helena sah ihn verwundert an. »Hätte ich das nicht tun dürfen?« In ihrer Stimme schwang Schalk mit.

»Natürlich nicht. Verdammt, Helena. Hat dir deine Tante denn gar nichts beigebracht?« Er blickte entschuldigend zu

Sarah, die ihn bereits vorwurfsvoll anstarrte. »Nichts für ungut. Es ist nicht, dass ich dir nicht vertraue.«

»Sondern?« Sie verschränkte die Arme vor ihrer Brust.

»Menschen, die über uns Bescheid wissen, können Teil unserer Welt werden. Es ist …« Er strich sich nach den richtigen Worten suchend mit der Zunge über die Lippen. »Es ist, als würdest du einen Menschen, dem du von uns erzählst, markieren. Ich kann es dir nicht richtig erklären. Ich weiß ja selbst nicht, wie es funktioniert. Aber es ist, als würde ein Teil unserer Magie auf Menschen abfärben, wenn sie von uns wissen.«

Helena sah ihn fragend an. »Und?«

»Und?« Alastairs Gesichtsausdruck verhärtete sich. »Sarah kann Schattenwanderer nicht sehen. Aber …«

Helenas Augen weiteten sich.

Auch Sarah verstand. »Moment, Moment. Willst du sagen, dass diese Monster mich jetzt sehen und angreifen können?«, fiel sie ihm ins Wort.

Alastair sah sie zornig an, auch wenn er wusste, dass sie nicht an dem Dilemma schuld war. »Ja! Nur dass du sie nicht sehen kannst, um rechtzeitig wegzulaufen.«

»Dann solltest du gehen.« Die Kälte in Helenas Stimme ließ Alastair und Sarah zusammenzucken.

»Was? Aber …« Sarah lachte. »Ich habe gesagt, dass ich dir helfen werde«, protestierte sie.

»Es ist nur eine Frage der Zeit, bis hier der nächste Schattenwanderer auftaucht. Wenn du nicht mit ihm Bekanntschaft machen willst, solltest du verschwinden.« Helenas Stimme zitterte vor Wut. Nicht weil Sarah etwas falsch gemacht hatte oder Alastair. Nicht einmal weil sie es selbst gewesen war, die Sarah unwissend in Gefahr gebracht hatte. Sie hatte keine Angst um sie, oder das, was man haben müsste, wenn man wusste, dass die beste Freundin in Gefahr war. Es war der rein rationale Gedanke, Sarah in Sicherheit wissen zu wollen. Nun, und die Liebe, die sie für ihre beste Freundin immerhin noch in sich trug. Helena wollte nicht, dass ihr etwas zustieß.

»Was ist gestern Abend wirklich passiert?«, bohrte Sarah nach.

Helena wandte den Blick von ihr ab. »Du hast Alastair gehört. Du weißt jetzt schon zu viel.« *Scheiße.* Nichts. Da war nichts. Sie war nicht einmal traurig, dass sie Sarah dermaßen vor den Kopf stieß. »Geh bitte, Sarah.« Es war, als wäre ihr Verstand taub für den Schaden, den sie gerade anrichtete. Sarah war ihre Freundin. Sie würde das alles verstehen, nicht wahr? Und wenn nicht … Ja, was, wenn nicht?

»Helena, bitte …«, flehte Sarah nun eindringlich.

In diesem Augenblick griff Alastair entschlossen nach Sarahs Arm und hielt sie fest. »Hey.« Seine Stimme klang ungewöhnlich hart. Sarah drehte den Kopf zu ihm, um ihm etwas zu erwidern, als er plötzlich eine Hand vor ihre Augen hob und sich zu ihrem Ohr hinabbeugte.

Helenas Augen weiteten sich. »Alastair, was machst du da?«

Er reagierte nicht auf sie, sondern sprach eindringlich in Sarahs Ohr. »Helena war zu Hause, als du hergekommen bist. Sie wollte mit mir allein sein. Du hast dich für sie gefreut. Du erinnerst dich nicht an ein Gespräch über Schattenwanderer. Du willst jetzt nach Hause zu Daniel gehen und ihm davon berichten, dass es Helena gut geht.«

Als Alastair seine Hand wieder von ihren Augen nahm, wirkte Sarahs Blick weit entfernt. Sie blinzelte, als sei sie eben erst wach geworden, und sah verdutzt zwischen Helena und Alastair hin und her. Dann lachte sie verlegen. »Wow. Tut mir leid, ich habe mir halt Sorgen gemacht. Ich will auch gar nicht weiter stören.«

Helena hatte alle Mühe, zu verhindern, dass ihr die Kinnlade herunterfiel.

»Ich geh dann mal nach Hause. Muss ja auch Daniel davon erzählen, dass mit dir alles in Ordnung ist. Mit euch«, ergänzte sie grinsend. »Also dann.« Sie zog Helena in eine kurze Umarmung. Gleiches tat sie mit Alastair und verschwand dann aus der Haustür. Bevor sie die Tür hinter sich zuzog, zwinkerte sie Helena zu und zeigte ihr aufgeregt einen Daumen nach oben.

Helena blickte ihr fassungslos hinterher. »Wie, zur Hölle, hast du das gemacht?«

Alastair sah Helena nicht in die Augen. »Grimoires haben verschiedene Fähigkeiten. Meines lehrt mich Zeit- und Gedankenzauber. Andere sind allein auf Zeit spezialisiert und lassen Magier in die Vergangenheit und Zukunft blicken oder sogar dorthin reisen. Es gibt Beschwörungsmagie oder Verwandlungen. Eigentlich alles, was du dir vorstellen kannst. Was ist mit …«

»So hast du es gemacht!« Helena starrte ihn baff an. »So bist du ins Gebäude gekommen, als ich meinen Schal vergessen hatte! Und ins …«

»Und ins Egg«, bestätigte er ihre Vermutung.

»Also kannst du einfach andere Menschen steuern?« Ihre Stimme wurde ungewollt lauter.

Alastair schüttelte den Kopf. »So einfach ist es nicht. Ich beeinflusse eher die Gedanken von Menschen. Und ein wenig Zeitmagie beherrsche ich auch. Das ist aber auch schon alles. Ein paar andere einfache Zauber, die mit Gedanken zu tun haben, aber nichts Weltbewegendes. Mehr habe ich nicht auf mich genommen. Zum Glück.«

»Wieso zum Glück?«

Alastair hob die Schultern. »Ich habe für meine magischen Kräfte schon genug verloren. Wer weiß, was ich noch hätte hergeben müssen, wenn das Grimoire meiner Vorfahren mächtiger wäre.«

Helena senkte den Blick. Sie hatte bereits zwei Gefühle verloren, dabei hatte sie erst einen Bruchteil des Buches gelesen. Wie viele weitere würde sie noch hergeben müssen, um stark genug zu sein, das Portal zum Schattenreich zu öffnen?

»Was ist mit deinem Grimoire. Was lehrt es dich?«, fragte Alastair nach.

Helena zögerte. »Ich …« Sie dachte über die Kapitel nach, die sie bereits überflogen hatte. Bisher hatte es sich um Feuer und Wind gedreht. Beim Durchblättern hatte sie jedoch auch Zeichnungen von Wasser, Pflanzen und Eis gesehen. Nur gelesen hatte sie die Seiten noch nicht. »Ich glaube, ich kann die Elemente kontrollieren, wenn ich damit durch bin.«

Alastairs Augen weiteten sich. »Dann solltest du verdammt vorsichtig damit umgehen.« Helena sah ihn fragend an. »Die Elemente zu kontrollieren, birgt viel Verantwortung. Im schlimmsten Fall kannst du damit verheerenden Schaden anrichten. Einen Schattenwanderer anzuzünden, ist da noch das geringste Übel.«

Helena zögerte. »Kannst du nicht Sarah die ganze Magie-Sache vergessen lassen? Irgendeinen Zauber muss es doch geben. Deinen Gedankenzauber zum Beispiel. Dann wäre sie wieder sicher, oder?«

Alastair schüttelte den Kopf. »Du hast ihr bereits davon erzählt. Ich kann nur ihre Erinnerungen beeinflussen. Das ändert aber nicht, dass sie für Schattenwanderer leichte Beute ist. Wir können nur hoffen, dass sie sie nicht finden oder wenigstens kein Interesse an einem einfachen Menschen haben, der markiert wurde.«

Helena schob die Augenbrauen zu einem schwer konzentrierten Gesichtsausdruck zusammen. »Ich verstehe das nicht.«

»Was meinst du?«

»Na ja, du sagst, dass ich Sarah gewissermaßen markiert habe, richtig?« Alastair nickte. Ihr Blick wirkte konzentriert, als sie sich an den Abend erinnerte, an dem sie im Park vor dem Schrei aus dem Gebüsch davongelaufen war. Hatte sie da bereits ein Schattenwanderer beobachtet? »Hätte mich ein Schattenwanderer auch dann finden können, als ich noch gar keine Magie anwenden konnte?«

»Wie kommst du darauf?«

»Nachdem ich das Grimoire meines Vaters zwar schon gefunden, aber noch nicht mit Elisabeth darüber gesprochen hatte, da hatte ich das Gefühl, dass mich im Hyde Park etwas beobachtet hat. Es hatte geschrien wie ein Schattenwanderer. Ich war einfach nur weggelaufen. Aber er ist mir nicht gefolgt. Könnte er mich gefunden haben, weil ich das Grimoire meines Vaters besaß?«

»Möglich. Vielleicht hat etwas von der Magie des Grimoires auf dich abgefärbt. Womöglich ist er dir nicht gefolgt, weil er dich für einen Menschen gehalten hat. Aber Sarah wiederum …« Er legte die Stirn in Falten. »Gut möglich, dass die sie mit uns gesehen haben. Dann könnten sie sie benutzen, um uns herauszulocken.« Helena lehnte sich gegen die Küchentheke. Ihr schwirrte der Kopf. Das alles machte doch keinen Sinn. Ihre Mutter hatte schließlich mit ihrem Vater zusammengelebt. Wenn sie von der Magie ihres Mannes gewusst hatte, hätte sie doch auch in Gefahr sein müssen. Warum hatte sie ihrer Tochter ein Leben lang nichts davon erzählt und Helena dann diesen ominösen Brief hinterlassen?

»Was ist?«, fragte Alastair mit besorgter Stimme.

Helena schüttelte den Kopf. »Alastair, wir müssen diesen Wahnsinn stoppen.« Er sah sie irritiert an. »Es kann doch nicht so weitergehen, dass wir den Rest unseres Lebens vor Schattenwanderern davonlaufen und uns von allen Nicht-Magiern fernhalten. Wir müssen einen Weg finden, sie endgültig wieder in das Schattenreich zurückzuschicken, und zwar so, dass sie nicht wieder zurückkommen können. Oder wollen.«

Alastair hob eine Augenbraue. »Und wie stellst du dir das vor?«

»Na ja, wir erhalten die Magie über unsere Grimoires, richtig? Die Grimoires wiederum sind irgendwie mit der Büchse verbunden und können so eine Verbindung zum Schattenreich herstellen. Wenn wir also die Büchse zerstören, dann kann keine Magie mehr in unsere Welt gelangen, oder?«

»Du willst *die* Büchse der Pandora zerstören?« Alastair sah sie wenig beeindruckt an.

»Überleg doch mal. Wenn wir es schaffen, meinen Vater und unsere Gefühle aus dem Schattenreich rauszuholen, und die Büchse dann zerstören …«

Alastair schüttelte entschieden den Kopf. »… dann verschwindet die Magie aus der Welt.«

»Und mit ihr womöglich auch die Schattenwanderer. Immerhin sind sie magische Wesen.«

»Du willst wirklich, dass es keine Magie mehr auf der Welt gibt?«

Helena zuckte lässig mit den Schultern. »Warum denn nicht? Du wolltest dein magisches Erbe doch auch nicht.«

»Und wenn wir es nicht schaffen? Wenn wir deinen Dad und unsere Gefühle nicht zurückbekommen?« Seine Stimme bebte.

Helena seufzte und senkte den Blick. Ihre Hand klammerte sich um den schmalen Vorsprung der Theke. »Wir müssen daran glauben!« Ihre Stimme klang fest entschlossen. Sie wusste ja selbst, wie waghalsig diese Idee war. Noch dazu, wenn sie nicht wusste, wo sie überhaupt anfangen sollten, den Plan in die Tat umzusetzen.

Alastair wischte sich über das Gesicht und schloss die Augen. Angestrengt massierte er seine Schläfen und dachte über Helenas Worte nach. »Weißt du, wie viele Leute du gegen dich aufbringen wirst, wenn sich herumspricht, was du da vorhast? Falls du sie überhaupt zerstören kannst! Es sind außerdem *zwei*! Eine im Schattenreich und eine hier. Helena, es gibt Generationen von Magiern, die es sich zur Aufgabe gemacht haben, die Magie weiterzutragen. Es interessiert sie gar nicht, dass sie ihre Gefühle verlieren. Du kannst …« Er schloss die Augen. »Du kannst dir nicht vorstellen, was für ein

Arschloch mein Vater war, und wie stolz er trotzdem darauf war, ein Magier zu sein.«

Helena sah ihn mitleidig an.

»Meine Mutter und meine Schwester wussten nichts von alldem. Nur mich hat er eingeweiht, damit er mich so zwingen konnte, eines Tages die Magie anzunehmen. Er hat mich absichtlich in Gefahr gebracht.« Er schüttelte den Kopf. »Du hast keine Vorstellung, wen du da gegen dich aufwiegelst.«

Entschlossenheit – oder war es nur die Abwesenheit von Angst? – funkelte in Helenas Augen. »Es ist mir egal, wen ich gegen mich aufhetze. Wenn die Magie solche Gefahren mit sich bringt, wenn sie uns unserer Menschlichkeit beraubt und die in Gefahr bringt, die wir lieben, dann kann ich mir nicht vorstellen, dass es gut ist, dass es sie noch gibt.« Sie lächelte sanft. »Ich will deinen Vater nicht entschuldigen: Aber vielleicht ist er nur *wegen* der Magie so rücksichtslos geworden. Hast du schon mal darüber nachgedacht?«

»Natürlich habe ich das!«, blaffte Alastair. Erschrocken trat er einen Schritt zurück. »Ich … Es tut mir leid.« Er schluckte schwer und starrte vor sich auf den Boden. Erst als Helena seine Hände sanft umschloss, schaute er wieder auf. Die Blicke der beiden trafen sich und auf Helenas Lippen zeichnete sich ein Lächeln ab.

Wieder einmal stellte Helena fest, wie wundervoll weich seine Haut war, wie gern sie seine Hände jetzt … Sie musste sich mühsam auf das Thema ihres Gesprächs konzentrieren. »Ich glaube wirklich, dass wir Gutes bewirken können, wenn wir die Büchse finden und zerstören«, fuhr sie fort. Ob sein plötzlicher Angriff gerade eben der früheren Helena Angst gemacht hätte, die noch all ihre Gefühle hatte, überlegte sie kurz. »Hilfst du mir dabei?«

Alastair presste die Lippen zusammen. Seine Hände schlossen sich fester um ihre. Schließlich rang er sich zu einem Nicken durch. »Ich helfe dir.«

Sie drückte seine Hände und ein freches Grinsen machte sich in ihrem Gesicht breit. »Ich danke dir.«

Für einen kurzen Moment standen sie einander schweigend gegenüber. Helena beobachtete ihn, versuchte zu deuten, was er wohl dachte oder fühlte. Ob er sich davor fürchtete, seine Kräfte wieder zu verlieren, jetzt, da er sich an sie gewöhnt hatte? Behutsam ließ sie seine Hände los. Ein wenig fühlte es sich so an, als hätten zwei Kinder gerade beschlossen, von zu Hause wegzulaufen. Einen Plan gab es nicht. Ein Ziel ebenfalls nicht. Und keinerlei Ahnung, was genau sie bei ihrem Abenteuer eigentlich brauchen würden. Sie lachte.

Alastair sah sie fragend an. »Habe ich etwas verpasst?«

Helena kicherte, atmete jedoch ruhig. »Tut mir leid, es ist nur …« Sie unterbrach sich selbst, um tief durchzuatmen. »Dieses Ding mit der fehlenden Trauer und Angst ist irgendwie echt schräg. Ich meine, ich habe gerade meine beste Freundin zum Teufel gejagt und beschlossen, eine große Gruppe von Magiern gegen mich aufzuhetzen und … es ist mir egal.« Ihr Verstand überschlug sich. Alles in ihr, jeder sinnvolle Gedanke, den sie fassen konnte, erinnerte sie daran, dass das, was gerade passierte, eher ein Albtraum als auch nur ansatzweise amüsant war. Gleichzeitig konnte sie nicht aufhören, über die Situation zu lachen. Wenigstens war sie nicht mehr stinksauer wie am Abend zuvor, nachdem sie von Elisabeth zurückgekommen war.

Alastair sah sie unbeeindruckt an. »Ja, ist zum Brüllen, wenn man weder Freude noch Trauer empfinden kann«, murrte er.

Helena räusperte sich und sah ihn entschuldigend an. »Und ist es dann nicht umso besser, dass wir jetzt ein gemeinsames Ziel verfolgen?«

»Was hat dir deine Tante über das Schattenreich erzählt?«

Die Frage traf Helena aus dem Nichts. Sie blinzelte verwundert. »Ehrlich gesagt, nicht besonders viel. Nur dass es dort ziemlich gefährlich ist und dass ein Grimoire eine Art Brücke zur Büchse der Pandora herstellt und die wiederum zum Schattenreich, sodass wir unsere Magie zurückerhalten können.«

Alastair nickte schweigend.

Warum nur hatte sie den Eindruck, dass er vermied, ihr in die Augen zu sehen? »Ist alles in Ordnung?« Helena streckte vorsichtig eine Hand nach ihm aus. Alastair zuckte unmerklich zusammen, dann sah sie, wie seine Haltung sich wieder etwas entspannte.

»Das Schattenreich ist nicht ziemlich, sondern wahnsinnig gefährlich.«

Ihre Hand schloss sich sanft um seinen Unterarm. »Das glaube ich sofort. Ich meine, wenn es da vor Schattenwanderern und was weiß ich sonst noch wimmelt, muss es ein düsterer Ort sein. Aber wenn wir unsere Gefühle zurückhaben wollen, dann müssen wir einen Weg dorthin finden.« Sie lächelte zuversichtlich. »Und bei all den Lügen und Halbwahrheiten, die Elisabeth mir erzählt hat, will ich mir jetzt einfach selbst ein Bild davon machen, was stimmt. Ich muss wissen, ob mein Vater dort ist, oder ob er …« Ihr Blick ging ins Leere. Was hätte sie jetzt wohlgefühlt? Angst um ihren Vater? Oder Trauer, weil sie ihn trotz all der Wut und Enttäuschung, die sie ein Leben lang gespürt hatte, nun doch nie kennenlernen würde.

Alastair bemerkte ihr Schweigen. »Ist nicht so toll, ohne Trauer, was?«

Sie schüttelte den Kopf. »Es fühlt sich seltsam leer an. So als wüsste man, dass man etwas Bestimmtes fühlen sollte, aber die Verbindung zwischen Herz und Kopf ist fort.«

Alastair nickte und wischte sich schließlich angestrengt mit der flachen Hand über das Gesicht. »Wir haben keine Ahnung, wie man in das Schattenreich gelangt.«

»Dann müssen wir eben jemanden finden, der es weiß.«

Alastair schüttelte den Kopf. Plötzlich erstarrte er. Er hob den Blick und sah auf Helenas Artefakt. »Warte mal. Das ist das Artefakt deines Vaters, richtig?« Seine Stimme wirkte verändert. Unruhig.

»Meine Tante hat es mir gegeben. Warum?«

Alastair streckte die Hand danach aus, zog sie jedoch eilig zurück, als Helena einen unsicheren Schritt nach hinten machte. »Wenn dein Vater es getragen hat, bevor er erfuhr, wie man in das Schattenreich gelangen kann, ist es gut möglich, dass Erinnerungen daran noch an dem Artefakt hängen.«

Helena schob die Augenbrauen fragend zusammen. »Bitte was?«

»Wenn wir einen *Leser* finden, kann er möglicherweise aus dem Artefakt auslesen, was dein Vater getan hat, um in das Schattenreich zu gelangen. Natürlich nur, wenn er dabei das Artefakt bei sich hatte.«

»Okay, stopp! Das geht mir gerade zu schnell. Was für ein *Leser*? Einer, der in Grimoires liest? Nennen wir uns Leser?«

Sie verzog das Gesicht.

Alastair rieb sich die Stirn, schüttelte dann jedoch den Kopf. »Leser nennt man diejenigen Magier, die die Erinnerungen von Menschen und Gegenständen anzapfen können. Wir hinterlassen einen Teil unserer Geschichte, also unserer Erinnerungen, an allem, womit wir in Kontakt kommen. Das heißt, dass ein Leser vielleicht herausfinden kann, wie dein Vater es geschafft hat, sich einen Zugang zum Schattenreich zu verschaffen.«

»Wenn wir also einen finden, kann der uns sagen, was zu tun ist?«

Alastair nickte, wenn auch nur zaghaft. »Gut möglich.«

»Dann los! Worauf wartest du?«

Alastair sah sie mit einer hochgezogenen Augenbraue vielsagend an.

Helena, deren Herz bis eben mit jedem Wort schneller geschlagen hatte, ließ plötzlich die Schultern hängen. »Du kennst keinen Leser.«

Alastair formte mit seiner rechten Hand eine Fingerpistole und feuerte ab. »Korrekt.«

-16-

Das ist echt das mit Abstand Dümmste, was ich jemals getan habe.« Helena scrollte durch die endlos lange Liste von Suchergebnissen auf Google, während Alastair mit seinem Smartphone im Wohnzimmer auf und ab ging. Völlig entnervt kämpfte sie sich durch eine Rezension nach der anderen, immer auf der Suche nach jemandem, der davon berichtete, dass er seinem Wahrsager Gegenstände hatte vorlegen müssen. Doch bisher: Fehlanzeige. Zahllose Wahrsagerinnen, die aus der Hand lasen, Tarotkarten legten und sogar ein paar Damen und Herren mit Kristallen, Kugeln und Hühnerknochen. Nichts davon hörte sich jedoch nach einem Leser an. Helena stöhnte und wandte den Kopf zu Alastair, der weiter am Telefon diskutierte.

»Ich will doch nur eine Nummer haben!« Sein Ton war ein völlig anderer als der, den Helena von ihm kannte. Seltsam unruhig, so als würde er mit jemandem sprechen, mit dem er sich bereits vor Jahren überworfen hatte. Er hatte gesagt, dass er seinen Onkel anrufen würde. Der war wohl der Bruder seines Vaters und wusste natürlich von der Magie, war jedoch enttäuscht darüber, dass sein Großvater nicht *ihm* das Grimoire vermacht hatte, sondern stattdessen Alastairs Vater. Und damit Alastair.

»Ja, das verstehe ich doch, aber …« Alastair blickte entgeistert auf sein Telefon, von dessen Display das Bild des Onkels eben verschwand. »Arschloch«, knurrte er und steckte das Smartphone in seine hintere Hosentasche. »Von dem verbitterten Idioten bekommen wir auf jeden Fall keine Hilfe«, kommentierte er knapp und beugte sich über Helena, um auf ihren Bildschirm zu sehen.

Da war es wieder.

Dieses seltsame Gefühl, das sie im Club schon ereilt hatte. Dieser Schauer, der sie nur dann durchfuhr, wenn Alastair so dicht bei ihr stand. Sie hielt den Atem an, als sein Duft in ihre Nase stieg, um ihn für einen Moment festzuhalten. Dann kniff sie erschrocken die Lider zusammen, atmete tief durch und konzentrierte sich wieder auf den Bildschirm. »Also ich kann dir inzwischen die besten Wahrsager und Wahrsagerinnen aus ganz London nennen. Interesse an einer Tarot-Session oder …«, sie scrollte auf der Seite hinab, auf der sie gerade las, »… oder auf eine Handlesung, die, ich zitiere, ›*so sicher ist, dass dein Leben danach nie wieder dasselbe sein wird*‹?« Sie wandte sich zu Alastair um. »Ich weiß nicht, ob das ernst gemeint oder eine Drohung sein soll.«

»Wohl eher eine Drohung. Das sind recht gute Beobachter, aber ganz sicher keine Magier und schon gar keine Leser«, spottete er. Er stieß sich leicht von Helenas Stuhl ab und legte seinen linken Arm über seinen Kopf. Den rechten trug er inzwischen in einer Schlinge aus einem von Helenas Gürteln. »Scheiße … Mein Onkel ist so ein sturer Bock. Der wird uns nichts sagen. Da kann ich noch zehnmal anrufen.«

»Gibt es niemand anderen, den wir fragen könnten?«

»Oh, du meinst ein geheimes Magier-Adressbuch, durch das ich mich kurz mal durchtelefoniere?«

»Warum bist du eigentlich immer so pampig, wenn es um andere Magier geht?«, fragte sie.

Alastair schob die Augenbrauen zusammen und biss sich fest auf die Lippen. Mit einem tiefen Atemzug schloss er die Augen und öffnete sie wieder, nachdem er die Luft ausgestoßen hatte. »Entschuldige bitte. Es ist eben nicht leicht, andere Magier zu finden. Schattenwanderer können das viel besser. Sie können Magier über Meilen hinweg aufspüren. Wir hingegen«, er lachte künstlich, »wir können einen Magier gerade dann mal erspüren, wenn er schon neben uns steht.«

Helena schielte auf das Grimoire, das wie immer auf ihrem Kaffeetisch lag. »Und wenn in meinem Grimoire vielleicht etwas steht? Eine Möglichkeit, wie man Magier aufspürt?«

Alastairs Blick verdüsterte sich. »Und was willst du *dafür* von dir aufgeben?«

Sie senkte den Blick. Der Stich, der normalerweise von seinen Worten verursacht worden wäre, blieb aus. Sie hatte ihre Trauer erst seit gestern eingebüßt und schon jetzt hatte sie das Gefühl, dass sich ein Loch in ihr ausbreitete, dass ihre Gedanken zu verschlingen drohte. Sie überlegte, wie sie bis vor Kurzem auf Alastairs Worte reagiert hätte? Hätten sie sie wirklich traurig gemacht? Hätte sie sich gefürchtet? Welches Gefühl, das sie nicht mehr besaß, sprach diese Leere in ihr an?

»Helena?«

Sie schreckte auf und hob den Blick. »Wie?«

»Du kannst nicht bei jeder Gelegenheit einfach in deinem Grimoire lesen und hoffen, dass darin schon der richtige Spruch steht. Jeder Typ Magie beraubt uns eines Gefühls. Und zwar immer des Gefühls, das wir zu diesem Zeitpunkt in uns am stärksten spüren.«

Helena nickte. So viel hatte sie auch verstanden. Sie hatte für die Beherrschung von Feuer ihre Angst aufgegeben und für die des Windes ihre Trauer. Ihre gottverdammte Trauer. Sie schloss die Augen und erinnerte sich daran, ruhig zu atmen. Sie wandte den Kopf zu dem Bild ihrer Mutter auf dem Kamin. Hatte sie sie damit verraten? »Wir müssen aber irgendwie jemanden finden, der uns helfen kann.«

Alastair nickte. Er stand mit dem Rücken zu Helena und obwohl sie sein Gesicht nicht sehen konnte, hatte sich etwas an ihm verändert. Er wirkte ungewöhnlich angespannt, vielleicht sogar nervös. »Es gibt da noch eine Person, die ich fragen kann«, gestand er.

Helena horchte auf. »Wen?«

»Eine alte Bekannte meines Vaters. Sie wohnt in Bath. Ich könnte in ein paar Stunden dort sein.«

»Dann sollten wir zusammen hinfahren!« Helena hatte sich auf ihrem Stuhl zu Alastair umgedreht und beugte sich ein Stück vor.

Er sagte nichts, starrte stattdessen in das Feuer, das im Kamin brannte. »Ich sollte mich allein mit ihr treffen.«

»Wieso denn das? Ich meine, ist es nicht besser, wenn wir gemeinsam zu ihr gehen?« Nur halb drehte er sich zu Helena um. Warum mied er es immer noch angestrengt, ihr in die Augen zu sehen? »Sie ist eine ziemlich verbitterte, alte Hexe.« Er schmunzelte frech. »Wenn du mich schon pampig findest, dann wirst du an ihrer Art keine rechte Freude haben«, stichelte er.

Auch Helena konnte sich ein Grinsen nicht verkneifen.

»Sie hat noch nie gern mit Fremden gesprochen. Ich fürchte, dass sie nicht besonders redselig sein wird, wenn ich mit dir dort auftauche und sie um Hilfe bitte.«

Helena dachte einen Moment darüber nach, was wohl passieren konnte, wenn Alastairs Bekannte ihm nicht helfen wollte, nur weil sie dabei war. Dann wiederum: Die Schattenwanderer hatten nach ihr und Alastair gesucht. War es wirklich sicher, wenn sie ihn allein gehen ließ? Die Begegnung mit zwei Schattenwanderern hatte ihr gezeigt, wie gefährlich sie sein konnten, wenn sie zu mehreren auftauchten. Sie erschauderte bei der Erinnerung an Alastairs Wunde und daran, wie erstarrt sie gewesen war. Verdammt. Ihre fehlende Angst hatte sie völlig handlungsunfähig gemacht! Noch dazu hatte sie nicht die leiseste Ahnung, wie Elisabeth auf ihren Streit in der gestrigen Nacht reagieren würde. Schwester ihres Vaters hin oder her: Sie kannte diese Frau, im Grunde genommen, gar nicht. Was, wenn sie furchtbar rachsüchtig war oder es Helena nicht zutraute, dass sie allein einen Weg fand, ihren Vater zurückzuholen? Würde sie sich dann an ihr oder Alastair rächen wollen? »Ich komme mit«, beschloss sie.

»Helena …«

»Nein!« Ihre Hände waren zu Fäusten geballt und ihre Fingernägel drückten schmerzhaft in ihre Handflächen. »Ich will meinen Vater zurückholen. Wir beide wollen unsere Gefühle zurück und ich werde dich nicht allein gehen lassen. Es wäre dumm, zu glauben, dass Elisabeth meine Worte von gestern Abend so einfach hinnehmen wird. Und außerdem können wir vielleicht gleich zu dem Leser weiterfahren, wenn deine Bekannte dir einen Tipp gibt. Dann verlieren wir keine Zeit.«

Alastair atmete so tief ein, dass seine Brust sich weitete. Geräuschvoll stieß er die Luft wieder aus und nickte schließlich. »Fein.« Er bedeutete ihr, nach oben zu gehen. »Dann pack ein paar Sachen. Ich gehe kurz zu mir rüber, packe auch etwas zum Umziehen und dann sollten wir aufbrechen. Wenn wir wirklich Antworten von ihr bekommen, könnte es sein, dass wir länger als nur über Nacht unterwegs sind.«

»Dann melde ich mich bei meinem Chef krank«, sagte sie.

»Tu das. Wir sollten keine Zeit verlieren.«

Helena salutierte scherzhaft und drehte sich zur Treppe. Hinter sich hörte sie, wie Alastair die Haustür öffnete.

»Helena?«

»Ja?« Sie war stehen geblieben und drehte sich zu ihm um.

»Das gestern im Club …«, setzte er an und drehte dann den Kopf zu ihr, um ihren Blick zu suchen. »Das Grimoire mag mir vieles genommen haben. Aber … es war nicht bedeutungslos.«

Helenas Herz machte einen kleinen Sprung. Dann öffnete Alastair die Tür vollends und verließ das Haus. Er hatte gerade von ihrem Kuss gesprochen! Helenas Wangen glühten verräterisch. Sie lief eilig an das große Fenster, von dem aus sie die Straße sehen konnte und beobachtete Alastair, wie er eine Tür weiter in seinem Haus verschwand.

Mit langsamen Schritten ging sie durch das Wohnzimmer. Ihre Fingerspitzen fuhren über die Kommoden, das Bücherregal, ja selbst über den Kaminsims. Sie hatte ihr ganzes Leben hier verbracht und nie einen anderen Ort ihr Zuhause genannt. An jedem Fleck wohnten zahllose Erinnerungen. Der Gedanke, wie weit sie mit der Magie noch gehen müssen würde, ließ sie erschaudern. Sie betrachtete lange das Porträt ihrer Mutter, ertastete ihr Gesicht mit Blicken, und hoffte, diesen bitteren Schmerz der Trauer doch zu fühlen. Wenigstens ein bisschen davon. Aber da war nichts. Stattdessen lächelte sie. »Ich hole Dad zurück, was hältst du davon?« Dann senkte sie den Blick. »Warum hast du mir eigentlich nie von Elisabeth erzählt? Ich meine, sie wohnt doch nicht so weit weg von uns. Sie hätte mir so viel über Dad erzählen können, wenn du es schon nicht wolltest.« In ihren Worten lag weniger Vorwurf als Unverständnis. Es musste doch einen Grund gegeben haben, warum ihre Mutter ihr nie die Wahrheit über ihren Vater gesagt und warum sie nie von ihrer Schwägerin gesprochen hatte. »Bist du mit Elisabeth genauso wenig klargekommen wie ich?«

Sie drehte sich zu dem Grimoire auf ihrem Kaffeetisch um. Alastair hatte sie davor gewarnt, weiter darin zu lesen. Und sie wusste natürlich, dass er recht hatte. Sie hatte bereits zwei Gefühle verloren. Aber sie hatte sich am gestrigen Abend gleichzeitig so unglaublich machtlos gefühlt. Hätte Alastair nicht die beiden Schattenwanderer erstarren lassen … Sie brach den Gedanken ab. Viel zu düster war die Vorstellung, was ihnen beiden hätte passieren können. Sie dachte an ihre Begegnung mit dem Schattenwanderer in der Lagerhalle zurück. Diese Nähe zu ihm. Es hatte sich unglaublich abstoßend angefühlt, einem von ihnen derartig nahe zu sein. Nun, wenigstens war sie nicht vor Angst erstarrt.

Sie öffnete das Grimoire und blätterte langsam durch die Seiten, die sie bereits gelesen hatte. Noch beherrschte sie nur einen Bruchteil der Zauber und Flüche, die darin erklärt wurden. An die Tränke hatte sie sich gar nicht erst herangewagt. Die Rezeptur eines jeden las sich, als wären die Ingredienzen direkt aus einem Horrorfilm entnommen. Und sie würde ganz sicher nicht ein Tier für dessen Blut töten. Eilig schlug sie das Buch wieder zu. Sie sollte packen, Alastair würde gleich wiederkommen. Sie lief nach oben und stopfte einige Kleidungsstücke in ihren Rucksack.

Wenige Minuten später hörte sie das Klopfen an ihrer Tür. Eilig lief sie mit gepackten Sachen nach unten und öffnete. Alastair hatte seinen Wagen vor das Haus gefahren und ließ ihn nun in der zweiten Reihe stehen.

»Wir sollten uns beeilen«, warnte er und deutete Richtung Himmel.

Helena trat einen Schritt hinaus, den schweren Rucksack, in den sie in ihrer Eile auch das Grimoire gestopft hatte, über der Schulter. »Es schneit«, stellte sie fest.

»Allerdings. Und wenn wir nicht direkt in das erste Schneechaos des Winters hineinfahren wollen, sollten wir uns beeilen. Wer weiß, wie die Straßen in ein paar Stunden aussehen.« Seine Stimme klang ungeduldig, besorgt sogar. Die Tatsache, dass sie Sorge noch immer zu deuten vermochte, ließ sie aufatmen. *Doch kein Psychopath*, dachte sie bei sich und zog geräuschvoll die Tür hinter sich zu. Im Winter klemmte sie immer. Ihre Mutter hatte sich jedes Jahr um diese Zeit geschworen, sie richtig einstellen zu lassen, und hatte es ebenso regelmäßig vergessen. Nun, Helena schmunzelte, vielleicht würde sie sie einstellen lassen, wenn sie zurückkehrte.

»Mach dich auf ein unangenehmes Gespräch mit dieser Frau gefasst«, erklärte Alastair, nachdem er den Motor gestartet hatte und die beiden losgefahren waren. »Ich sage dir, sie ist eine richtig miese Hexe.«

-17-

Das Wetter hatte gehalten und der Verkehr war nicht schlimmer gewesen als sonst. Nach zweieinhalb Stunden waren sie in Bath und fuhren nun durch die schmalen Straßen der Innenstadt, wo alte Gebäude, die wie römische Villen anmuteten, zwischen modernen Häusern standen. Touristengruppen ließen sich von ihren Führern über die berühmten römischen Bäder der Stadt informieren und Jugendliche spazierten dicht gedrängt über die Wochenmärkte der kleinen Vorplätze. »Hübsch hier«, sagte Helena und bewunderte die Säulen, die einige der Gebäude zierten. »Irgendwie friedlich.«

»Wenn du keine schlechten Erinnerungen an diesen Ort hast, ist es das«, entgegnete Alastair, ohne den Blick von der Straße abzuwenden. Die gesamte Fahrt über hatten sie nur wenig gesprochen. Alastair hatte versucht Cornelia, so hieß die Bekannte seines Vaters, anzurufen. Allerdings hatten sie nur ihren Anrufbeantworter erreicht. Immerhin – es bedeutete, dass sie noch immer dort leben musste, wenn der Festnetzanschluss weiterhin funktionierte. Ein gutes Zeichen zwischen all den Unsicherheiten, die den Plan der beiden durchzogen wie Webfäden ein Stück Stoff.

Alastair hielt in einer Seitenstraße vor einem ungepflegten Vorgarten, der von einem schwarzen Zaun umrahmt wurde und zu Cornelias Haus gehörte. Das dreistöckige Gebäude sah aus, als hätte es ein Kleinkind gemalt: ein Quader, wie aus einem riesigen Klotz geschlagen, an beliebigen Stellen ein paar Fenster hineingehauen und die Tür feuerrot angemalt. Die Fassade hatte augenscheinlich seit Jahrzehnten niemand mehr gereinigt und zwei der Fenster waren zugemauert. »Hier wohnt sie?«

»Jap, die alte Hexe«, kommentiert Alastair spitz und stieg aus dem Wagen. Helena folgte ihm zu der roten Tür. Daran befestigt war ein Türklopfer mit dem Kopf eines Löwen, der den Ring zum Klopfen im Maul hielt. Alastair streckte die Hand danach aus, klopfte dreimal kräftig und trat einen Schritt zurück.

»Wohnt sie hier ganz allein?« Helena suchte die Tür nach Namensschildern ab, konnte jedoch nichts finden. Nicht einmal eine Klingel.

»Tja, bitter und alt. Will eben niemand mit ihr zusammenwohnen, schätze ich.«

Helena sah Alastair verwundert an. *Wow*, es war gut, wenn auch befremdlich, zu wissen, dass selbst jemand wie Alastair einen Groll gegen jemanden hegen konnte. Die Tür wurde schwungvoll aufgerissen und eine sehr große, schlanke Frau, die in einen weiten, seidenen Morgenmantel mit fein gezeichneten Drachen und Blüten gehüllt war, erschien im Türrahmen.

»Wenn das nicht Alastair Halligan ist.« Sie verschränkte die Arme vor der Brust und musterte ihn gründlich, so als hätte sie ihn seit Ewigkeiten nicht gesehen. Ihr langes, lockiges Haar hatte sie zu einem unordentlichen Dutt hochgebunden, aus dem einige silbrige Strähnen heraushingen. Dafür wirkte ihre Haut, abgesehen von den leichten Falten, die ihr Alter verrieten, absolut makellos.

Alastairs Stimme klang belegt, als er sich ein »Hallo, Cornelia« abrang.

»Guten Tag, ich bin …«

»Helena Cunningham«, unterbrach Cornelia sie und musterte sie mit stechendem Blick. »Schon gut. Keine Vorstellung nötig.« Sie wandte den Blick wieder Alastair zu. »Was willst du?« Nichts an ihrer Körperhaltung erweckte den Eindruck, dass sie vorhatte, ihre Gäste hereinzubitten.

»Du hättest auch an das Telefon gehen können, statt uns auszupendeln.« Alastair stöhnte tonlos. »Können wir bitte reinkommen? Es ist kalt und was ich zu sagen habe, muss auch nicht jeder hören.«

»Ich bin überrascht, dass du überhaupt herkommst, wo du doch nach der Beerdigung so froh warst, mich nie wieder sehen zu müssen«, entgegnete sie. »Sag erst mal, was du willst, und dann entscheide ich, wie es weitergeht.«

Alastair lächelte künstlich. »Hat dein Pendel dir das nicht gesagt?«

Cornelia lachte laut, machte einen Schritt zurück und war im Begriff, die Tür zu schließen, als Alastair eilig die zwei Stufen hocheilte und seine Hand gegen das Türblatt stemmte. »Wir brauchen deine Hilfe.«

Sie sah ihn erwartungsvoll an und legte den Kopf schräg.

»Bitte«, presste er zwischen zusammengebissenen Zähnen hervor.

Sie schürzte die Lippen und blickte noch einmal zu Helena. Die hatte das Gefühl, dass dieser Blick jeden Zentimeter ihres Körpers genau unter die Lupe nahm, als ob sie daraus irgendetwas über den Grund ihres Besuchs hätte schließen können.

Schließlich trat Cornelia jedoch tatsächlich einen Schritt zur Seite. »Ich habe aber nicht viel Zeit«, erklärte sie.

»Warum? Kommt noch …«, setzte Alastair an, wurde jedoch augenblicklich unterbrochen.

»Ich warne dich, Bürschchen. Komm mir dumm und ich setze dich direkt wieder vor die Tür.«

Alastair verkniff sich den Rest seines Kommentars.

Helena trabte stumm hinter den beiden her. Die Innenräume sahen genauso vernachlässigt aus, wie die Außenfassade des Hauses es hatte vermuten lassen. Es war ungewöhnlich, dass eine einzelne Person so viele Räume bewohnte, von den Heizkosten im Winter ganz abgesehen. Cornelia ging ihnen auf der Treppe nach oben voraus und betrat im ersten Stock einen großen Raum, von dem man über den Vorgarten auf die Straße blicken konnte. Anders als der vergammelte Rest des Hauses war dieser Raum wie ein edler Salon eingerichtet. Antike Möbel, ein kostbarer Teppich unter dem Esstisch, Gemälde und ein bei jedem Schritt leise knarzender Parkettboden zeichneten ein Bild von Luxus und Tradition.

Cornelia ließ sich in einen roten Samtsessel fallen. Erwartungsvoll sah sie die beiden an. Ihre schlanken Beine hatte sie elegant übereinandergeschlagen und Helena ahnte anhand der reichlich nackten Haut, die ihr hier präsentiert wurde, dass Cornelia unter dem seidenen Mantel wohl nicht so viel anhatte. Sie schluckte schwer und bemühte sich, ihr in die Augen zu sehen.

»Also?« Mehr sagte Cornelia nicht. Sie bedachte Alastair mit einem Blick, mit dem man normalerweise ein ekliges Insekt betrachtete.

Großer Gott.

Was war wohl zwischen ihr und Alastair vorgefallen, dass sie einander derartig verabscheuten? Immerhin sprach aus Alastairs Augen die gleiche Abneigung.

Helena atmete tief durch und verdrängte die Gedanken an die Vergangenheit der beiden. »Wir suchen nach einem Leser. Alastair sagte, dass Sie Fähigkeiten besitzen, mit denen Sie uns eventuell helfen können, einen zu finden. Wir haben gehofft, dass Sie uns …«

»Ha!« Cornelia beugte sich vor und griff nach einer Teetasse, die mit ihrem dampfenden Inhalt auf dem Tisch vor ihr stand. Helena und Alastair hatte sie nichts angeboten. »Das musst du mir erklären, Bürschchen.«

»Hör auf, mich Bürschchen zu nennen«, presste Alastair hervor, spürbar darum bemüht, nicht aus der Haut zu fahren. »Ich bin kein Kind mehr«, fügte er erbost hinzu.

Cornelia setzte ein herablassendes Lächeln auf und beobachtete ihn aus zu Schlitzen verengten Augen. »Wäre dein Vater hier, könnte er dir sofort eine Handvoll Leser benennen. Stattdessen kommst du zu mir und musst jetzt darum betteln, dass ausgerechnet ich dir helfe. Wie fühlt sich das an? Immerhin hast du einmal damit geprahlt, dass du eher sterben würdest, als noch ein einziges Wort mit mir zu wechseln.«

Alastair schüttelte den Kopf. »Du bist …« Er brummte etwas zwischen geschlossenen Lippen und kniff dabei die Lider zusammen. Dann sah er sie wieder an. »Hilfst du uns jetzt, oder sollen wir wieder gehen? Deine Wichtigtuerei verschwendet nur unsere Zeit und falls du es nicht gemerkt haben solltest: Wir haben es eilig.«

Cornelia trank einen weiteren Schluck. Dann fiel ihr Blick auf Helena. »Du bist hübsch«, stellte sie mit nüchternem Ton fest, während sie Helena erneut prüfend begutachtete. »Bist du seine Freundin?«

Helenas Wangen wurden schlagartig heiß. Aus den Augenwinkeln warf sie einen Blick auf Alastair, schüttelte dann jedoch zaghaft den Kopf. »N-nein«, antwortete sie leise.

»Mhm.« Cornelia stand auf und ging auf Helena zu. Bei ihr angekommen, legte sie ihr einen Finger unter das Kinn, hob es an und sah ihr geradewegs in die Augen. Es fühlte sich so an, als würde diese Frau direkt in ihr Innerstes schauen. Und wer wusste schon, ob es nicht so war? Immerhin hatte Alastair angedeutet, dass Cornelia in der Lage war, durch Auspendeln Menschen zu suchen und zu finden. Aber möglicherweise war das nicht alles, was sie konnte. Ob sie Helenas wilden Herzschlag spürte, der bei ihrer Frage plötzlich in die Höhe geschossen war?

»Die kleine Cunningham. Dein Vater hatte das gleiche feuerrote Haar«, sagte Cornelia fast andächtig. »Er war eine richtige Berühmtheit, weißt du das? Nun …« Sie ließ von Helenas Kinn ab und setzte sich zurück in ihren Sessel. »Streng genommen, sind das alle Magier aus alten Familien. Also los. Was suchst du, Mädchen?«

Helena sah unsicher zu Alastair. Der nickte ihr auffordernd zu.

»Wir suchen nach einem Leser, der das Artefakt meines Vaters auslesen kann.«

Cornelias Augen weiteten sich. »Leser sind sehr selten. Ich weiß gar nicht, ob es noch welche gibt, um ehrlich zu sein.«

»Kannst du es vielleicht versuchen?«, hakte Alastair nach.

Cornelia verdrehte die Augen, bedeutete den beiden jedoch schließlich, auf dem Sofa Platz zu nehmen, das mit demselben roten Samt verkleidet war wie der Sessel, auf dem sie bis eben noch gesessen hatte. Sie war für einen kurzen Moment in einem benachbarten Zimmer verschwunden, aus dem sie mit mehreren Rollen unter dem Arm zurückkehrte. Die erste Rolle breitete sie auf dem mahagonifarbenen Kaffeetisch vor dem Sofa aus und kniete sich davor auf den Boden. Ihr Seidenmantel öffnete sich ein Stück, so weit, dass Helena beruhigt feststellen konnte, dass Cornelia wenigstens Unterwäsche trug. Die Rolle entpuppte sich als eine alte Karte von England. So alt, dass einige der Städte noch gar nicht eingezeichnet waren. Helena bestaunte das vergilbte, mit Sicherheit handgefertigte Pergament.

»Absolute Ruhe!«, befahl Cornelia und warf Alastair einen stechenden Blick zu. »Besonders du.«

Sie hatte kaum die Augen geschlossen, da hob Alastair die Hand und hielt ihr den Mittelfinger entgegen.

»Das sehe ich, Bürschchen.«

In Alastairs Gesicht regte sich weder ein Erschrecken noch eine Entschuldigung. »Ich weiß.«

Zum ersten Mal musste Helena sich ein Lachen verkneifen. Was auch immer die beiden dazu gebracht hatte, sich derartig zu hassen: Sie wirkten gleichzeitig seltsam vertraut, so als ob sie einander schon ein Leben lang kennen würden.

Cornelia nahm einen tiefen Atemzug, während sie das Artefakt von ihrem Hals löste, das sich bisher unter dem Seidenmantel versteckt hatte. Ähnlich wie das von Helena war es aus einem schwarzen, durchscheinenden Stein hergestellt, hatte jedoch die Form eines Zapfens. Mit einer zunächst größeren Bewegung ihres Handgelenks brachte sie dieses Pendel dazu, sich kreisförmig über der Karte zu drehen. Helena beobachtete gespannt, was als Nächstes passieren würde. Nie zuvor hatte sie sich für Magie interessiert. Sie war nie zu Wahrsagerinnen gegangen. Ein einziges Mal hatte sie sich zum Spaß von Sarah Tarotkarten legen lassen, weil die ein Set zu Weihnachten geschenkt bekommen hatte. Sarah hatte ihr fünf Kinder, drei Ehemänner und einen Kriegertod vorhergesagt. Überflüssig zu sagen, dass ihre Wahrsagekarriere ein schnelles Ende genommen hatte.

Das Pendel drehte sich nun in immer kleiner werdenden Kreisen über der Karte. Cornelias Gesicht wirkte angespannt, eine Ader an ihrer Schläfe trat hervor. Dann, von einer Sekunde auf die nächste, schlug das Pendel aus und blieb schräg in der Luft stehen, ungeachtet irgendwelcher Erdanziehungskräfte. Und obwohl Cornelias Handgelenk in etwa über Sheffield schwebte, wies die Spitze des Pendels westlich auf den walisischen Snowdonia National Park, als würde eine unsichtbare Hand es dort festhalten. Cornelia öffnete die Augen und blickte auf die Karte. »Interessant. Ein Eremit«, stellte sie tonlos fest. Ihr Blick wirkte abwesend, bewegte sich unruhig über das Gebiet des Nationalparks, so als würde sie etwas beobachten.

Alastair stöhnte. »Ausgerechnet!«

»Was ist?«, fragte Helena unsicher.

Cornelia blinzelte. Dann sah sie Helena an. »Eremiten sind Eremiten, weil sie allein sein wollen. Sie hassen das Gespräch mit anderen Menschen und mit anderen Magiern erst recht«, erklärte Cornelia und sah Helena mit leichtem Bedauern an. Wie eine Professorin den Prüfling, der zum wiederholten Mal durch die Prüfung gerasselt war.

Helena nickte. »Also wird er uns nicht helfen«, schlussfolgerte sie.

Cornelia legte das Pendel auf dem Tisch ab, ohne es aus der Hand zu lassen, und stützte ihr Kinn auf die andere Hand. »Vielleicht, wenn unser Alastair hier ganz lieb Bitte sagt.«

»Kannst du nicht jemand anderes finden?«

Cornelia sah ihn beleidigt an. »Glaubst du, du bist hier im *All-you-can-pendel*, oder was? Nimm den Eremiten oder verschwinde.«

»Fein«, murmelte er. »Kannst du ihn genauer lokalisieren?«

Cornelia bedachte Alastair mit einem stechenden Blick, rollte dann jedoch die Karte zusammen und legte sie beiseite. Von dem Stapel mit Karten, die sie aus dem Nebenraum mitgebracht hatte, nahm sie eine andere und rollte diese auf dem Tisch aus. Eine Karte von Wales, ebenso liebevoll illustriert wie die erste. Ein Großteil zeigte tatsächlich den Nationalpark. Sie hob das Pendel über die Mitte der Karte, brachte es mit geschlossenen Augen zum Schwingen und wieder erstarrte das Pendel an einem Punkt über der Karte, als wäre es in der Luft festgefroren. Cornelia öffnete die Augen und tippte mit einem Finger, dessen knallroter künstlicher Fingernagel regelrecht einer Kralle glich, auf einen Punkt auf der Karte.

»Dort.«

Alastair holte sein Smartphone hervor, öffnete eine Karte aus dem Internet und zoomte auf den Ausschnitt, den das Pendel angezeigt hatte. Dann tippte er auf einen Punkt. Tatsächlich wurden die Koordinaten zu dem ausgewählten Punkt in einem Feld rechts der Karte angezeigt.

»Hast du Angst, dass du Schwierigkeiten haben wirst, einen Eremiten zu finden?« Cornelias Stimme triefte vor Sarkasmus. »Dein Vater würde sich schämen.«

Alastair senkte das Smartphone in seinen Schoß. »Mein Vater tut gar nichts mehr. So ist das, wenn man tot ist. Tut mir leid, dass nichts für dich übrig geblieben ist.« Er erhob sich vor dem Sofa und nickte Helena zu. »Lass uns gehen.«

Helena sah verunsichert zwischen den beiden hin und her, bis ihr Blick jedoch schließlich auf Cornelia verharrte. »Ich … Ich danke Ihnen. Wir! Wir danken Ihnen.«

Die Frau hob unbeeindruckt eine Augenbraue. »Von deinem Dank kann ich mir herzlich wenig kaufen. Cash dagegen würde mich deutlich mehr erfreuen.« Ihre Lippen zierte ein schnippisches Lächeln.

Alastair verkniff sich sichtlich angestrengt einen weiteren Kommentar und machte sich auf den Weg zur Tür. »Ich warte unten auf dich, Helena.«

»Wa… Alastair!«, rief sie ihm hinterher, zuckte jedoch zusammen, als die Tür unerwartet laut hinter ihm zuknallte. Sie rang damit, ob sie nachfragen sollte, was zwischen den beiden war – oder eher nicht war. Schließlich ging es sie nichts an. Hatte sie überhaupt das Recht, irgendwelche Fragen zu stellen? Aber es war so offensichtlich, dass die beiden einander zutiefst hassten. Schließlich siegt ihre Neugierde. »Was ist zwischen Ihnen beiden vorgefallen?«

Ein Feuerzeug in Cornelias rechter Hand klickte ein paar Mal, während sie ihre Zigarette anzündete.

»Ich habe Alastair noch nie so erlebt«, erklärte Helena. Verdammt, warum hatte sie nicht einfach die Klappe gehalten? Sie mischte sich doch nur in etwas ein, das sie nichts anging. Noch dazu, wo sie doch in Eile waren! Dann wiederum hatte Alastairs Wut die ganze Zeit über wie eine Wolke über dem Raum geschwebt.

Cornelia nahm einen tiefen Zug und blies Helena den Zigarettenrauch genüsslich ins Gesicht. »Magst du den Burschen?«

Helena ertappte sich dabei, wie ihr Atem stockte. »Was? Nein. Wir sind … Wir sind Freunde.«

Cornelia nickte, auch wenn ihr Blick eine völlig andere Sprache sprach. »Ach so.«

»Wirklich!«, versicherte Helena ihr noch einmal.

»Gut.« Cornelia hob die Schultern und stand von dem Sessel auf. »Wenn du das denkst …« Mit einer Handbewegung in Richtung Tür entließ sie Helena.

Erst als Helena die Tür bereits geöffnet hatte und im Begriff war, den Raum zu verlassen, hielt sie für einen kurzen Moment inne. Sie drehte sich nicht zu Cornelia um. Doch der eisige Blick der Frau in ihrem Rücken war wie die Klinge eines Messers.

»Sie kannten meinen Vater«, stellte Helena leise fest. Als Cornelia kein Wort sagte, sprach sie weiter. »Wie gut kannten sie Alastairs?«

Sie hörte, wie die Schritte der Frau sich langsam von ihr entfernten. Dann fiel eine Tür zu und Helena wusste, dass sie auf ihre Frage keine Antwort mehr zu erwarten hatte. Sie seufzte leise und eilte die Treppen nach unten, wo Alastair vor der Haustür bereits auf sie wartete.

»Du hast dir Zeit gelassen«, stellte er ungewohnt kühl fest.

Helena lächelte. »Sie hat vorhin meinen Vater erwähnt. Ich dachte, dass sie vielleicht mehr über ihn weiß.«

Alastair nickte. »Verstehe. Und? Wusste Sie etwas?«

»Er hatte feuerrotes Haar, so wie ich«, erklärte sie mit einem breiten Grinsen.

»Das hat sie schon gesagt, als ich noch dasaß.«

»Und mehr wusste sie nicht – oder hat es mir nicht erzählt«, entgegnete Helena und stieg gemeinsam mit Alastair in den Wagen.

Als er losfuhr, beobachtete Helena ihn schweigend von der Seite. Studierte seine Gesichtszüge, die sich in den wenigen Minuten bei Cornelia seltsam verhärtet hatten. Die Muskulatur an seinem Kiefer war sichtbarer, regelrecht steif geworden, so als hätte er sich redlich bemühen müssen, die Zähne zusammenzubeißen, um der Frau nicht jeden Moment an die Gurgel zu gehen. Und selbst jetzt, da sie sich dem Stadtrand näherten, kreisten seine Gedanken noch immer um sie. Um diesen einen Menschen, den er noch mehr zu hassen schien als seinen eigenen Vater.

-18-

Drei Stunden und eine längere Pause an einem Rastplatz später, wo sie Alastairs Wagen aufladen mussten, fuhren die beiden in den Snowdonia National Park. Helena erinnerte sich, einmal mit ihrer Mutter hier gewesen zu sein, um den Snowdon zu besteigen. In eintausend Metern Höhe hatten die Welt und alle Probleme dort unten auf einmal viel kleiner ausgesehen. Jetzt, Jahre später, hatte sie noch immer das Gefühl, dass die vielen Laubwälder, Bäche und Burgen, umgeben von Hügeln und hohen Bergen so weit weg von dem Leben waren, in dem sie aufgewachsen war. Sie fragte sich, warum sie nicht öfter hierhergekommen war, um zu vergessen. Vielleicht würde sie das tun, wenn sie die Büchse der Pandora zerstört hatten. Weite, offene Wiesen wechselten sich mit dichten Wäldern ab und zogen wie eine andere Welt an ihnen vorbei. Andere Autos hatten sie seit einer Weile nicht mehr gesehen. Nachdem sie schon einige Zeit durch den Nationalpark gefahren waren, und die Nacht über sie hereingebrochen war, wurden die offenen Wiesen seltener. Der Schneefall hatte sich in der letzten Stunde immer mehr verstärkt und erschwerte ihnen die Sicht, die dichten Wälder taten mit ihrer tiefen Schwärze, die das Licht der Scheinwerfer schluckte, ihr Übriges. Endlich wurde Alastair langsamer und hielt den Wagen vor einer windschiefen Hütte an. Das Dach war zugeschneit und tote Efeuranken hingen an den hölzernen Wänden der Hütte. Die Fensterrahmen wirkten morsch, so als müsste der Wind eisig in das Innere ziehen. Und sie waren schmutzig, so als hätte sich länger niemand darum gekümmert, sie zu putzen. Hätte kein Licht in der Hütte gebrannt, wäre Helena überzeugt gewesen, dass sie hier falsch waren. Alastair, der bis eben geschwiegen hatte, hob die Arme vor seine Brust. Selbst im Auto war es kalt. Hatte Alastair doch die Heizung heruntergeregelt, um Strom zu sparen. Tatsächlich waren die beiden froh, es so tief in das Gebiet geschafft zu haben, ohne vorher eingeschneit zu werden.

»Hier ist es?« Helenas Gurt surrte in seine Halterung zurück und sie beugte sich ein Stückchen vor.

Alastair warf einen Blick auf die Karte in seinem Smartphone und dann wieder auf das Haus. »Das sind die richtigen Koordinaten. Und ich meine, wie viele Häuser wird es hier im Umkreis schon geben? Also, wenn wir jemanden suchen, scheint mir das schon die richtige Adresse zu sein.«

Die beiden stiegen aus dem Wagen und Helena machte sich, ohne zu zögern, auf den Weg zu der Haustür. Aus der Nähe wirkte das Haus nicht weniger heruntergekommen, aber sie konnte nun zahllose Schnitzereien an den Balken um die Fenster herum erkennen. Ob der Leser sie selbst angefertigt hatte? Vielleicht hatte er sogar das Haus gebaut. Von drinnen hörte sie Geschirr klappern. Sie klopfte an die Tür, trat einen Schritt zurück und wartete. Als die Tür geöffnet wurde, schlug ihnen ein schwerer, bitterer Geruch aus dem Inneren des Hauses entgegen. Es roch, als hätte man zahllose Blumensträuße zu lange in einer Vase stehen lassen. Helena rümpfte die Nase, zwang sich jedoch gleichzeitig, höflich zu lächeln. Ein kleiner Mann, der ihr kaum bis zur Brust reichte, wischte sich die Hände an einem Handtuch trocken und inspizierte seine beiden nächtlichen Besucher kritisch. Seine schmalen, mandelförmigen Augen beobachteten sie misstrauisch, seine Haut hing schlaff von den Wangen, aber seine Haare hatten die Jahrhunderte, so dachte Helena scherzhaft, gut überstanden – im wahrsten Sinne des Wortes. Sie standen von seinem Kopf ab, als hätte er vor Kurzem erst in eine Steckdose gefasst.

Mit scharfem Blick musterte er die beiden. »Kann ich Ihnen helfen?« Er steckte einen Zipfel des Geschirrtuchs in seine dunkelbraune Lederhose, zog diese an seinem schmalen Körper ein Stück hoch und verschränkte dann die Arme vor der Brust.

»Guten Abend. Mein Name ist Helena Cunningham und das hier ist … ein guter Freund von mir. Alastair Halligan.« Sie lächelte freundlich, was ihr Gegenüber aber völlig unbeeindruckt ließ.

Der Mann starrte sie weiterhin unfreundlich an. »Mhm«, grummelte er und blieb im Türrahmen stehen. Er erwartete wohl weitere Informationen.

»Wir sind auf der Suche nach einem Leser«, erklärte Alastair ihre Anwesenheit.

»Ich bin dreiundachtzig Jahre alt, junger Mann«, knurrte der. »Ich habe kaum noch die Zeit, Ihnen jedes Wort aus der Nase zu ziehen. Kommen Sie also zur Sache.«

Helena atmete tief durch. »Eine alte Bekannte meines Fr… äh, von Alastair hat uns diese Koordinaten gegeben und uns gesagt, dass wir hier einen Leser finden. Wir möchten Sie bitten …« Sie holte die Kette mit dem Artefakt aus ihrer rechten

Jackentasche hervor. »Wir möchten Sie bitten, diese Kette hier …«

Sie sah Alastair Hilfe suchend an. Wie nannte man das denn, was sie von ihm wollten?

»Wir möchten Sie bitten, die Kette zu lesen«, sprang Alastair ihr bei.

Der Mann schnaubte. »Ich habe mich zur Ruhe gesetzt. Wenn das dann alles wäre …«, er deutete auf ihren Wagen, »fahren Sie diese Monstrosität bitte von meinem Grundstück.«

Helena schaute den Alten fassungslos an. »Hören Sie, es ist wirklich wichtig. Bitte!«

Der Alte hob eine Augenbraue. »Miss, hören *Sie*: Ich befasse mich seit Jahren nicht mehr mit dem, was Sie von mir wollen.« Er hob das Kinn und sah abfällig auf Helenas Artefakt. »Und ich lese ganz sicher keine Artefakte von irgendwelchen anderen Magiern.«

Ihre Augen weiteten sich. »Sie wissen es?«

»Natürlich«, knurrte er. »Ihrer beider Aura stinkt zehn Meilen weit. Jeder Schattenwanderer des Waldes und Umgebung könnte Sie problemlos aufspüren.« Tatsächlich beugte er sich ein Stück aus der Tür und sah sich misstrauisch um. »Ich hoffe, Sie haben mir hier keinen angeschleppt.«

Helena schüttelte eilig den Kopf. »Bitte. Es ist wirklich wichtig: Das Artefakt gehörte meinem Vater, William Cunningham. Ich …«

Bei der Nennung dieses Namens richtete sich der Einsiedler kerzengerade auf und starrte Helena an. »*Der* William Cunningham? Der Magier der Elemente?«

Helena nickte.

Der Alte schürzte die Lippen, nickte dann jedoch und trat einen Schritt zur Seite. »Ich habe Suppe gekocht«, erklärte er. »Kommen Sie rein.«

Erleichterung durchflutete Helena, als sie den warmen Innenraum der Hütte betraten. Diese war deutlich größer, als sie von außen den Anschein gemacht hatte, und besaß ein großes Wohnzimmer mit einer kleinen Küchenzeile sowie zwei weitere Räume – wohl das Bad und das Schlafzimmer. Von den Balken hingen zahlreiche Kristalle, Federn, Knochen und sogar – Helena verzog das Gesicht – getrocknete Köpfe von Tieren. Daher also war der Geruch gekommen, den sie schon an der Haustür wahrgenommen hatte. Sie schürzte die Lippen und schluckte die Säure, die ihr aus dem Magen aufstieg, entschlossen herunter.

»Bannzauber«, flüsterte Alastair ihr zu.

Der Alte hatte sich wieder zu ihnen umgedreht. »Suppe?«

Eine innere Stimme flüsterte Helena zu, das Angebot besser abzulehnen. Nachdem sie die Innendekoration der Hütte in Augenschein genommen hatte, stand sie den Bestandteilen der Suppe mehr als kritisch gegenüber. Dennoch nickte sie und rang sich ein Lächeln ab. »Sie haben meinen Vater gut gekannt?«, fragte sie dann.

Der Magier schöpfte mit einer Kelle Suppe in drei tiefe Teller. »Stellen Sie die mal auf den Tisch!«, wies er Alastair an, der eilig herantrat und zwei Teller auf einen Tisch in der gegenüberliegenden Ecke des Raumes brachte. Der Alte selbst brachte den dritten und drei Löffel. »William war ein alter Freund«, sagte er.

Helenas Augen weiteten sich. »Sie kannten meinen Vater also wirklich?«

Der Einsiedler nickte. »Ich war mit deinem Vater, also Ihrem Großvater, befreundet. Dein Vater war ein guter Mann. Zu dumm, dass ihn die Gier so zerfressen hat. Es hat deinem Großvater das Herz gebrochen, mit ansehen zu müssen, was aus William geworden war. Hat ihn umgebracht, der Kummer.« Er schüttelte den Kopf und setzte sich an den Esstisch. Ohne darauf zu warten, dass auch Helena und Alastair sich setzten, aß er.

Helena sah Alastair Hilfe suchend an.

Der hob lediglich die Schultern und bedeutete ihr, sich zu setzen. »Was meinen Sie genau damit, dass die Gier ihn zerfressen hat?«

Der Alte kaute mit vollem Mund. Etwas darin knackte. Sie senkte den Blick und inspizierte mit kritischem Auge das, was in der trüben Brühe schwamm. *Bitte keine Knochenreste*, dachte sie angewidert. *Und keine Augen*.

Der Alte schluckte geräuschvoll. »William hat sein Leben immer mehr durch seine Magie gesteuert. Irgendwann hat er kaum noch etwas dem Zufall überlassen.« Er zuckte mit den Schultern. »So ist das eben, wenn man dem obersten Gebot nicht Folge leistet.« In seiner Stimme schwang eine ungewöhnliche Kälte, so als würde ihn überhaupt nicht berühren, dass William verschwunden war. Ein mulmiges Gefühl machte sich in Helenas Magen breit. Sie hatte eine Ahnung, welches Gefühl *er* womöglich eingebüßt hatte.

»Was ist das oberste Gebot?«, fragte sie, nun doch unsicher.

»*Gefahr droht denen, die von Gier getrieben nach der Macht greifen*«, antworteten der Alte und Alastair wie aus einem Mund.

Natürlich. Das war der Spruch auf dem Buchdeckel ihres Grimoires. Hatte ihr Vater sich wirklich von der Gier nach mehr Magie treiben lassen? Sie tauchte den Löffel in die Suppe und aß einen Happen. Etwas Scharfkantiges berührte ihre Zunge und sie kniff die Lider eilig zusammen, darum bemüht, ihr Gesicht nicht zu verziehen. Es knackte einige Male. Erst als sie das Gebräu heruntergeschluckt hatte, öffnete sie wieder die Augen und lächelte.

»Die ist gut«, log sie.

Der Alte kniff die Augen zusammen. »Sie ist widerlich. Aber ich habe kein Geld, um etwas Besseres zu kochen. Iss die Suppe oder lass es sein, Kindchen.«

Helena sah aus den Augenwinkeln zu Alastair, dessen Gesicht vollkommen ausdruckslos geblieben war. War jedes Lächeln von ihm, seitdem sie ihn kannte, ein Schauspiel gewesen?

»Mein Name ist übrigens Jenkins, Andrew Jenkins. Aber ihr könnt einfach Jenkins sagen.«

»Helena«, entgegnete Helena eilig.

»Alastair.«

Jenkins aß noch einen Löffel von der Suppe. Dann streckte er die Finger nach Helenas Artefakt aus. »Also? Willst du es mir geben? Ich muss zugeben, dass ich neugierig darauf bin, zu erfahren, wozu er sich hat hinreißen lassen.«

Helenas Hand schoss unbewusst zu dem Artefakt und umschloss ihn mit den Fingerspitzen. »Ich … Ja, natürlich.« Sie suchte Alastairs Blick, während sie die Kette von ihrem Hals löste. Der nickte ihr zu. Da war es wieder, dieses Lächeln, das seine Augen nicht zu erreichen vermochte. Sie hatte es so oft an ihm gesehen und jetzt, da sie wusste, dass er keine Freude empfand, ergab es plötzlich Sinn. Sie reichte Jenkins die Kette und sah ihn erwartungsvoll an.

Jenkins drehte die Kette zwischen seinen Fingern. Als würde er nach einer Inschrift suchen, wurden seine Augen immer schmaler. Näher und näher rückte er die Kette an sein Gesicht, bis etwas in seinem Blick erstarrte.

»Ist alles in O…?«

Alastair legte Helena eine Hand auf den Schoß und schüttelte den Kopf. »Er muss sich konzentrieren«, flüsterte er.

Helena verstummte. Sie und Alastair sahen Jenkins schweigend an. Seine Augen weiteten sich hin und wieder, während seine Lippen sich bewegten, so als würde er stumm eine Geschichte erzählen. Hätte er nicht das Artefakt in den Händen gehalten, hätte man meinen können, dass er hoch konzentriert in einem Buch las, das so spannend war, dass er sich nicht davon losreißen konnte und einige Passagen davon mitsprach. Erst als er plötzlich blinzelte und das Artefakt sinken ließ, um Helena anzusehen, erkannte sie etwas in seinen Augen, das ihr einen Schauer über den Rücken jagte. Wie eisige Fingerspitzen fuhr das Gefühl ihren Rücken bis zum Haaransatz hoch.

»Dein Begleiter …«, er musterte Alastair von oben bis unten. »Er sollte den Raum verlassen.«

Helenas Hand griff wie aus einem Reflex heraus nach Alastairs Unterarm. »Warum?«

Jenkins warf ihr einen strengen Blick zu. »Ich teile nicht mit Fremden, was ich hier gelesen habe. Du bist Williams Tochter, aber er«, er musterte Alastair »ist ein Fremder.«

Alastair hob kurz die Hände und stand dann von seinem Stuhl auf. »Ich gehe kurz vor die Tür.«

»Alastair, das musst du nicht! Ich habe keine Geheimnisse vor dir.« Helena war aufgestanden und machte einen Schritt auf Alastair zu.

»Helena, wenn wir wissen wollen, wie dein Vater es gemacht hat, ins Schattenreich zu gelangen, müssen wir Jenkins machen lassen«, flüsterte er. »Und wenn ich dafür vor die Tür gehen soll, ist das eben so.« Seine Worte waren verständnisvoll, aber sein Blick sprach eine andere Sprache. Zorn funkelte darin, so als hätte die Trauer dafür Platz machen müssen.

Mehr Wut. Ja, so fühlte auch sie sich.

Ihre Gefühle wechselten zwischen überschwänglicher Freude und brennender Wut, je nachdem, mit wem sie gerade sprach. Irgendein Gefühl hatte schließlich die Plätze ihrer verlorenen Angst und Trauer einnehmen müssen. Sie sah ihm mit streng zusammengeschobenen Augenbrauen hinterher, bis die hölzerne Tür leise ins Schloss gefallen und die Schneeflocken, die durch den schmalen Spalt hereingewirbelt waren, auf dem Boden tauten.

Dann ging sie zum Tisch zurück und warf Jenkins einen feurigen Blick zu. »Ich vertraue Alastair«, stellte sie klar.

»Mag sein. Ich aber nicht«, entgegnete er. Der Alte reichte ihr das Artefakt zurück. »Du hast Glück, dass dein Vater das Artefakt immer bei sich getragen hat. Sonst könnte ich dir die Antworten, die du suchst, jetzt nicht geben. Jedenfalls: Wie es aussieht, war es weniger die Gier, die deinen Vater getrieben hat, als der Wunsch danach, seine Schuld wieder gutzumachen.«

Helena stutzte. »Welche Schuld?«

»Er war schuld daran, dass die Büchse der Pandora beinahe geöffnet wurde.«

Helena erstarrte. »Ich … Das verstehe ich nicht.«

Jenkins seufzte. »Die Büchse zu öffnen, ermöglicht es allem, was sich im Schattenreich befindet, in die reale Welt einzudringen. Umgekehrt verleibt sich das Schattenreich die reale Welt ein. Wegen deines Vaters wäre es deiner Tante beinahe gelungen, die Büchse zu öffnen.«

Nicht ein einziges Wort brachte sie über die Lippen. Stattdessen starrte sie den Alten fassungslos an, versuchte einzuordnen, was er gerade gesagt hatte, und doch ergab es, egal, wie sie es drehte und wendete, keinen Sinn.

»Dein Großvater konnte deine Tante nicht leiden. Sie war sein Kind, aber er erkannte, dass sie machtgierig und selbstsüchtig war. Darum hat er entgegen der Regel, das Grimoire immer dem oder der Erstgeborenen zu vermachen, es deinem Vater gegeben.« Er aß weiter von der Suppe und biss auf etwas Knackendem herum, ehe er weitersprach. »Dein Vater allerdings hat es nicht ertragen, dass seine geliebte Schwester von der Magie ausgeschlossen wurde. Er hat sein Artefakt mit einem Zauber belegt, der es seiner Schwester erlaubte, das Grimoire ebenfalls zu lesen. Elisabeth fand es dennoch ungerecht, dass sie ausschließlich auf die Gnade ihres Bruders angewiesen war, und hat …«

»Also wollte sie die Magie aus dem Schattenreich entkommen lassen, indem sie die Büchse öffnete«, unterbrach Helena den Alten aufgeregt. Ihre Stimme war fest und doch starrten ihre Augen ins Nichts. »Und jetzt wollte sie mich benutzen. Aber hätte das denn funktioniert? Würde sie denn eine richtige Magierin werden, wenn die Magie aus der Büchse in unsere Welt zurückkehrt?«

Jenkins nickte vorsichtig. »Gut möglich. Sie entspringt einem magischen Geschlecht. Noch dazu verfügt sie durch William über magische Fähigkeiten. Wenn die Magie also ungehindert in unsere Welt zurückkehrt, ist es gut möglich, dass Elisabeth frei darüber verfügen könnte. Dann aber auch jeder andere Magier.«

»Aber …« Ihr Blick suchte in der Ferne nach Antworten. »Ich verstehe das nicht. Elisabeth ist viel mächtiger als ich. Warum will sie, dass ich ihr helfe? Sie braucht mich doch gar nicht.«

Jenkins schmunzelte. »Nun, sie braucht jemanden für den schmutzigen Teil der Aufgabe.« Helena sah ihn erwartungsvoll an. »Die Büchse im Schattenreich muss geöffnet werden. Jemand muss also dorthin, um dort die Büchse zu öffnen. Nur dann kann die Brücke zwischen unseren Welten wiederhergestellt und die Magie zurückgeholt werden.«

Helena schluckte schwer. »Und mein Vater sollte die Büchse im Schattenreich öffnen?«

Jenkins schüttelte langsam den Kopf. »Nein. Elisabeth hatte einen Geliebten, einen sehr mächtigen Magier. Sie hat *ihn* geschickt. Dein Vater ist ihm hinterhergeeilt, um ihn aufzuhalten.«

Alles in Helena bebte. Elisabeth hatte sie tatsächlich nur benutzt, wollte sie schamlos ausnutzen, um ihr altes Ziel zu erreichen. Nicht nur das. Ihre Tante hatte sie dazu gebracht, ihr bei etwas zu helfen, das ihr Vater zu verhindern versucht hatte. Sie schüttelte den Kopf, konnte sich jedoch ein spöttisches Lachen nicht verkneifen. »Es wäre die perfekte Ironie des Schicksals gewesen, wenn ausgerechnet Williams Tochter ihren Plan in die

Tat umgesetzt hätte, nicht wahr?« *Verdammte Scheiße!* Helena hatte das Bedürfnis laut zu brüllen, die Teller vom Tisch zu fegen oder an die Wand zu werfen, aber sie beherrschte sich. Stattdessen schob sie ihre Finger ineinander, so fest, dass ihre verkrampften Knöchel regelrecht schmerzten. Diese widerliche Hexe hatte versucht, das Opfer ihres Vaters nutzlos zu machen. Dann stellte sie Jenkins die Frage, die sie am meisten interessierte. »Kann ich meinen Vater zurückholen?«

Jenkins seufzte. »Das kann ich dir nicht sagen.«

»Was soll das heißen?«

»Du wolltest wissen, wie dein Vater es gemacht hat, also wie er das Schattenreich betreten hat?«

Sie nickte.

Er stieß einen tiefen Atemzug aus. »Ich bin … Ich wusste es bisher nicht.« Sein Blick verharrte auf dem Artefakt um Helenas Hals. »Jetzt, da ich es gesehen habe … Kaum zu fassen, dass ich nicht selbst auf diese Schrift gestoßen bin, die davon wusste. Dabei habe ich einen Großteil meines Lebens der Erforschung unserer Geschichte gewidmet. Nun, dein Vater war immer ein pfiffiger Bursche.« Seine Lippen öffneten sich um einen winzigen Spalt. Dennoch zögerte er. »Der einzige Weg ins Schattenreich ist es, ein Teil davon zu werden: ein Schattenwanderer.«

Helena erstarrte. Dann lachte sie ungläubig. »Aber das sind Monster. Wenn man ein Schattenwanderer ist …«

»… dann tritt das Bewusstsein in das Schattenreich ein. Schattenwanderer und Magier tauschen die Plätze miteinander«, unterbrach er sie. »Und um das zu erreichen, musst du deine Gefühle aufgeben.«

Helena schluckte schwer. »Also bezahle ich mit meinen Gefühlen nicht einfach nur die Magie.« Ihre Stimme stockte. »Und welche? Wie viele?« Gab es eine Art Countdown? Eine Anzahl an Gefühlen, die sie verlieren konnte, ehe sie eines dieser Monster wurde?

»Freude, Trauer, Liebe, Hass, Angst und Wut.« Er sah ihr fest in die Augen. »Das ist, was dein Vater herausgefunden hat. Das lese ich zumindest aus dem Artefakt.«

»Aber, wenn ich alles aufgegeben habe …« Helena blickte auf die Suppe, deren Anblick ihr plötzlich noch abstoßender vorkam. »Gibt es dann überhaupt einen Weg zurück?«

Jenkins hob die Schultern. »Ich weiß es nicht.«

-19-

Die Spitzen ihres Haares kitzelten ihre Stirn. Gleichzeitig war da dieses warme Gefühl. Das Gefühl von Fingern, die samtweich über ihre Haut strichen und die Strähnen ihres Haares beiseiteschoben, die sich im Schlaf vor ihr Gesicht gelegt hatten. Helena lächelte verschlafen, blinzelte in das Halbdunkel hinein. Ob sie sich das Streicheln eingebildet hatte? Sie stockte, als sie in Alastairs strahlend blaue Augen sah, in denen sich die schwache Glut des Holzofens spiegelte, der in der hintersten Ecke des Wohnraumes stand.

Zu Helenas großer Überraschung hatte Jenkins ihr und Alastair zumindest für diese Nacht einen Unterschlupf angeboten. Der Schneefall war zu einem regelrechten Schneesturm angewachsen, zu einem Unwetter, wie Helena es in London bisher noch nie erlebt hatte. Als Alastair nach dem Gespräch wieder eintreten durfte, drängte er zum Aufbruch, weil sie bei diesen Straßenverhältnissen seiner Ansicht nach eine halbe Ewigkeit zurück in die Zivilisation brauchen würden. Doch Jenkins hatte das Sofa aufgeklappt und ihnen zwei Wolldecken und Kissen hingelegt. Die Tatsache, dass er ihren Großvater und Vater gekannt und gemocht hatte, war wohl für seine sicher ungewöhnliche Gastfreundschaft verantwortlich, vermutete Helena. Jemand, der freiwillig in absoluter Einsamkeit lebte, fühlte sich in Gesellschaft anderer vermutlich nicht wohl. Nun lag sie auf ihrer Seite, sah in Alastairs Augen, deren Blick auf ihrem Gesicht ruhte, und lächelte. »Kannst du nicht schlafen?«, flüsterte sie. Auf keinen Fall wollte sie ihren Gastgeber mit ihrem Geplapper wecken.

Alastair zog seine Hand langsam zurück. »Nein. Du?«

Sie rückte das Kissen unter ihrem Kopf ein wenig zurecht, um ihn besser ansehen zu können. »Ich wache immer wieder auf«, erklärte sie, schob ihre rechte Hand unter das Kopfkissen und hob die Decke ein Stück an. Das Feuer im Holzofen knackte und für einen winzigen glücklichen Moment gelang es Helena, ganz zu vergessen, warum sie eigentlich hierhergekommen waren, mitten ins Nichts.

Unter Alastairs Blick schlug Helenas Herz fester in ihrer Brust. Sein Atem strich über ihre Wangen, der Duft seiner Haut drang bis in ihre Nase. Das Parfum, das er am Morgen aufgetragen hatte, bevor sie sich auf den Weg zu Cornelia gemacht hatten, war bereits verflogen. Und doch war ein Hauch von Kaffeeduft zurückgeblieben, den sie zuvor noch gar nicht an ihm bemerkt hatte. Sie beobachtete seine Brust, wie sie sich langsam mit jedem Atemzug hob und senkte. Ohne es zu bemerken, hatte sie die linke Hand gehoben und auf seinen Arm gelegt, strich über seine dunkle Haut, die so makellos weich war, dass sie die Finger streckte und sanft mit der Hand nach seinem Oberarm griff. Alastair rückte geräuschlos näher an sie heran, bis seine Lippen die ihren beinahe berührten.

»Hast du es noch?«, fragte sie. Ihre Stimme bebte heiser.

Alastair schob die Augenbrauen zu einer stummen Frage zusammen.

»Kannst du noch lieben?« Mit gesenktem Blick leckte sie sich über die Lippen und sah Alastair anschließend wieder an. »Oder verrennen wir uns hier in etwas?«

Sein Gesicht blieb regungslos und doch zögerte er nicht, die letzten Zentimeter zwischen ihnen zu überbrücken und seine vollen Lippen auf ihre zu legen. Helenas Augen weiteten sich überrascht. Und doch lächelte sie in den Kuss hinein, genoss die Wärme, die sie durchschoss wie ein Pfeil, als sein rechter Arm sich um ihre Taille legte, um sie näher an sich heranzuziehen.

Ihre linke Hand strich seinen Arm hinauf über seine Schulter bis in seinen Nacken, wo ihre Fingerspitzen sich in seinen schwarzen Locken vergruben und seinen Kopf noch mehr zu ihr drückten. Alastair richtete sich schwungvoll auf und beugte sich über sie. Wieder sah er sie erwartungsvoll an, so als würde er darauf warten, dass sie ihm erlaubte, sie zu berühren, zu küssen. Sie biss sich leicht auf die Unterlippe, konnte sich jedoch ein freches Schmunzeln nicht verkneifen. Und so trafen seine Lippen diesmal härter, fordernder auf ihre. Alles in ihr kribbelte. Verdammt, was machte er mit ihr? *Wie* machte er es? Seine Hand strich sachte über ihre Wange. Dann löste er seinen Kuss und etwas in seinem Blick hatte sich verändert. Etwas hatte sich gewandelt.

»Ist alles in Ordnung?«, fragte sie.

Alastair löste seine Hand von ihrer Wange und presste sie ihr ohne ein weiteres Wort auf die Augen. Sein heißer Atem strich über ihr Ohr.

Und da wusste sie es.

Wusste, dass etwas furchtbar schieflief.

»Du hast mit Jenkins gesprochen«, begann er.

Sie kniff die Augen fest zusammen, als sie begriff, was er tat. »Alastair! Lass los!« Sie stemmte die Hände mit ganzer Kraft gegen seine Brust, hatte jedoch das Gefühl, ihn keinen Zentimeter von sich fortdrücken zu können. Und obwohl sie schreien wollte, blieb ihre Stimme leise, viel leiser, als sie es beabsichtigt hatte. Es war so, als hätte sich eine Schlinge um ihren Hals gewickelt, die ihr das Atmen und Sprechen erschwerte. Ein Ziehen wanderte durch ihren Körper wie eine heiße Nadel, die sich durch ihre Adern ihren Weg bahnte.

»Jenkins hat dir verraten, wie dein Vater in das Schattenreich gelangt ist. Du willst es mir sagen.« Seine Stimme klang tiefer und seine Worte kamen langsamer, als sie es von ihm gewohnt war. Mit jeder Silbe verhallten sie in weiterer Entfernung und so häufig sich das Echo seiner Worte auch wiederholte, so klar blieben sie in ihren Gedanken zurück.

»Was machst … du?«, keuchte sie, konnte jedoch ihre eigenen Worte kaum verstehen. Lag es an dem, was er mit ihr tat oder daran, dass sie sie tatsächlich undeutlich ausgesprochen hatte?

»Und wenn du es mir erzählt hast, vergisst du, dass du es getan hast und dass ich dich dazu gebracht habe. Du wirst einschlafen und dich nur an den Kuss erinnern.«

»N…«

Er nahm seine Hand behutsam von ihrem Gesicht und blickte ihr fest in die Augen.

Helena lächelte. Das Atmen fiel ihr mit einem Mal wieder leicht. War gerade etwas vorgefallen? Sie streichelte über Alastairs Wange. »Er sagte, dass man zu einem Schattenwanderer werden muss, um das Schattenreich betreten zu können. Er konnte nicht sagen, ob es einen Weg zurückgibt. Vielleicht ist mein Vater für immer dort.« Ihr rechter Mundwinkel verzog sich zu einem seltsam abwesenden Lächeln. Ihr Herz war taub. Warum lächelte sie so merkwürdig? Hatte sie etwas gesagt? Hatte Alastair etwas gesagt? Ihre Augen brannten. Und doch trat keine Träne daraus hervor. Sie schmiegte sich an Alastair und gähnte leise, als die Dunkelheit sie zurück in ihre Arme zog.

Der Schrei war so laut, dass er selbst den Schnee von den Bäumen des Nationalparks hätte schütteln können. Helena fuhr aus ihrem Schlaf hoch. Sie blinzelte in die Dunkelheit hinein. Alastair hatte sich schlagartig kerzengerade aufgesetzt. Ihr Herzschlag hatte sich nicht beschleunigt, doch zeigte ihr ein Blick auf Alastairs Halsschlagader, dass sein Puls raste. Angst. Er hatte Angst.

Die Tür zum Schlafzimmer wurde aufgerissen und Jenkins stand kreidebleich im Türrahmen. Noch war die Sonne am Horizont nicht aufgegangen. Der Mond stand hoch am Himmel. Doch war die Bestie nicht zu sehen, die sich ihnen nähern musste.

»Mach dich fertig«, kommandierte Alastair. »Wir müssen sofort hier weg.« Er sprang aus dem Bett auf und schlüpfte eilig in seine Jeans und seinen Pullover.

Helena zog ebenfalls so schnell sie konnte ihre Sachen an, warf sich Mantel und Schal über. Jenkins, der noch immer in seinem altmodischen Nachthemd dastand, machte keine Anstalten sich umzuziehen. Er trat mit quälend langsamen

Schritten an das Fenster heran, lugte in die schwarze Nacht hinaus und kniff die Lider zu schmalen Schlitzen zusammen.

Wieder ertönte das Kreischen der Stimmen, die durch den Wald schallten. Alastairs Hand klammerte sich um Helenas Oberarm und zog sie ein Stück zu sich heran. »Wir müssen weglaufen. Der Wagen ist völlig eingeschneit.« Alastairs Worte klangen wie ein Befehl.

Helena sah ihn fassungslos an. »Machst du Witze? Wohin denn? Hier ist weit und breit nichts.«

»Eine knappe Meile von hier ist eine Straße«, erklärte Jenkins, den Blick weiter auf den Wald vor seiner Hütte gerichtet. »Wenn ihr euch beeilt, schafft ihr es dorthin.«

»Und was …?« Ungeduldig zog Helena ihren Arm aus Alastairs Umklammerung und machte einen Schritt auf Jenkins zu. »Was ist mit Ihnen?«

Jenkins drehte sich zu den beiden um. Seinen Mund zierte die Andeutung eines blassen Lächelns. »Ich kann nicht mehr so weit laufen. Nicht bei der Kälte und dem Schnee«, erklärte er. Stattdessen legte er seine Hände wie zu einem Vogel zusammen. Es war die gleiche Form, die Elisabeth ihr gezeigt hatte. Wollte er einen Bannzauber wirken? Jetzt?

»Ihr rennt los und ich versuche, ihn hierher zu locken«, fuhr Jenkins fort. »Falls du deinen Vater findest: Sag ihm, dass der alte Jenkins ihm für sein Opfer dankt.« Er sah in die Richtung, aus der der Schrei des Schattenwanderers gekommen war. »Die Welt ist ein besserer Ort ohne Magie.«

»Jenkins …«

»Helena!« Alastair riss sie zu sich herum. Sein Atem ging schneller. »Wir müssen hier weg. Sofort!« Fast grob stülpte er ihr ihre Mütze über, griff nach seinem Rucksack und zog sie mit sich. Helena schaffte es gerade noch, sich ihren Rucksack zu schnappen.

Die hölzerne Hüttentür fuhr krachend gegen die Wand, so kraftvoll hatte Alastair sie aufgerissen. Die beiden rannten so schnell sie konnten. Hinter der Hütte lag ein Feld, das im Sommer sicherlich eine weite offene Weide oder Blumenwiese gewesen wäre. So war es nur eine weiße, offene Lichtung, umgeben von hohen Bäumen. Einen halben Meter hoch stand der Schnee, der im Mondlicht blau schimmerte und ihnen den Weg blockierte.

Jeder ihrer Schritte blieb als einfach zu lesende Spur zurück. Noch dazu, weil es mittlerweile aufgehört hatte zu schneien. Helena stapfte mit großen Schritten durch das eisige Weiß, immer Alastair hinterher, dessen Angst sie mitzog. Auch wenn sie diese nicht fühlen konnte, so erinnerte sie doch ihr Verstand daran, wie sie sich bei ihrer ersten Begegnung mit einem Schattenwanderer gefühlt hatte. Sie stolperte über einen Stein, der von dem Schnee verdeckt gewesen war, und landete im Schnee.

Alastair, der bereits einige Schritte vor ihr war, eilte zu ihr zurück und riss sie wieder hoch. »Wir müssen uns beeilen. Da vorn unter den Bäumen ist der Schnee nicht mehr so tief. Komm.«

Helena zitterte schon jetzt. Der Schnee war in ihre Schuhe gekrochen. Ein lautes Kreischen wie von zerreißendem Metall erklang und versteinerte Helena mitten im Lauf. Sie wandte sich zu der Hütte um, in der sie den Eremiten zurückgelassen hatten. »Jenkins«, flüsterte sie tonlos.

»Helena! Komm!«, drängte Alastair, aber wie vereist starrte sie auf die Szene, die sich hundert Meter von ihr abspielte.

Dumpfe Schläge ertönten. Von zwei Seiten warfen sich Schattenwanderer mit aller Kraft gegen das Holz der Hütte. Mit jedem Schlag hörten sie mehr von dem Holz zerbersten. Dann drang einer der Schattenwanderer durch die durchbrochene Wand. Stille. Es war, als wäre auch noch die Zeit eingefroren. Helena riss ihren Arm aus Alastairs Hand, als der erneut versuchte, sie mit sich zu ziehen. Doch sie konnte nicht laufen. Gebannt starrte sie auf das Haus. Dann ertönte ein Schrei. Jenkins Stimme hallte durch die Schneelandschaft bis zu ihnen. Alastair war direkt neben Helena getreten. Sein rascher Atem zeichnete, genauso wie ihrer, weiße Wölkchen in die Luft. Ihre Wangen brannten und doch … nichts.

Sie fühlte gar nichts. Keine Angst, keinen Schmerz, keine Trauer.

»Helena, wir können nichts mehr für ihn tun, nur noch uns retten. Er würde das wollen«, sagte Alastair leise.

Widerwillig ließ sie sich von ihm mitziehen.

Sie liefen nur wenige Meter, bis hinter ihnen ein Poltern zu hören war. Helena sah sich um und erkannte einen Schattenwanderer, der sich ihnen bedrohlich schnell näherte. Dahinter war ein zweiter.

Alastair war auch stehen geblieben. »Ich halte ihn auf«, sagte er entschlossen und versetzte ihr einen Stoß. »Lauf.«

»Ich lasse dich nicht a…«

»Du sollst abhauen! Wenn wir beide tot sind, hast du nichts gewonnen. Dann war alles umsonst! Renn!«, drängte er. Seine Angst ließ ihn erzittern.

Helena sah sich noch einmal zu dem heranrauschenden Schattenwanderer um. »Ich warte an der Straße auf dich!«

Sie rannte los und hielt sich weiter zwischen den Bäumen, weil hier der Schnee tatsächlich nicht so hoch war. Immer wieder blockierten unter dem Schnee verborgenen Wurzeln, Gestrüpp oder tief hängende Zweige ihren Weg. Ab und zu sah sie sich im Laufen nach hinten um, in der Hoffnung, dass Alastair doch zu ihr aufgeschlossen hatte. Doch nichts.

Als sie gerade wieder nach vorn sah, entdeckte sie das schwarze Ungetüm, das sich ihr in den Weg gestellt hatte. Beim Versuch, ihren Schwung abzubremsen, rutschte sie auf dem verschneiten Boden aus und fiel mit dem Gesicht voraus in den Schnee. Mit einem tiefen Atemzug hob sie den Kopf, nur um festzustellen, dass die Bestie sie umkreiste wie ein Raubtier, das mit seiner Beute spielen wollte, ehe es sie zerriss. Sie erhob sich auf die Knie, verharrte jedoch in ihrer Position.

Helena kramte in ihrem Gedächtnis nach den Worten für den Bannzauber, den sie von Elisabeth gelernt und erst zweimal angewandt hatte. Sie legte die Hände zusammen und hob sie vor sich. »*Protyc mi. Ut temnina, wis lait et sila.*« Das runenartige Siegel erschien auf der Stelle. Vor ihr bildete sich in einem zart blauen Licht die Mauer, die sie schützen sollte. Der Schattenwanderer verharrte in seiner Position, die Zähne gefletscht und einen Klumpen aus blau angelaufenen, abgestorbenen und verfaulten Armen in ihre Richtung gestreckt, so als würde er damit nach ihr greifen wollen. Helena wagte nicht, sich umzusehen. Jedes Mal waren die Siegel sofort zerbrochen, als sie den Blick davon abgewandt hatte. Diesmal würde sie den Fehler nicht machen. Ihre Hände hielt sie weiterhin unbeweglich und weit von sich gestreckt in Richtung des Schattenwanderers. *Verdammt.* Was jetzt? Alastair hatte ihr gesagt, dass Schattenwanderer gefühlsleere Magier waren. Doch jetzt, da sie zusätzlich noch wusste, dass die wahren Magier, aus denen diese Kreaturen entstanden waren, im Schattenreich gefangen waren, wie konnte sie ihnen da noch etwas antun? Beraubte sie sie womöglich ihrer Körper, wenn sie das Ding hier vernichtete? Angestrengt ging sie in ihren Erinnerungen das Grimoire durch. Doch kein einziger Zauber fiel ihr ein, der ihr ermöglicht hätte, wegzulaufen, ohne das Wesen vor ihr schwer zu verletzten oder gar zu töten. Die Bestie schrie, blieb aber auf Abstand. Die blutige Flüssigkeit, die aus der Haut des Wesens trat, färbte den Schnee der Umgebung rot. Dann, ganz plötzlich, zog sich der Schattenwanderer für einen winzigen Moment zusammen und setzte zum Sprung an, nur um von einem Feuerball getroffen zu werden, der hinter Helena aus dem Nichts auf ihn zugeschossen war. Die schwarze Bestie kreischte ohrenbetäubend und wand sich wie in unsäglichen Schmerzen, als das Feuer ihren Körper verschlang.

»Nein!«, schrie Helena. Sie riss den Kopf nach hinten und löste ihre Hände voneinander. Der Bannzauber zerbrach in tausend kleine funkelnde Scherben. Aus der Dunkelheit zwischen den Bäumen starrten sie zwei eisblaue Augen an.

»Elisabeth?«

Ihre Tante trat aus den Schatten der Nadelbäume auf eine winzige Lichtung, die vom strahlenden Licht des Mondes erhellt wurde. Sie war optisch vollkommen verändert. Ihr Haar hatte sie elegant hochgesteckt, ihren Teint makellos gepudert und ihre Augen und Lippen so auffällig geschminkt, dass sie aussah, als wolle sie ins Theater oder zu einem Ball gehen. Dazu trug sie einen bodenlangen schwarzen Pelzmantel, und darunter leuchtete bei jedem ihrer Schritte ein langes blutrotes Kleid hervor.

»Du dachtest wohl, du wärst mich los«, stellte sie fest. In ihrem Gesicht regte sich nichts. Weder Schadenfreude noch Wut oder Sorge. Gar nichts.

Helena knurrte. »Wie kannst du die Schattenwanderer so attackieren? Du weißt doch, was sie sind!«

Elisabeth hob eine Augenbraue. »Oh, hat Jenkins dich aufgeklärt?« Sie nickte. »Nun, das setzt einen kleinen Dämpfer auf meinen Plan. Ich hatte gehofft, dass du nicht – oder wenigstens nicht so schnell – herausfinden würdest, dass Magier zu Schattenwanderern werden.« Sie machte eine lange Pause, in der die beiden Frauen sich schweigend anstarrten.

Helena erhob sich langsam aus dem Schnee, in dem sie bis eben gekniet hatte. Ihre Hose war klitschnass und fühlte sich vereist an. »Du wolltest mich ausnutzen und ins Schattenreich treiben, damit ich dir helfe, die Büchse zu öffnen.«

Elisabeth grinste künstlich. »Was tut man nicht alles für seine Familie, nicht wahr?«

Helena lachte. »Ha! Für die Familie?« Sie machte einen Schritt auf ihre Tante zu. Der Stoff ihrer Hose knirschte eisig. »Du machst das, damit du, ohne irgendwann zu einem Schattenwanderer zu werden, endlich so viel Magie haben kannst, wie du willst.«

Hinter sich hörte Helena auf einmal Schritte. Sie drehte sich um und sah Alastair, der mit blutüberströmtem Gesicht auf sie zu humpelte. Ihre Augen weiteten sich erstaunt, doch sonst?

Nichts. Hatte sie gerade eben, beim Kampf mit dem Schattenwanderer auch noch ihr Mitleid eingebüßt? Warum nur hatte sie sich auf das alles eingelassen? Sie fühlte in letzter Zeit nur noch überkochende Wut und ekstatische Freude. Ganz leise hatte in der Nacht, als sie sich geküsst hatten, etwas an ihrem Herzen geklopft. Doch das? Sie eilte auf Alastair zu, nicht weil ihre Gefühle oder ihre Sorge es ihr geboten hätten, sondern weil ihr Verstand sie daran erinnerte, dass das eine angemessene Reaktion war. Er stolperte ihr entgegen und sie schaffte es gerade noch, ihn aufzufangen, sackte jedoch mit ihm zusammen auf den Boden.

»Ah, da ist er ja.« In Elisabeths Augen funkelte etwas auf.

Helena wandte ihr den Kopf zu. »Was meinst du?«

»Mein kleiner Gehilfe, natürlich.«

Alastair keuchte heiser, aber bemühte sich dennoch, vehement den Kopf zu schütteln. »Ich helfe dir nicht dabei«, erklärte er, auch wenn in seiner Stimme wenig Überzeugung lag.

»Was meint sie?« Helena rückte ein Stück von Alastair weg, der sich mittlerweile selbst mit den Händen auf dem verschneiten Boden abstütze. Blut tropfte von seiner Nasenspitze in den Schnee und sein Haar klebte an den nassroten Wangen.

»Ich werde ihr nicht helfen, dir weiter wehzutun.« Er ließ seinen Rucksack von seinem Rücken rutschen, sein Blick wirkte leer gefegt von jeglichen Emotionen.

»Alastair?« Helena sah ihn verunsichert an.

»Es tut mir leid, Helena.« Er sah in ihre Augen und obwohl sie wusste, dass er keine Trauer mehr empfinden konnte, glaubte sie zu spüren, dass er seine Worte dennoch ernst meinte. »Elisabeth hat den Brief deiner Mutter gefälscht.«

Helena erstarrte. Alastair sprach weiter. »Ich sollte den Notar dazu bringen, zu behaupten, dass er von deiner Mutter stammt. Elisabeth hat das alles inszeniert, damit du Magierin wirst und ihr dabei hilfst, die Büchse der Pandora zu öffnen. Ich …« Er presste die Lider zusammen. Seine Hand auf eine blutige Stelle seines Bauches gedrückt, machte er ein paar tiefe Atemzüge. »Auch ich wollte die Magie freisetzen und habe Elisabeth versprochen, ihr dabei zu helfen.«

Helena rückte ein weiteres Stück von ihm weg. »Aber dann …« Sie sah zwischen ihm und Elisabeth hin und her. »Dann habt ihr mich beide benutzen wollen, damit ich ins Schattenreich gehe?«

Alastair schüttelte den Kopf. »Das musst du nicht.«

»Habt ihr jetzt genug geflirtet?«, unterbrach Elisabeth das Gespräch. »Ich meine, mich daran zu erinnern, dass wir einen Deal haben, Alastair. Du bringst diese Göre dazu, Magierin zu werden und für uns ins Schattenreich zu gehen, und dafür helfe ich dir, deine Familie zurückzuholen.«

Helenas Augen weiteten sich. »Deine Familie? Aber ich dachte … von … Von den Toten?«

Alastair ließ den Kopf sinken. »*Wreme sty.*«

Die Welt um sie herum gefror schlagartig. Es war, als wäre Elisabeth zu einer Figur aus einem Wachsfigurenkabinett geworden. Selbst die letzten Flammen, die auf dem toten Körper des Schattenwanderers loderten, regten sich nicht mehr.

»Du hast mich benutzt? Du auch? Die ganze Zeit?« Helena sah Alastair fassungslos an. Ihr Körper schmerzte von der eisigen Kälte. Die nasse Kleidung drohte an ihrer Haut zu gefrieren und ihr Unterkiefer zitterte mit jeder Sekunde mehr.

»Ich habe nach einem Weg gesucht, meine Schwester zurückzuholen.«

»Was? Wovon sprichst du? Deine Schwester ist tot!«

Er senkte den Blick. »Ich habe nach einem Nekromanten gesucht und Elisabeth war clever genug, sich als einer auszugeben. Sie sagte, sie könnte nur ihre volle Magie als Nekromantin entfalten, wenn die Büchse der Pandora geöffnet würde.«

»Ein Nekro-was?«

»Nekromanten können Menschen von den Toten zurückholen. Aber nachdem ich erfahren hatte, dass sie mit deiner Hilfe Schattenwanderer getötet hat und als du sagtest, dass dein Grimoire nur Naturmagie beherrscht, da wusste ich, dass sie mich angelogen hat. Sie hat mich nur benutzt. Mich und … Sie hat Liana benutzt, um mich zu ihrem Werkzeug zu machen.« Mit seinem rechten Arm wischte er sich das Blut aus dem Gesicht. »Du musst weglaufen, Helena.«

Obwohl er bis eben gemieden hatte, in ihre Richtung zu sehen, wandte er nun den Kopf zu ihr um und sah ihr direkt in die Augen. Ohne ihren Blick loszulassen, öffnete er seinen Mantel und holte aus einer darin verborgenen Innentasche ein kleines Büchlein hervor. Genauso wie Helenas Grimoire war es ledergebunden und sehr alt. Er blätterte darin, so als würde er nach einer ganz bestimmten Seite suchen. Dann hielt er inne, strich behutsam über das alte Papier, hielt es an der äußeren Kante fest und riss die Seite heraus. Wie gebannt starrte er auf die Seite, seine Lippen bewegten sich, ohne dass ein hörbarer Laut sie verlassen hätte. Lernte er den Spruch auf der Seite auswendig? Er schloss das Buch mit einem dumpfen Laut. Einen Moment lang hielt er es zwischen den Händen, schloss dann die Augen und drückte es an seine Stirn. Schließlich hielt er es Helena hin. »Nimm es.«

»Was?« Sie schüttelte verständnislos den Kopf. »Ich verstehe nicht, was das soll.«

»Ich brauche es nicht mehr. Ich schenke dir mein Grimoire. Es gehört jetzt dir«, sagte er nur knapp und hielt ihr das Buch so lange hin, bis sie es mit zitternden Händen annahm. Ihr Körper, ja selbst ihre Kiefer verkrampften sich derartig, dass sie kaum ein Wort über die Lippen zu bringen vermochte. Auch Alastair zitterte inzwischen heftig. Er zog den schwarzen Ring von seinem Daumen und schob ihn auf Helenas. Sein Blick fiel auf die abgerissene Seite in seinen Händen. »Helena?«

»Was hast du vor?« Ihre Stimme wirkte gefasst und sie hasste sich dafür. Sie wusste, dass es falsch war. Dass es nicht sie war, die da sprach. Sie hätte so viele Dingen fühlen sollen und doch war da eine Leere in ihr, ein alles verdrängendes Gefühl von Gleichgültigkeit.

Er wandte den Kopf zu ihr und zwang sich zu einem Lächeln. Und auch wenn sie wusste, dass er es unmöglich fühlen konnte, hatte sie das Gefühl, dass er es so meinte, irgendwo tief in seinem Inneren. »Ich mochte dich tatsächlich gern. Tut mir leid, dass es so beschissen endet.«

»Alastair, was …«

Er las die Seite vor und noch während die fremdartigen Worte seinen Mund verließen, drehte die Zeit sich weiter. Nein! Wollte Alastair die magischen Sprüche auf dieser Seite nutzen, um zum Schattenwanderer zu werden? Sie machte einen Satz auf ihn zu und riss an seinem Arm, in dem er das Papier hielt. »Mach das nicht!«

Auch in Elisabeth kam wieder Leben. Sie blinzelte überrascht. »Das wagst du nicht!«, schrie sie dann und sprang auf Alastair zu.

Alastair reagierte nicht auf die beiden Frauen, sondern sprach weiter Worte aus, die Helena nicht verstand. Dann platzten vor Helenas Augen seine Wangen auf, Blut quoll aus dem zerreißenden Fleisch. Entsetzt ließ sie seinen Arm los und trat einen Schritt zurück. Seine Pupillen – ihr tiefes, wasserklares Blau – verfärbte sich Rot, als hätte jemand Blut in seine Augäpfel gegossen. Seine sportliche Statur wurde unförmig. Ein Schwarz verschlang ihn wie die fleischgewordenen Monster aus der Dunkelheit, die sie und Alastair noch vor wenigen Minuten gejagt und in den Wald getrieben hatten. Der alles übertönende Schrei, der aus der Kehle des neuen Schattenwanderers drang, zu dem Alastair vor ihren Augen geworden war, drängte Helena noch ein paar Schritte zurück. Er atmete schwer und blickte zwischen ihr und Elisabeth hin und her. Aus seinem Rachen ertönte ein nasses Gurgeln. Wusste er, wem er gegenüberstand? Wieder schrie er und in dem Moment rannte Helena los. Ein einziger, kurzer Blick nach hinten ließ sie erkennen, wie Alastair mit bedrohlichen Schritten und ausgestreckten Armen auf Elisabeth zuschritt, die Zähne gefletscht, wie ein Raubtier, das bereit für seine Beute war.

»Bleib hier, Helena!«, hörte sie Elisabeth hinter sich rufen. »Wage es nicht, wegzulaufen! Ich finde dich! Ich …«

Mehr hörte Helena nicht. Alastairs Grimoire fest an ihre Brust gedrückt, den Rucksack auf dem Rücken, den Blick starr nach vorn gerichtet, rannte sie. Sie lief, bis sie ihre Füße kaum noch spürte. Lief, bis sie das Gefühl hatte, ihre Lunge würde platzen. Immer das entsetzliche Bild des Moments vor Augen, in dem Alastair sich in einen Schattenwanderer verwandelt hatte. Sie wollte schreien, aber ihre Lippen fühlten sich taub an, genauso wie ihr gefrorenes Inneres.

Und dann, als sie – so hatte es sich angefühlt – stundenlang gelaufen war, traf sie auf die Hauptstraße. Ein Auto hupte hektisch, sie machte einen Satz zurück. Ein Stein, der am Rand der Fahrbahn lag, brachte sie ins Wanken und sie rutschte aus. Ein dumpfer Schlag traf ihren Kopf und dann war da nur noch Dunkelheit.

-20-

Als Helena wieder zu sich kam, war die Welt verschwommen. Sie war umgeben von Farben, Funkeln und Lichtern. War sie tot? Sie blinzelte ein paar Mal und doch dauerte es eine Weile, bis ihr Blick klarer wurde. Die verschwommenen Farben wurden zu Formen, Büchern, einer Stehlampe mit gelblichem Schirm, Kerzen.

»Du bist ja wach!«

Eine weibliche Stimme, die ihr vage bekannt vorkam. Jemand hatte eine schwere Decke über sie gebreitet und als sie sie anhob, stellte sie fest, dass sie einen fremden Schlafanzug trug. Das Zittern hatte aufgehört. Auf ihrer Stirn lag ein feuchtes Tuch. War sie vielleicht doch nicht tot? Helena drehte den Kopf nach rechts. »Cornelia?«, krächzte sie, als sie die Frau wiedererkannte, die an ihrem Bett saß. Ihre Stimme war schwach. Doch immerhin hatte sie es geschafft, den Namen über ihre Lippen zu bringen.

Cornelia lächelte, nahm das Tuch von Helenas Stirn und tauchte es in Wasser, nur um ihn ihr direkt wieder aufzulegen. »Du hast fast zwei Tage geschlafen.«

»Ich … Wo bin ich?«

Cornelia seufzte leise. »Bei mir zu Hause.« Sie beugte sich über das Tischchen an Helenas Bett und griff nach einer Tasse

Tee. »Ich hatte ein dummes Gefühl, nachdem ihr das Haus verlassen habt. Also wollte ich euch hinterherfahren. Doch ich wurde von dem plötzlichen Schneefall überrascht und es dauerte ein paar Stunden, bis die Straße wieder geräumt war. Als ich nachts in die Nähe des Waldes kam, da …« Sie kniff die Lider zusammen und legte die Stirn in Falten, so als würde eine schreckliche Erinnerung in ihre Gedanken zurückkehren. »Ich habe plötzlich nur noch dich spüren können. Also fuhr ich weiter, bis ich dich irgendwann am Straßenrand liegend gefunden habe.«

Helena wandte den Kopf wieder geradeaus, sodass sie an die Decke starrte. Sie kniff die Lider erschrocken zusammen, als das Bild von Alastairs grauenvoller Verwandlung erneut vor ihrem inneren Auge auftauchte.

Ein Schauder durchfuhr sie. Alles in ihr wollte schreien. Sie wusste nicht einmal, ob es vor Wut oder Enttäuschung war. Trauer konnte es nicht sein und doch erinnerte ihr Verstand sie daran, dass sie eigentlich genau das fühlen sollte. Aber es gelang ihr nicht. Elisabeth hatte sie ihrer Tränen beraubt. Und Alastair? Alastair hatte ihr dabei geholfen.

»Alastair ist zu einem Schattenwanderer geworden«, hauchte sie und fühlte sich bei diesen Worten seltsam verloren.

Cornelia schluckte schwer. Sie hob eine zitternde Hand an ihre Stirn und nickte stumm. »Dann habe ich ihn enttäuscht.« Ein Schluchzen fuhr über ihre Lippen. Ihre Augen wurden glasig und obwohl sie die Lider zusammenpresste, traten Tränen aus Cornelias Augen, als sie sie wieder öffnete.

Und Helena? Helena beneidete die Frau, die auf einem kleinen Hocker neben dem Bett saß, darum, dass sie in der

Lage war, mit mehr als nur Worten auf das zu reagieren, was Alastair zugestoßen war.

»Sie haben Alastair enttäuscht?«, fragte sie zaghaft nach. Die beiden hatten sich doch ganz augenscheinlich gehasst. Warum betrauerte sie jetzt plötzlich, was ihm zugestoßen war, wo sie ihn noch vor ein paar Tagen nicht schnell genug aus dem Haus hatte bekommen können?

Cornelia schüttelte den Kopf und wischte sich die Tränen weg, die einen feinen grauen Schleier ihres Mascaras auf ihre Wangen gezeichnet hatten. »Nicht Alastair. Seinen Vater, Don.«

Helena drehte den Kopf wieder zu ihr. Ein Frösteln durchfuhr sie, als ein kühler Luftzug unter ihre Decke huschte. Sie musste noch fiebern. »Warum seinen Vater?«

Cornelia hob den Blick, so als würde sie hoffen, dass die Tränen dann aufhören würden. Ihre Wangen waren rot und fleckig geworden, während ihre Halsschlagader pulsierte. »Alastair hat mich gehasst, weil …« Sie presste die Lider zusammen und atmete tief durch. »Weil Don mich geliebt hat.«

Helenas Augen weiteten sich. »Was?«

Cornelia zwang sich zu einem blassen Lächeln. »Dein Vater ist so früh verschwunden. Vielleicht weißt du es gar nicht. Wir … Magier dürfen keine Magier ehelichen. Nur so kann die Anzahl der Magier auf der Welt erhalten bleiben.«

»Ich verstehe nicht, wovon Sie sprechen«, gestand Helena.

Cornelia blies einen lauten Atemzug aus. »Wäre ein Magier mit einer Magierin verheiratet, wären ja im Erbfall theoretisch zwei Grimoires zu vergeben, aber es darf nur eines und nur dem erstgeborenen Kind vererbt werden. Das würde bedeuten, dass ein Grimoire ungenutzt bleibt. Heiraten Magier aber Nicht-Magierinnen oder eben Magierinnen Nicht-Magier, findet jedes Grimoire einen würdigen Erben und die Anzahl an Magierinnen und Magiern bleibt gleich.«

Helenas Augen weiteten sich. »Dann hatten Sie die ganze Zeit über eine Affäre mit Alastairs Vater?«

Cornelias Blick war leer. Und doch nickte sie. »Vierundzwanzig Jahre. Einmal, da war Alastair vielleicht zwölf oder dreizehn Jahre alt, ist er seinem Vater gefolgt, als er sich auf den Weg zu mir gemacht hatte. Er drohte seinem Vater, dass er alles seiner Mutter erzählen würde. Und Don wiederum drohte ihm damit, Liana, Alastairs kleiner Schwester, alles über Magie zu erzählen. Weil Alastair wusste, dass ein Mädchen, das aus einer Magierfamilie stammt und von einem Magier markiert worden ist, ein gefundenes Fressen für die Schattenwanderer wäre, hat er geschwiegen.«

»Er musste vor seiner Mutter und seiner Schwester geheim halten, dass sein Vater eine Affäre hatte«, flüsterte Helena. »Kein Wunder, dass er Sie gehasst hat.« Sie stutzte. »Warum hat sein Vater ihn nicht vergessen lassen, was er gesehen hat? Er beherrschte doch sicher auch Gedankenkontrolle.«

»Das hätte nicht geklappt. Sie funktioniert nicht bei Magiern, die über dieselben Fähigkeiten verfügen.« Cornelia senkte das Kinn. »Ich war überrascht, dass er mit dir hier aufgetaucht ist und ausgerechnet mich um Hilfe gebeten hat. Eigentlich hatte er mir bei der Beerdigung seines Vaters gesagt, dass er froh sei, mich in seinem Leben niemals wiedersehen zu müssen. Weißt du, ich habe ihn nicht gehasst. Auch wenn du das gedacht haben musst, als ihr hier aufgetaucht seid.« Sie blickte in die Ferne und schloss dann für einen Moment die Augen. »Alles an ihm erinnerte mich nur so an seinen Vater und an alles, was wir hätten haben können.« Helena versuchte, sich aufzusetzen. Cornelia legte behutsam eine Hand hinter ihren Rücken und stützte sie, bis sie einigermaßen sicher saß. Ihr war schwindlig und sie war schwach. Und doch waren es wieder die Bilder von Alastair und davon, wie er zum Schattenwanderer geworden war, die ihre Gedanken einnahmen. »Konntet ihr mit dem Leser sprechen? Hat er euch etwas sagen können?«, fragte Cornelia nach.

Helena senkte den Blick und betrachtete das Artefakt ihres Vaters, das noch immer um ihren Hals hing. Das Grimoire! Sie riss den Kopf zu Cornelia herum. »Wo ist es?«

»Was?«

»Mein Grimoire! Und Alastairs? Er hat mir seines gegeben! Wo sind sie?« Sie sah sich um. »Und wo ist mein …«

Cornelia hielt ihr den Rucksack hin, den sie während ihrer Flucht durch den Nationalpark auf dem Rücken getragen hatte. Ohne zu zögern, riss Helena ihn ihr aus der Hand und kramte in dessen Inneren. Als sie die beiden Bücher, das eine deutlich größer als das andere, daraus hervorzog, atmete sie erleichtert auf. Sie drückte sie an ihre Brust wie ein verloren geglaubtes Kind.

»Warum hast du es überhaupt?«, fragte Cornelia. »Das habe ich mich schon gefragt, als ich dich am Straßenrand gefunden habe und sein Grimoire neben dir lag.«

»Er hat es mir gegeben. Er sagte …« Sie schloss die Augen. »Er sagte, dass er es nicht mehr braucht.«

Cornelia nickte. »Dann gehört es jetzt dir und du kannst es lesen.«

Helena sah sie verwundert an. »Aber ich dachte …«

»Ein Grimoire kann von der Person gelesen werden, der es gehört, solange sie das passende Artefakt besitzt.« Sie zeigte auf Alastairs Ring um Helenas Daumen.

Helena betrachtete den schwarzen Ring und dann das schmale Buch in ihren Händen. Es war viel dünner und leichter als das ihres Vaters. Und doch, auf dem Deckel stand die gleiche Warnung: *Gefahr droht denen, die von Gier getrieben nach der Macht greifen. Warum* hatte Alastair es ihr gegeben? Dann wiederum: Welche Rolle spielte es? »Ich muss zurück nach London«, verkündete Helena eilig.

Cornelias Augen weiteten sich. »In deinem Zustand? Ich bin froh, dass du nicht mehr so stark fieberst wie vor zwei Tagen.«

Ihre Finger klammerten sich fester um den in Leder gebundenen Buchdeckel. »Ich muss dort noch etwas erledigen und dann«, sie schluckte schwer, »werde ich einen Weg finden, Alastair und meinen Vater zurückzuholen.«

Cornelia sah sie verwundert an. »Du willst sie zurückholen? Du sagtest, Alastair sei ein Schattenwanderer geworden!«

»Jenkins hat mir erklärt, dass Schattenwanderer das Gegenstück der Magier im Schattenreich sind. Wenn man hier ein Schattenwanderer wird, reist der Geist ins Schattenreich. Der Schattenwanderer nimmt dafür hier unseren Platz ein. Und dort ist …«

»Die Büchse der Pandora.« Cornelia legte die Stirn in Falten. »Vielleicht sind die Schattenwanderer nur Projektionen. Womöglich können sie darum Wunden an uns hinterlassen, die normale Menschen nicht sehen können. Es ist nicht unser Körper, den sie verletzen, sondern unser Geist. Für uns sieht und fühlt es sich echt an, kann uns sogar töten. Wie eine Verbindung zwischen dem Geist von Magiebegabten und Schattenwanderern.«

Einen Moment lang schwiegen die beiden Frauen.

Helena nickte langsam. »Ich hole sie zurück.« Und dann würde sie diese gottverdammte Büchse ein für alle Mal zerstören. Magie hin oder her. Immer weniger glaubte sie daran, dass Magie irgendetwas Gutes in sich barg. Im Gegenteil: Ganz offensichtlich hatte die Magie mitsamt ihren Regeln Schuld daran, dass sich Menschen ins Unglück stürzten.

»Helena!«, Cornelias Stimme bebte. »Du weißt nicht, was passiert, wenn die Büchse geöffnet wird.«

Helenas Blick verdüsterte sich. »Und welche Wahl habe ich? Soll ich Alastair und meinen Vater im Schattenreich versauern lassen, wenn ich vielleicht die Chance habe, sie zurückzuholen?«

»Und wenn *du* nicht mehr zurückfindest?« Helena stockte. »Deine Entschlossenheit zeugt einfach nur von mangelndem Respekt vor der Sache. Von Naivität, wenn du so willst. Was willst du machen? Mal rasch ein Schattenwanderer werden, ins Schattenreich spazieren und die zwei zurückholen? Wenn es so einfach wäre, wäre dein Vater doch längst zurückgekommen.«

Helena nickte. »Mag sein, dass ich naiv bin. Aber mein Vater hat es immerhin geschafft, zu verhindern, dass die Büchse geöffnet wurde. Warum sollte ich nicht einen Weg finden, ihn zurückzuholen? Meine Tante sagte etwas von einem Wächter, der im Schattenreich die Büchse bewacht: Vielleicht kann er uns helfen.«

»Der Wächter.« Cornelia schnaubte. »Du fieberst noch.« Sie stand von dem Hocker auf. »Du solltest ein wenig schlafen, denke ich. Ich komme später wieder, um nach dir zu sehen.« Ohne Helena noch einmal anzusehen, verließ sie den Raum und zog die Tür hinter sich zu.

Helena ließ sich auf die Matratze zurücksinken. Nachdenklich betrachtete sie das Buch in ihren Händen – das Buch, das Alastair ihr gegeben hatte, bevor er zum Schattenwanderer geworden war. Woher hatte er gewusst, dass es nur diese eine Seite brauchte, um zum Schattenwanderer zu werden? Hatte er ihr Gespräch mit Jenkins belauscht? Sie schloss die Augen und drückte das Buch an ihre Brust. Sie konnte Alastair nicht einfach im Schattenreich sterben lassen. Er hatte mit Elisabeth zusammengearbeitet, das sprach gegen ihn. Aber hätte sie denn nicht das Gleiche getan, wenn sie geglaubt hätte, dass sie so ihre Mutter heilen oder sogar von den Toten zurückholen könnte? Wer war sie, Helena, schon für Alastair gewesen? Irgendeine Nachbarin! Sie konnte Alastair verstehen. Sie selbst hätte jeden x-beliebigen Fremden geopfert, wenn es eine reale Chance gegeben hätte, ihre Mutter zu retten, oder nicht? Hätte sie aufgehört, wenn sie realisiert hätte, dass sie gerade im Begriff war, das Leben eben jenes Fremden zu zerstören? Hatte Alastair darüber nachgedacht?

Als Helena wieder aufwachte – sie wusste nicht, wie lange sie geschlafen hatte – war das Licht der Nachmittagssonne im Fenster bereits verschwunden und hatte der Nacht Platz gemacht. Noch immer wacklig auf den Beinen stand sie vor dem Bett und betrachtete den lilafarbenen Schlafanzug mit Spitzenbesatz, den Cornelia ihr verpasst hatte. Ihre eigene Kleidung lag säuberlich über einem Heizkörper gebreitet am anderen Ende des Zimmers. Sie schlüpfte in den beigen Hausmantel, der über dem Fußende ihres Bettes lag, und ging zur Tür, um nach Cornelia zu suchen. Im Treppenhaus war es dunkel. Das Zimmer, in dem Cornelia sie untergebracht hatte, lag oberhalb des dritten Stockes im Dachboden. Mit unsicheren Schritten stieg sie die einzelnen Stufen hinab, ohne das Geländer loszulassen. Die Kraft war noch nicht ganz in ihre Beine zurückgekehrt. Aber Alastairs Schicksal und das ihres Vaters ging ihr nicht aus dem Kopf – sie musste einfach mit Cornelia sprechen. Cornelia war mit Magie aufgewachsen. Wenn es irgendetwas gab, das sie ihr auf dem Weg mitgeben konnte, dann musste sie es wissen.

Ein blasser Lichtschein schien unter der Wohnzimmertür im ersten Stockwerk hervor. Helena klopfte vorsichtig an. Keine Antwort. Sie klopfte noch einmal und entschied sich, die Tür vorsichtig zu öffnen, nachdem sie wieder keine Antwort erhalten hatte. Cornelia saß in einem lockeren Schneidersitz auf einem Kissen auf dem Boden. Ihre Augen waren geschlossen und die Hände hatte sie mit den Handflächen nach oben in ihren Schoß gelegt, so als würde sie darin einen unsichtbaren Gegenstand halten. Meditierte sie? Helena zögerte. Vielleicht hätte sie doch darauf warten sollen, dass Cornelia sie hereinbat. Sie machte einen zögerlichen Schritt zurück. Das alte Parkett knarzte laut, als sie den Fuß darauf absetzte.

»Kein Grund zu gehen«, sagte Cornelia, ohne die Augen zu öffnen. »Du hast mich ohnehin schon unterbrochen.«

»Entschuldigen Sie, ich …«

»Es gibt nichts, das ich dir über das Schattenreich sagen kann, Kind. Nur dass es keine gute Idee ist, es zu betreten.«

Helena seufzte tonlos. Cornelia sah sie noch immer nicht an. »Aber Sie wussten sofort Bescheid, als ich den Wächter erwähnte. Dann können Sie mir doch sicher wenigstens etwas über ihn sagen, oder nicht? Bitte, Cornelia, ich wäre wirklich für jede Information dankbar.«

Cornelia rieb sich die Stirn. Endlich öffnete sie die Augen. »Der Wächter hat sein sterbliches Leben in unserer Welt aufgegeben, um im Schattenreich über Pandoras Büchse zu wachen. Er war der mächtigste Magier, den es jemals gegeben hat, aber ...« Sie schüttelte den Kopf. »Helena, das sind nur Dinge, die wir uns untereinander erzählen. Legenden. Märchen. Wer weiß, ob sie überhaupt wahr sind? Vielleicht ist es ja auch die natürliche Ordnung der Dinge, dass in dieser Welt nur ein Hauch Magie existiert. Vielleicht gab es nie mehr. Vielleicht gibt es nicht einmal wirklich ein Schattenreich. Es könnte genauso gut ein Mythos sein.«

»Und wenn es doch wahr ist? Nehmen wir an, es gibt diesen Wächter: Was können Sie mir über ihn sagen?«, beharrte sie.

Cornelia erhob sich elegant vom Boden und ging zu einem kleinen Beistelltisch, auf dem eine Teetasse stand, aus der Dampf aufstieg. Sie trank einen winzigen Schluck und ließ sich dann auf dem roten Samtsessel nieder. »Wenn es ihn wirklich gäbe, dann hättest du schlechte Karten.«

Helena schwieg.

»Er hasst alle anderen Magier, weil er annimmt, dass die nicht dankbar genug für das Geschenk der Hoffnung sind, die durch ihn in die Welt gelangt ist. In seinen Augen ist jeder, der sich der Magie hingibt, ein Gegner der Hoffnung.«

»Aber warum?«

Cornelia hob die Schultern. »Als die Büchse der Pandora geöffnet wurde, ergoss sich alles Schlechte in die Welt der Menschen. Sie wurde geschlossen, ehe die Hoffnung in die Welt gelangte. Der Wächter soll sein sterbliches Leben aufgegeben haben, um der Menschheit dieses Geschenk zu bringen. Ich wäre auch wütend, wenn andere sich über dieses Opfer hinwegsetzen würden.«

»Sie benutzen doch aber Magie.«

Cornelia lachte. »Ich glaube ja auch nicht an irgendeinen Wächter. Ich bitte dich. Eine Welt ohne Hoffnung? Wie hätte die aussehen sollen?« Sie zündete sich eine Zigarette an, nahm einen tiefen Zug und blies den Rauch genüsslich aus.

Wut, Freude, Liebe und Hass. All diese Gefühle hatte Helena noch in sich. Keine Angst mehr und auch keine Trauer. Sie schloss die Augen. Wenn Cornelia ihr nicht half … »Ich lege mich wieder ein wenig hin«, sagte sie. »Mir ist noch etwas schwindelig.«

Cornelia nickte, sah Helena jedoch nicht an.

Erst als Helena an der Tür angekommen war, hielt sie für einen Moment inne. »Trostlos«, sagte sie dann.

Cornelia wandte den Kopf zu ihr, schwieg jedoch.

»Ich glaube, dass eine Welt ohne Hoffnung so trostlos ist, dass der Wächter verhindern wollte, dass die Menschen jemals wieder in so einer Zeit leben müssen.«

Helena hielt das Grimoire ihres Vaters in den Händen. Wenn sie all die Magie, die ihm innewohnte, in sich aufnahm, würde sie sie mit ins Schattenreich nehmen können? Oder würden ihre Kräfte zu einem Teil des Schattenwanderers werden, der sie verschlang und an ihrer Stelle hier zurückblieb? Sie blätterte durch die vergilbten Seiten, suchte nach denen, die sie noch nicht gelesen hatte. Sie begriff, wie das Grimoire funktionierte. Warum es so viele Seiten hatte und doch nur so wenige Gefühle von ihr stahl, damit sie die Magie erhielt, die sich dahinter verbarg. Es mochte Dutzende von Seiten über das Feuer geben, aber nur eine einzige davon – die erste – entfesselte ihre Verbindung zur Feuermagie. Der Rest glich eher ergänzenden Fußnoten, die ihre Fähigkeiten verfeinerten. Sie hatte bereits die Magie des Feuers und der Luft in sich aufgenommen. Das Grimoire ihres Vaters enthielt aber auch noch Kapitel zu Wasser, Erde, Licht und Finsternis. Sechs Magietypen für sechs Gefühle. Elisabeth, die im gleichen Grimoire gelesen hatte, musste vier davon beherrschen, wenn ihr nur noch Liebe und Hass geblieben waren. Nun, falls sie die Wahrheit gesagt hatte. So wie Elisabeth sich verhalten hatte, hätte es Helena nicht gewundert, wenn in ihrem Herzen nur noch Platz für Hass übrig war. Immerhin war sie bereit gewesen, ihre eigene Nichte, die, was Magie betraf, völlig ahnungslos war, ins Schattenreich zu schicken.

Helena blätterte in den Seiten, strich über das rau gewordene Papier und betrachtete die Zeichnungen, die mal Verzierungen und mal Teil der Anweisungen waren, die ihre Magie verstärken sollten. Wenn sie mehr von sich aufgab, würde sie schrittweise zum Schattenwanderer werden, bis nichts mehr von ihr blieb. Nun, außer einem Schatten. Wie passend sich der Name für diesen Zustand des Seins langsam anhörte. Sie schloss die Augen und dachte über Jenkins' Worte nach. Ihr Vater war absichtlich zu einem von ihnen geworden, weil er gewusst hatte, dass das der einzige Weg ins Schattenreich war. Und der einzige Weg, um Elisabeths Geliebten aufzuhalten. Helena stockte. Elisabeths Geliebter war auch ein Magier gewesen. Dann hatten auch die beiden nicht zusammen sein dürfen, weil die alten Regeln es ihnen untersagten, nicht wahr?

Sie hob den Blick, um aus dem Dachfenster über ihr zu sehen. Es war bereits finsterste Nacht und der sternenleere Himmel hatte die Lichter der Stadt verschlungen, als ihre Bewohner zu Bett gegangen waren. Vielleicht hatte Elisabeth es darum getan – vielleicht hatte es sie wütend gemacht, dass ihr und ihrem Geliebten das Recht verwehrt wurde, zusammen zu sein. Wenn alle Magier bedingungslos über ihre Magie verfügen konnten, würden sie keine Grimoires mehr brauchen. Dann würden diese Regeln nutzlos werden und sie und der Mann, den sie liebte, hätten zusammen sein können.

Helena seufzte. Nein. Was auch immer Elisabeth angetrieben hatte, selbst wenn es Liebe gewesen war: Sie hatte in Kauf genommen, dass andere Menschen für das litten, was sie allein erreichen wollte. Und das würde sie ihr nicht verzeihen.

Helena nahm Alastairs Grimoire in die Hand. Behutsam strich sie über den ledernen Einband, der von der Zeit gezeichnet war. Sie schlug die vergilbten, teilweise eselsohrigen Seiten auf und blätterte darin. Die Zeichnungen waren andere als die im Grimoire ihres Vaters. *Ihrem* Grimoire. Sie zeigten Augen, Ohren, Nasen, Hände, den Mund. Helena stockte. Die Sinne. Die Sinne und, wenn Alastair doch die Erinnerungen anderer beeinflussen konnte, wohl auch den Verstand. Sie blätterte weiter, bis sie auf Seiten stieß, die keine Sinne mehr zeigten. Welches Gefühl würde es sie kosten, zu können, was Alastair konnte? Sie biss sich auf die Lippen. Es machte keinen Unterschied, wenn sie ins Schattenreich wollte, um Alastair und ihren Vater zu finden, würde sie ohnehin ihre Gefühle aufgeben müssen. So würde sie wenigstens die Chance haben, noch etwas zu erledigen, bevor es soweit war.

-21-

Zwei Tage später

Als Helena die Stufen des U-Bahnhofs nach oben stieg, war ihr, als hätte sie es sich zur Aufgabe gemacht, einen hohen Berg zu erklimmen. Jeder Schritt fühlte sich an, als hätte sie Blei an den Füßen.

Was tat sie hier? Draußen war es längst dunkel geworden und es regnete in Strömen. Trotzdem waren noch unzählige Menschen auf den Straßen unterwegs. Der schmale Fußweg, der von Laternen erhellt wurde, führte sie entlang der Straße in das Herz Paddingtons. Der regennasse Asphalt glänzte im künstlichen Licht und der noch immer in Strömen fallende Regen zauberte Kringel in die Pfützen. Die rechte Straßenseite, auf der sie in Richtung St. Marys unterwegs war, spiegelte den alten Charme Londons wider, während viele der Gebäude auf der gegenüberliegenden Seite unter Zuhilfenahme von viel Glas restauriert worden waren. Pubs reihten sich an Bars, Bars an Souvenirläden und die an Shisha Bars, die es hier zuhauf gab.

Als sie endlich an der Ecke Praed Street und Norfolk Place ankam, sah sie an dem braungrauen Backsteingebäude hoch, in dem Sarah und Daniel wohnten. Die Sirenen eines Krankenwagens heulten auf. Helena hatte sich immer gefragt, wie ihre

Freunde hier, gegenüber dem Krankenhaus, nachts auch nur ein Auge zumachen konnten, aber irgendwie hatten sie sich offenbar Schwielen auf dem Trommelfell zugelegt. Für diese zentrale Lage mitten in London war die Miete einfach unschlagbar, sicher nahmen sie darum den Lärm in Kauf. Die riesigen Fenster des *Fountains Abbey*, eines klassischen Pubs im Erdgeschoss von Sarahs Wohnung, waren von Ebenholz umrahmt, goldene Verzierungen am Rahmen verliehen dem harten Äußeren einen eleganten Touch und die alten Laternen rundeten das Gesamtbild ab. Der graubraune Backstein der beiden oberen Etagen gliederte sich harmonisch ein. Helena trat an die Gegensprechanlage am Eingang des Hauses heran und klingelte bei Sarah Wellington.

»Hallo?«, meldete sich die Stimme ihrer Freundin.

»Hey!«, sagte Helena. »Tut mir leid, ich habe es nicht geschafft, Bescheid zu sagen, dass ich komme.« Sie rieb sich über die Ärmel, die mittlerweile klitschnass waren. »Lässt du mich rein?«

»Helena!«

Das Surren des Öffners ertönte augenblicklich und Helena drückte die Tür auf. Sie stieg die Treppen hinauf und wieder war da dieses Gefühl von Blei in ihren Schuhen. Jeder Schritt mühsamer als der vorige kämpfte Helena sich in den zweiten Stock hinauf.

Sarah stand im Türrahmen und sah sie fassungslos an. »Großer Gott! Bist du verrückt geworden? Warum hast du keinen Schirm dabei? Und«, sie musterte Helena von oben bis unten, »wo zum Teufel warst du die ganze Woche!« Sie trat einen Schritt zur Seite und half Helena aus der nassen Jacke.

Helena zitterte sichtlich und doch … Da war nichts. Keine Freude, Sarah zu sehen. Keine Trauer oder Angst vor dem, was sie vorhatte. Keine Wut auf Elisabeth, die die Schuld an diesem Chaos trug und kein Hass, weil sie Helena zu dem hier getrieben hatte.

»Ja, das … war nicht meine schlaueste Idee«, antwortete Helena auf die Frage nach dem Schirm. Sarahs zweite Frage ignorierte sie geflissentlich. »Ich, äh … Ich wollte auch gar nicht lange bleiben«, schob sie stattdessen nach.

Sarah schob die Augenbrauen streng zusammen. »Sag mal, gehts noch? Das ist alles, was dir auf die Frage ›Wo bist du gewesen?‹ einfällt?« Sarah atmete tief durch. »Du kannst mir gleich alles erzählen, aber erst einmal suche ich dir etwas zum Anziehen. Du kannst nicht in diesen nassen Klamotten bleiben, da holst du dir den Tod.« Sie wandte sich um und ging durch den schmalen Flur der Wohnung. Nicht nur der Flur war winzig, auch die beiden Zimmer, die Küche und das Bad. Alles war auf engstem Raum, doch Sarah und Daniel liebten ihr Appartement.

»Okay«, sagte Helena beiläufig und ließ ihren Blick durch die Wohnung wandern. Ob sie heute zum letzten Mal hier sein würde? Sie betrachtete die Bilder, die den Flur zierten. Sarah hatte es sich zum Hobby gemacht, auf Flohmärkten die unterschiedlichsten Bilderrahmen zu suchen und sie mit Bildern von Freunden, Familie und Reisen zu füllen. So war über die Jahre eine umfangreiche Galerie entstanden, die nicht nur für Sarah, Daniel und auch Helena zahllose Erinnerungen beherbergte, sondern auch Besuchern die Chance auf ungezwungene Unterhaltung bot. Helena war in die Betrachtung der vielen Bilder so vertieft, dass sie regelrecht erschrak, als Sarah ihr plötzlich einen Pullover und eine Hose hinhielt.

»Danke.« Helena schälte sich aus ihrer nassen Jeans und schlüpfte in Sarahs Sachen. Als sie fertig war, kehrte Sarah mit zwei Tassen dampfendem Tee ins Wohnzimmer zurück und ließ sich auf dem Sofa neben ihr nieder.

»Was ist mit dir los?« Sie sah Helena eindringlich an.

»Was soll los sein?«, fragte Helena mit tonloser Stimme. »Ich war einfach in der Gegend und wollte nach dir sehen.«

Sarahs Blick sprach Bände. »Helena, du warst fast eine Woche lang verschwunden. Keiner hat von dir gehört.« Sarah schüttelte den Kopf. »Ich dachte mir, es hätte irgendetwas mit deiner Tante zu tun. Aber …« Sie rieb sich die Stirn. »Ich hatte dieses supermerkwürdige Gefühl.«

Helena hob die Schultern und trank einen Schluck des Tees. »Miss dem nicht so viel bei«, entgegnete sie nüchtern.

Sarahs Mund stand offen. »Du … Du bist echt komisch heute. Was ist denn los mit dir?«

»Ich ziehe weg.«

Ihre Freundin erstarrte. »Du … was ist mit deinem Dad? Mit der Büchse der Pandora? Und was heißt ›weg‹. Wohin denn?«

Helena starrte auf den Boden.

Die Stille, die sich jetzt im Raum ausbreitete, erdrückte jeden Gedanken in ihr. Es war, als würde jeder Versuch zu denken, von ihrem Inneren einfach abgeblockt werden. Vielleicht war es besser so. Vielleicht würde es einfacher sein, wenn sie nicht darüber nachdachte, wie dreist sie ihre Freundin würde anlügen müssen. Sie drehte sich ruckartig zu Sarah um und sah ihr fest in die Augen.

»Du weißt, dass ich dich lieb habe?«, fragte sie. Diese Worte waren dem Thema angepasst und sie hatte sie sich auf dem Weg hierher zurechtgelegt.

Sarah streckte eine Hand nach Helenas Schoß aus und legte sie auf ihr linkes Knie. »Natürlich. Ich dich doch auch«, sagte sie, begleitet von einem schwermütigen Lächeln.

Helena nickte. Sie schloss die Augen und atmete tief durch. Dann, ganz plötzlich, rückte sie näher an Sarah heran. Sie legte eine Hand auf ihre Augen und lehnte sich neben ihr Ohr, genauso, wie sie es bei Alastair beobachtet hatte.

»Helena, was soll …«

»Ich ziehe weg. Ich halte es in England nicht mehr aus. In Toronto war eine Stelle in der Verwaltung einer Universität offen und man hat sie mir angeboten. Du freust dich für mich, dass ich einen Neustart mache, und hinterfragst nicht, warum ich weggehe. Die Büchse der Pandora und mein Vater sind nicht wichtig. Du willst nur, dass ich glücklich bin. Du wirst keine Nachforschungen anstellen. Du wirst mich nicht kontaktieren oder gar suchen. Wenn Daniel Fragen stellt, wirst du ihm erklären, dass ich versprochen habe, mich zu melden, wenn ich mich eingelebt habe.« Nichts. Es tat nicht weh. Es kümmerte sie nicht. Keines ihrer Worte hatte Bedeutung. Sie tat, was getan werden musste.Langsam nahm sie die Hand von Sarahs Augen. Sarah starrte an ihr vorbei ins Nichts. Ihr Mund stand halb offen und ihre Lippen bewegten sich lautlos, so als würde sie die Worte, die Helena ihr ins Ohr geflüstert hatte, stumm wiederholen.

Erst als Helena sich aufsetzte, blinzelte Sarah benommen. Sie legte eine Hand an ihre Stirn und senkte den Blick. »Ich … Tut mir leid, mir … Mir war auf einmal schwindelig … Du ziehst weg?« Ihre Augen weiteten sich.

Helena nickte. »Kanada«, log sie und bestätigte, was Sarah schon wusste.

»Das kommt so plötzlich …« Sarahs Stimme bebte und sie bemühte sich um ein Lächeln. »Du wirst mir schrecklich fehlen.«

»Du mir auch.«

»Wann kommst du zurück?«

Helena hob die Schultern. »Das weiß ich jetzt noch gar nicht«, sagte sie. Gleichzeitig erhob sie sich vom Sofa. »Hängt ein bisschen von meinem neuen Boss ab. Ich brauche einfach einen Neuanfang, verstehst du? Ein anderes Haus, eine andere Gegend, berufliche Herausforderungen, die nichts mit … Es ist einfach zu viel passiert und ich denke, dass ich Zeit brauche, um besser damit klarzukommen.«

»Das verstehe ich.« Sarahs Augen weiteten sich. »Ich kann dich besuchen ko…«

»Nein. Ich brauche Abstand von *allem*, Sarah.« Sie konnte nicht länger bleiben. Womöglich lief ihr die Zeit schon jetzt davon und sie verschwendete sie mit Sarah. Helena stockte. Hatte sie wirklich gerade »verschwenden« gedacht? Ihr früheres Ich hätte Zeit mit Sarah nie als Verschwendung betrachtet. »Ich muss los«, sagte sie kühl und erhob sich von dem Sofa, um zur Tür zu gehen.

Sarah rannte ihr eilig nach. »Helena, was ist los? Habe ich was Falsches gesagt, ich …«

»Du hast nichts Falsches gesagt«, fiel Helena ihr ins Wort. »Ich habe nur noch wahnsinnig viel zu tun, bevor ich fliege.

Kann übrigens sein, dass du mich telefonisch auch nicht erreichen wirst.« Als Helena den Blick hob, um Sarah anzusehen, erkannte sie den Schmerz, der darin funkelte. Aber auch Sarahs Wut darüber, so abgeschoben zu werden. »Was ist?«, fragte sie barscher, als sie es beabsichtigt hatte.

»Was ist *wirklich* passiert?«, fragte Sarah noch einmal. Ihre Stimme bebte.

Dass Sarah nicht so schnell aufgeben würde, hätte Helena sich denken können. »Ich habe mich lange genug mit dem Gedanken aufgehalten, dass mein Vater irgendwo da draußen ist«, antwortete sie. »Es wird Zeit, dass ich nach *mir* sehe, mir mein eigenes Leben aufbaue.« Es war nahezu unglaublich, dass all diese Worte, auch ihre Lügen, nichts in ihr bewegten. Weder Schmerz noch Trauer, Wut oder gar Angst. Alles fortgewischt für ein wenig Magie, die sie weiter in die Dunkelheit ziehen würde, wenn sie erst einmal zu Hause angekommen war. »Ich muss jetzt gehen.«

Sarah öffnete fassungslos den Mund, aber bevor sie etwas sagen konnte, war Helena bereits aus der Tür. Krachend fiel sie ins Schloss.

Mist, sie hätte Sarah umarmen müssen, fiel ihr ein, das wäre angemessen gewesen, aber jetzt war es dafür zu spät. Helena eilte, rannte fast die Treppen nach unten, um aus dem Haus zu sein, falls Sarah beabsichtigte, ihr nachzulaufen. Vor ihrem inneren Auge tauchten Momente mit Sarah auf: ihr Streit, als sie sich kennenlernten, die gebrochenen Nasen, Ausflüge in den Park und in die Stadt, Geburtstage mit ihr und ihrer Mutter, Kinobesuche, ein gemeinsamer heimlicher Joint … Doch nichts davon löste dabei Gefühle aus. Die Tür schlug Helena fast hinter sich zu: Sie hatte keine Zeit zu verlieren. Sie war schon viel zu lange hier gewesen.

-22-

Helena hatte sich mit dem Grimoire ihres Vaters und dem von Alastair auf dem Teppich zwischen Sofa und Kamin gesetzt. Den Kaffeetisch hatte sie beiseitegeschoben. Eigentlich hatte sie gedacht, sie könnte so verhindern, dass er zu Bruch ging. Doch noch während sie dabei war, ihn zur Seite zu wuchten, erinnerte sie sich daran, wie sehr sich nicht nur Alastairs Äußeres, sondern auch sein Wesen verändert hatte, als er zum Schattenwanderer geworden war. Ob ihr Schattenwanderer das Haus verwüsten würde, bei dem Versuch, es zu verlassen? Den Kamin hatte sie absichtlich nicht angezündet. Es würde schlimm genug sein, dass ihr Schattenwanderer-Selbst durch das Haus streifte. Einen Brand wollte sie nicht auch noch riskieren. Sie schloss die Augen, nahm einen tiefen Atemzug und stieß ihn langsam und geräuschvoll wieder aus.

Liebe, das letzte Gefühl, das sie jetzt noch zu geben hatte.

Dieses letzte Gefühl, das noch immer in ihrer Brust brannte. War sie wirklich von allem anderen derartig dominiert worden, dass die Liebe das unwichtigste ihrer Gefühle gewesen war, das letzte, was ihr das Grimoire nehmen würde? Waren die Angst vor der Magie und den Schattenwanderern, die Wut auf Elisabeth, die Trauer um den Tod ihrer Mutter, ja selbst der Hass auf ihren Vater so viel größer gewesen als die Liebe?

Helena wollte glauben, dass dem nicht so war. Dass diese Gefühle, deren sie nun verlustig gegangen war, einfach nur für den Moment alles andere in den Hintergrund gerückt hatten.

Sie schlug das Grimoire ihres Vaters auf und blätterte zum letzten Kapitel vor. Die Zauber, die dazwischenlagen, hatte sie sich nicht angeeignet. Aber das letzte Kapitel beinhaltete – so behauptete es – die Magie des Lichts. Was das bedeutete, wusste Helena noch nicht. Doch sie hoffte, dass vielleicht Licht genau diejenige Magie sein würde, die sie an einem Ort brauchte, der sich Schattenreich nannte.

»*Zwetli…*«, setzte sie an, verstummte jedoch sofort wieder. Sie musste es tun, erinnerte sie sich. Vielleicht war es gut, dass ihr die Liebe geblieben war. Denn etwas ließ sie zweifeln, ob sie ohne diese Wärme in ihrer Brust wirklich ihr Leben riskiert hätte, um einen Lügner und einen Mann, an den sie sich gar nicht erinnerte, zu retten.

»*Zwetlin, son, myn, starn. Gyve thy zwetlin, gyve thy kryvt, gyve thy shin*«, las sie die Worte, deren Bedeutung sie nicht kannte.

Ein Brennen, ähnlich dem, das sie damals in Elisabeths Antiquariat gespürt hatte, erfasste sie. Wie Nadelstiche bahnte es sich einen Weg unter ihrer Haut entlang. Dort, wo der Schmerz verebbte, blieb ein Brennen zurück, das zu einem Jucken wurde, dann begann das Ganze von vorn. Wie Wellen schaukelten sich die beiden Gefühle unter ihrer Haut gegenseitig auf, wurden immer heftiger. Helena biss die Zähne fest zusammen, glaubte sogar, sie knacken zu hören. Oder war das etwas anderes? Die Luft in ihrer Lunge staute sich, blähte sie auf und drückte von innen nach außen, so als würde sie versuchen, den Körper, in dem sie gefangen war, aufzureißen, um zu entkommen. Helenas Hände zitterten so heftig, dass sie das Buch fallen ließ.

Sie schrie.

Ein grässlicher, entsetzlich lauter Schrei drang aus ihrer Kehle. Ihre Lunge fühlte sich an, als hätte sie sich von einer Sekunde auf die nächste entleert, wie ein platzender Luftballon, dessen gummiartige Hülle nun kollabierte. Kein Atemzug war mehr möglich. Helena kämpfte darum, Luft zu holen. Mit weit aufgerissenen Augen fasste sie sich an den Hals, röchelte. Ihre Augen brannten in ihren Höhlen und die Welt um sie herum war plötzlich rot. Sie löste ihre zitternde rechte Hand von ihrem Hals, beobachtete, wie das Fleisch daran von ihren Knochen schmolz und zu Boden tropfte. Das Rot, in das die Welt getaucht worden war, wurde immer dunkler. So dunkel, dass Helena für einen Augenblick nur noch von dem Schmerz in die Tiefe gezogen wurde.

-23-

Ihr Blut kochte, es blubberte in den Adern und schmolz ihr Fleisch. Ihre Organe fühlten sich an, als würden sie von innen zerrissen werden. Noch nie in ihrem Leben hatte Helena einen solchen Schmerz gefühlt und obwohl sie schreien wollte, brachte sie keine einzige Silbe über ihre Lippen. Doch dann, ganz plötzlich, inmitten all des Schmerzes, der so überwältigend war …

Stille. Von einer Sekunde auf die nächste war das Toben in ihrem Körper vorbei und der Schmerz fortgewischt, als ob es ihn nie gegeben hätte. An seine Stelle trat jedoch etwas anderes. Etwas, das sie erzittern ließ. Sie öffnete die Augen und blickte in einen schwarzen Himmel mit wütend zusammengeballten Wolken, die über die Reste einer vernichteten Stadt zogen und aus denen rote und blaue Blitze zuckten. Ihr Atem beschleunigte sich und sie setzte ihre Hände auf dem zerstörten Asphalt vorsichtig auf. Fünf Finger, eine Handfläche, rosige Haut. Sie betrachtete sie, als habe sie vorher noch nie Hände gesehen. Sie sahen ganz normal aus. Menschlich eben. Ihre Kleidung war die gleiche, die sie zuvor getragen hatte, Sarahs Jeans und ihr Pullover. Und ihr Haar? Helena fasste nach einer Strähne und hielt sie sich vor die Augen. Feuerrot. Offenbar war Helena auch im Schattenreich Helena.

Wo war sie hier? War das das London des Schattenreiches? Auf der Straße, auf der sie stand, war der Asphalt aufgeplatzt, tiefe Risse und Löcher reihten sich aneinander. Überall lagen Trümmer und entwurzelte Bäume, zerstörte Häuser. Sträucher und Blumen in den ehemaligen Vorgärten waren verbrannt, egal, wo sie hinsah. Ein Szenario wie aus einem Kriegsfilm. Zwischen den Überresten von zwei Häusern stieg Rauch empor, so als ob ein furchtbarer Angriff erst vor wenigen Stunden stattgefunden hätte. Vor ihren Füßen lag ein verbeulter Briefkasten zwischen Mauerresten und Staub – von dem Haus, an dessen Wand er einst befestigt gewesen war, zeugte nur noch ein Haufen Schutt.

Cunningham, stand auf dem Briefkasten.

Helena riss den Kopf hoch und betrachtete den Schuttberg. Ihr Haus. Warum war sie auf der Straße und nicht im Haus aufgewacht? Rings um sie herum lagen Brocken von dem, was ihr ganzes Leben lang ihr Heim gewesen war. Ihr Puls trommelte in ihren Ohren, Tränen rannen über ihre Wangen und sie schlug sich eine Hand vor den Mund, um ein Schluchzen zu unterdrücken. Auf wackligen Beinen trat sie näher an den Rest einer Mauer, die noch einigermaßen stabil aussah und legte behutsam die Hand darauf. Es fühlte sich so echt an! Was hatte sie erwartet? Hatte sie geglaubt, dass ein Ort, den die Magier nur »Schattenreich« nannten und an dem die Schattenwanderer lebten, einer Blumenwiese gleichen würde?

Dann wandte sie sich um und sah in Richtung Stadtzentrum. Vor ihr breitete sich das Bild eines Londons aus, das der Hölle hätte entsprungen sein können. Die meisten Gebäude lagen wie graue Gräber vor ihr. Hochhäuser gab es weit und breit keine.

Der Hyde Park, den sie von ihrer Straße aus in einiger Entfernung zu sehen erwartet hätte, war verschlungen von dichtem grauem Nebel. Schatten jagten durch die undurchdringbaren Schleier in der Distanz. Stimmen flüsterten wirre Worte. Helena drückte ihre bebenden Hände auf ihre Ohren und rutschte an der Wand hinab, an die sie sich vor wenigen Sekunden erst gestellt hatte. Gott … Wenn ihr Vater wirklich hier war, wenn er wirklich seit *zwanzig* Jahren hier lebte … Helena fürchtete plötzlich, in dieser Hölle keinen einzigen Menschen mehr anzutreffen, der ansatzweise seinen Verstand bewahrt hatte?

Moment, fürchtete? Angst. Helena lachte fast hysterisch. Ihre rechte Hand löste sich von ihrem Ohr und fuhr vor ihren Mund, um die Laute zu unterdrücken, die daraus hervortraten. Überschwängliches Lachen und gleichzeitig verzweifeltes Schluchzen mischten sich unter die Tränen, die in Strömen über ihre Wangen liefen. Sie hatte sie wieder! All ihre Gefühle. Und da war auch sie: ihre Angst. Fast hatte sie vergessen, wie es sich anfühlte, sich zu fürchten. So weit war die Erinnerung an dieses Gefühl in den Hintergrund ihres Bewusstseins gerückt. Gott, wie musste es sich für Alastair angefühlt haben, seine Trauer verloren zu haben. Er hatte so lange nicht mehr trauern können?

Ein Schrei ertönte in einiger Distanz und verhinderte, dass sie weiter darüber nachdenken konnte. Die apokalyptische Umgebung, in der sie sich wiedergefunden hatte, würde ihr nicht die Zeit geben, lange in ihren Gedanken zu verharren. Sie hatte einen Auftrag: Sie musste Alastair und ihren Vater finden und dann würden die drei gemeinsam diese verdammte Büchse und in die reale Welt zurückkehren!

Helena rappelte sich auf. Noch immer zitterten ihre Beine. Doch so unpassend das jetzt in ihrer gegenwärtigen Situation sein mochte: Sie war dankbar dafür, dass dieses Zittern wieder existierte. Sie wischte sich die Tränen von den Wangen, die sich unter ihr Lachen gemischt hatten. Unsicher stolperte sie zwischen den Löchern und Trümmern die Straße entlang. Wo sollte sie eigentlich anfangen zu suchen? Ob es hier viele Magier gab, die den Weg zurück in die reale Welt nicht mehr fanden? Und was war mit denen, deren Schattenwanderer in der realen Welt getötet worden waren? Von ihr zum Beispiel! Oder von Elisabeth. Konnten sie überhaupt zurückkehren? Gab es sie noch? Helena presste die Lippen zusammen und unterdrückte einen Anschwung von Übelkeit, der in ihr hochschäumte. Wo suchte man in einer vollkommen zerstörten Welt nach jemandem? Zum ersten Mal fragte sie sich, welcher Wahnsinn sie zu der Annahme getrieben hatte, dass ihr Vater überhaupt hier in der Stadt sein würde. Sah das ganze Schattenreich so aus? Oder gab es Orte, die weniger verwüstet, weniger bedrohlich waren? Was, wenn ihr Vater dorthin weitergezogen war und sie ihn niemals in Schatten-London finden würde? Nein. Sie ballte die Hände zu Fäusten und blickte in Richtung Stadtzentrum.

Elisabeth war der festen Überzeugung gewesen, dass die Büchse der Pandora in London versteckt war. Wenn ihr Vater sein Leben in der wirklichen Welt aufgegeben hatte, um zu verhindern, dass die Büchse geöffnet wurde, würde er nicht einfach von dem Ort verschwinden, an dem sie versteckt war. Er würde hierbleiben und sie bewachen. Nur wo sollte sie mit ihrer Suche beginnen? Elisabeth ... wenn Helena Glück hatte, würde sie vielleicht in deren Laden einen Hinweis darauf finden, wo die Büchse damals gewesen war. Dann hätte sie immerhin einen Anhaltspunkt, wo sie suchen sollte. Nun, vorausgesetzt der Laden lag nicht ebenso in Trümmern wie ihr eigenes Zuhause. Dann würde sie von Glück reden können, wenn sie überhaupt noch etwas unter den Steinen hervorgraben konnte. Doch eine bessere Idee hatte sie im Moment nicht.

Wieder ertönten Schreie in der Distanz. Den Lauten nach waren es aber keine Schattenwanderer – deren Schreie, glaubte Helena, inzwischen erkennen zu können. Sie kniff die Lider zusammen, um besser sehen zu können. Wenn es keine Schattenwanderer waren, was war es dann? Elisabeth hatte sie vor den Wesen gewarnt, die sich im Schattenreich aufhielten.

Als sie nach einem kurzen Fußmarsch am Hyde Park ankam, erkannte sie auch, warum sie vom Park nichts hatte sehen können: Es war kein Nebel, der da vom Boden aufstieg – das war Rauch. Sie hielt sich ihren Schal vor die Nase, doch konnte sie nicht verhindern, dass ihre Augen brannten, als hätte ihr jemand Salz hineingeworfen. Ob es eine Dummheit war, den Park zu betreten? Rauch war immerhin kein gutes Zeichen, keine Einladung zu einem Spaziergang jedenfalls. Doch um schnell ins Stadtzentrum zu gelangen, musste sie den Park durchqueren. Also blieb ihr keine Wahl. Helena kam am Rand des Teiches an, der vor dem Kensington Palace angelegt worden war. Das Wasser war so tiefrot, dass es beinahe schwarz aussah. Sie hob den Blick und erkannte vor sich am Ufer eine Frau mit langem schwarzem Haar, die sich über das Wasser beugte. Ein Schluchzen drang aus ihrer Kehle und sie streckte die abgemagerten Hände nach der Flüssigkeit aus. Ihr strähniges Haar fiel ihr ins Gesicht.

»Ma'am?«, rief Helena und näherte sich ihr mit langsamen Schritten.

Die Frau reagierte nicht. Beobachtete sie ihr Spiegelbild? War es das, was sie in dem dunklen Wasser zu greifen versuchte? Bei ihr angekommen, streckte Helena langsam die Hand nach der Fremden aus. »Hallo?«

Der Kopf der Frau drehte sich ruckartig. Ein breites Grinsen entblößte eine Reihe schwarzer Zähne und ein paar leere Augenhöhlen starrten sie an. Helena schrie auf, stolperte zurück und landete unsanft auf ihrem Hintern. Die Frau, die augenscheinlich ihre Beine nicht bewegen konnte, zog mit den Händen auf sie zu, indem sie ihren unbeweglichen Körper hinter sich her schleifte. Mit einer Hand, aus deren Fingern reißende Krallen wuchsen, schlug sie nach Helena. Helena trat mit den Füßen nach ihr, den Herzschlag so fest in den Ohren, dass sie einen verängstigten Schrei nicht unterdrücken konnte.

»Hau ab!«, brüllte sie diese Ausgeburt der Hölle an und trat panisch nach ihr. Die Frau kreischte und fasste sich mit den krankhaft dünnen Fingern ins Gesicht. Hektisch rappelte Helena sich hoch und rannte, ohne zurückzusehen, tiefer in den Park hinein. Gleichzeitig fragte sie sich, ob das so clever gewesen war. Hier, wo der Rauch ihr überall die Sicht versperrte, würde sie eine eventuell drohende Gefahr nicht rechtzeitig erkennen können. Andererseits war auch sie gut vor den Blicken anderer geschützt. Sie kannte die Wege, die durch den Park führten, in- und auswendig. Als kleines Mädchen hatte sie hier mit ihrer Mutter immer fangen gespielt, später waren sie oft am Wochenende zum Picknicken hierhergekommen. Jetzt war der einst so schöne Rasen vertrocknet, die Erde an einigen

Stellen nackt und verkohlt. Der Rauch blieb weiterhin so dicht, dass Helena Mühe hatte, etwas zu sehen, und die Tränen, die ihr aus den Augen liefen, machten die Sache nicht besser. Immer wieder musste sie stehen bleiben und die Augen schließen. Doch bei diesem Tempo würde sie ihren Vater niemals finden. Das wusste sie.

Das Klappern von Hufen unweit von ihr ließ sie zusammenzucken. Ein Schatten von gewaltiger Größe zeichnete sich in einem dunkleren Grau in den Rauch. Helena lief zu einem Baum, duckte sich hinter dessen abgeknickten Stamm und lugte aus ihrem Versteck hervor. Ihre Augen weiteten sich: Das Skelett eines riesigen Pferdes scharrte mit den Hufen, als sein Reiter es anhielt. Eine in Weiß gehüllte Gestalt saß auf dem Rücken des Tieres. Seine Brust bewegte sich nicht. Das Gesicht war unter einer langen Kapuze verborgen. Ob die Gestalt überhaupt ein Gesicht hatte? Oder war das am Ende auch nur ein Schattenweltmonster, so wie die Frau am Teich? In seiner rechten Hand hielt es ein Schwert, dessen Klinge rot glühte, so als hätte es sie gerade aus dem Schmiedefeuer gezogen.

Helena duckte sich tiefer und hoffte inbrünstig, dass das Wesen sie nicht bemerken würde. Wenn sie ihre Magie hier sinnlos einsetzte, würde sie vermutlich jedes magische Wesen der Umgebung anziehen, zumindest, wenn sie genauso von der Magie angezogen wurden wie die Schattenwanderer ihrer Welt. Also bemühte sie sich darum, kein Geräusch zu machen. Sie atmete sogar leise – der Schal vor ihrem Mund und ihrer Nase erleichterte diese Aufgabe.

Das Pferd schnaubte, scharrte noch einmal mit den Hufen und setzte sich wieder in Bewegung. Helena wartete, bis die

Schritte des Tieres in der Distanz verhallt waren, bevor sie sich aus ihrem Unterschlupf wagte. *Gottverdammte Scheiße!* Das war das Dümmste, was sie in ihrem gesamten Leben getan hatte! Sie hatte keine Ahnung von dieser Welt und ihren Regeln, keine, wie sie sich schützen und noch viel weniger, wie sie ihren Vater oder Alastair finden sollte – ganz zu schweigen von der Büchse der Pandora! Ab jetzt würde sie sich von den Wegen fernhalten. Hinter den vertrockneten, teils verkohlten Stämmen von umgestürzten Bäumen musste sie zwar auf jeden Schritt achten, doch immerhin würde sie hier leichter in Deckung gehen können, falls ein weiterer Schattenweltbewohner auftauchen sollte.

Sie blickte sich in der verrauchten Landschaft um. *Verdammt!* Im Hydepark der realen Welt würde sie sich blind auskennen, so oft war sie dort gewesen, aber diese vertrocknete und verbrannte Gegend, in der fast alle Bäume umgerissen waren, wirkte fremd auf sie. Genau genommen, hatte sie nur eine sehr ungefähre Ahnung davon, wo sie jetzt sein könnte. Sie musste es einfach schaffen, sich zu *Elly's Books and Papers* durchzuschlagen. Dort war ihr immerhin zum ersten Mal ein Schattenwanderer begegnet. Natürlich mochte es daran gelegen haben, dass sie und Elisabeth beide gleichzeitig dort gewesen waren, aber es bestand doch auch die Möglichkeit, dass dort weiteres magisches Potenzial ruhte? Elisabeth hatte gesagt, dass die Schattenwanderer von der Büchse der Pandora angelockt wurden. Wenn die Büchse allerdings erst sichtbar wurde, wenn sie im Schattenreich geöffnet war, warum waren sie dann dort gewesen? Hatten die Schattenwanderer ihre Anwesenheit vielleicht gespürt? Wo auch immer die Büchse war und wo auch immer Alastair und ihr Vater waren: Hier waren sie jedenfalls nicht. Wenn sie also vorhatte, ihrem Ziel näherzukommen und Elisabeth ein für alle Male aufzuhalten, durfte sie nicht hier stehen bleiben.

Zwischen umgeknickten Bäumen und dornigen Büschen kämpfte Helena sich durch den Hyde Park. Endlich konnte sie durch den Rauch hindurch die Spitze des Albert Memorials erkennen. Ohne darüber nachzudenken, beschleunigte sie ihre Schritte und rannte darauf zu. Als sie auf der Rückseite des riesigen Memorials angekommen war, blieb sie schlagartig stehen.

Der Baldachin und die Spitze standen wie ein Wunder noch aufrecht, obwohl eine der Tragesäulen zusammengebrochen war. Die vergoldete Statue des Prinzgemahls lag in Trümmern zur Linken der Stufen, die zur Statue hinaufgeführt hatten. Ein Rest der Elefantenfigur, die zu der Darstellung des asiatischen Kontinents gehört hatte, stand noch. Die Figuren der anderen Kontinente bedeckten den Boden als ein Haufen von Scherben. Warum, um Himmels Willen, sah es hier so aus? Was war nur passiert? Helena hob den Blick, um sich umzusehen. Oder war das Schattenreich eine Art Gegenstück ihrer Welt? War darum alles so zerstört?

Helena schluckte schwer. Was auch immer diesen Schaden angerichtet hatte: Gegen die Wesen, die das verursacht hatten, würde sie keine Chance haben. Wer Statuen aus massivem Stein zertrümmerte, würde mit ein paar menschlichen Knochen nicht die geringsten Probleme haben. Um sie herum herrschte Totenstille. Ihr Blick wanderte in Richtung Straße. Wenn sie es zur South Kensington-Tube-Station schaffte, könnte sie vielleicht zu Fuß durch die Tunnel gehen, sofern diese nicht eingestürzt waren. Die Schienen würden sie zur Liverpool-Tube-Station ganz in der Nähe der Artillery Passage führen. Nun zumindest, wenn der Untergrund nicht ebenfalls überlaufen von den Monstern war, die im Schattenreich ganz offensichtlich ihr Unwesen trieben. Doch ihr blieb nicht die Zeit, um darüber nachzudenken. Sie überquerte die Hauptstraße – diesmal nicht auf der Hut vor vorbeifahrenden Autos und Bussen, sondern vor Monstern, die womöglich nur darauf lauerten, frisches Fleisch in die Klauen zu bekommen. Sie würgte bei dem Gedanken. Was würden die mit ihr machen, wenn sie sie zu fassen bekämen? Sie würde ihre Magie jedenfalls nicht nutzen, wenn es nicht absolut notwendig war. Wenn sie tatsächlich leichter aufzuspüren war, sobald sie davon Gebrauch machte, würde sie einen Teufel tun und eine sprichwörtliche Leuchtrakete in die Luft jagen, um jede Bestie aus der Umgebung auf ihren Standort aufmerksam zu machen.

-24-

Die Exhibition Road lag ebenfalls in Trümmern. Es sah aus, als seien Panzer über die empfindlichen Bodenplatten gefahren. Wie Stacheln stand das zersplitterte Gestein aus dem Boden hervor. Helena drängte sich eng an die Hauswände, die noch standen, und hoffte so, wenigstens Schutz von einer Seite – ihrem Rücken – zu haben. Mehr Schutz zumindest, als sie vorher im Park gehabt hatte.

Einige Meter vor sich, mitten auf der zertrümmerten Straße, erkannte sie ein langes rotes Stück Stoff. An dessen Enden hingen schwarze Fransen und in einer Ecke war ein golden schimmerndes Emblem eingestickt. Sie hielt den Atem an, als die Erkenntnis sie durchfuhr wie ein Blitz. »Alastair.« Sie sah sich eilig um, um sicherzugehen, dass sie nicht beobachtet wurde. Dann rannte sie die letzten Meter und kniete sich auf den Boden. Sein Schal! Darum herum unzählige Fußabdrücke in dem sandigen Boden, den die zerbrochenen Bodenplatten freigelegt hatten. Hatte jemand hier gekämpft? Sie zog ihren eigenen Schal nach unten und drückte den dunkelroten Stoff an ihre Nase. Der Rauch war bereits in den Stoff gezogen. Und doch: Alastair war hier gewesen. Irgendwo. Sie suchte den Boden nach Blut ab, nach irgendeiner Sache, die ihr verriet, ob er verletzt worden war. Doch nichts. Es *musste* ihm also gut gehen. Er *musste* diesen Kampf, oder was es gewesen war, unbeschadet überstanden haben und seinem Feind entkommen sein. Zumindest flehte das die Stimme in ihrem Kopf. Zusammengekauert saß sie da und drückte den weichen Stoff in ihr Gesicht, zwang sich die Tränen herunterzuschlucken, die ihre Brust zum Beben brachten. »Ich hol dich hier raus. Euch beide«, flüsterte sie. Helena drückte Alastairs Schal enger an ihre Brust.

Plötzlich hörte sie ein Schnauben – direkt hinter sich. Wie eisige Fingerspitzen krabbelte ein eisiger Schauer an ihrer Wirbelsäule hinauf und sie riss die Augen auf. Unendlich langsam wandte sie den Kopf, nur um den knöchernen Schädel des Pferdes zu sehen, das noch vor wenigen Minuten seinen Reiter in eine andere Richtung getragen hatte. Sie stand auf und drehte sich zu dem Tier und seinem Reiter um. Der hob das Schwert in seiner rechten Hand an, die Zügel seines Reittieres hielt er mit der linken.

»Trägst du sie mit dir?«, donnerte seine Stimme, so als würde sie aus allen Richtungen zugleich kommen.

»Was?« Helena machte einen Schritt zurück.

»Trägst du sie mit dir?«, wiederholte er die Frage, diesmal noch lauter. Seine Stimme klang wie ein Unwetter in ihren Ohren.

Aus ihrer Not heraus hob Helena die Hände an und formte sie zu einem Vogel, wie Elisabeth es ihr gezeigt hatte. »*Protyc mi. Ut temnina, wis lait et sila.*«

Nichts passierte. Helenas Augen weiteten sich. Sie wiederholte den Satz noch einmal lauter. Wieder nichts. Was war das denn? Kaum hatte sie ihre Gefühle zurück, war ihre Magie verschwunden? War sie bei dem Schattenwanderer geblieben, der nun an ihrer Stelle im realen London wandelte?

Der Reiter verharrte still. Dann sah sie, wie seine Brust unter dem Umhang bebte. Er hob den Kopf an, sodass sie unter die Kapuze in das Gesicht sehen konnte. Ein verunstaltetes Gesicht, blutig, roh, als sei das Fleisch von seinen Knochen geschmolzen. Ein wütender Schrei drang aus der Kehle des Reiters. »Wieder nur eine Enttäuschung!«, donnerte er. Dann hob er das Schwert noch ein Stück weiter an und ließ es auf Helena herabsausen.

Die sprang mit einem Satz zur Seite. »Scheiße«, fluchte sie.

Das Pferd scharrte mit den Hufen. Helena wusste, dass ihr nur eine Wahl blieb: rennen und verstecken! Sie musste zwischen all den Trümmern etwas finden, das den Reiter zumindest aufhalten würde. Ganz sicher wollte sie hier nicht sterben! Vielleicht würde sie dann einfach im Nichts verschwinden oder sie endete wie diese Frau am Teich – als Rest von etwas ehemals Menschlichem. Die Klinge des Schwertes zischte in der Luft, als der Reiter sie im Kreis über seinen Kopf schwang und dann an ihr vorbeigaloppierte, um ein weiteres Mal damit nach ihr zu schlagen. Sie duckte sich gerade rechtzeitig unter dem Schwerthieb weg, stürzte mit den Händen voraus auf den Boden. Der Reiter wendete sein Pferd an einem umgerissenen Fahrzeug und stürmte erneut auf Helena zu.

Sie sprang auf und rannte. Sie rannte so schnell, bis sie das Gefühl hatte, ihre Beine würden jeden Moment vom Boden abheben, war fast schwerelos. Ihr Blick suchte rechts und links nach einem Durchgang zwischen den Trümmern, der breit genug für sie, doch zu schmal für das Pferd sein würde. Doch nichts. Überall würde sie klettern müssen und die Zeit blieb ihr nicht. Ihre Lunge brannte, die Augen füllten sich mit Tränen und plötzlich sah sie ein Bild vor ihrem inneren Auge, eine Momentaufnahme aus ihren Erinnerungen. Ein Mann mit rotem Haar, der mit ausgebreiteten Armen auf dem Boden kniete und ihren Namen rief. Das Bild verschwand, ebenso schnell, wie es aufgetaucht war.

Ein Arm packte sie, riss sie zur Seite und schob sie hinter sich. Ein Mann, gut einen Kopf größer als sie, mit breiten Schultern und in einen schwarzen Umhang gekleidet, spannte die Sehne eines Bogens in seinen Händen und richtete ihn auf den Reiter, der in bedrohlicher Geschwindigkeit auf die beiden zuraste. Der Pfeil flog von der zurückschnappenden Sehne mit einem hohen Pfeifen davon und traf geradewegs in die linke Augenhöhle des Pferdes. Das riss die Vorderbeine hoch und wieherte in einem Ton, der Glas hätte zerspringen lassen können. Helena schlug sich die Hände über die Ohren.

Der Bogenschütze spannte einen weiteren Pfeil ein. »Lauf«, zischte er über seine Schulter.

Sie sah ihn fassungslos von hinten an. »Was? Aber wohin denn?« Ihre Stimme zitterte.

»U-Bahn-Station!«, befahl er ihr und ließ einen zweiten Pfeil von der Sehne schnellen. »Dorthin kann er dir nicht folgen.« Diesmal traf er das andere Auge des Tieres. Der Reiter klammerte sich mit beiden Händen am knöchernen Hals des Schattenpferdes fest. Noch einmal riss es die Vorderbeine nach oben, warf dabei seinen Reiter zu Boden und verschwand anschließend im Rauchgrau. Helena starrte auf den Reiter, der bewegungslos am Boden lag. Ihr Atem raste noch, doch immerhin war die Bedrohung zumindest für den Moment gebannt.

»Warum bist du nicht gelaufen, Schwachkopf?«, fauchte der Bogenschütze, ohne sie eines Blickes zu würdigen.

»Ich … Ich weiß nicht, ich …«, stammelte Helena.

»Wir müssen hier weg. Komm mit!«, knurrte der Fremde, als der Reiter wieder zu sich kam, und rannte los.

Einen Moment lang zögerte Helena. Konnte, sollte sie diesem Fremden wirklich vertrauen? Dann wiederum: Welche Wahl hatte sie schon? Sie konnte sich weiter von dem Schwertträger verfolgen lassen, der, wenn er sie erwischte, mit Sicherheit kurzen Prozess mit ihr machen würde, oder dem Bogenschützen folgen, der immerhin das Pferd dieses apokalyptischen Reiters vertrieben und ihr eine, wenn auch kurze, Verschnaufpause verschafft hatte. Sie machte auf dem Absatz kehrt und rannte dem Schatten hinterher, dessen Bild bereits im Rauch verschwand. Als sie zu ihm aufgeschlossen hatte, verlangsamte sie ihren Lauf etwas. Das Atmen in dieser rauchigen Luft und unter dem dicken Schal fiel ihr schwer und ihre Augen tränten immer noch. Sie drückte Alastairs Schal – das einzige Hoffnungszeichen, dass er hier irgendwo war – fest an ihre Brust. Das Blut von ihren aufgeschürften Händen klebte unangenehm zwischen ihren Fingern.

Am Ende der Exhibition Road bog der Bogenschütze nach rechts ab, ohne sich nach ihr umzusehen. Sie verstand nicht, warum er sie überhaupt gerettet hatte, wenn er sich jetzt nicht weiter um sie kümmerte. Wenn sie ihn verlor, würde sie wieder auf sich selbst gestellt sein. Wenige Meter vor sich erkannte sie das Gebäude, unter dem sich die U-Bahn-Station South Kensington befand. Die Gitter der Durchgänge waren allesamt zugezogen und mit schweren Stahlketten versperrt, nun, außer einem. Der Fremde winkte ihr zu und bedeutete ihr, ihm zu folgen. Als sie die Passage betrat, schob er eilig das letzte Gitter hinter sich zu, packte ihren Arm und drückte sie unsanft gegen eine Wand. Helena wollte schreien, aber er presste seine Hand grob auf ihren Mund.

Ein schweres, nasses Röcheln war auf der anderen Seite der Gittertüren zu hören. Ein Schattenwanderer, größer als alle, die sie bisher gesehen hatte, schlich die Straße entlang. Er schleppte eine blutige Lache hinter sich her. Wo sie den Beton berührte, platzte er augenblicklich auf. So war das also. Die Exhibition Road war nicht etwa von Explosionen irgendwelcher Art zerstört worden, sondern die blutige Flüssigkeit der Schattenwanderer ätzte das Gestein kaputt. Der Schattenwanderer schlich weiter, ohne sie oder den Fremden bemerkt zu haben. Erst jetzt lockerte sich die Hand des Mannes auf ihrem Mund und der Mann wandte sich von ihr ab. Er kramte aus seinem Mantel eine Taschenlampe hervor und beleuchtete damit die Rolltreppen, die normalerweise ins Untergeschoss zu den Gleisen fuhren. Jetzt standen sie still. Nichts rührte sich, nur das leise Echo des hohlen Metalls schallte mit jedem Schritt, den der Mann auf den Stufen machte. Helena folgte ihm.

Im Tiefgeschoss entdeckte Helena das Wrack eines der Untergrundzüge. Die Waggons waren verformt, als hätte sich irgendetwas Schweres daraufgesetzt, und blockierten den Tunnel. Sie seufzte. Eigentlich hatte sie gehofft, die Tunnel entlanggehen zu können, um bis zur Artillery Passage zu gelangen. Wenn allerdings deformierte Züge sie verstopften, würde sie kaum eine Chance haben, durch den Untergrund bis zur City of London zu kommen.

Die Fliesen im U-Bahnhof waren von den Wänden abgerissen und zu Scherben zersprungen. Auch hier war der Boden voller Risse. Der Mann ging vorweg und bestieg einen der zerdrückten Waggons durch eine halb offenstehende Tür. Helena sah sich unsicher um. Die meisten Sitze waren herausgerissen worden, und statt ihrer lag da eine alte, fleckige Matratze. Helena verstand: Ihr Retter wohnte hier. Der Waggon bot eine Art kleinen Wohnraum, zwar ohne Strom und fließendes Wasser, doch bestimmt trocken, wärmer und sicherer als irgendwo in den Ruinen der Häuser. Die Decke auf der Matratze war löchrig und zerfetzt und Helena fragte sich, wie man darunter nicht frieren sollte. Sie war so mit ihren Gedanken beschäftigt, dass ihr erst jetzt auffiel, dass sie mit dem Fremden noch kein Wort gewechselt hatte, seitdem sie hier unten angekommen waren.

»Danke!«, sagte sie eilig.

Der Mann hockte sich wortlos an das andere Ende des Raumes. Er füllte Wasser aus einer Flasche in einen Topf, stellte ihn auf einen Propankocher und zündete ihn an.

»Warum bist du hier?«, knurrte der Mann mit kratziger Stimme.

Helena blinzelte. »Ich … Ich suche jemanden.«

Der Fremde schnaubte. »In dieser Hölle?« Er schüttelte ungläubig den Kopf. »Viel Erfolg.« Er trank einen Schluck des Wassers aus der Flasche und wischte sich mit dem Ärmel über die Lippen. »Kommst hier nicht wieder lebend raus.«

Seine Worte versetzten ihr einen Stich. Und auch wenn es schmerzte, war sie seltsam dankbar dafür. Wie lange konnte ein Mensch allein an seinen Erinnerungen festhalten, wenn er keine Gefühle mehr damit verbinden konnte? »Ohne diesen

Jemand zu lieben und ihn ein Leben lang zu hassen, weil ich nicht wusste, warum er weg war, war die größere Hölle«, sagte sie.

Der Mann schnaubte. »Niemand hier ist es wert, dass irgendwer freiwillig herkommt.« Über ihnen donnerte es. Der Boden um sie herum bebte und vor den zerborstenen Scheiben rieselte Betonstaub herab. Der Mann hob den Blick in Richtung Decke. Helena hatte sich vor lauter Angst an die Wand des Waggons gedrückt. Als es wieder leiser wurde, machte der Mann eine wegwerfende Handbewegung. »Keine Sorge. Hier unten kommen sie nicht her.«

»Sind Sie da sicher?«

Er ließ zwei Teebeutel in den Topf mit dem Wasser sinken und beobachtete einen Moment lang wortlos, wie die Kräuter das Wasser golden färbten. »Bin lange genug hier, um es zu wissen.«

Helena fragte sich, wie lange er wohl tatsächlich hier war. Gleichzeitig scheute sie sich vor der Antwort. Sie rieb sich die Arme, auf denen sich bereits eine Gänsehaut gebildet hatte. Allmählich spürte sie, wie eisig kalt es hier unten war. Wie hielt er es hier aus? »Woher wussten Sie, dass ich in der Exhibition Road war.«

Er sah sie nicht an, sondern füllte stattdessen etwas Tee in eine Tasse und hielt sie ihr hin. Helena sah ihn überrascht an, nahm dann jedoch die Tasse entgegen und schloss ihre klammen Hände um das heiße Getränk.

»Habs nicht gewusst«, sagte er emotionslos. »Heute war einfach ungewöhnlich viel Lärm dort oben. Deswegen habe ich nachgesehen.«

»Es ist sonst also nicht so.«

Er schüttelte den Kopf, hob den Topf an und trank einen Schluck des Tees. Offensichtlich hatte er ihr seine einzige Tasse gegeben. Sie senkte den Blick. »Darf ich fragen, wie lange Sie schon hier sind?«

Er wischte sich über den Mund und lehnte sich an eine Wand zurück. »Weiß nicht«, murrte er. »Welches Jahr haben wir denn?«

Ihre Augen weiteten sich. »Äh … zwei… Zweitausenddreiundzwanzig.«

Sie erkannte trotz der Kapuze, die er immer noch nicht abgelegt hatte, wie sich sein Mundwinkel zu einem blassen Lächeln hob. »Dann sind es etwas mehr als zwanzig Jahre.«

Schließlich zog er die Kapuze herunter und kratzte sich am Hinterkopf.

Helenas Atem stockte. Sie hatte das Gefühl, als habe sich eine Hand um ihren Hals geschlossen. Hätte sie nicht ohnehin schon an der Wand gestanden, wäre sie mit Sicherheit umgekippt. So gaben ihre wackligen Beine nur unter ihr nach und sie rutschte an der Wand des Waggons herab. »Rot …«, keuchte sie mit starrem Blick.

Überrascht wandte er den Kopf zu ihr. Zum ersten Mal, so glaubte sie, sah er die Frau, die er gerettet hatte, überhaupt an, musterte sie von oben bis unten, bis sein Mund sich ein Stück weit öffnete. Ohne ein einziges Wort zu sagen, sprach aus seinen Augen ein Schock, der den Schmerz der letzten zwanzig Jahre offenbarte.

Ihr Herz fühlte sich an, als hätte es einen Schlag ausgesetzt. Kalter Schweiß bildete sich auf ihren Handflächen. Wie ein

Schleier aus Eis strich die Erkenntnis, wer da vor ihr saß, über ihre Haut. Der müde, gebrochene Blick dieses Mannes, dessen Augen, die sie jeden Tag im Spiegel sah, und das rote Haar, das sie liebte und an manchen Tagen doch verflucht hatte, weil es das seine war. »D-Dad?«

-25-

Das Zittern, das sie am ganzen Körper erfasst hatte, beruhigte sich allmählich wieder. Nur wenige Meter trennten sie von dem Mann, der sie vor wenigen Minuten gerettet hatte: *ihrem Vater*.

Er hatte ihr eine dicke braune Decke um die Schultern gelegt. Und da saßen sie nun. Einer schwieg den anderen an. Ihr Vater starrte den inzwischen sicher kalt gewordenen Tee im Topf an. Sie beobachtete jede seiner Bewegungen, drängte all die tausend Fragen zurück, die sie ihm stellen wollte. War er wirklich der Mann, den sie ein Leben lang dafür verurteilt hatte, dass er sie allein gelassen hatte. Seine Hände waren von Narben übersät. Schmutz hatte sich unter seinen Fingernägeln gesammelt und sein Haar war völlig verfilzt. Sein *feuerrotes* Haar, wie Helena noch einmal bemerkte und sich dabei ein Schmunzeln nicht verkneifen konnte.

»Hast du Hunger?«

Helena horchte auf, als seine raue Stimme sie aus den Gedanken riss. Sie wollte den Kopf schütteln, als ihr Magen mit einem lauten Grummeln die gegenteilige Antwort verkündete. Ihr Vater lächelte schwermütig, regelrecht unglücklich. Ein so unglückliches Lächeln hatte sie noch nie an einem Menschen gesehen. Nicht einmal an sich, als sie vor dem Spiegel versucht hatte, nach dem Tod ihrer Mutter wieder das Lächeln zu erlernen.

Er kramte in seiner Umhängetasche herum und hielt ihr schließlich eine Packung Cracker hin. Zaghaft streckte sie eine Hand danach aus und nahm sich einen. Sie biss in den steinharten Keks, der nach rein gar nichts schmeckte. Aber immerhin würde sie damit ihrem Magen etwas zu tun geben.

»Wie geht es deiner Mutter?« Seine Stimme klang seltsam rostig. So als hätte er seit Jahren mit niemandem mehr gesprochen. »Sie … Sie war sehr lange sehr krank. Vor ein paar Wochen ist sie gestorben.« Helena senkte den Blick. Der seine ruhte weiter auf ihr. Als sie den Kopf schüttelte, sah sie, wie er die Hand vor seine Augen hob.

»Tut mir leid«, krächzte er. Ein Schluchzen fuhr über seine Lippen. Dieser Mann, groß und schlank, sank wie ein Kind in sich zusammen. Die Arme um seine Beine geschlungen, beugte er sich vor und drückte sein Gesicht an seine Knie.

Auch Helena konnte sich nicht dagegen wehren, dass Tränen ihren Blick verschleierten. Dennoch hob sie den Kopf ein winziges Stück an, um ihren Vater ansehen zu können. Tränen rannen über seine Wangen und doch kam kein einziger Ton über seine Lippen. Er verdeckte die Augen mit einer Handfläche.

»Warum bist du von uns fortgegangen?« Obgleich sie all ihre Gefühle zurückhatte, war ihre Stimme jetzt kühl, frei von allen Emotionen. Auf maximaler Distanz zu dem Mann, der ihr da gegenübersaß.

Mit dem Handrücken wischte er die Tränen fort und sah Helena an. »Ich musste eine Schuld begleichen.«

Sie nickte. »Das habe ich schon gehört. Nur was für eine Schuld es war, habe ich nicht erfahren können.«

Er lachte leise über sich selbst, schüttelte dabei jedoch gleichzeitig den Kopf. »Ich habe mich nicht an die Regeln gehalten.«

Sie legte den Kopf schräg.

Er seufzte.

»Hör mal, du weißt, dass ich von den Regeln deiner Welt wenig Ahnung habe. Du bist verschwunden und Elisabeth ist eine fiese Lügnerin, die mich benutzen wollte«, kommentierte sie härter, als sie es beabsichtigt hatte.

Ihr Vater nickte. Die Augen hielt er dabei geschlossen. »Es ist uns nicht erlaubt, jemanden in die Magie einzuweihen, der kein Grimoire besitzt. Und üblicherweise vermachen die Magier, die ein Grimoire besitzen, es ihrem ältesten Kind. Mein Vater hat meine Schwester übergangen, wollte mir das Grimoire überlassen. Ich dachte damals, dass er einfach …« Er zuckte mit den Schultern. »Ich dachte, er wollte es Elisabeth nicht geben, weil sie eine Frau war. Aber mir scheint, er wusste einfach besser als ich, was sie für ein Mensch war.«

Helena knabberte geistesabwesend an dem Cracker herum, den er ihr gegeben hatte. »Was ist mit euch passiert? Also mit dir und Elisabeth.«

Er hob die Schultern. »Irgendwann hatte sie es satt, dass unsere Kräfte auf das Grimoire beschränkt waren. Ich glaube, dass ihr *Liebhaber*«, er presste das Wort heraus, »ihr das alles eingeredet hat.« Ein Lächeln huschte für einen fast unmerklichen Moment über seine Lippen. »Sie war als Kind nicht so. Ganz sicher. Aber dieser Mann … Sie suchten also nach einem Weg, die Büchse der Pandora zu öffnen und den fanden sie: Die

Büchse muss sowohl in der realen Welt, als auch im Schattenreich geöffnet sein. Und damit sie in der Menschenwelt gesehen und geöffnet werden kann, muss sie zuerst hier gefunden und geöffnet werden.«

»Und Elisabeth wollte das erreichen?«

Er nickte langsam. »Sie brachte ihren Liebhaber, einen Magier aus einer ebenso alten Familie wie der unseren, dazu, ein Schattenwanderer zu werden, um so das Schattenreich betreten zu können. Er sollte die Büchse hier öffnen und sie wollte es zur selben Zeit in der Welt der Menschen tun. Sie war der Meinung, dass Magier ein Recht auf ihre Magie hätten und dass niemand ein Grimoire brauchen sollte, um sie zu besitzen.«

»Und diese Meinung hast du nicht geteilt«, stellte Helena leise fest.

»Nein.« Er hob den Blick und lächelte. »Ich wollte nicht, dass mein Kind in einer Welt ohne Hoffnung aufwächst. Denn das hätte es bedeutet, wenn Magie wieder aus dem Schattenreich in die Welt der Menschen zurückgekehrt wäre. Ich wollte, dass du ein Leben ohne Magie, aber mit Hoffnung führen kannst.«

Helena schnaubte. »Hat ja toll geklappt.« Sie würgte das letzte Drittel des steinharten Crackers hinunter.

Er presste die Lippen zusammen und schloss die Augen. »Ich *wollte* dich und deine Mutter nicht im Stich lassen, Helena.«

»Warum bist du dann nicht zurückgekommen?« Ihre Augen brannten, aber sie war stolz, dem Gefühl, losheulen zu müssen, bisher nicht nachgegeben zu haben. »Warum bist du nicht zu uns zurückgekommen, sondern in diesem Loch hier geblieben?«

Diesmal war ihre Stimme lauter.

Er schüttelte den Kopf, sah Helena jedoch nicht an. »Ich konnte nicht. Ich war sicher, dass Elisabeth nicht aufgeben würde. Und wenn sie und Jake, ihr Geliebter, nicht versuchen würden, die Büchse zu öffnen, würde es ein anderer tun. Also blieb ich, um die Büchse zu bewachen und damit dich und deine Mutter zu schützen.«

Ihr Mund fühlte sich trocken an. Was sollte sie darauf schon erwidern? Er hatte ja recht. Elisabeth hatte es wieder versucht. Und nicht mit irgendjemandem, sondern perfiderweise auch noch mit Helenas Hilfe! Sie wollte ihre Nichte, die Tochter des Mannes, der die Büchse bewachte, benutzen, um sie öffnen zu können. Helena wollte glauben, dass Elisabeths Plan gescheitert war. Doch noch war Alastair hier. Alastair, der Elisabeth geholfen hatte, sie auf diesen Weg zu lenken. Sie presste die Hände zu Fäusten zusammen.

Es war so verwirrend.

»Helena? Was ist?« Die Stimme ihres Vaters klang besorgt.

»Vor einiger Zeit ist ein Mann im Haus neben unserem eingezogen. Ich dachte, einen Freund gewonnen zu haben, dabei hat sich herausgestellt, dass er Elisabeth dabei unterstützt hat, mich zur Magie zu führen.« Sie schloss die Augen. Die Bilder aus dem Wald blitzten in ihren Erinnerungen auf. Seine Worte. Er hatte nur seine Schwester zurückholen wollen. Verdammt. Und sie hätte an seiner Stelle nicht anders gehandelt, vermutlich genauso versucht, ihre Mutter zu retten. »Aber jetzt ist er hier irgendwo und ich kann ihn nicht einfach sterben lassen. Nicht hier.« Ihre Stimme zitterte verräterisch. Verdammt noch mal. Sie war dabei, Alastair das, was er getan hatte, zu vergeben. »Ich muss ihn finden, Dad.«

Der Blick ihres Vaters verhärtete sich. »Dort draußen? Hast du auch nur den Hauch einer Ahnung, in welche Gefahr du dich begibst?«

»Du hast es doch auch all die Jahre geschafft.«

Ihr Vater lachte. »Geschafft?« Er schob seine Ärmel nach oben. Tiefe Narben zeichneten seine Arme. Er ließ den Stoff los und hob den Saum des verschmutzten Hemds an, das er trug. Auch sein Bauch und seine Brust waren übersät von Schnitten, Stichen und Narben, die nach alten Verbrennungen aussahen. »Ich habe überlebt, weil ich alles, wirklich alles in meiner Macht Stehende getan habe, damit ihr sicher seid, du und deine Mutter.« Er schüttelte den Kopf. »Hätte ich mich nicht an dem Gedanken an euch festgeklammert, wäre ich innerhalb von wenigen Tagen gestorben.« Tränen bildeten sich in seinen Augen. Anders als Helena bemühte er sich nicht, sie zu unterdrücken. Ob er in seiner Einsamkeit hier häufig geweint hatte? Oder war das Gegenteil der Fall gewesen und er hatte jede Träne im Keim erstickt und konnte ihnen nur jetzt freien Lauf lassen?

Verdammt …

Welche Welt musste gerade für ihn zusammenbrechen? Seine Frau war tot und seine Tochter, die er hatte schützen wollen, nun ebenfalls hier im Schattenreich.

Helena schluckte schwer. Ihr Atem zitterte. »Ich kann ihn nicht einfach allein lassen.« Sie senkte den Blick. »Er hat Fehler gemacht, aber das hat er nicht verdient. Und ich kann nicht anfangen, nach der Büchse zu suchen, ohne ihn in Sicherheit zu wissen.«

Ihr Vater senkte den Blick. »Du wirst da draußen sterben. Wahrscheinlich ist er schon längst tot.«

»Er ist ein Schattenwanderer ge…« Sie erstarrte. Die Nacht bei Jenkins flammte urplötzlich in ihrem Gedächtnis auf.

Sie *erinnerte* sich. Die Erinnerungen an ihren Kuss verblassten unter der Erinnerung daran, was Alastair getan hatte. Er hatte sie gezwungen, ihm zu verraten, was Jenkins ihr gesagt hatte. Alastair hatte genau gewusst, dass er auf diese Weise in das Schattenreich gelangen würde. Er hatte geahnt, dass Elisabeth die beiden nicht würde gehen lassen. Darum hatte er ihr das Buch gegeben und war mithilfe der herausgerissenen Seite zum Schattenwanderer geworden! Er wusste es! Er wusste, was passieren würde.

»Er wollte uns beiden eine Chance geben, weil wir schwächer als Elisabeth sind«, sprach sie die Gedanken unbeabsichtigt aus. »Er hat mir das Grimoire gegeben, weil er gewusst hat, dass ich ihn nicht hier unten sterben lassen würde.«

»Was?«

Helena sprang auf. »Wir müssen ihn finden. Sofort.«

»Du suchst hier eine Nadel im Heuhaufen. An diesem Ort wimmelt es nur so vor magischen Wesen, die Leute wie dich und mich in der Luft zerreißen. Denk an den Reiter von vorhin. Und das ist nicht einmal eines der schlimmsten Wesen, die dir hier begegnen.«

»Dad!« Ihr Atem ging schnell. Sie war von ihrem Platz aufgesprungen und sah ihrem Vater fest in die Augen. »Ich kann ihn hier nicht allein lassen. Alastair hat darauf vertraut, dass ich ihn nicht im Stich lasse. Ich weiß es einfach. Er hat Elisabeth nicht geholfen, weil er ein schlechter Mensch ist – er wollte seine Schwester retten. Das ist ein Unterschied. Ich zum Beispiel habe meine Freundin verraten, um dich zu suchen.« Sie biss sich auf die Lippen. »Es muss einen Weg geben, wie ich ihn finden kann.«

Ihr Vater senkte den Blick. »Ich kenne keinen Magier, der es hier lange ausgehalten hat. Sie haben alle früher oder später den Verstand verloren oder sind …« Er senkte den Blick. »Die wenigen, die ich getroffen habe, sind nach ihrer Ankunft an dem Ort gelandet, an dem ihre stärksten Gefühle verankert waren.«

Ihre stärksten Gefühle? Natürlich. Sie war vor ihrem eigenen Haus aufgewacht. Das hatte gar nicht daran gelegen, dass sie dort zum Schattenwanderer geworden war, sondern daran, dass dort ihre intensivsten Gefühle lagen: die Wut auf ihren Vater, die Liebe zu ihrer Mutter und die Trauer über deren Tod.

»Das Science Museum«, flüsterte sie und schlug sich die Hand vor den Mund. »Ich Trottel. Darum lag sein Schal auf der Straße davor.«

»Was?«

»Alastair muss dort sein. Wir müssen sofort los.«

»Helena, du verstehst ni…«

»Nein!«, unterbrach sie ihn diesmal entschlossen. »*Du* verstehst nicht. Ich habe mein Leben lang darauf gewartet, dass du nach Hause kommst. Ich habe sogar Songs geschrieben, die von der Einsamkeit eines Kindes erzählten. Von meiner Einsamkeit! Ich habe mich selbst bemitleidet, weil du nicht da warst. Mum hat sich Märchen ausgedacht, um zu begründen, warum du nie zurückgekehrt bist. Dabei hast du all die Jahre hier festgesteckt.« Sie schüttelte den Kopf. »Egal, was du jetzt sagst: Ich lasse nicht zu, dass Alastair das Gleiche passiert. Ob du mir nun hilfst oder nicht, ich werde Alastair finden. Und dann …

Dann finden wir einen Weg, wie wir zurückkommen. Wir *alle*.« Ihr Vater atmete geräuschvoll aus. Von draußen ertönten die Schreie der Bestien, die nur darauf warteten sie, in die Finger zu bekommen. Wie viel schlimmer als die Schattenwanderer würden sie sein?

»Ich habe doch nicht die letzten zwanzig Jahre hier verbracht, damit du dein Leben jetzt leichtsinnig wegwirfst«, sagte er schließlich und erhob sich. »Wer ist dieser Alastair überhaupt?«

»Ein Freund!«

Ihr Vater schnaubte. »Und für ›einen Freund‹ riskierst du dein Leben?«

Ihre Halsschlagader pulsierte. »Er ist da draußen. Und er hat Angst. Er hat auf einmal alle seine Gefühle zurückbekommen. Einige davon hatte er Gott weiß wie lange nicht mehr gespürt.« Sie schüttelte den Kopf. »Dass das verwirrend ist, habe ich eben selbst erlebt. Du kannst dich vielleicht nicht mehr erinnern, weil du schon so lange … Ach, egal. Ich lasse ihn jetzt nicht einfach im Stich.«

Ihr Vater kreuzte Blicke mit Helena wie in einem Duell. Keiner gab nach oder blinzelte auch nur. »Wenn wir uns dicht an den Trümmern halten und immer einen Blick auf einen potenziellen Unterschlupf haben, sollten wir es bis dorthin schaffen. Aber Helena«, sagte ihr Vater, »wenn es brenzlig werden sollte, rennst du weg, verstanden?« Seine Augen glänzten. »Ich will dich nicht noch einmal verlieren.«

Helena atmete erleichtert auf. Sie erkannte sich in ihrem Vater wieder. Etwas ganz Ähnliches hatte sie doch zu Sarah gesagt. *Nein*. Sie würde natürlich nicht weglaufen. Ganz gleich, was geschah. Wächter, Büchse der Pandora, Monster – was auch immer sich ihr in den Weg stellen wollte: Sie würde nicht zulassen, dass diese Welt weiter die Realität beeinflusste. Sie würde ihren Vater und Alastair zurückholen und Elisabeth ein für alle Mal aufhalten.

-26-

Helena stand dicht an eine Mauer gedrängt und beobachtete die Straße, die in Richtung der Exhibition Road führte. Zwei Hundeskelette kämpften um ein Stück Fleisch, aus dem Teile abgebrochener Knochen hervorragten und das verdächtig nach einem menschlichen Arm aussah. Sie umzingelten einander, knurrten, bellten, bissen. Der Anblick an sich ließ Helena bereits erschaudern, doch wenigstens war weit und breit kein Schattenwanderer zu sehen und auch der apokalyptische Reiter war nicht zurückgekehrt. Sie stand so dicht seitlich gedreht hinter ihrem Vater, dass ihre Schulter seinen Rücken berührte.

»Du bist dir sicher, dass er im Museum ist?« Seine Stimme kratzte rau.

Helenas Blick verharrte fest auf der Straße. Nur weil sie noch keinen Feind sahen, hieß das nicht, dass nicht jeden Moment einer auftauchen konnte. So viel hatte sie bereits gelernt. »Er muss hier sein«, sagte sie leise. »Seine Schwester hat ihm alles bedeutet und das war ihr Lieblingsort.« Sie dachte daran zurück, wie er ausgesehen hatte, als sie und er das Museum gemeinsam besucht hatten. Etwas in seinen Augen hatte sich geregt. Er musste einfach hier sein.

Er *musste*.

Ihr Vater spannte den Bogen. Er zielte auf die beiden Hundeskelette, die immer noch miteinander um ihre Beute rangen. Sein Pfeil zischte durch die Luft und traf den Arm zwischen den beiden Tieren, wonach diese schattengleich, blitzschnell zwischen den Ruinen verschwanden.

Helena starrte abwechselnd gespannt nach rechts und links in die Seitengassen. Nichts geschah. »Scheint niemand in der Nähe zu sein.«

»Verlass dich nicht zu sehr darauf. Du hast nur einen Bruchteil von dem gesehen, was hier auf dich lauern kann«, widersprach ihr Vater, schob sie hinter sich und ging vorsichtig voraus. Sie blieb knapp hinter ihm, immer darauf bedacht, keine Geräusche zu machen. »Vertraust du dem Burschen?«

Helena warf ihrem Vater einen überraschten Blick zu. Ob sie Alastair vertraute? Alastair hatte sie immerhin angelogen. Er hatte ihr einen gefälschten Brief zukommen lassen und dafür gesorgt, dass sie überhaupt in diese ganze Sache reingezogen worden war. Ihr Herz schlug schneller, schmerzte regelrecht in ihrer Brust, während das Blut in ihrem Hals pulsierte. Aber er hatte sie auch zu ihrem Vater zurückgebracht, ob absichtlich oder nicht. Und er hatte ihr die Chance gegeben, zu verstehen, was wirklich passiert war: dass ihr Vater sie und ihre Mutter nicht einfach deshalb im Stich gelassen hatte, weil er eine andere Frau gefunden und sich irgendwo anders ein neues, besseres Leben ohne sie beide aufgebaut hatte. Und Alastair hatte sie nicht aus niederen Gründen belogen, sondern nur, um seine geliebte Schwester wiederzubekommen. Und sie hätte das Gleiche getan! »Ich vertraue ihm«, sagte sie daher, auch wenn ihre Stimme blass wirkte, wie sie selbst fand. Und in diesem

Moment steckte mehr dahinter. Ein Kribbeln hatte sich in ihr gerührt, sobald sie die Worte ausgesprochen hatte.

Helenas Vater hielt abrupt an, sodass sie mit der Nase gegen seinen Rücken stieß. »Sch!« Er hielt einen Arm vor sie und drängte sie näher an die Wand. Mit den Lippen formte er »Keinen Ton«.

Helena erschauderte, lugte jedoch an ihrem Vater vorbei in die Richtung, in die er starrte. Wie Luft über einer heißen Teerstraße kam ihnen etwas entgegen. Langsam näherte sich das kaum sichtbare Nichts, und obgleich es bis eben eisig kalt gewesen war, ging eine sengende Hitze von der Erscheinung aus. Helena sah ihren Vater an, dessen Blick starr auf dem Nichts verharrte, das die Straße entlangzog, ohne dass sein Körper tatsächlich sichtbar gewesen wäre. Lediglich dort, wo das Wesen den Boden berührte, glaubte Helena für einen Wimpernschlag, mächtige Pranken sehen zu können, die auf dem zerstörten Untergrund Spuren aus Sand hinterließen. Die Hitze auf Helenas Haut wurde immer heftiger und sie musste die Zähne zusammenbeißen, um nicht aufzuschreien.

Erst als das Wesen vorübergegangen war, blies Helena die Luft aus, die sie angehalten hatte, um den Schmerz einigermaßen ertragen zu können. Ihre Stirn glühte und ein salziger Tropfen rann daran herab. »Was war das denn?«

Ihr Vater schüttelte den Kopf. »Ein Wesen, dem du so schnell nicht wieder begegnen willst.«

Sie legte die Stirn in Falten und sah ihren Vater an, unzufrieden mit seiner kryptischen Antwort.

Der seufzte tonlos. »Du kannst dir nicht vorstellen, wie viele Menschen Magie in sich tragen, ohne es zu wissen. Wie viele von ihnen tief in ihrer Seele Erinnerungen an magische Wesen mit sich führen, ohne sich dessen bewusst zu sein, und wie viele von ihnen diese Erinnerungen in Geschichten festhalten, um dem, was sie für Fantasie halten, eine Form zu verleihen.«

Seine Antwort blieb kryptisch und doch glaubte Helena zu verstehen, was er meinte. Sie dachte an die vielen Märchen und Geschichten, die sie als Kind gelesen hatte, und lächelte unbewusst. Wie viele davon beinhalteten wohl magische Wahrheiten? Ihr Vater war schon weitergegangen, und sie folgte ihm eilig. Das Museum war bereits in Sicht und der Eingang nur wenige Meter entfernt.

»Darum war die Straße so verdächtig leer«, sinnierte ihr Vater.

»Was meinst du?«

»Wenn das Wesen, das du eben gesehen, also gespürt hast, in der Nähe ist, trauen sich die anderen magischen Kreaturen nicht aus ihren Löchern. Es zu berühren wäre der direkte Tod. Ebenso von seinem Blick getroffen zu werden.«

Helena verstand. »Darum durfte ich nichts sagen.«

Ihr Vater nickte stumm und sie folgte ihm zum Eingang des Museums. Vor der Tür beugte sich ihr Vater hinunter. Im Kies und Sand um die Steinbrocken vor der Tür herum waren eindeutig Spuren von Schuhen zu erkennen. Es sah aus, als hätte sich jemand gegen die Tür gestemmt und war dabei ein paar Mal abgerutscht. »Hier war jemand.«

Helena nickte eilig. »Ich habe Alastairs Schal hier gefunden, kurz bevor ich angegriffen wurde.«

Ihr Vater musterte sie kurz und nickte dann. »Geh zur Seite.« Mit der Schulter voran stieß er ein paar Mal beherzt gegen die

Tür, die schief in den Angeln hing und sich nur mühsam aufschieben ließ. Sie schlüpften durch den schmalen Spalt, den Helenas Vater hatte aufstemmen können, und schoben die Tür hinter sich gemeinsam wieder zu. Etwas Gutes hatte das: Ihnen würde so schnell niemand hier hinein folgen können. Allerdings würden sie wohl bei Gefahr auch schwieriger entkommen können. Helena verscheuchte den beunruhigenden Gedanken und sah sich um. Die Halle wirkte plötzlich so unendlich groß. Sonst spazierten hier dicht gedrängt Besucher aus aller Welt, um sich die Exponate anzusehen. Und jetzt? Sie blieb an der Spendenbox stehen, in die Alastair bei ihrem Besuch ein paar Pfund geworfen hatte. In ihrer Brust zog sich etwas zusammen und erschwerte ihr für ein paar Züge lang das Atmen.

»Alastair!«, rief sie. Ihre Stimme hallte durch den riesigen Raum der Eingangshalle. »Alastair!«

»Bist du wahnsinnig?«, fauchte ihr Vater sie an. »Nur weil wir in einem Gebäude sind, sind wir nicht längst in Sicherheit.«

»Aber vorhin in der U-Bahn-Station …«

»Vergiss die U-Bahn!«, fiel er ihr ins Wort. »Dieser Ort ist die fleischgewordene Gefahr. Wenn du den Knaben suchen willst, fein, aber bring uns nicht beide dabei um.« In seinen Augen funkelte eine Mischung aus Verärgerung und Sorge um sie.

Helena war bei der Härte seiner Worte zusammengezuckt. »Tut mir leid«, flüsterte sie.

Ihr Vater sagte nichts, sondern legte stattdessen einen Pfeil in seinem Bogen ein. »Hast du eine Ahnung, wo genau er sein könnte?«

»Seine Schwester wollte Astronautin oder Pilotin werden. Also waren sie immer in der …«

»Weltraum- oder Luftfahrzeugausstellung«, beendete er ihren Satz. »Lass uns erst hier unten suchen. Wenn er nicht hier ist, gehen wir nach oben.«

Helena nickte. Die Ausstellung zum Thema Weltraum war im Erdgeschoss, während man zu den Luftfahrzeugen in das dritte und damit oberste Stockwerk musste. Helena lief, dicht gefolgt von ihrem Vater, am Souvenirshop vorbei. Die Weltraum-Ausstellung begann direkt dahinter. Hier im Erdgeschoss waren wenige Fenster und es war relativ dunkel und jetzt, da kein elektrisches Licht die Räumlichkeiten wenigstens ansatzweise erhellte, mussten sie mit dem bisschen Licht vorliebnehmen, das aus der Vorhalle bis hierher drang.

»Alastair?«, flüsterte Helena und tastete sich an den Exponaten entlang. Wenn sie doch wenigstens ihr Handy dabeigehabt hätte, um etwas Licht machen zu können. »Alastair?« Verdammt! Sie hatte sich extra die Lichtmagie zuletzt angelesen, um sie in genau solchen Fällen nutzen zu können. »Zu dumm, dass wir hier nicht zaubern können«, versuchte sie zu scherzen. Doch ihre Stimme zitterte dabei.

Ihr Vater brummte etwas, das sie nicht verstand. Doch immerhin war er noch immer bei ihr.

»Er scheint nicht hier zu s…«

Ein Schrei wie Klang gewordene Verzweiflung hallte durch das Gebäude. Das Glas des Dioramas, vor dem Helena gestanden hatte, zerbrach in tausend Scherben. Wieder ein Schrei. Er kam von oben. Helena war an die Brust ihres Vaters zurückgestolpert. Der hatte sie an den Schultern abgefangen. Ihr Atem ging schneller als zuvor und die feinen Härchen an ihren Armen hatten sich blitzartig aufgestellt.

»Das war seine Stimme«, sagte Helena. »Alastair!«, schrie sie unkontrolliert und wollte losrennen, als ihr Vater sie schmerzhaft fest am Arm packte.

»Wenn du noch einmal so laut schreist«, zischte er und zerrte sie zu sich zurück, »schleife ich dich hier raus und dein Alastair kann sich selbst retten! Hast du mich verstanden? Ich werde nicht zulassen, dass du für irgendeinen fremden Knaben stirbst.«

Helena entriss ihrem Vater ihren Arm. Sie konnte die Konturen seines Gesichts in dem dämmrigen Licht einigermaßen erkennen und sie wusste, dass er den zornigen Blick in ihren Augen genauso gut sehen konnte, wie sie den seinen. »Alastair ist der einzige Grund, warum ich überhaupt noch lebe«, zischte sie zurück. »Elisabeth hätte mich vor ein paar Tagen umgebracht, wenn sie die Chance dazu gehabt hätte.«

Ihr Vater nickte in Richtung des Treppenhauses. »Wir gehen ja nach oben. Aber sei leise.«

Sie hielten sich dicht an den Wänden, während sie die teilweise eingestürzten Treppen hinaufkletterten. Mithilfe von gegenseitiger Unterstützung in Form von Räuberleitern schafften sie es letztlich nach oben. Manchmal halfen ihnen auch die Reste des Geländers, das wie ein Wunder erhalten war, um sich daran hochzuziehen.

Hier oben waren die Hallen in das Licht der Fensterreihen getränkt, die knapp unter der Decke an den Wänden entlangliefen. Flugsimulatoren standen einander gegenüber. Die metallischen Blöcke hingen schief in ihren Halterungen. Ein Flug würde hiermit wohl nicht mehr möglich sein. Und dann, viele Meter entfernt, hörte Helena ein Schluchzen. Sie hielt inne, kniff die Augen zusammen und blickte in den Ausstellungsraum, der, ähnlich wie die Weltraumausstellung, keine Fenster hatte.

Weit hinten, in sich zusammengekauert, saß eine Gestalt vor einer zerborstenen Scheibe und zitterte und zuckte.

»Alastair«, hauchte Helena und sah ihren Vater verunsichert an.

Der nickte ihr zu, hielt seinen Bogen jedoch gespannt, Alastair im Visier. Helena lief los. Alastair reagierte nicht, saß stattdessen weiter vor der Vitrine, dessen Scheiben er eingeschlagen haben musste. In seinen Händen hielt er die Haube eines Piloten, wie man sie vor vielen Jahren getragen hatten. Er spielte mit dem braunen Stoff in seinen Fingern, die Hände blutig von Schnitten. »Alastair«, sagte Helena leise.

Alastair erstarrte in seiner Bewegung. Helena hoffte inbrünstig, dass es wirklich Alastair war und sie nicht wieder von etwas Magischem überrascht werden würde wie von der Frau am See. Doch als er sich zu ihr umgedreht hatte, war es einfach … Alastair eben. Tränen glänzten auf seiner dunklen Haut. Das Blau seiner Augen war blasser geworden. Der Blick darin wirkte gebrochen. Seine Gefühle waren zurückgekehrt. Helena fiel vor ihm auf die Knie, schloss ihn in die Arme und zog ihn ohne ein weiteres Wort zu sich heran. Einen Moment lang rührte er sich nicht. Ob der Schock, sie zu sehen, ihn hatte erstarren lassen? Dann hob er die Arme, legte sie um ihre Taille und drückte sie ebenfalls an sich.

»Was machst du hier?«, krächzte er.

Sie löste sich etwas von ihm, um ihn anzusehen. »Ich hole dich hier raus, Dummkopf.« Ungeachtet der Situation, in der sie sich befanden, war es auf einmal so leicht, zu lächeln. Alastair lebte.

Wieder traten Tränen in seine Augen, die für einen kurzen Moment verebbt waren. »Ich habe dein Leben kaputtgemacht, um … um dunkle Magie zu benutzen und meine Schwester zurückzuholen. Ich …« Seine Stimme zitterte.

Helena schüttelte entschieden den Kopf. »Hör auf«, sagte sie, legte ihre Hände an seine Wangen und hob seinen Kopf leicht an, damit er sie wieder ansah. »Ich hätte auch alles getan, um meine Mutter zu retten.« Sie schmunzelte. »Ich habe das alles doch immerhin auch getan, um …«

Alastair hob den Blick. Sein rechter Arm schoss hoch und er schob Helena reflexartig hinter sich. »Wer sind Sie?«, knurrte er den Mann an, der hinter Helena aufgetaucht war.

Helenas Vater zielte immer noch mit seinem Bogen auf Alastair. Die Augen hatte er misstrauisch zu engen Schlitzen zusammengezogen.

»Dad, nimm den Bogen runter«, kommandierte Helena, schaffte es jedoch nicht, so streng zu klingen, wie sie gehofft hatte.

Alastair fuhr zu ihr herum. »Dein …« Er sah ihren Vater fassungslos an. »Sir, ich …«, stammelte er.

Endlich ließ William den Bogen sinken. »Haben wir dich gefunden, ja?«

Alastair, Helena und ihr Vater hatten einige Meter von den Scherben freigewischt, um sich auf den Boden zu setzen, auszuruhen und einen Plan schmieden zu können. Jetzt, da Helena

Alastair und ihren Vater wiedergefunden hatte, mussten sie nur noch herausfinden, wie sie den Wächter oder die Büchse der Pandora finden konnten. Nur noch!

Alastair trank einen Schluck des Wassers, das Helenas Vater mitgebracht hatte, und wischte sich über den Mund. Das Blut an seinen Fingern war bereits festgetrocknet.

»Warum hast du die Scheibe eingeschlagen?«, fragte Helena und versuchte, dabei nicht vorwurfsvoll zu klingen.

Alastair schnaubte belustigt. »Versuch du mal, mit deinen Gefühlen klarzukommen, wenn du seit Jahren kaum noch welche gehabt hast.« Auf seinen Lippen bildete sich ein freches Grinsen. Zum ersten Mal erkannte sie ein Funkeln in seinen Augen.

»Du hast deine Freude zurück!«

Er senkte den Blick. »Nicht nur das.« Sein Grinsen erstarb zu einem Halblächeln. »Aber, es ist besser so.« Er hob den Blick, um Helena wieder in die Augen sehen zu können. »Ich kann endlich um Liana trauern. Damals …« Er wischte sich über das Gesicht. »Ich habe die Nachricht über ihren Tod nicht aushalten können.« Er verstummte.

Helenas Vater nahm Alastair die Flasche ab und trank ebenfalls einen Schluck. »Und hast den Schmerz sofort erstickt«, ergänzte er Alastairs Satz. Alastairs Schweigen reichte ihnen beiden zur Antwort. »Tja«, begann Helenas Vater. »Jetzt müssen wir nur sehen, wie wir euch beide wieder hier rausbekommen.«

»Uns beide?« Helena sah ihn fassungslos an. »Uns alle drei.«

Helenas Vater schob die Augenbrauen streng zusammen. »Wie stellst du dir das vor? Ich bin nicht zwanzig Jahre lang hiergeblieben, um zu verhindern, dass wieder jemand kommt, der die Büchse öffnen will, nur um jetzt in die Realität zurückzukehren. Ich habe dein Leben verpasst und meines mit deiner Mutter. Das darf nicht sinnlos …« Er brach den Satz ab.

Helena schnappte nach Luft. Mit einem Ruck stand sie auf, die Hände fest zu Fäusten geballt. »Es muss doch eine Möglichkeit geben, wie wir den Spuk beenden und alle nach Hause kommen können!«

»Die gibt es aber nicht!«, brüllte ihr Vater. Sein Gesicht wurde kreidebleich, als er begriff, dass er die Kontrolle verloren hatte.

Helena presste die Lippen zusammen, kämpfte gegen den Satz an, der in ihrem Kopf widerhallte. »Wieso?«, rutschte es ihr dennoch heraus. »Wieso hast du kein bisschen Hoffn…« Dann erstarrte sie. »Das ist es.«

Alastair sah sie verwundert an. »Helena?«

»*Trägst du sie mit dir?*«, wiederholte Helena die Worte des Reiters. Sie sprang auf, machte auf dem Absatz kehrt und rannte los.

»Helena!«, riefen ihr Vater und Alastair ihr hinterher. *Trägst du sie mit dir?* Das hatte der Reiter sie gefragt, genau in dem Moment, als sie Alastairs Schal gefunden und aus tiefstem Herzen gehofft hatte, dass es ihm gut ging. *Ja, ja!*, schrie eine Stimme in Helenas Innerem.

Ungeachtet der Panik, die aus den Stimmen Alastairs und ihres Vaters mitschwang, rannte, kletterte, sprang und hangelte sie sich die Treppen hinunter. Im Erdgeschoss angekommen, zog sie mit ganzer Kraft an der rechten Hälfte der Doppeltür, durch die sie und ihr Vater hereingekommen waren. Nichts rührte sich. Sie stemmte den linken Fuß gegen die linke Tür, umklammerte den Griff mit beiden Händen und zerrte mit aller Kraft. Endlich kreischte das Metall der verbogenen Schienen auf und die Tür ließ sich einen Spaltbreit öffnen. Licht schien herein und erhellte den Eingangsbereich, der so furchtbar düster gewirkt hatte. Hinter sich hörte Helena Alastairs Schritte und die ihres Vaters, die zu ihr aufschlossen. Draußen schnaubte etwas. Heißer Atem stieß ihr entgegen.

Ja, sie trug sie mit sich, die Hoffnung. Ganz sicher.

-27-

Mädchen, bist du also zurückgekehrt, um zu sterben?« Die Stimme des Reiters auf seinem gewaltigen Pferd echote in der Stille der Exhibition Road. Sein Schwert steckte diesmal in der Scheide. Die Kapuze aus weißem Stoff hatte er tief in sein Gesicht gezogen, sodass man die verzerrte Grimasse aus Knochen und Fleisch nicht sehen konnte. Doch Helena erinnerte sich an den Anblick. Den würde sie nie vergessen können. Ihr Herzschlag pochte so laut in ihren Ohren, dass sie glaubte, ihr Trommelfell würde jeden Moment platzen. Das Atmen fiel ihr schwer, ihre Hände zitterten und doch war da ein Gefühl, das sie glauben ließ, in Sicherheit zu sein. Ein Gefühl, das sie *hoffen* ließ. Sie blieb stumm und sah dem Reiter fest in die Augen. Einen Moment lang verharrten die beiden still voreinander, ihre Blicke ineinander verhakt. Keiner von ihnen rührte sich, es herrschte Totenstille. Als Helena glaubte, dass es an der Zeit war, ihre Vermutung jetzt zu äußern, schwang sich der Reiter vom Rücken seines Tieres. Die Sohlen der schweren Lederstiefel an seinen Füßen schlugen dumpf auf dem Boden auf. Er musste deutlich über zwei Meter groß sein, noch größer, als sie ihn zuvor eingeschätzt hatte. Das Geröll unter seinen Sohlen knirschte, während er auf sie zuschritt, die Hand um den Griff seines Schwertes gelegt.

»Helena!« Ihr Vater rannte auf sie zu.

»Dad! Nicht!« Ohne dass sie eine weitere Bewegung hatte wahrnehmen können, stand der Reiter nun unmittelbar vor ihr, das Schwert gezückt, die Spitze an der Kehle ihres Vaters. Der wiederum stand wie versteinert da.

Auch Alastair rührte sich nicht. »Helena, bist du wahnsinnig?«, flüsterte er.

»*Hoffnung!*«, rief Helena, ohne auf Alastairs Frage zu reagieren.

Der Reiter zog die Klinge seines Schwertes um ein winziges Stück von der Kehle ihres Vaters zurück. »Trägst du sie mit dir?«, fragte er, ohne den Blick von ihrem Vater zu lassen.

Helena nickte eilig. »Ich trage sie bei mir. Ich wünsche mir, ich *hoffe*, dass wir alle nach Hause gehen können und dass wir keine Angst mehr haben müssen. Ich will, dass wir unsere Gefühle zurückhaben können und …«

»Auch wenn ihr dafür eure Magie verliert?«

Helena keuchte. »Natürlich.« Sie schluckte schwer, wagte es jedoch, sich dem Reiter zu nähern und eine Hand auf seinen Unterarm zu legen. Durch den Stoff spürte sie die Knochen. Behutsam drückte sie seinen Arm nach unten und entfernte so die Schwertspitze vom Hals ihres Vaters.

Der machte einen Schritt zurück. »Helena, was machst du?«

»Sie schlägt dich um zwanzig Jahre Weisheit, William Cunningham«, antwortete der Reiter an ihrer Stelle und steckte das Schwert wieder ein.

Ihr Vater sah den Reiter wortlos an.

»Ich kenne jeden von euch. Ich weiß, was ihr denkt und fühlt. Immerhin bewahre ich die Gefühle, die ihr aufgegeben habt, und die Erinnerungen, die sie einst genährt haben«, erklärte der Reiter.

»Sie sind …«, stotterte Alastair.

»… der Wächter«, beendete Helena seine Vermutung.

Das knöcherne Pferd schnaubte ein letztes Mal, ehe es sich vor ihren Augen in Luft auflöste. Der Reiter zog seine Kapuze vom Kopf und entblößte den Rest des vermoderten Schädels, der einst menschlich ausgesehen haben musste. Sein Fleisch hing von den Seiten herab und gab den Blick auf die darunterliegenden Knochen und Muskeln frei.

Bei diesem Anblick musste Helena sich zwingen, ihren Ekel herunterzuschlucken. »Wie kommen wir wieder zurück in die echte Welt?«

Der Blick des Reiters in seinem zerstörten Gesicht wirkte überrascht. »Wie kommst du auf die Idee, dass ich euch zurückgehen lasse?«

»Ich muss meine Tante stoppen, bevor sie jemand anderen ins Schattenreich treibt und der es schafft, die Büchse der Pandora zu öffnen!«

Der Wächter schwieg. Nacheinander betrachtete er Helena, Alastair und William. Schließlich verharrte sein Blick auf ihr. »Es ist viele Jahre her, dass Elisabeth es versucht hat. Das hat sie die Zuneigung des einzigen Menschen gekostet, den sie jemals wirklich geliebt hat.«

»Und jetzt hat sie mich benutzen wollen, um es noch einmal zu versuchen«, erinnerte Helena ihn.

Der Atem des Wächters ging rasselnd, als seine Brust sich hob und senkte. »Das wäre doch eine amüsante Rache ihrerseits gewesen, nicht wahr, Cunningham«, stellte er fest.

»Ist das für dich etwa ein Spiel?«, fragte Helenas Vater und sah den Wächter mit einem feurigen Blick an. »Wenn die Büchse nicht geöffnet worden wäre, nein, wenn es nicht noch immer möglich wäre, die Büchse zu öffnen, hätte ich bei meiner Familie bleiben können. Welche Schuld trifft mich?«

Der Blick des Wächters ruhte auf Helenas Vater. »Da fragst du noch? Du bist schuld, dass diese Frau überhaupt an Magie gelangen konnte. Du hattest dich nur an die Regeln zu halten und hast versagt.«

Helena sah, wie die Hände ihres Vaters sich zu Fäusten ballten. »Dad«, flüsterte sie leise. »Hören Sie«, sie wandte sich wieder dem Wächter zu, »mein Vater hat nicht beabsichtigt, dass so etwas geschieht. Geben Sie mir die Chance, das wieder geradezubiegen, bitte. Ich werde alles tun, um meine Tante aufzuhalten, aber lassen Sie mich, meinen Vater und Alastair wieder in die reale Welt zurückkehren.«

Ein kalter Windstoß fegte durch die breite Straße. Sand wurde aufgewirbelt, der in Spiralen über den Boden tanzte. Helena hielt sich einen Arm vor das Gesicht, um ihre Augen vor dem Staub zu schützen, als plötzlich knöcherne Finger ihren Unterarm umschlossen. Der Wächter stand so dicht bei ihr, dass sie den fauligen Geruch wahrnahm, der von ihm ausging. Dennoch widerstand sie dem Bedürfnis, angewidert die Nase zu rümpfen und einen Schritt zurückzumachen.

»Ich könnte dir die Magie zurückgeben. In unbegrenztem Ausmaß«, sagte er. »Du könntest deine Mutter zurückholen. Ein Leben mit deinem Vater leben.«

Helenas Augen weiteten sich. Ihre Mutter zurückholen? Ein Leben mit ihrem Vater leben? »Ich … Ich verstehe nicht.«

Der Wächter hob einen Hautfetzen an seinem rechten Mundwinkel an, was wohl ein Lächeln sein sollte. »Du *wirst* verstehen. Das hoffe ich für dich.«

Der süße Duft von Pfannkuchen kitzelte in ihrer Nase. Sie dreht sich in ihrem Bett auf den Rücken und streckte sich genüsslich. Aus der Küche unten hörte Helena das Klappern von Geschirr und Stimmen, die sich unterhielten.

»Helena? Schlafmütze! Kommst du?«

Helena riss die Augen auf. Diese Stimme, in der sie das Lächeln hören konnte! Sie fuhr hoch, blass geworden, und starrte in Richtung Tür. »Mum?«, wisperte sie kaum hörbar.

»Helena, jetzt komm doch! Das Frühstück ist fertig!«, rief ihre Mutter erneut, ihre Stimme so fest und klar wie seit Jahren nicht mehr.

Sie zögerte nicht länger, warf die Decke von sich und stolperte regelrecht aus dem Bett. Noch während sie sich an der Kommode abfing, um ihre Balance wiederzufinden, griff sie mit der freien Hand nach ihrem flauschigen, blauen Morgenmantel. Sie warf ihn sich über und eilte die Treppen hinunter. In der Küche angekommen, erstarrte sie. Ihr Mund stand halb offen bei dem Anblick, der sich ihr bot. Ein Mann mit feuerrotem Haar umarmte ihre Mutter liebevoll von hinten, während die ihre Kaffeetasse an den Mund führte.

»Da bist du ja, Schlafmütze. Dein Vater muss gleich zur Arbeit. Und du hast doch um acht eine Vorlesung, oder nicht?«

»V… Vorlesung?«, stammelte sie und kämpfte noch immer damit, zu begreifen, was hier vor sich ging.

Ihr Vater runzelte die Stirn. »Ich glaube, unsere Tochter ist noch nicht ganz wach. Schätzchen, ich dachte, im dritten Semester weiß man, was eine Vorlesung ist.« Er lachte, löste sich von seiner Frau und setzte sich an den Esstisch.

»Ich … Aber … ich muss … Ich arbeite doch am … Ich studiere doch gar nicht.«

Ihre Mutter und ihr Vater sahen einander ratlos an. Dann kam ihre Mutter auf sie zu und drückte ihr eine Hand auf die Stirn. »Fieber hast du keines.« Ihre Stimme klang keineswegs, als würde sie sich über die Worte ihrer Tochter lustig machen. Nein, vielmehr lag ehrliche Sorge darin. »Hast du etwas Schlechtes geträumt?«

Helena streckte die Hand nach dem Kaffee ihrer Mutter aus und trank einen Schluck. Er war heiß und schmeckte nach Kaffee. Ganz normaler Kaffee. Sie hatte auch die Hand ihrer Mutter gespürt. Sie wandte den Blick nach rechts und links, untersuchte die Küche nach irgendetwas, das ihr vielleicht merkwürdig vorkam.

»Ich verstehe das nicht«, stammelte sie.

»Setz dich jetzt erst mal. Du machst einen ja ganz nervös«, bat ihr Vater und klopfte auf den freien Stuhl neben sich.

Helena ließ sich darauf nieder, auch wenn es mehr daran lag, dass ihre Knie sich ungewöhnlich weich anfühlten. Sie starrte ihren Vater an, suchte nach den Narben auf seiner Haut und dem Schmerz, der Einsamkeit in seinen Augen. Nichts. »Seit wann bist du hier?«

Er zog eine Augenbraue hoch und stopfte sich einen großen Bissen des Pfannkuchens in den Mund. Wortlos schüttelte er den Kopf und sah Helena erwartungsvoll an.

»Du warst … du lebst doch gar nicht hier«, beharrte sie.

Ihre Mutter nahm auf dem letzten freien Stuhl Platz und sah ihren Mann irritiert an. »Darling, ich fürchte, du musst ausziehen. Laut unserer Tochter wohnst du hier nicht«, scherzte sie.

Ihr Vater lachte. »Helena, was auch immer du geträumt hast: Lass es jetzt hinter dir.«

Sie schüttelte den Kopf. »Nein, das …« Sie riss den Blick von ihm und sah ihre Mutter an. Dieser klare Blick in ihren Augen. Das Leuchten, das sie so sehr geliebt hatte, war zurückgekehrt. Ein schwereloses Lächeln zeichnete ihre Lippen, so als gäbe es keine Trauer in ihrem Leben, so als hätte sie ihren Mann nie vermisst und nie die verheerende Diagnose erhalten, die ihr Leben zerstört hatte. »Geht es dir gut?«, fragte Helena. Ihre Stimme bebte.

Ihre Mutter streckte die Hand aus und strich eine Strähne von Helenas Haar liebevoll hinter ihr Ohr. »Natürlich, Liebling.« Sie lachte ruhig. »Du bist so seltsam. Als wärst du in einem langen, dunklen Traum gefangen gewesen. Geht es denn *dir* gut?«

Helenas Lippen bebten, während die Tränen in ihren Augen ihren Blick verschleierten. Sie sprang von dem Stuhl auf und fiel ihrer Mutter um den Hals.

»Mum!«, schluchzte sie, ohne gegen die Tränen anzukämpfen, die den Klang ihrer Stimme erstickten. Sie drückte sich an ihre Mutter, wie ein Kind, das im Laden endlos lang allein umhergeirrt war, und endlich die Beine seiner Mutter in der Menge entdeckt hatte und sich nun daran festklammerte. »Ich liebe dich, Mum!«

Eine Hand strich über ihren Rücken. Helena erstarrte. Behutsam glitt die fremde Hand zu ihrer Schulter hoch und drückte sie. Sie drehte den Kopf zu ihrem Vater, sah das Lächeln, das seine Mundwinkel umspielte. Gott … Nach diesem Blick, diesem Lächeln, hatte sie sich ihr Leben lang gesehnt. Sie hob eine Hand und legte sie auf die seine, um sie zu drücken.

Dann fiel ihr Blick auf die Uhr in der Fensterbank. Sie tickte nicht. Der Sekundenzeiger war wie festgefroren. Ihr Vater folgte Helenas Blick. »Wir müssen wohl wieder die Batterie wechseln«, erklärte er lachend und erhob sich.

Helena löste sich von ihrer Mutter. »Das ist eine Solaruhr«, widersprach sie.

»Nun«, sagte ihr Vater, »gerade nicht.« Helena ging zu der Uhr. Die Zeiger rührten sich nicht. Dabei strahlte die Sonne durch das Fenster auf das winzige Solarpanel auf der Rückseite. Sie schluckte schwer und ging ins Wohnzimmer. Die Uhr neben dem großen Esstisch stand ebenfalls still.

»Helena?« Ihre Mutter und ihr Vater standen auf der anderen Seite des Esstisches. Das Lächeln ihrer Mutter, das noch eben völlig unbeschwert gewesen war, trübte nun etwas, ein Schleier zog vor ihren Blick. Sie schüttelte den Kopf. »Es ist doch schön so, oder?« Ihr Lächeln wurde bereiter, auch wenn sich nun Schmerz daruntermischte. »Du, Dad und ich. Das wolltest du doch immer.«

»Du kannst hierbleiben, Helena. Du musst nicht zurück in die Dunkelheit, an die du dich erinnerst«, sagte ihr Vater.

Helena trat einen Schritt zurück. Hierbleiben? Sie sah zwischen ihrer Mutter und ihrem Vater hin und her. Ihre Mutter. »Aber ich …«

Ihr Vater näherte sich ihr mit kleinen Schritten. »Deine Mutter ist gesund. Siehst du?« Er sah seine Frau verliebt an und sie erwiderte den Blick. »Ich bin hier, bei euch. Das ist das Leben, so wie es für dich sein könnte.« Er nahm Helenas Hände in die seinen.

Sie schloss die Augen und entzog ihm ihre Hände. »Aber … aber Sarah braucht mich doch auch. Alastair und …« Sie sah ihren Vater mit Tränen in den Augen an. »Du.« Sie schüttelte den Kopf. »Ich kann doch nicht alle im Stich lassen für einen …« Sie schluckte, sammelte sich, um die Worte auszusprechen. »Für einen Traum. Es ist *nicht* die Realität.« In der Wand links von ihr entstand ein Riss. Wie ein Käfer, der eine Spur nach sich zog, kroch er vom Boden in Richtung Decke. Helenas Blick wurde leer. Ja, das hier war nur ein Traum. Ein schöner Traum. Aber eben nicht real.

»Baby …«, unterbrach ihre Mutter ihre Gedanken und legte ihre Hände an Helenas Wangen. »Du bist nicht für die anderen verantwortlich.«

Sie schüttelte den Kopf. »Nein, aber ich kann sie auch nicht einfach sterben lassen. Ich muss Elisabeth aufhalten!« Sie hob die Hände ihrer Mutter behutsam von ihren Wangen. Ihr Herz klopfte so schnell, so schmerzhaft in ihrer Brust, bei ihrem Versuch, den Tränen Einhalt zu gebieten. »Ich liebe dich, Mum«, sagte sie. »Aber wenn ich hierbleibe, schafft Elisabeth es früher oder später, die Büchse zu öffnen. Und das kann ich nicht zulassen.«

Steine brachen krachend aus der Wohnzimmerwand. Das Fenster hinter ihr zerplatzte und die Scherben flogen quer über den Esstisch.

Ihr Vater nickte. »Ich bin stolz auf dich!«

Ihre Mutter schürzte die Lippen, nickte jedoch ebenfalls. »Und ich erst.« Sie strich über die Wange ihrer Tochter. »Wir sehen uns wieder, Baby. Eines Tages«, hauchte sie.

Helena fiel ihr in die Arme. Ihr Vater schloss sich der Umarmung an, drückte seine beiden Frauen an sich, in einem stummen Versprechen, sie nicht loslassen zu wollen.

Die Wände um Helena herum zerbrachen weiter. Die Umarmung löste sich in nichts auf, genauso wie das Gesicht ihrer Mutter, das von der Dunkelheit verschlungen wurde, die um Helena herum entstanden war.

Helena fand sich am Boden liegend wieder. Ihre rechte Hand wurde von der ihres Vaters gehalten, während ihr Kopf auf Alastairs Schoß ruhte. Um sie herum lag Glas in Tausenden von Scherben auf dem Boden verstreut. Zahllose Reste von dem, was einmal die Fenster eines riesigen gläsernen Gebäudes gewesen waren, lagen überall zwischen Schutt und Trümmern verteilt. Wo war sie? Das war nicht mehr die Exhibition Road. So viel stand fest. Das Pferd des Wächters schnaubte laut, so als würde es Helena auf seine Art begrüßen.

»Du bist zurück«, stellte die monotone Stimme des Wächters fest. »Dann hast du der Versuchung widerstanden.«

Helena rappelte sich auf, auch wenn ihr Körper sich schwächer anfühlte als zuvor. »Was zur Hölle sollte das?«, schrie sie ihn an. Ihre Wangen färbten sich rot, sie presste die Lippen fest, fast schmerzhaft aufeinander, um nicht weiter zu schreien. Ein Kloß, groß wie eine Faust, bildete sich in ihrem Hals und machte ihr das Atmen schwerer. Sie schüttelte den Kopf. »Das war dermaßen krank«, knurrte sie, in gezwungen leisem Ton.

»Ich habe getan, was nötig war. Nur weil du bereit warst, aufzugeben, was dir am liebsten ist, kann ich riskieren, dich zurückgehen zu lassen. Nur wenn deine Hoffnung auch im Angesicht von Angst, Trauer und Schmerz stark bleibt, kann ich dir vertrauen.« Er lächelte. »Und du hast den Test bestanden.«

»Was für ein Test war das?«, keuchte ihr Vater.

»Er hat mir vorgegaukelt, dass Mum nie krank geworden und du nie gegangen wärst«, keifte Helena. Dennoch schlug ihr Herz nicht nur vor Wut schneller, auch deshalb, weil die Bilder der letzten Minuten ein brennendes Loch in ihrer Seele hinterließen. Wie schön wäre es gewesen. Wie schön wäre nur ein einziger Morgen wie dieser gewesen, wenn es ihn *wirklich* gegeben hätte. Der Duft von Pfannkuchen. Ihre Mutter und ihr Vater glücklich vereint. Alle gemeinsam am Frühstückstisch.

Helena schüttelte den Kopf. Es konnte nicht sein. Es war nicht echt. Und es würde nie echt sein. »Ich muss zurück. Ich muss Elisabeth …«

»Wärst du bereit, sie zu töten?«, fragte die emotionslose Stimme des Mannes.

»Was?«, fragte Alastair. Er lachte. »Sind Sie noch ganz bei Trost? Sie kann doch nicht ihre eigene Tante töten!«

Helena starrte vor sich auf den Boden. »Sie … töten?«

Der Wächter nickte. »Diese Frau wird niemals aufgeben. Die Mission, der sie sich verschrieben hat, ist allen magischen Wesen der Welt ihre Magie zu geben. Sie hat keine Vorstellung davon, welches Chaos in der Welt herrschte, nachdem die Büchse das erste Mal geöffnet worden war und die Magie nicht länger für das Gute allein verwendet wurde.« Er lachte bitter. »Sie denkt, sie wäre in der Lage, die Menschen zu schützen, sollte es notwendig werden.« Sein Blick fiel auf Helenas Vater – stechend kalt wie ein Pfeil, der sein Ziel nicht verfehlte. »Und das ist die alleinige Schuld eines Mannes, der glaubte, er könne dieser Frau den Schlüssel zu etwas derartig Kostbarem anvertrauen.«

Ihr Vater senkte den Blick. »Ich wusste nicht, dass …«

»Schweig«, unterbrach ihn der Wächter. »Also, Mädchen, kannst du deine Tante, dein eigen Fleisch und Blut, wirklich wirksam aufhalten?«

Helena senkte den Kopf. Elisabeth töten? Ihr Atem ging unruhig. Sie hatte bereits Schattenwanderer getötet. Doch das war, bevor sie gewusst hatte, dass es sich um Menschen handelte. Sie konnte doch unmöglich … »Und was, wenn ich die Büchse zerstöre?«

Der Wächter hob überrascht eine Augenbraue. »Die Büchse zerstören?«

Helena nickte. »Wenn Sie mich in die reale Welt zurücklassen, kann ich die Büchse dort zerstören und Sie zerstören sie hier. Dann kann nie wieder die Gefahr bestehen, dass die Hoffnung aus der Welt verschwindet.«

Der Wächter hob einen Mundwinkel zu einem herablassend wirkenden Grinsen. »Dann verschwindet aber auch die Magie für immer aus der Welt. Jedes Grimoire wird dadurch unbrauchbar. Die Artefakte verlieren ihre Wirkung. Und das Schattenreich … Auch das wird für immer verschwinden.«

»Und wäre das wirklich so schlimm?« Ihr Vater sah den Wächter mit scharfem Blick an. »So, wie ich das sehe, hat die

Magie hauptsächlich Unheil über diejenigen gebracht, die sie genutzt haben. Sie hat Menschen voneinander getrennt, Freundschaften und Liebesbeziehungen zerstört. Sie hat Menschen in die Einsamkeit getrieben und sie dazu gebracht, sich von der Welt fernzuhalten, um nicht benutzt zu werden.«

»Sie hat meine Familie zerstört«, ergänzte Alastair, der bis eben geschwiegen hatte.

Helena sah ihn an, streckte die Hand nach seiner aus und drückte sie sanft. Dann wandte sie den Blick erwartungsvoll auf den Wächter. Der Ausdruck in seinem Gesicht hatte sich verfinstert. Ob er wirklich darüber nachdachte? Oder würde er ihr gleich sagen, wie unglaublich lächerlich ihr Vorschlag war?

»In dreitausend Jahren hat nie jemand ernsthaft in Erwägung gezogen, die Büchse zu *zerstören*.«

Helena, ihr Vater und Alastair schwiegen.

Der Wächter fuhr fort. »Sicher, es gab immer wieder Magierinnen und Magier, die mit dem Wunsch, es zu tun, hierhergekommen sind. Doch sobald sie hier waren …« Er schüttelte den Kopf. »Eine Seite ist immer schwach geworden und konnte die Magie am Ende doch nicht aufgeben.«

»Ich werde nicht schwach werden«, versprach Helena. Ein Kribbeln schnellte über ihre Haut, während sie die Worte aussprach. Nein. Niemand würde sie daran hindern, die Büchse zu vernichten und damit Elisabeths Pläne zu durchkreuzen.

»Und wer wird die Büchse hier zerstören?«, fragte der Wächter. In seinen Augen blitzte ein gefährliches Funkeln auf. »Ich kann es nicht tun. Die Büchse zu berühren, ist mir nicht möglich.«

Alastair sah ihn überrascht an. »Was soll das heißen?«

Der Wächter hob die Schultern. »Nun, es scheint, dass der Zauber, mit dem ich das Schattenreich erschaffen habe, um die Büchse hierher zu verbannen, es mir selbst unmöglich gemacht hat, die Magie rückgängig zu machen, die ich gewirkt habe. Meine Hand gleitet durch sie hindurch, wie durch einen Geist. Warum sonst denkst du, dass die Büchse den Ort nie verlassen hat, an dem du, William, damals verhindert hast, dass Elisabeth siegen konnte.«

»Dann muss es einer von uns tun«, stellte ihr Vater fest.

Der Wächter nickte. »Und wenn es soweit ist, wird dieses Reich endlich verschwinden. Vielleicht können all die verlorenen Seelen, die seit Jahrhunderten hier umherirren, dann endlich Frieden finden.«

»Ich tue es«, sagten Alastair und Helenas Vater wie aus einem Mund. Überrascht sahen die beiden Männer einander an.

Helena erstarrte. »Das könnt ihr nicht machen.«

Der Wächter hob eine Augenbraue, sagte jedoch nichts.

»Wenn ihr hierbleibt, um die Büchse zu zerstören, dann …« Ihre Stimme brach. Sie schüttelte den Kopf. »Ich will dich nicht wieder verlieren«, sagte zu ihrem Vater. Dann sah sie Alastair an. »Und dich auch nicht.«

»Manchmal musst du Opfer bringen, Mädchen.« Die Stimme des Wächters war hart und unnachgiebig. »Und ganz gleich, was die beiden wollen: Ich werde nur dich zurückgehen lassen.«

Helenas Gesicht verlor jegliche Farbe. »Was? Aber … warum?«

»Dein Vater …« Der Wächter musterte William mit abschätzigem Blick. »Ich traue ihm nicht zu, seine Schwester zu töten. Er konnte nicht einmal Jake Faulkner, ihren Geliebten, töten, der dieses Unheil damals angestoßen hat. Seine Schwäche könnte dein Vorhaben gefährden.« Ihr Vater senkte den Blick. Der Wächter sprach weiter. »Dein Vater hat die Büchse geschlossen, ja, aber ich war es, der Faulkner beseitigt hat. Dein Vater hatte nicht den Mut dazu. Und er wird ganz sicher nicht den Mut haben, Elisabeth hinzurichten.« Dann wanderte sein Blick zu Alastair. »Und dieser Bursche …« Helena hätte nicht gedacht, dass der Blick des Wächters sich noch weiter verdüstern könnte, und doch tat er es. »Er hat dich schon einmal verraten. Und ich vertraue keinen Verrätern. Ich will ihn hier haben, wo ich sichergehen kann, dass er nichts tut, um das Vorhaben zu gefährden.«

Helenas Hände zitterten. Also sollte sie allen Ernstes allein gehen, um Elisabeth aufzuhalten? Ihr Blick wanderte zu Alastair, der starr auf den Boden sah und seine Hände zu Fäusten geballt hatte. Auch sie zitterten.

»Ich gebe dir zwei Stunden. Solltest du die Büchse bis dahin nicht zerstört haben, muss sie wieder geschlossen werden«, sagte der Wächter.

»Was passiert nach zwei Stunden?« Der Blick ihres Vaters wirkte fast noch kälter als der des Wächters.

»Dann würden die Schäden in der realen Welt allmählich so groß, dass ich den Verlust an Menschenleben nicht rechtfertigen kann. Menschen, die wegen des kläglichen Versuchs deiner Tochter, die Büchse zu zerstören, sterben werden.«

Helenas Atem stockte. »Schäden in der realen Welt? Verlust an Menschenleben?«

»Wenn die Büchse auf beiden Seiten geöffnet ist, entsteht ein Sog, der die Magie in die reale Welt bringt. Diese Macht ist so gewaltig, dass sie beginnt, am Gefüge der Welt zu rütteln. Bleibt die Büchse zu lange offen, wird das, was du hier siehst, auch drüben real.«

»Was passiert mit den Schäden, die bis dahin entstanden sind?« Helenas Stimme bebte.

»Sagen wir es so: Du solltest dich lieber beeilen«, antwortete der Wächter.

Helena senkte den Blick. Zwei Stunden. Sie würde zwei Stunden haben, um Elisabeths Pläne zunichtezumachen. Und wenn sie es nicht schaffte? Sie schloss die Augen, bemühte sich, ruhig zu atmen. Wenn sie versagte, würde die Büchse weiter existieren und ihr Vater und Alastair würden im Schattenreich bleiben.

»Können wir es ein zweites Mal versuchen?« Helenas Stimme zitterte. »Wenn ich es nicht schaffe, meine ich.« Sie hob den Blick, um dem Wächter in die Augen zu sehen.

»Gnade dir Gott, wenn du es nicht schaffst. Dann werden dich die Schattenwanderer in der Luft zerreißen«, donnerte er mit gewaltiger Stimme.

Ihr Atem stockte. Der Gedanke, dass sie nur eine einzige Chance haben würde, um Elisabeth aufzuhalten, jagte einen eisigen Schauer ihren Rücken hinab, bis in die Knie. »Und wo finde ich die Büchse?«

Der Wächter trat einen Schritt zur Seite. Hinter ihm, wie durch unsichtbare Hände gehalten, schwebte eine Amphore, die mit goldenen Verzierungen und Edelsteinen besetzt war, über einem steinernen Podest. Sie war klein, höchstens so groß wie Helenas Kopf und der schlanke Hals des Gefäßes hätte höchstens Platz für zwei von Helenas Fingern geboten. Das war sie? *Das* war die Büchse der Pandora? *Daraus* sollte alles Übel in die Welt gelangt sein?

»Aber …« Ihr Atem stockte. Sie nahm einen tiefen Atemzug, um ihre Fassung zurückzugewinnen. »Wenn die Büchse hier ist, wo wir gerade stehen, finde ich sie im realen London dann am selben Ort?« Der Wächter senkte stumm das Kinn.

Helena sah sich zwischen den Trümmern um. All das Glas, die Nähe zur Themse, unmöglich. »Ist das …« Sie schüttelte den Kopf. »Nein. Das hat es vor zwanzig Jahren noch nicht gegeben«, unterbrach sie sich selbst, bevor sie ihre Vermutung ausgesprochen hatte.

Ihr Vater atmete tief durch. »Die Southwark Towers.«

Alastair sah ihn mit strengem Blick an. »Die stehen da seit Jahren nicht mehr«, warf er ein.

»Aber den Ort gibt es noch«, unterbrach Helena die beiden. »Dort ist jetzt das Shard.«

Der Wächter hob seinen rechten Mundwinkel zu einem Lächeln. »Dann kennst du jetzt dein Ziel«, bestätigte er ihre Vermutung. »Bedenke nur, dass das Schattenreich ein Spiegel zur echten Welt ist. Du wirst die Büchse also nicht am Boden finden, sondern …«

»Auf der Aussichtsplattform«, beendete sie seinen Satz und schluckte schwer.

»Wir sollten keine Zeit verlieren.« Helenas Vater hatte sich vom Boden erhoben. Mit langsamen Schritten näherte er sich der Amphore, wagte es jedoch nicht, die Hände nach ihr auszustrecken.

»Was passiert, wenn wir die Büchse öffnen?«, fragte Alastair, dessen Blick ebenfalls auf der Amphore ruhte.

»Wenn ihr sie öffnet, wird Helena in die reale Welt zurückgezogen. Und sie wird dort erwachen, wo sie den Eingang in unser Reich gefunden hat«, erklärte der Wächter.

»Aber …« Helenas Stimme bebte. »Den Eingang in das Schattenreich? Ich bin zu Hause zum Schattenwanderer geworden.«

»Dann wirst du dort wieder zu dir kommen.« Sein Blick war fest mit dem ihren verbunden. »Aber du solltest dich hüten. Wenn die Büchse geöffnet ist, beginnt die Magie in die Welt zu strömen. Elisabeth wird das bemerken, weil magische Wesen die Büchse spüren und sehen können. Wenn die Schattenwanderer also die Anwesenheit der Büchse spüren …«

»… dann werden sie sich dort sammeln und Elisabeth auf diese Weise anzeigen, wo die Büchse ist.«

Der Wächter nickte. »Wenn Elisabeth die Büchse in der realen Welt öffnet, wird die Zerstörung in diesem Reich Teil der realen Welt. Du hast keine Zeit zu verlieren.« Helena sah ihren Vater an. *Verdammt.* Sie konnte ihn doch nicht jetzt wieder verlieren! Nicht so! Und doch, wenn es die einzige Möglichkeit war, welche Wahl blieb ihr dann? Und Alastair? Was würde aus ihm werden?

Der Wächter sah aus leeren Augen auf sie herab. »Es war nie meine Absicht, das Schattenreich zu schaffen. Ich wollte nur, dass die Menschen in Hoffnung leben können. Alles, was danach passierte, der Preis, den die Magier für ihre Magie zahlen mussten … All das wollte ich nicht.« Er machte eine Pause, wie um sich an alte Zeit zu erinnern. »Doch jedem Magier, der hierherkam, fehlte es an Hoffnung oder an Willensstärke. Und so habe ich gewartet. Vielleicht bist du ja stark genug.«

Helenas Atem zitterte.

Sie sah ihren Vater an. Jetzt hatte sie ihn endlich wiedergefunden und musste sich doch wieder von ihm trennen. »Es tut mir leid«, flüsterte sie erstickt und kämpfte gegen die Tränen an, die in ihren Augen brannten. »Ich sehe keinen anderen Weg.«

Ihr Vater trat einen Schritt vor und zog Helena in seine Arme. »Ich auch nicht«, flüsterte er in ihr Haar.

Sie hörte seinen Herzschlag an ihrem Ohr. Seine starken Arme drückten sich an sie. Würde sie sich merken können, wie es sich anfühlte, von ihm im Arm gehalten zu werden? Wie seine Haut und sein Haar sich anfühlten? Behutsam strich er über ihren Kopf. Sie krallte die Hände in seine Jacke und schluchzte.

»Ich hab dich lieb, Dad.«

»Ich weiß, mein Schatz«, sagte er. »Ich dich auch.« Mit den Händen umfasste er ihr Gesicht und zwang sie, ihn anzusehen. »Du bist stark. Du bist klug und mutig. Und du wirst das schaffen, in Ordnung?« Er lächelte. »Ich könnte nicht stolzer auf dich sein, hörst du?«

Sie nickte, während sie sich mit den Handrücken die Tränen von den Wangen wischte und Alastairs Hand, über ihren Rücken strich. »Ich glaube an dich«, sagte er.

Helena drehte sich halb zu ihm. Mit einer Hand griff sie nach seiner und drückte sie sanft. Sie erinnerte sich an den Moment im Wald, bevor er zum Schattenwanderer wurde. Erinnerte sich an die Worte, die er gesagt hatte. »Ich mochte dich auch gern, Alastair.« Sie zwang sich zu einem Lächeln. »Es tut mir leid, dass ich dich nicht hier rausholen kann.«

Er beugte sich ein Stück vor und hauchte ihr einen Kuss auf die Stirn. »Leb für uns mit, ja?«

Helena biss sich auf die Unterlippe, um ein Schluchzen zu unterdrücken. Ihr Vater trat näher an die Büchse heran. Seine Schultern hingen tief. Ein letztes Mal drehte er sich zu Helena um. Sie sah ihm in die Augen, lächelte. Verdammt. Warum? Warum war die Zeit mit ihm so kurz gewesen?

Als ihr Vater die Büchse öffnete, erklangen Stimmen. Zahllose Stimmen, die wild durcheinandersprachen. Manche flüsterten, andere schrien Worte, die Helena nicht verstand. Die Welt um sie herum verdunkelte sich. Ein seltsam fremdes Gefühl riss ihr den Boden unter den Füßen weg. Dunkelheit umgab sie wie ein Schleier, ein alles erstickender Schrei ertönte. Ein Schrei, der lauter war als all die anderen Stimmen. Und dann, dann war da nur noch Stille.

-28-

Der Boden unter ihr bebte. Sie hörte etwas in Scherben zerspringen. Dumpfe Schläge trafen das Parkett. Als sie die Augen öffnete, lag Helena vor dem Kamin in ihrem Wohnzimmer. Nackt. Sie hob die Hände, vergewisserte sich, dass es wirklich Hände waren und keine blutig-nassen Klauen, und atmete erleichtert auf. Wieder bebte es unter ihr. In der Küche hörte sie noch mehr Geschirr zerbersten, das das Beben aus den Regalen geschüttelt haben musste. Auf wackligen Beinen zog sie sich an dem Kamin hoch und sah sich um. Ein Donnern, lauter als jedes Sommergewitter, das sie jemals erlebt hatte, durchdrang den Himmel wie ein zorniges Grölen. Helena erstarrte. *Elisabeth!* Hatte sie die Büchse bereits gefunden? Wie? Helena schleppte sich kraftlos die Treppen nach oben und zog sich die ersten Kleidungsstücke an, die ihr in die Finger gerieten – Hauptsache warm. Sie schlüpfte gerade in ihre schwarze Hose und schloss Reißverschluss und Knopf, als ein weiteres Beben sie zur Seite stolpern ließ. Dem Sturz könnte sie gerade noch entgehen, indem sie sich am Bettrahmen festhielt.

Das Shard! Sie musste zum Shard! Sofort. Dreihundert Meter ragte der moderne pyramidenförmige Glasturm in den Himmel hinein. Die Spitze sah aus, als hätte ein Riese hineingegriffen und ein Stück davon abgebrochen: *the Shard* – die Scherbe.

Sie stürmte die Treppen zurück nach unten, riss ihre Jacke von der Ankleide und lief nach draußen. Der Himmel hatte sich blutig rot gefärbt. Zwischen all die Blitze, die in erschreckend kurzen Abständen auf die Stadt niederfuhren, mischte sich ohrenbetäubendes Donnern. Helena konnte nicht unterscheiden, ob es tatsächlich ein Donner oder ob das Erdbeben, das die Stadt immer wieder erschütterte, für die Geräusche verantwortlich war. Doch unabhängig davon wies der Fußweg vor ihrem Haus bereits einen breiten Riss auf, während der Asphalt der Straße aufplatzte wie eine eiternde Wunde. Sie blickte in Richtung Stadt. Wie zur Hölle würde sie es so zum Shard schaffen? Es würde einem Wunder gleichen, wenn sie unverletzt die Innenstadt erreichte, ganz zu schweigen von einer Überquerung der Themse. Würden die Brücken den ständigen Erschütterungen standhalten? Und all die Gebäude, die unzählige Meter hoch in den Himmel ragten, waren sie überhaupt für solch eine Extremsituation gebaut? Oder waren alle Rettungskräfte gerade verzweifelt damit beschäftigt, die Menschen aus ihren Wohnungen zu evakuieren?

Ein Schauer durchfuhr sie. Sie betete, dass die Büchse zu öffnen, um all dem Spuk ein Ende zu bereiten, wirklich eine gute Idee gewesen war. Das Leben all der Menschen, die jetzt in Gefahr schwebten, lag in ihren Händen! Rauch stieg aus dem Stadtzentrum empor. Ob einer der Blitze ein Feuer ausgelöst hatte? Ihr blieb keine Zeit! Sie konnte nicht weiter hier herumstehen und darüber sinnieren, was wohl gerade in der Innenstadt vor sich ging. Mehr als fünf Meilen lagen zwischen ihr und dem Shard. Wenn sie Elisabeth aufhalten wollte, ehe die gesamte Stadt zerstört und die Hoffnung in das Schattenreich verschwunden war, durfte sie nicht länger warten. Das würde der längste – und sicher der gefährlichste – Marsch ihres Lebens werden.

Helena verließ außer Atem den Hyde Park. Obwohl es noch früh am Nachmittag war, war er völlig leer gefegt gewesen. Vereinzelte Menschen eilten mit vollgepackten Taschen an ihr vorbei. Wohin? Hauptsache, raus aus der Stadt. Sie war die einzige Verrückte, die in die Stadt hineinlief. Das Heulen der Sirenen von Polizei, Feuerwehr und Krankenwagen war überall zu hören. Die verschiedenen Alarmsignale gerieten zu einem Rauschen aus hohen und tiefen Tönen, die es sogar schwer machte, zuzuordnen, aus welcher Richtung der nächste Wagen überhaupt kam. Die Menschen saßen in den dicht gedrängten Autos auf den Straßen, Kinder weinten auf den Rückbänken der Fahrzeuge, während Mütter und Väter versuchten, sie zu beruhigen, ohne selbst die Fassung zu verlieren. *So sieht also der Weltuntergang aus*, dachte Helena bei sich. Und ausgerechnet sie hatte es in der Hand, die Wahnsinnige aufzuhalten, die ihn eingeleitet hatte. Begriff Elisabeth denn gar nicht, was hier geschah? Sah sie nicht, was in der Stadt, dreihundert Meter unter ihr, vor sich ging?

»Ma'am, hier können Sie nicht lang gehen.« Ein Polizist stand mit weit ausgebreiteten Armen auf dem Fußweg.

Helenas Atem stockte. »Ich muss in die Innenstadt.«

Der Beamte schüttelte fest entschlossen den Kopf. »Wir evakuieren die City. Sie können unmöglich rein.«

»Aber …«

»Was ist das Problem?« Ein weiterer Beamter, der ein Gewehr vor seiner Brust hielt, trat neben seinen Partner.

»Diese Zivilistin hier will in die Innenstadt«, erklärte der erste, so als würde Helena seine Worte nicht hören.

Der mit dem Gewehr schüttelte den Kopf. »Unmöglich. Sie sehen doch, was h… hey!«

Helena hatte den Moment genutzt, in dem die beiden sich einander zugewandt hatten, und war losgerannt. Sie hörte, wie sie ihr nachbrüllten, und sah sich im Laufen um. Zum Glück folgten ihr die Beamten nicht – vermutlich hatten sie den Befehl, ihren Posten auf gar keinen Fall zu verlassen und waren froh darüber, nicht in der Innenstadt eingesetzt zu sein. Also rannte sie. Die Menschen, die ihr entgegen kamen, sahen sie an, als ob sie eine Wahnsinnige wäre. Nun, wahrscheinlich hätte sie an deren Stelle genau das gleiche gedacht.

Ein weiteres Beben erschütterte den Boden. Die Menschen hielten sich an Straßenschildern fest, lehnten sich an Hausmauern oder Türen, um ihre Balance wiederzufinden. An einigen Hauswänden zogen sich bereits Risse hoch. Fenster zersprangen unter den Erschütterungen und Scherben prasselten auf die Straßen und Fußwege nieder, wo die Flüchtenden sich schützend die Arme über den Kopf hielten. Ein Mann, der am Hals stark blutete, weil ihn eine Scherbe getroffen hatte, riss gerade ein schreiendes Kleinkind hoch, um schneller voranzukommen.

Helenas Gesicht war schweißnass. Unter ihrem Pullover und der Jacke staute sich die Hitze. Sie hatte sich viel zu warm angezogen, selbst ihre Wangen glühten. Als sie nach wenigen Minuten am Trafalgar Square ankam, wirkte die Stadt bereits wie leer gefegt. Nur wenige Menschen eilten noch mit Rucksäcken oder Koffern die Straßen entlang. Sie würde versuchen, den Fluss an der Hungerford Bridge zu überqueren. Von dort war es noch immer eine halbe Stunde bis zum Shard, wenn sie sich beeilte, vielleicht zwanzig Minuten. Doch ihre Schritte verlangsamten sich mit jedem Meter. Ihr Atem ging schwer und sie musste vor der Brücke anhalten und ihre Fingerspitzen in die stechenden Seiten drücken.

Die Beben hatten nachgelassen. Für den Moment, doch jeder ahnte, dass das eine trügerische Ruhe sein könnte. Sie konnte nicht länger hier stehen bleiben. Zwei Stunden. Mehr nicht. Und mit jeder Minute, die dieser Spuk anhielt, würden mehr Menschen verletzt oder gar getötet werden.

Ihre Hand umfasste fest das Brückengeländer, und sie stieg die Stufen zu dem Panoramaweg hoch, der neben den Eisenbahngleisen über die Themse führte. Oben angekommen, atmete sie tief durch und joggte dann weiter. Sie konnte es schaffen. Das wusste sie. Wer hätte schon gedacht, dass all der Sport, den sie in den vergangenen Jahren getrieben hatte, einmal seinen Höhepunkt in so einer Prüfung gegen die Zeit finden würde? Sie war zuversichtlich – zumindest so lange, bis sie hinter sich ein ohrenbetäubendes Kreischen hörte. Wie mit scharfkantigen Fingernägeln kratzte ihr ein Schauer den Rücken hinab, presste ihre Lunge zusammen und ließ ihren Atem stocken.

Helena erstarrte. Sie wusste, dass sie nicht anhalten durfte, und doch war ihr Körper wie versteinert. Sie drehte sich auf dem Absatz um und sah dem Wesen in die Augen, das allein der Magie wegen zu solch einem Monster geworden war.

»Leck mich doch«, murmelte sie leise und ging ein paar Schritte rückwärts, während der Schattenwanderer ihr im selben Tempo nachkam. Ein halbes Dutzend Arme hing schlaff aus seinem Körper. Eine Hand schleifte leblos über den Boden, die Haut aufgeschürft. Sie zog eine blutrote Schramme über den Asphalt. Helena wollte sich gerade umdrehen, einfach weiterlaufen, weg von diesem Ding, da brandete ein zweiter Schrei auf, so laut, dass sie sich die Ohren zuhalten musste. Sie drehte sich um und sah, dass ein zweiter Schattenwanderer von vorn kam und ihr den Weg versperrte.

Helena schluckte schwer. Was wollten sie von ihr? Sie besaß keine Magie mehr. Wie hatten sie sie überhaupt aufspüren können, wenn sie keine magische Spur mehr hinter sich herzog? Waren sie bereits Teil der realen Welt? Einer der Schattenwanderer duckte sich, wie ein Tier, das zum Sprung ansetzte. Unter ihr peitschte das Wasser, vom Erdbeben aufgewirbelt, in hohen Wellen gegen den Brückenpfeiler. Das Tosen der Wellen mischte sich mit den gurgelnden Geräuschen ihrer Gegner, die sie mit wachsamen Augen beobachteten. Sobald sie einen Schritt zur Seite machte, rückte der Schattenwanderer vor ihr sofort nach, offenbar entschlossen, sie nicht durchzulassen. Der Schattenwanderer hinter ihr hielt seinen Abstand. Helena verstand auf einmal, warum ausgerechnet die Angst das erste Gefühl gewesen war, das das Grimoire ihr genommen hatte, als sie den Pakt damit eingegangen war: Es war damals in Elisabeths Laden im Angesicht der Schattenwanderer ihr stärkstes Gefühl gewesen. Jetzt fühlte sie sich, als wären ihre Füße aus lauter Angst fest mit dem Boden verwachsen. Und doch: Warum näherten sich die Schattenwanderer ihr nicht?

Helena konzentrierte sich darauf, ruhig zu atmen, bis es ihr schließlich doch gelang, einen Fuß vorzusetzen. Der Schattenwanderer fletschte die Zähne, riss dann sein unförmiges Maul auf und brüllte ihr seinen widerwärtigen Atem entgegen. Tropfen von Spucke und Blut schossen ihr ins Gesicht. Reflexartig schloss sie ihre Augen und wischte sich mit dem Handrücken über Wangen und Stirn. Wieder trat sie einen Schritt näher. Das Wesen rührte sich nicht, sondern starrte ihr stattdessen fest in die Augen. Die lange Zunge des Schattenwanderers schlängelte sich zwischen seinen zerrissenen Lippen nach draußen. Helena erinnerte sich an die Widerhaken, mit denen der Schattenwanderer in der Lagerhalle feine Schrammen in ihre Wange gekratzt hatte.

Es half nichts: Sie würde ihre Angst und ihre Abscheu überwinden müssen, wenn sie noch rechtzeitig im Shard ankommen wollte. »Du willst deine Gefühle zurück?«, brüllte sie den Schattenwanderer aus dem Nichts heraus an. »Dann geh mir aus dem Weg!« Sie ballte ihre Hände zu Fäusten. Die beiden Schattenwanderer schrien gleichzeitig. Ein Zittern erfasste Helenas Körper. Was hatte sie sich dabei gedacht, ihn so anzugehen? Und doch: Hatte ihr Mut, das zu tun, dafür gesorgt, dass sie sie weiterhin nicht angriffen? Sie versuchte sich zu erinnern, ob es irgendetwas anderes gab, das die Schattenwanderer davon abhielt, ihr etwas anzutun. Doch da war nichts. Außer vielleicht … Helenas Augen weiteten sich. Das war es!

»*Gefahr droht denen, die von Gier getrieben nach der Macht greifen*«, flüsterte sie.

Der Schattenwanderer senkte den Kopf und hob ihn wieder. War das eine Zustimmung?

»*Gier!* Ihr jagt keine Magier«, stammelte sie. »Ihr tötet diejenigen, die die Büchse *öffnen* wollen. Ihr beschützt diese Welt.«

Der Schattenwanderer machte einen Schritt zurück.

Helena zögerte, trat dann jedoch einen weiteren Schritt vor. Nichts geschah. »Hört zu, ich will sie nicht öffnen, ich will sie zerstören, verstanden? *Endgültig* zerstören.« Die beiden Schattenwanderer verharrten in ihren Positionen, als wären sie darin festgefroren, beobachteten stattdessen geräuschlos, was Helena tun würde. Sie deutet auf das Shard. Dann sah sie wieder den Schattenwanderer an, mit dem sie nun auf einer Höhe stand.

»Ich muss Elisabeth stoppen!«, erklärte sie. »Helft ihr mir?«

Die beiden schrien auf und hechteten los. In die Richtung, in die auch Helena laufen musste. Sie folgte ihnen. Helena blieb nicht mehr viel Zeit. Das wusste sie. Also lief sie. Nicht als würde ihr eigenes Leben davon abhängen, sondern das von allen, die sie liebte.

Dreihundert Meter Höhe! Helena hatte die Aussichtsplattform vor vielen Jahren einmal mit ihrer Mutter besucht. Damals war ihr die Fahrstuhlfahrt in den achtundsechzigsten Stock wie eine Ewigkeit vorgekommen. Doch jetzt? In einigen Stadtteilen war der Strom bereits ausgefallen. Wenn das Shard also ebenfalls von dem Stromausfall betroffen war … Helena schluckte schwer. Wie viele Stufen es wohl nach dort oben waren? Nach dem Fußmarsch, den sie schon hinter sich hatte: War das überhaupt zu schaffen? Sie sah sich um. Die Stadt sah von den Beben schwer mitgenommen aus, dennoch war Helena erleichtert, zu sehen, dass ihr Zustand weit von dem entfernt war, den sie im Schattenreich gesehen hatte. Viele Häuser waren beschädigt, sie würden saniert, einige vielleicht sogar abgerissen werden, aber sie standen noch. Auch das Shard!

Den Blick starr auf ihr Ziel gerichtet, trat sie vor die Schiebetüren des Haupteingangs. Geräuschlos fuhren sie auseinander. Der Strom war noch da! Helena atmete erleichtert auf. Die rechte Tür verhakte sich in der Schiene, aber die linke Tür öffnete sich zum Glück vollständig. Helena sah sich um. Weit und breit war niemand zu sehen. Verständlich. Welcher Mensch würde schon bei einem Erdbeben von dieser Stärke ein dreihundert Meter hohes Glasgebäude betreten wollen? Auch von den Schattenwanderern fehlte jede Spur. Sie waren viel schneller als sie gewesen und irgendwann hatte Helena sie aus den Augen verloren. Ihr Atem zitterte unruhig. Sie ging zügig durch das Foyer auf die Schranken zu, die Besucher passieren mussten, wenn sie zu den Fahrstühlen wollten. Unter der Schranke duckte sie sich hindurch und rannte zu der Rolltreppe zu ihrer Rechten, die sie zu den Fahrstühlen führen würde. Zum Glück setzte sich die metallene Treppe widerspruchslos in Bewegung. Helena nahm zwei Stufen auf einmal und hetzte nach oben. Keine Sicherheitsleute. Ein Blitz krachte unmittelbar vor dem Haupteingang in den Boden und hinterließ einen schwarzen Fleck und der Donner, der zeitgleich ertönte, ließ den Boden unter Helenas Füßen erzittern. Sie drückte den Knopf vor den Fahrstühlen und war erleichtert, zu sehen, dass sich die Tür von einem sofort öffnete.

Kaum war sie eingestiegen, drückte sie auf die Achtundsechzig und lehnte sich anschließend mit geschlossenen Augen an die Wand der Kabine. Ihre Brust und ihr Bauch schmerzten von der Anstrengung des Marsches und ihr war unendlich heiß. Sie riss sich den Schal vom Hals und warf ihn zu Boden, während sie mit der anderen Hand den Reißverschluss ihrer Jacke öffnete. Der digitale Bildschirm zu ihrer Rechten zählte die Stockwerke, die sie bereits hinter sich gebracht hatte. Wie ein umgekehrter Countdown fühlten sich der Anstieg der Zahlen an – bei achtundsechzig würde der Lift anhalten und sie ihrem Schicksal entgegensehen. Ihr Herzschlag pulsierte mit jedem Stockwerk lauter in ihren Ohren. Schließlich verlangsamte der Lift seine rasende Fahrt und hielt an, während die süßlich-weibliche Computerstimme verkündete, dass sie auf der Aussichtsplattform angekommen war. Zwei weitere, wusste Helena, waren über die Treppen zu erreichen. Ganz oben, wo die Luft der Stadt zwischen den künstlichen Scherben die Besucher erfrischte oder frösteln ließ, dort würde Elisabeth sie sicher schon erwarten.

-29-

Die Türen des Fahrstuhls öffneten sich und Helena trat mit einem großen Schritt heraus aus dem stählernen Gefährt. Ihre Schritte führten sie zu der gläsernen Front der ersten Aussichtsplattform. Die Stadt zeichnete sich Hunderte von Metern unter ihr in dunklem Grau ab. Rauch stieg aus einigen Stadtteilen empor und ließ Helena sofort an das Schattenreich denken. Sie erschauderte. Sie hatte kaum noch Zeit und konnte nur hoffen, dass die Menschen sich aus den Häusern gerettet hatten, ehe sie eingestürzt waren. Der Scherbenberg, auf dem sie sich im Schattenreich wiedergefunden hatte, nachdem der Wächter sie die Illusion eines anderen Lebens hatte durchleben lassen, blitzte vor ihrem inneren Auge auf. Ihr Blick ging nach links und erst jetzt bemerkte sie die blutigen Schlieren, die die Glasscheiben zeichneten und allmählich verblassten. Waren die Schattenwanderer an dem Gebäude hinaufgeklettert?

Wieder erzitterte der Boden unter ihren Füßen. Sie stolperte einen Schritt vor und hielt sich an einem Geländer vor den Fenstern fest, erinnerte sich daran, ruhig zu atmen. Elisabeth musste es einfach sein, die die Büchse geöffnet hatte. Und sie musste um jeden Preis zu ihr.

Es kam ihr so vor, als hätte das mächtige Gewitter genau über dem Turm sein Zentrum gefunden, so laut war das Tosen des Regens und das Pfeifen des Windes über ihr zu hören. Über ihr kreisten schwarze Wolken wie in einem alles verschlingenden Strudel. Immer wieder schlugen links und rechts der Pyramidenseiten Blitze ein. Sie rasten dem Boden entgegen, nahezu zeitgleich mit dem Grollen, das sie mit sich brachten. Erst jetzt sah sie den Boden unter ihren Füßen an, der eigentlich mit dunkelbraunen Holzdielen bedeckt war. Doch jetzt? Sie hob einen Fuß aus dem klebrigen Nass, das sie erst jetzt bemerkte: Der Boden war dunkelrot und feucht, als hätte es Blut auf die oberste Plattform geregnet. In roten Rinnsalen rann die Flüssigkeit nun die Treppen hinab, die den achtundsechzigsten und den zweiundsiebzigsten Stock miteinander verbanden. Helena verzog das Gesicht. Sie war kreidebleich und machte einen Schritt zurück, während sich die Tür des Fahrstuhls, wenige Meter hinter ihr, schloss.

Links von sich hörte sie ein leises Gurgeln. Ein Schattenwanderer, viel kleiner als die, die sie bisher gesehen hatte, hatte sich in eine Ecke verzogen. Zitternd drängte sich das Wesen an die Wand, als hätte es sich selbst vor dem erschrocken, was um es herum geschah. Helenas Atem bebte. Sie wandte sich von der Fensterfront ab in Richtung der Treppe, die sie weiter nach oben führen würde. Eilig lief sie auf das offene Treppenhaus zu, dessen Wände in rote Platten gekleidet waren. Der dunkelrote Strom, der die Treppen hinablief, verstärkte Helenas Gefühl, einen Tunnel aus Blut zu durchschreiten. Ihre Hand klammerte sich um das Treppengeländer, und sie trat vorsichtig auf, um auf der roten Flüssigkeit nicht auszurutschen. Ein Schrei ertönte. Ihm folgten weitere Rufe, die schrill durch den Raum hallten. Helena nahm wieder zwei Stufen auf einmal, um schneller nach oben zu gelangen. Plötzlich verlor sie den Halt und rutschte aus. Das Blut, das den Boden bedeckte, klebte nass an ihren Händen. Sie sprang auf und wischte es hektisch an ihrer Kleidung ab.

Außer Atem betrat sie schließlich den obersten Absatz – den zweiundsiebzigsten Stock. Das, was bei einem normalen Hochhaus vielleicht ein Flachdach gewesen wäre, lief beim Shard spitz zu. Nur dass die Spitzen sich nicht trafen, um das Dach zu schließen, sondern stattdessen an unterschiedlichen Höhen einfach endeten wie der abgebrochene Hals einer Glasflasche. Helena hielt sich die Hände über die Ohren. Fast ohne Pause gingen die Blitze mittlerweile über der Stadt nieder. Zwischen den Glasspitzen, die dem Shard seinen Namen gegeben hatten, wurde das Geräusch des Donners hin und her geworfen, und Helena musste sich die Ohren zuhalten, so laut war es hier draußen.

Ihr Blick fuhr über die schwarzen Monster, unförmige Klumpen aus Blut und Körperteilen, die sich in einer undurchdringbaren Menge zusammengeschoben und kreisförmig um die Mitte der Plattform versammelt hatten, die Blicke starr auf das Zentrum gerichtet. Keiner von ihnen bemerkte Helena, so konzentriert waren sie darauf, etwas in der Mitte erreichen zu wollen. Doch warum bewegten sie sich nicht weiter? Sie mussten zweifelsohne versuchen, die Büchse der Pandora zu erreichen. Was sonst, sollte diese Menge an Schattenwanderern anziehen – inmitten dieser apokalyptischen Stimmung? Doch wovor schreckten sie zurück? Die von ihnen, die im innersten Teil des Kreises versammelt waren, sprangen an etwas hoch, wie Kinder, die etwas erreichen wollten, das zu hoch für sie lag. Helena kniff die Augen zusammen und erkannte zwischen den schwarzen Leibern eine nahezu unsichtbare Kuppel, die in einen grünen Schimmer getaucht war. Das war es, worum sich die Schattenwanderer versammelt hatten! Das war es auch, was die Schattenwanderer davon abhielt, weiter vorzudringen! Doch was …? Helena erstarrte. Über den Köpfen der Schattenwanderer erschien ein grünes Siegel.

»Elisabeth!«, keuchte Helena. Hatte sie einen kuppelförmigen Bannzauber beschworen, der sie vor dem Angriff der Schattenwanderer schützte? Ein Bannzauber, der so stark war, dass er all die Schattenwanderer davon abhielt, zu ihr vorzudringen. Und Elisabeth ermöglichte, dabei zuzusehen, wie die Büchse der Pandora die Welt, die sie kannte, verschlang, um die Magie wieder freizulassen?

»Elisabeth!«, brüllte Helena, um auf sich aufmerksam zu machen. Doch in dem Höllenlärm aus beständigem Donnerkrachen und Schattenwanderer-Geschrei hatte Elisabeth sie sicher nicht gehört. Sie selbst hörte ihre eigene Stimme ja kaum. Schweiß sammelte sich auf Helenas Handflächen. Hier oben hätte es eisig kalt sein müssen. Stattdessen brannte ihre Haut förmlich. Sie riss sich die Jacke vom Leib. Warum war es so entsetzlich heiß? Die Wärme ging von dem kuppelförmigen Bannzauber aus. Ob die Magie es war, die so viel Hitze ausstrahlte? Oder war es gar die Büchse der Pandora?

»Elisabeth!«, brüllte sie noch einmal aus Leibeskräften. Wieder nichts. Elisabeth hatte einmal behauptet, dass die Schattenwanderer sich von Magie ernähren würden, dass sie die Magier deshalb verschlangen. Helena war keine Magierin mehr. Galt diese Regel also noch, oder waren die Schattenwanderer inzwischen ein so fester Bestandteil dieser Welt geworden, dass sie gar keinen Unterschied mehr zwischen Nicht-magisch-Begabten und Magiern machen würden? Sie schluckte schwer und trat näher an die Wesen heran. Es waren nur wenige Meter, die sie noch von Elisabeth trennten und doch … Helena kniff die Augen zusammen, nahm einen tiefen Atemzug und ging auf den Ring von Schattenwanderern zu. Elisabeth hatte ihr zudem erklärt, dass ein Bannzauber nur magische Wesen zurückhalten konnte. Sie als ein normaler Mensch ohne magische Kräfte sollte es dann eigentlich durch die Menge an Schattenwanderern und durch die Wand des Bannzaubers hindurch schaffen. Wenn sie recht hatte.

Ihre rechte Hand berührte den Rücken eines der Wesen. Zuerst waren es nur ihre Fingerspitzen, die über das blutende Fleisch glitten. Die Flüssigkeit drang wie Säure in ihre Haut. Es brannte viel schlimmer als damals, als sie ihre Hand in das Kaminfeuer gelegt hatte. Sie riss die Hand zurück und betrachtete ihre Finger. Keine Rötung, keine Blasen, keine offene Wunde. Nichts. Sie hatte sich gar nicht verbrannt. Und doch hatte es sich echt angefühlt. Wenn sie Elisabeth aufhalten wollte, musste sie hier durch, Schmerz hin oder her. Es war nicht real, oder?

Ihr Atem zitterte. Dann holte sie tief Luft und drängte sich mit einer Schulter voran zwischen zwei besonders große Schattenwanderer, die wie alle anderen darum kämpften, näher an die Kuppel zu gelangen. Ein unkontrollierter Schrei entfuhr ihren Lippen. Leiser als das Kreischen der Bestien, die sie umgaben, und doch lauter als alles, was sie jemals von sich gegeben hatte. Doch Helena gab nicht nach. Sie drückte schlaffe Arme und Hände beiseite, die aus den unförmigen Körpern ragten, wischte sich blutigen Schleim aus dem Gesicht, der ihre Wimpern verklebte, und arbeitete sich weiter und weiter zwischen den Schattenwanderern hindurch auf die blaue Kuppel zu.

»Elisabeth!«, rief sie den Namen wie ein Flehen an einen Gott, der sie nie erhört hatte. »Elisabeth, hör auf!« Noch immer geschah nichts. War Elisabeth überhaupt noch am Leben? Hatte das Öffnen der Büchse vielleicht längst ihr erstes Opfer gefordert?

Helena drückte ihren Körper mit ganzer Kraft in die Lücke zwischen den letzten zwei Schattenwanderern, die noch zwischen ihr und dem Bannzauber standen. Als sie zur Seite wichen, stürzte Helena nach vorn. Ihre Hände streiften über den Boden und doch riss sie sofort den Kopf herum, um zu sehen, ob sie das Siegel durchbrochen hatte. Jetzt sah sie die Schattenwanderer von vorn. Sie waren platt gegen die unsichtbare Kuppel gedrückt, die der Zauber bewirkte, als stünden sie vor einer Wand aus Glas. Wie also war sie hindurchgekommen? Sie betrachtete ihre Hände, ihre Arme. Ihre Kleidung war rot, als hätte sie sie in Blut getränkt. Mit der flachen Hand wischte sie über ihre Haut. Nichts. Keine Wunde. Keine Verbrennung. All der Schmerz war nur eine Illusion, ein Teil des Zaubers gewesen, der die Schattenwanderer umgeben hatte.

»Sieh mal einer an«, bemerkte eine Stimme hinter ihr abfällig. Helena kroch auf den Knien ein Stück zurück und hob den Kopf zur Mitte der Kuppel. Elisabeth stand neben dem Podest, das Helena schon im Schattenreich gesehen hatte, kurz bevor der Wächter sie zurückgeschickt hatte. Das Podest, über dem die Büchse der Pandora geschwebt hatte. Auch hier war es das gleiche amphorenartige Gefäß. Elisabeth hielt den Deckel in ihrer linken Hand. Schwarzer Rauch stieg aus der Vase empor, und eine blutrote Flüssigkeit, die Helena bis eben noch für die Spuren von Schattenwanderern gehalten hatte, quoll unablässig über den Rand und ergoss sich auf den Boden. »Ich hätte nicht gedacht, dass ich dich noch einmal sehen würde.« Unter Elisabeths Worte mischte sich ein sarkastisches Lachen. Hier unter der Kuppel waren sowohl die Donnerschläge als auch das Geschrei der Schattenwanderer seltsam gedämpft.

»Du musst damit aufhören, Elisabeth!«, sagte Helena.

Elisabeth hob die Mundwinkel. »Aufhören?« Sie lachte. »Kind, siehst du nicht, was gerade passiert?«

»Ich sehe, dass du die ganze Stadt in Schutt und Asche legst! Da draußen sterben Menschen! Elisabeth, ich weiß, warum du das tust, aber es ist falsch! Bitte hör auf mich«, flehte sie.

»Was kümmern mich die Menschen dort draußen?«

»Was?« Helenas Mund fühlte sich trocken an. Ihre Augen waren weit aufgerissen. Etwas an Elisabeth hatte sich verändert. Tränen bildeten sich in den Augen ihrer Tante. Weinte sie? Helena zögerte. Das war doch gar nicht möglich. Außer …

»Die gottverdammten Menschen da draußen kümmern mich einen Dreck. Sie hatten ihre Chance. Sie hatten ihr Leben! Jetzt will ich meines!«

»Du hattest doch ein Leben!«

»Nein!«, keifte Elisabeth. »Das wurde mir genommen.«

Helena schüttelte den Kopf. »Wovon redest du?«

Elisabeth schnaubte abfällig. »Du hast keine Ahnung, wie das ist. Du weißt nicht, wie es ist, zu wissen, dass dir eine höhere Macht zusteht und du sie nicht haben kannst. Es ist, als wärst du ein Leben lang an einen Rollstuhl gebunden, obwohl dir gar nichts fehlt!«

Ihr Blick wanderte zu der Büchse. Ein Blitz schlug mittig in den gläsernen Turm ein, traf die Kuppel des Bannzaubers und prallte daran ab. Eine der künstlichen, meterhohen Scherben des Gebäudes zersprang in unzählige Stücke und prasselte auf die Stadt hinab.

»Na und?« Helena stand mit zittrigen Beinen auf. Ihre Knie bebten, ob vor Furcht oder Schwäche, konnte sie selbst nicht sagen. »Ich bin ein Leben lang ohne Magie ausgekommen.« Sie rang sich ein Lächeln ab, auch wenn sie in ihrem Leben noch nie von einem solch durchdringenden, ja fast schmerzhaften Zittern heimgesucht worden war. »Ich würde nie wieder meine Gefühle gegen diese Kraft eintauschen, hörst du?« Sie ging einen einzelnen Schritt auf ihre Tante zu. Die wiederum stellte sich schützend vor die Büchse, aus deren Inneren ungehindert weiter eine Macht quoll, die all das Chaos auslöste, das sie gerade umgab.

»Wir haben die Magie einst besessen, ohne dafür alles opfern zu müssen, was uns ausmacht. Du weißt nicht, wie dein Leben gewesen wäre, wenn du von Anfang an magisch begabt gewesen wärst!« Der Vorwurf in Elisabeths Worten war unüberhörbar.

»Nein, aber ich weiß, dass ich lieber meinen Vater in meinem Leben gehabt hätte. Lieber ihn als jede Magie der Welt«, entgegnete sie. »Elisabeth, sieh dich doch um, was hier gerade passiert. Das kannst du nicht ernsthaft wollen.«

Ihre Tante hob das Kinn an. Ihr Blick verharrte auf ihrer Nichte. Sie inspizierte jede noch so kleine Bewegung, alles, was ihren Plan hätte vereiteln können. »Wir können das Chaos bezwingen. Wir sind stark genug, um das hier zu überstehen. Wir brauchen keine Kontrolle von einem einzelnen Magier, der unser Leben nach seinen persönlichen Vorstellungen von Gut und Böse beschneidet!«

»Sieh dich um!«, schrie Helena. »Der Mann, den du geliebt hast, ist hierfür gestorben!« Wieder machte sie einen Schritt auf ihre Tante zu. »Du willst leben? Dann stoppe diesen Wahnsinn!« Helena wusste, dass ihr nicht viel Zeit blieb. Sie hatte einen Großteil der Zeit, die der Wächter ihr gewährt hatte, dafür aufbringen müssen, das Shard zu erreichen. Wenn es ihr nicht bald gelang, an die Büchse zu kommen …

Sie brach den Gedanken ab.

Nein. Sie durfte um keinen Preis ihre Angst die Oberhand gewinnen lassen. Die Angst durfte sie vorsichtig machen, das ja, aber nicht davon abhalten, zu handeln. Mit langsamen Schritten ging sie auf ihre Tante zu. Die machte einen weiteren Schritt zurück und führte die Arme nach hinten, um sie schützend vor die Urne zu halten.

»Elisabeth, lass uns das zusammen beenden. Ich bin dir nicht böse.« Sie schluckte schwer. Ihre Augen brannten. Zwei vereinzelte Tränen bahnten sich ihren Weg über ihre Wangen. »Ehrlich. Wir … Du kannst meine Familie sein, okay? Lass uns zusammen eine Familie sein. Aber lass deine Enttäuschung nicht an Menschen aus, die nichts dafürkönnen.«

Die Schattenwanderer draußen warfen sich mit immer größerer Wucht gegen die Kuppel des Bannzaubers. Wie von Panzerglas abgehalten, gelang es ihnen nicht, Elisabeth oder Helena auch nur um einen einzigen Millimeter näherzukommen.

Direkt vor Elisabeth blieb Helena stehen. »Ich bitte dich«, sagte sie eindringlich. Die Lippen ihrer Tante bebten. Ihre Augen waren noch immer glasig. Nie hatte Helena Schmerz so klar gesehen wie in den Augen ihrer Tante. Schmerz, aber auch Hass, Wut, Angst, Trauer … selbst Liebe. Das alles vereinte sich in deren Blick. »Du hast deine Gefühle zurück, nicht wahr?«, mutmaßte sie.

Elisabeth schnappte nach Luft. Doch sie blieb stumm.

Helenas Blick blieb fest mit dem ihrer Tante verbunden. Wenn es ihr gelang, die Büchse umzustoßen, würde sie vielleicht am Boden zerschellen. Sie war immerhin nur ein einfacher Krug. Das hatte der Wächter doch gesagt. Ton, den jede Menschenhand hätte zerbrechen können. Und doch hatte es nie jemand fertiggebracht. Wegen des Preises, der daran hing: dem unwiderruflichen Verlust der Magie.

Ihre Fingerspitzen waren kurz davor, das Gefäß zu berühren, als Elisabeth Helena mit beiden Händen zurückriss und wegstieß. Helena stolperte zurück, landete auf dem Rücken und schlug mit dem Hinterkopf auf dem Boden auf. Benommen blinzelte sie nach oben, wo Blitze in einer gewaltigen Wolke kreisten. Sie versuchte, sich auf die Seite zu drehen, um aufzustehen. Doch eine Hand krallte sich in ihrem Haar fest und schlug ihr Gesicht gegen den Boden. Helena gelang es einigermaßen, die Wucht abzuwehren. Elisabeth riss sie herum, sodass Helena auf dem Rücken lag. Noch ehe sie sich wieder gefasst hatte, drückte Elisabeth mit ihrem Gewicht, Helenas Beine auf den Boden. Die Hände ihrer Tante – Hände, die freundlich und behütend sein sollten – klammerten sich um ihren Hals. Helena keuchte. Sie würgte, versuchte Worte herauszupressen, wollte ihre Tante anflehen, aufzuhören. Doch sie konnte nicht sprechen. Ihre Augen brannten. Das Blut in ihrem Hals staute sich und ihre Wangen brannten. Sie schlug nach Elisabeth, um sie von sich zu drücken. Ihre Gedanken verschwammen, ihr Blick verdüsterte sich. Dann erreichte sie mit den Händen das Gesicht ihrer Tante. Was auch immer es war: Ihre Daumen schoben sich in etwas Weiches, Feuchtes. Mund, Nase, ein Auge? Elisabeth ließ schreiend von ihr ab und stöhnte. Helena stieß sie von sich herunter, rollte sich herum und richtete sich auf. Ihr Blick wurde klarer. Blitzschnell kroch sie auf allen vieren zu dem Podest und streckte ihre Hand nach der Vase aus. Die Flüssigkeit, die noch immer über deren Rand quoll, färbte Helenas Hand rot, während ihre Finger sich danach ausstreckten.

»Du gottverdammte Mistgöre!«, schrie Elisabeth hinter ihr. Ihre Stimme überschlug sich, wurde zu einem heiseren Kreischen und hatte kaum noch etwas Menschliches an sich.

Ein gleißender Schmerz durchfuhr Helena. Wie ein Messer durchbohrte er ihre Seite. Sie wand sich, drehte sich auf den Rücken und robbte ein Stück zurück, um ihre Tante ansehen zu können. Blut quoll aus deren Auge über ihre Wange und sie hatte ihre Hand nach Helena ausgestreckt. Damit dirigierte sie ein Dutzend langer Scherben, deren Spitzen allesamt auf Helena gerichtet waren. Helena blickt an sich herab und sah eine weitere Scherbe, die vom Gebäude stammen musste, in ihrer Seite steckte. Ihr Atem stockte.

»Elisabeth! Nicht«, keuchte Helena.

Ihre Tante schüttelte den Kopf. »Du machst mir nicht alles kaputt!«, spie sie ihr die Worte entgegen.

Ein Schattenwanderer, größer als die meisten anderen, warf sich geräuschvoll gegen die Bannkuppel. Helena sah zu ihm, verstand das Brüllen als Hilferuf, als Flehen, jetzt nicht aufzugeben. Mit aller Kraft, die ihr geblieben war, kämpfte sie sich auf die Beine. Eine Armeslänge trennte sie noch von der Büchse der Pandora.

Elisabeths Augen verengten sich zu Schlitzen. »Fass sie an und du bist tot. Dann ist dein Vater umsonst für dich ins Schattenreich gegangen.«

Helena biss sich fest auf die Lippen. Tränen brannten in ihren Augen. »Er ist umsonst gegangen, wenn ich dich nicht aufhalte.« Mit einer blitzschnellen Bewegung griff sie nach dem Hals der Amphore, holte aus und warf das Gefäß mit aller Kraft, die sie noch aufbringen konnte, zu Boden. Sie zerbrach in Dutzende von Scherben. Gleichzeitig schossen die Blitze, die die Wolke über ihnen aufgeladen hatten, in alle Richtungen davon und erhellten den nachtschwarzen Himmel, als wäre der Tag angebrochen. Plötzlich erschienen Sonnenstrahlen zwischen den schwarzen Wolken, die sich zügig auflösten.

»Nein! Das hast du nicht getan! Du widerliches …«, keifte Elisabeth. Sie streckte die Hände in Helenas Richtung aus, doch die Glasscherben, die neben ihr in der Luft geschwebt hatten, fielen klirrend zu Boden. Der grüne Schimmer der Kuppel, der die beiden Frauen umgeben hatte, verblasste. Der Bannkreis war gebrochen, die unsichtbare Mauer für die Schattenwanderer existierte nicht mehr.

Dann sah Helena nur noch, wie eine düstere Masse über Elisabeth zusammenstürzte. Ein grässlicher letzter Schrei ertönte, dann hörte Helena nur noch Fleisch zerreißen und

Knochen brechen. Ihre Augenlider wogen schwerer als Blei. Das Letzte, was sie spürte, war der kalte Boden unter ihren Wangen, ehe alles um sie herum verblasste.

-SCHATTENREICH-

Die tosenden Donner, die seit mehr als einer Stunde über dem zerstörten London des Schattenreichs dröhnten, und die Blitze, die in erschreckend kurzen Abständen in der Stadt verteilt einschlugen, wurden allmählich weniger. Der Wächter stand vor der Büchse der Pandora, beobachtete durch sie hindurch, was in der realen Welt geschah. Und während London, das echte London, immer mehr von den Zerstörungen heimgesucht wurde, das es dem Schattenreich hätte angleichen sollen, wurde das Schattenreich im gleichen Zuge wie durch Zauberhand aufgebaut. Häuserwände richteten sich wieder auf. Der Rauch, der den Wächter, Alastair und William umgab, lichtete sich.

Tränen traten in Williams Augen. »Helena.« Er hielt sich eine Hand vor das Gesicht. »Wir hätten sie nicht allein gehen lassen dürfen«, keuchte er. Er wandte den Blick zum Wächter. Wut brannte in seinen Augen. »Wir haben sie zum Tode verurteilt! Sie ist ein Kind!«

Der Wächter regte sich nicht, als William ihm näherkam. »Sie ist kein Kind mehr«, stellte er kühl fest.

Alastair saß auf dem Boden und beobachtete das Schattenreich-London, das Stück für Stück wie von Geisterhand wieder errichtet wurde. »Ist sie schon bei der Büchse der Pandora?«

Seine Stimme klang leer und weit entfernt, so als würde er versuchen, viele Meilen zwischen sich und die Angst, die seinen Körper schüttelte, zu bringen.

Der Wächter sah wieder in die geöffnete Amphore. »Sie ist jetzt bei Elisabeth.« Er lächelte. »Dann kannst du ja endlich bei ihr sein, wenn das alles vorbei ist, William«, sagte er. Zum ersten Mal schwang so etwas wie Zuversicht in seiner Stimme. Fast heiter, erleichtert sogar, wirkte er.

Helenas Vater sah ihn verunsichert an. »Bei ihr sein?«

Der Wächter sah zwischen Alastair und William hin und her. »Helena wird jemanden brauchen, der ihr zur Seite steht. Ihre Familie.«

»Was meinen Sie?«, fragte Alastair mit bebender Stimme.

Der Wächter trat vor die beiden Männer. Einen Moment lang schwieg er. »Unsere Zeit hier, geht zu Ende.« Er sah William fest in die Augen. »Es scheint, dass Helena tatsächlich diejenige ist, die das alles hier beenden wird. Und die Schattenwanderer …« Er seufzte. »Die Schattenwanderer werden dorthin zurückkehren, wo sie hergekommen sind. Ebenso wie ihre Lichter.«

»Ihre Lichter?« Endlich hob Alastair den Blick, um den Wächter anzusehen.

»Die Hoffnungslichter. Die Magier«, sagte er, als würde das alles erklären. »Ihr.«

William erstarrte. »Moment – wir nehmen unseren Platz wieder ein? Wenn Helena es schafft, dann …«

»… kommen wir zurück in die reale Welt?« Alastairs Augen waren weit aufgerissen. Wie aus dem Nichts schoss ein Lichtstrahl aus der Büchse der Pandora in den Himmel. Der Himmel, der bis eben noch düster und wolkenverhangen gewesen war, öffnete sich, ließ die Sonne hindurchscheinen. Von allen Seiten strömten dunkle Gestalten herbei, menschenähnliche Wesen, wie verlorene Seelen, die sich nach dem Licht sehnten, das aus der Amphore hervortrat.

Der Wächter schwieg. Sein Blick wanderte zwischen William und Alastair hin und her, so als würde er jedes seiner Worte genau abwägen. »Nun, wenn der Schatten noch existiert, kann das Licht an seinen Platz zurückkehren. Wenn nicht, wird es zusammen mit dieser Welt erlöschen.« Er sah William an. »Dein Schatten hat stets über Helena gewacht. Er war immer in ihrer Nähe.« Dann wandte er den Blick zu Alastair. »Doch deiner, Alastair Halligan«, sagte er und seufzte mitleidig. »Der hat sein Leben gelassen, um Helena vor Elisabeth zu schützen.«

Alastair erstarrte. Erst senkte er nur den Blick, dann den Kopf. Er schloss die Augen und erinnerte sich daran, ruhig zu atmen, stieß jedoch einen lauten, schweren Atemzug aus. »Also werde ich mit dieser Welt verschwinden.«

»Halligan?«, keuchte William. »Alastair Halligan?« Seine Brust bebte. Er erinnerte sich an den Schmerz, den er längst vergessen geglaubt hatte. Und er erinnerte sich an die Entschlossenheit, mit der auch seine Tochter Alastair hatte retten wollen. »War dein Vater Don Halligan?«

»Woher wissen Sie das?«, fragte Alastair.

William senkte den Blick, so als würde er sich für seine Worte schämen. »Kennst du … Kennst du auch Cornelia?«

Alastairs Wangen wurden blasser. Doch er nickte.

»Sie war eine alte Freundin von mir. Wir sind gemeinsam aufgewachsen.« Er schmunzelte. »Sie, dein Vater und ich. In London.«

Alastair schnaubte. »Dann wissen Sie, was sie war: seine Affäre.« Er spuckte William das Wort förmlich entgegen.

William seufzte. Also hatte sie es getan! Sich für ein Leben im Schatten der Halligan Familie entschieden, obwohl er ihr so vehement davon abgeraten hatte. »Verurteile sie bitte nicht. Sie und dein Vater waren über die Maße ineinander verliebt. Aber dein Großvater …« Er musterte Alastair. Nicht wertend, vielmehr, als würde er etwas Vertrautes in ihm suchen. »Ich bin mir sicher, du hast deinen Vater für den gehalten, der grausam war. Aber dein Großvater war es, der auf den Kodex bestanden hat.« William lächelte traurig. »Don musste deine Mutter heiraten oder dein Großvater hätte Cornelia etwas angetan. Sie beide waren todunglücklich mit ihrem Schicksal, mein Junge.«

Alastair war wie erstarrt. Sein Großvater hatte seinen Vater erpresst? Ihm stockte der Atem. Aber sein Großvater war doch ein guter Mann gewesen, oder nicht? Hatte er das nur gespielt?

»Die beiden hatten so viel mehr als nur eine Affäre. Ich hatte Glück, eine Frau gefunden zu haben, die ich lieben durfte. Don und Cornelia war dieses Glück nicht vergönnt.«

Alastair schwieg.

William riss seinen Blick von Alastair und wandte sich dem Wächter zu. »Er ist ein Kind.« Seine Stimme klang fordernd.

Der Wächter sah ihn unbeeindruckt an. »Und ein mutiger Junge noch dazu, nicht wahr? Immerhin hat er sein Leben gelassen, um deine Tochter vor deiner«, er rümpfte verächtlich die Nase, »Schwester zu retten.«

»Aber er …«, widersprach William, verstummte jedoch, als Alastair sich vom Boden aufrappelte und ihm eine Hand auf die Schulter legte.

»Ist schon gut. Helena wird begeistert sein, ihren Vater wiederzuhaben. Und vielleicht …« Er lächelte bitter. »Vielleicht gibt es so was wie ein Danach und ich kann meinem Vater sagen, dass ich jetzt weiß, was wirklich passiert ist, und mit ihm meinen Frieden machen.«

William sah Alastair fest in die Augen, während er überlegte. Dann sah der den Wächter an. »Und wenn *ich* bereit bin, hierzubleiben?« Er sah zu der Büchse der Pandora, aus deren Inneren noch immer Licht strömte.

Der Wächter hob eine Augenbraue. »Nun, einer von euch muss die Büchse zerstören. Der andere, ganz gleich welcher von euch, darf zurück. Wenn du deinen Schattenwanderer für diesen Jungen aufgeben willst …«

Alastair und William sahen sich schweigend an.

»Sie *braucht* ihren Vater«, sagte Alastair und schüttelte energisch den Kopf.

William senkte den Blick. Er lächelte. »Mich *hat* sie gebraucht, als sie ein Kind war.«

-30-

Neben Helenas Ohr piepte es in kurzen Abständen. Ihre Arme schmerzten, so als hätte sie am Vortag tonnenweise Gewichte von einem Ort zum nächsten getragen. Ein gleißender Schmerz durchfuhr ihren Kopf, als sie die Augen öffnete. Kaltes Licht erhellte einen Raum mit weißen Wänden. Auf ihrem Körper lag eine leichte weiße Decke, in ihrer Hand steckte eine Infusionsnadel. Sie ignorierte das unangenehme Piken und tastete an ihrem Kopf dahin, wo es am meisten wehtat. Eine Beule, groß wie ein Hühnerei. Und Fäden. Fäden?

Sie erinnerte sich. Elisabeth hatte sie am Haar gepackt und ihren Kopf gegen den Boden geschlagen. Den Großteil von Elisabeths Kraft hatte sie abblocken können. Dennoch hatte sie nicht verhindern können, dass ihr Schädel unsanft den Boden berührt hatte.

Sie sah sich in dem Raum um und erstarrte, als sie Sarah an ihrem Bett sah. Sie lag mit dem Oberkörper neben ihrem Kopfkissen und schlief fest. Ihre langen, blonden Locken waren wie ein Vorhang, um ihren Kopf herum drapiert.

»Sarah?«, krächzte Helena und räusperte sich eilig. Wo war sie? Und wie lange hatte sie geschlafen? Sie richtete sich vorsichtig auf und zuckte zusammen, als ein gleißender Schmerz in ihre Seite fuhr. Sie hob die Decke und ihre Bluse leicht an, um den Verband zu sehen, der ihre Taille umschlang. Die Scherbe. Ja, sie erinnerte sich an eine Scherbe, die sie durchbohrt hatte.

Behutsam streckte sie den Arm nach der Schulter ihrer Freundin aus und strich sanft über deren Schulter. Sarah zuckte erschreckt zusammen und hob den Kopf.

»Helena!« Ein Strahlen breitete sich in ihrem Gesicht aus. »Wie geht es dir?« Ihre Augen waren geschwollen. Ob sie geweint hatte?

Helena lächelte. »Gut. Mein Kopf tut weh.«

»Der Arzt sagte, du hast eine ziemliche Gehirnerschütterung und brauchst jetzt viel Ruhe. Du hast zwei heftige Verletzungen am Kopf abbekommen, aber du hast Glück gehabt: keine Knochenbrüche und keine inneren Blutungen. Also alles gut«, klärte sie Helena auf.

»Verstehe.«

»Aber an deiner Seite wird wohl eine ziemlich hässliche Narbe bleiben.«

Sie senkte den Blick. Immerhin. *Ein* Zeichen würde bleiben. Der Beweis, dass das alles kein Traum gewesen war.

»Was hast du im Shard gemacht, Helena? Warum bist du nicht aus der Stadt geflohen, wie alle? Es war … Die Polizei hat dich gefunden. Im Shard waren …« Ihre Stimme zitterte. »Da waren lauter bewusstlose Menschen.« Sie schüttelte den Kopf. »Man hat sie in den umliegenden Krankenhäusern verteilt, aber was genau passiert ist, kann sich niemand erklären.«

Bewusstlose Menschen? Helena schwirrte der Kopf und sie bemerkte, wie schwer es ihr fiel, ihre Gedanken zu ordnen. Sie schreckte auf und sah Sarah überrascht an. »Ich«, stammelte sie und Hitze stieg in ihre Wangen. Verdammt – sie hasste Lügen.

Bewusstlose … »Ich wollte noch einen letzten Blick auf die Stadt werfen«, erklärte sie und verdrängte den verwirrenden Gedanken.

»Bevor du nach Kanada ziehst?«, fragte Sarah. Ihre Stimme klang leer. Richtig. Kanada. Helena biss sich auf die Innenseite ihrer Lippe. Sie schloss die Augen, überlegte fieberhaft, was sie ihrer besten Freundin jetzt sagen wollte. Sagen sollte.

»Ja. Ich dachte, es wäre ein schöner Ab…«, begann sie.

»Ich erinnere mich an alles, Helena«, unterbrach Sarah sie.

»Was?«

»Ich erinnere mich daran, dass Alastair mich manipuliert hat, als ich bei dir war. Und ich erinnere mich daran, dass du zu mir gekommen bist und dasselbe mit mir gemacht hast.«

Jedes ihrer Worte traf Helena wie ein Pfeil mitten in Herz und Lunge. »Sarah, ich …«

»Ich verstehe, warum Alastair es getan hat.« Sie hob die Schultern. »Aber warum *du*?«

Helena biss sich auf die Unterlippe, während sie nach den richtigen Worten suchte. »Ich hatte Angst, dass du irgendetwas Leichtsinniges tun könntest, um mir zu helfen.« Sie schüttelte den Kopf. »Ich hatte Angst, dass du sterben könntest, wenn du dich einmischst.«

»Wo ist Alastair?«

Helenas Augen brannten. Also schloss sie sie eilig. Dann schüttelte sie langsam den Kopf. Sie hörte, wie der Stuhl, auf dem Sarah bis eben gesessen hatte, eilig zurückgeschoben wurde und wie feste Arme sie umfingen. Sie drückte ihre Freundin eng an ihre Brust und lauschte. Sie hörte Sarahs Herzschlag, der ebenso schnell schlug wie ihr eigener. Litt Sarah so sehr mit ihr? »Ich habe meinen Dad getroffen«, krächzte Helena.

Sarahs Umarmung lockerte sich, sodass sie Helena in die Augen sehen konnte. »Was?«

Helena wischte sich die Tränen von den Wangen. »Ich war im Schattenreich. Mein Vater war dort. Er …«, sie atmete tief durch, »Er wollte uns nie allein lassen. Das war alles die Schuld meiner Tante. Er konnte nicht zurückkommen, weil er mich und meine Mum schützen wollte.«

Sarah seufzte. »Süße, die haben dir offenbar heftige Medikamente gegeben. Ich glaube …«

»Er war wirklich da, Sarah! Du musst mir glauben!«, flehte Helena.Sarah schwieg. Helena sah in ihren Augen, dass sie abwägte, ob sie die Worte ihrer besten Freundin wirklich auf die Medikamente schieben konnte oder ob ihr tatsächlich etwas widerfahren war, das sie ihren Vater hatte treffen lassen. »Ich hör dir zu«, sagte sie.

Helena lächelte. »Wie viel Zeit hast du?«

»Also dein Vater und Alastair haben die Büchse im Schattenreich zerstört, nachdem du sie hier zertrümmert hast. Und darum haben die Erdbeben aufgehört«, fasste Sarah zusammen, nachdem Helena ihr alles erzählt hatte. »Aber … deine Magie ist verschwunden?«

»Alle Magie ist verschwunden«, stellte Helena richtig.

»Es gibt absolut keine Magie mehr auf der Welt?« In Sarahs Worten schwang ein Hauch Bedauern mit. Ihr Blick wanderte aus dem Fenster des Krankenhauszimmers. »Ob ich mich deshalb plötzlich an alles erinnern konnte?«

Helena sah sie überrascht an.

Das ergab Sinn. Ihre korrekten Erinnerungen waren zurückgekehrt. Die Dinge, mit denen Alastair und später sie versucht hatten, Sarah zu manipulieren, wusste sie zwar noch, aber sie ließ sich davon nicht beeinflussen.

Die beiden hatten sich auf der schmalen Matratze des Krankenhausbettes nebeneinander gekuschelt und starrten an die Zimmerdecke.

»Und wo ist dein Dad jetzt?«

Helena zuckte ungewollt zusammen. Das Gesicht ihres Vaters, sein Lächeln und die Szene in der heimischen Küche, die der Wächter ihr vorgegaukelt hatte, erschien vor ihrem inneren Auge. »Ich werde ihn nicht wiedersehen«, sagte sie dann.

Ein Arm legte sich um sie und drückte sie sanft.

»Er war wirklich toll, Sarah.« Eine Träne rann über ihre Wange.

»Das glaube ich dir, meine Süße«, sagte Sarah. »Das glaube ich dir.«

-EPILOG-

Helena saß mit angezogenen Beinen vor dem Feuer des Kamins – das sie auf herkömmliche Weise mit einem Streichholz entzündet hatte. Die Flammen flackerten. Winzige Funken sprangen nach oben, während das Holz leise knackte. Heiße Wellen strichen über ihre Wangen, über ihre Arme und über ihre Hände. Hände, in denen sie zwei Bücher hielt.

Sie senkte den Blick, um die beiden Bände zu betrachten. Auch wenn ihr Artefakt die Schrift nicht mehr für sie entzifferte, so würde sie doch die Worte nie vergessen, die darauf geschrieben standen. Ihre Augen brannten, auch wenn sie lächelte. Alastair. Ihr Blick fiel auf den Ring an ihrem Daumen. Sie trug ihn noch immer. Natürlich. Immerhin waren Alastairs Ring und das Artefakt ihres Vaters das Einzige, was ihr von den beiden geblieben war. Sie drehte langsam das schwarze Schmuckstück an ihrem Daumen, erinnerte sich daran, wie Alastair dasselbe getan hatte, wenn er in Gedanken war. Was wäre gewesen, wenn sie ihn zu einer anderen Zeit getroffen hätte? Was, wenn es die Magie nicht gegeben hätte? Hätten sie dann zusammengefunden? Sie biss sich leicht auf die Lippen. Nein, Alastair wäre nicht nach London gekommen. Sie hätte ihn niemals kennengelernt, oder vielleicht doch? Auf andere Weise? Sie schloss die Augen, kämpfte gegen die Tränen an, die sich darin bildeten. Ob er jetzt bei seiner Schwester und seiner Mutter war?

Die Aufräumarbeiten in der Stadt würden noch Wochen andauern. Zumindest sagten das die Nachrichtensprecher im Radio seit Tagen. Viele Menschen hatten an jenem Tag ihr Leben gelassen. Noch immer tauchten Vermisste auf, aber man fand auch Tote unter den Trümmern. Und auch wenn die Zahl geringer ausgefallen war, als die Regierung aufgrund der entstandenen Zerstörung erwartet hatte, so war doch jedes Leben, das erloschen war, unwiderruflich fort. Und doch war es Glück, dass die Menschen nie erfahren würden, dass sie dem kompletten Untergang entkommen waren. Sie waren näher zusammengerückt, halfen einander aus, retteten aus den teilweise einsturzgefährdeten Häusern, was noch zu retten war.

Sarah und Daniel waren vorübergehend bei Helena eingezogen, weil ihr Haus in Paddington als einsturzgefährdet markiert worden war. Sie schliefen im ehemaligen Zimmer ihrer Mutter, bis sie eine neue Wohnung gefunden hatten. In Wahrheit jedoch, war Helena dankbar, dass sie ausgerechnet jetzt nicht allein in diesem großen Haus war. Ohne ihre Mutter, ohne ihren Vater – und ohne Alastair. Mit den Daumen strich sie über den Buchdeckel des Grimoires ihres Vaters. Dann legte sie Alastairs Grimoire darauf. Tränen sammelten sich in ihren Augen.

»Danke«, flüsterte sie leise. Zwei Tropfen kullerten über ihre Wange. »Ich danke euch, euch beiden. Ich hoffe, ihr grüßt Mum von mir.«

Mit dem Handrücken wischte sie die Tränen weg. Sie führte die beiden Bücher an ihre Lippen, drückte einen zarten Kuss auf jedes und warf sie dann in die Flammen. Es steckte keine Magic mehr darin. Es waren nur Bücher, alte vergilbte Seiten mit Wörtern, die nicht länger von Bedeutung waren. Wörter, die kein Feuer beschwören, den Wind nicht lenken, es nicht regnen oder Pflanzen wachsen lassen konnten. Nur leere Worte standen darin in einer unverständlichen Sprache. Das Papier glühte dunkelrot und orange auf, während das Feuer es verschlang. Helena atmete tief durch, während sie beobachtete, wie die Seiten allmählich schwarz wurden und zerfielen.

Ein Klopfen an der Tür ließ sie aufschrecken. Sie drehte den Kopf zu der Uhr an der Wand. Sarah und Daniel würden noch eine Weile bei der Arbeit sein und wollten anschließend bei Aufräumarbeiten in Paddington helfen. Helena sollte wegen ihrer Verletzungen weiter zu Hause bleiben und das Bett hüten. Sie zog sich am Kaffeetisch hoch und ging zur Tür. Auf dem Weg dorthin klopfte es schon wieder.

»Ich komme ja schon!«, rief sie und hielt sich die schmerzende Seite. Sicherlich der Postbote, der war immer derart ungeduldig. Sie öffnete die Tür schwungvoll und erstarrte.

»Guten Morgen, Helena.«

Helenas Arme sanken schlaff zur Seite. Ihr Mund stand halb offen. Ungläubig starrte sie das Gesicht an, das ihr entgegenlächelte. Das war nicht möglich. Nein, das Schattenreich war …

»Ich bin spät dran, aber …« Alastair kratzte sich verlegen am Hinterkopf. »Man hat mich ein paar Tage im Krankenhaus behalten.« Aus seinem Zögern wurde allmählich ein Lächeln.

Ein *echtes* Lächeln.

Helena fiel ihm um den Hals wie einem Freund, den sie seit Jahren nicht gesehen hatte. Nein, einem Freund, den sie verloren und *tot* geglaubt hatte! Sie drückte ihn an sich, ignorierte das Stechen in ihrer Seite und ließ die Tränen zu, die in ihrem Inneren brannten. Eilig löste sie sich von ihm, umschloss jedoch mit ihren Händen seine Unterarme. Völlig verwirrt sah sie ihn an.

»Aber ich … Ich verstehe das nicht. Das Schattenreich ist doch … Mein Vater … Was …«, stotterte sie, ohne eine Ahnung, wie sie ihre Gedanken ordnen sollte. Ein Stich durchfuhr ihre Brust. »Wo ist er?«, fragte sie leise.

Sie blickte an Alastair vorbei, obwohl sie ahnte, dass dort niemand stehen würde. Andererseits: Wenn Alastair hier war, wo war ihr Vater?

»Ich werde dir alles erklären«, sagte Alastair mit weicher Stimme. Und doch hörte sie auch den Schmerz, der darin lag. Er ging langsam an ihr vorbei, hinein in das Haus, bis er vor dem Kamin im Wohnzimmer schließlich stehen blieb und die Reste der beiden Grimoires betrachtete, die inzwischen fast vollständig verkohlt waren. Ein schräges Grinsen tauchte in seinem Gesicht auf. »Machen sich im Feuer besser«, kommentierte er knapp.

»Ich kann nicht glauben, dass du hier bist«, stammelte Helena und ließ sich auf dem Sofa nieder. Ihre Knie zitterten und sie war froh, sich setzen zu können.

Alastair drehte sich langsam zu ihr um. »Als die Magie vernichtet wurde, wurde auch der Fluch der Schattenwanderer aufgehoben«, erklärte er. »Du hast den Magiern, die im Schattenreich gefangen waren, ein neues Leben geschenkt, Helena. Die Schattenwanderer sind ins Schattenreich zurückgekehrt, ehe es zerstört wurde, und die Magier konnten zurück in diese Welt.«

Ein neues Leben geschenkt? Moment! *Natürlich!* Warum war sie nicht eher darauf gekommen? Sarah hatte es ihr doch gesagt, nicht wahr? Sie war nicht die *Einzige* gewesen, die man bewusstlos im Shard gefunden hatte. Sarah hatte ihr erzählt, dass dort weitere Verletzte aufgefunden worden waren. Helena war bei ihrer Erzählung davon ausgegangen, dass es sich um Leute handelte, die im Shard angestellt gewesen waren oder dort gewohnt und es während des Bebens nicht rechtzeitig rausgeschafft hatten. Aber es mussten die Magier gewesen sein, die ihre menschliche Gestalt zurückerhalten hatten.

Sie lachte fassungslos. »Dann bist du wirklich echt?«, fragte sie. Sie schlug sich die Hand vor den Mund, um einen Schluchzer zu unterdrücken. »Das ist kein Test des Wächters, kein Traum, aus dem ich gleich erwache?«

Alastair schüttelte den Kopf. »Kein Test, Helena.«

Sie nickte eilig, schlug sich jedoch eine Hand vor den Mund. »Und mein … Mein Vater?«

Alastair senkte den Blick. »Dein Vater hat sich für dich geopfert. Einer von uns musste bleiben, um die Büchse zu zerstören und …« Der Schmerz ließ seine Stimme zittern. »Nachdem ich mich im Wald verwandelt habe, um das Schattenreich betreten zu können, hat Elisabeth diesen Schattenwanderer in Flammen aufgehen lassen. Deshalb hätte ich eigentlich nicht zurückkommen können, aber dein Vater … Ich wollte ihn davon abhalten, aber …«

»Aber er wollte, dass *du* lebst«, beendete Helena seinen Satz. Verdammt. Sie hatte ihren Vater nur für ein paar Stunden zurückgehabt. Sie schloss die Augen und erinnerte sich daran, ruhig zu atmen. Seine Umarmung. Es hatte sich so gut, so richtig angefühlt, ihn endlich umarmen zu können. Wie fest er sie an sich gedrückt hatte. Ihre Augen brannten bei der Erinnerung daran. Das rote Haar, die Augen, die Wärme in seiner Stimme. Würde sie sich für immer daran erinnern können? War er jetzt bei ihrer Mutter?

»Und jetzt?«, fragte sie, wischte sich eine Träne von der Wange und richtete den Blick wieder auf Alastair. »Was wirst du mit deinem neuen Leben tun?«

Er senkte den Blick. »Ich habe noch etwas in Bath zu erledigen«, sagte er. »Und um ehrlich zu sein …«, er beendete den Satz nicht, sondern sah Helena stattdessen hoffnungsvoll an. »Ich würde mich freuen, wenn du mich dorthin begleitest. Es gibt da jemanden, mit dem ich sprechen muss.« Unter sein Lächeln mischte sich Trauer. »Ich muss zu Cornelia.«

Helenas Augen weiteten sich. »Cornelia?«

Alastair nickte schwach. »Dein Vater hat sie gekannt.« Er lachte bitter. »Ziemlich gut sogar. Sie waren Freunde aus der Jugendzeit. Sieht so aus, als hätte ich ihr …« Er musste die Worte über seine Lippen pressen.

Doch wenn ihr Vater Cornelia gekannt hatte, hatte er womöglich gewusst, was auch sie von Cornelia erfahren hatte. Nämlich, dass Alastairs Vater und sie einander wirklich geliebt hatten. »Du hast ihr Unrecht getan«, beendete sie seinen Satz.

Er hob den Blick, um Helena in die Augen zu sehen. »Kommst du mit mir?«

Ohne weiter zu zögern, streckte sie die Hand nach seiner aus und drückte sie sanft. »Liebend gern. Ich bin bei dir.«

Ende

VERLIEBT IN LONDON?

Wie kam es eigentlich, dass ich mich bei *Der Preis der Magie* ausgerechnet für London als Handlungsort entschieden habe?

Nun, während meines Anglistikstudiums hatte ich das große Glück, einige Monate im Rahmen eines Praktikums in London zu arbeiten. Und wenn du jetzt vermutest, dass Helena einige Dinge widerfahren, die ich dort erlebt habe, dann liegst du richtig. Denn beispielsweise die Episode zum Healthy Campus basiert auf einer wahren Begebenheit. Helena arbeitet nämlich dort, wo auch ich arbeiten durfte: am Imperial College.

Auch ich liebe die Museen in London, egal ob Technik, Naturwissenschaft, alte Kulturen oder Kunst. Wusstest du, dass viele der Museen in London wirklich keinen Eintritt nehmen? Stattdessen gibt es häufig die Spendenkästen, in die auch Alastair ein paar Pfund wirft. Wer gern ins Museum geht, kommt also in London wirklich auf seine Kosten.

Da ich in Paddington wohnte, führte mein täglicher Weg zur Arbeit durch den Hyde Park. Zwar hätte ich auch mit der Tube fahren können, doch wer gibt schon einen traumhaften Morgenspaziergang durch den Hyde Park auf, um sich in einen vollen Zug zu pressen? Ich auf jeden Fall nicht.

Ganz klar waren meine Monate in London etwas, das mich unheimlich geprägt hat. Und so bleibt diese Stadt bis heute ein Sehnsuchtsort für mich.

Ich hoffe, es ist mir gelungen, dich an ein paar meiner Lieblingsorte einzuladen. Und wer weiß, vielleicht erkundest du diese Orte einmal selbst?

SELFPUBLISHER:INNEN UNTERSTÜTZEN

Wie geht das?

Wie alle Autor:innen sind auch wir Selfpublisher:innen vor allem von einer Sache besonders abhängig:

deiner ehrlichen Meinung und Empfehlung!

Keine Werbung ist mehr Wert als die Empfehlung guter Freund:innen. Wenn dir die *Zwischenwelt* also gefallen hat, würde ich mich über jede Empfehlung an Freund:innen und Familie, jede Rezension im Internet und jede warmherzige Empfehlung an den Buchhandel deines Vertrauens freuen.
Auch in deiner Bibliothek und Lieblingsbuchhandlung kannst du nach den Werken deiner liebsten Selfpublisher:innen fragen und sie so dazu anregen, Autor:innen, die verlagsunabhängig arbeiten, kennenzulernen und in ihr Sortiment aufzunehmen.

Vielen Dank für deine Unterstützung!

ZWISCHENWELT-DILOGIE

Würdest du das Geschenk der Unsterblichkeit annehmen?

Ein Unfall reißt die junge Ärztin Aurora aus ihrem bisherigen Leben und macht sie zu einer unsterblichen Pantarchin. Zumindest behauptet das Evan, ihr Unfallgegner. Der ist so gar nicht begeistert von seiner neuen Aufgabe, Aurora in die Gesellschaft der Pantarchen einzuführen. Denn Aurora will ihre Sterblichkeit und ihr altes Leben um keinen Preis aufgeben. Ohne es zu wissen, wird sie dadurch zu einer Gefahr und gerät obendrein in einen jahrtausendealten Konflikt um die Pantarchen. Sie muss sich nun entscheiden, wofür es sich zu kämpfen lohnt.

Als Ebook auf Amazon erhältlich.
Softcover und Hardcover erhältst du exklusiv auf
www.milailbach.de und auf Messen direkt bei Mila.